闽南师范大学“文化诗学理论与实践”重点项目成果

本丛书得到闽南师范大学出版基金资助

闽南师范大学文化诗学研究丛书

文化诗学的振摆

张文涛 著

中国社会科学出版社

图书在版编目(CIP)数据

文化诗学的振摆 / 张文涛著. —北京：中国社会科学出版社，2017.4

ISBN 978-7-5161-8879-8

Ⅰ.①文… Ⅱ.①张… Ⅲ.①诗学—研究 Ⅳ.①I052

中国版本图书馆 CIP 数据核字(2016)第 213452 号

出 版 人 赵剑英
责任编辑 冯春凤
责任校对 张爱华
责任印制 张雪娇

出　　版 中国社会科学出版社
社　　址 北京鼓楼西大街甲 158 号
邮　　编 100720
网　　址 http://www.csspw.cn
发 行 部 010-84083685
门 市 部 010-84029450
经　　销 新华书店及其他书店

印　　刷 北京君升印刷有限公司
装　　订 廊坊市广阳区广增装订厂
版　　次 2017 年 4 月第 1 版
印　　次 2017 年 4 月第 1 次印刷

开　　本 710×1000 1/16
印　　张 15
插　　页 2
字　　数 250 千字
定　　价 56.00 元

凡购买中国社会科学出版社图书,如有质量问题请与本社营销中心联系调换
电话:010-84083683
版权所有 侵权必究

闽南师范大学文化诗学研究丛书

主　编：林继中

副主编：祖国颂（执行）　李春青

编　委：沈金耀　吕贤平　张嘉星　张则桐
张文涛　黄金明　孟　泽

目　　录

丛书总序

“文化热”已多次被宣判“过时了”，但它总是在更多的领域顽强地冒出头来！它渗入各学科研究，且未有穷期。究其原因，就在于文化本是人类自身的影子，甩也甩不掉。无论是物质的，还是精神的，只要涉及人们的行为方式，都可归入“大文化”。这种海纳百川式的品格正是它的生命力之所在。也因为它的深、广、大，所以不可能被一次性地认识，因此它总是潮汐般时起时落，永不停息。潮汐过后，沙滩上似乎平白如故。然而，从长远看，它却不断地改变着大海与陆地的疆域。

自20世纪70年代末改革开放以来，西方各种文学思潮也相继涌入中国，可谓“你唱罢来我登场”，只是“各领风骚若干年”。不过即使在西方，各种思潮此起彼伏变动不居，也是常态。人们认识事物总要从具体、个别到整体，通过不断分析、归纳、综合，站上新高度俯瞰整体。从“分野中峰变，阴晴众壑殊”始，至“会当凌绝顶，一览众山小”终。是的，各种理论思潮激烈地碰撞、化合，需要一个更大的“力场”。文化，作为中介与互动、互构的攸关方，成为理想的力场。文化诗学高唱于形式主义、结构主义、解构主义、西方马克思主义、女权主义、后殖民主义、现代主义、后现代主义等五花十色的思潮交错横流时代的后期，并非偶然，它至少反映了学术界需要进行一次从外部研究到内部研究、微观研究到宏观研究的大整合的需求。文化诗学大有可为。居于这一认识，漳州师范学院（现已改名闽南师范大学）比较文学研究所决定改名为文化诗学研究所，并于2000年11月由《文艺理论研究》编辑部、山东大学《文史哲》编辑部和福建省漳州师范学院联合发起，漳州师范学院文化诗学研究所承办，在漳州召开了我国第一次文化诗学学术研讨会。此后，我所成员在《文学评论》、《文艺理论研究》、《文史哲》、《文艺报》、《福州大学学报》及本校学报发表了一系列论文。会后十五年来，人员或有变动，但队伍不散，目前仍有十来位研究员坚持本项研究工作。由于我们内部经常就某些主题切磋，并与兄弟院校多次进行交流，所以虽然尚未形成总体相对固定的理论框架，各种不同的专业话语也让人难免有“杂”的观感，合而未融，但已有了核心的共识。诚如首任所长刘庆璋教授所指出：“我们认为，‘文化诗学’在‘诗学’前冠之以‘文化’，首先在于突出这一理论的人文内核，或者说，在于表明：人文精神是文化诗学之魂。”“同时，尽管‘文化诗学’这一理论术语是美国学人最先提出来的，但它对于我们中国学人来说，倾心于此论，可以说是我们民族长期文化积淀形成的文化基因使然。因为，自‘诗三百’起始的中国古代文化，就充满了诗性精神，诗与文化的联系之紧密达到了整个文化被诗化的境界。”[①] 我们进而又认识到：文学与文化系统之间是一种双向建构的关系，所建构的归根到底是人文，是人性。现在我们以丛书的形式发表我们初步的研究成果，以求教、就正于同道学人，以期推进本学科建设，诚盼读者诸君不吝赐教。是为序。

林继中

于闽南师大文化诗学研究所

---

① 刘庆璋《文化诗学学理特色初探——兼及我国第一次文化诗学学术研讨会》，《文史哲》2001 年第 3 期。

概　述

“文化诗学”（cultural poetics）在20世纪70年代末期至80年代早期兴盛于美国文学批评界，它的成名最初是以对英美新批评的批评为标志。在这之前，英美新批评作为英美两国最重要的文学批评流派，从20世纪20年代到50年代已流行了30多年。新批评（The New Criticism）是关注文学文本主体的形式主义批评，认为文学的本体即作品，故新批评理论又称“本体论批评”。新批评的直接开拓者是英国诗人和批评家T. S. 艾略特和英国美学家、批评家I. A. 理查兹和I. 温特斯。代表人物还有约翰·克罗·兰色姆、燕卜逊、勒内·韦勒克等。这个派别和运动因兰色姆的同名论著《新批评》而得名。新批评之“新”，在于它对占据文坛多年之久的维多利亚式批评方法的反叛。新批评派还通过提出文本中心理论，强调诗歌的本体性和文学作品的语言、形式、结构，将文学理论科学化。20世纪40年代，美国大学教育事业蓬勃发展，而当时美国大学文学教学还没有形成行之有效的教学系统和教学方法，当时盛行的是社会历史、作者心理的阐释方法，而这种方法在实际教学当中极易造成混乱。新批评派创立了一套行之有效的批评术语和方法，从而结束了当时美国批评界尤其是文学教育界的混乱局面，并在短时间里“教会了整整一代人如何读作品”。到50年代后期，由于自身的理论生长点的局限和来自多方的批评，英美新批评走向衰败。可即使到20世纪六七十年代，新批评依然以其独特的批评方法和富有阐释力的概念在英美批评界占有重要位置。如韦勒克所言，在新批评“衰落”之后兴起的各种批评流派都在与新批评的比较中确定自身的位置。弗·兰特里夏在其著作《新批评之后》（*After New Criticism*）里就曾指出：新批评完成了自己的历史使命并为其后丰富多彩的文论发展打下了坚实的基础。新批评与俄国的形式主义（什克洛夫斯基和雅各布森，后成为“布拉格学派”）、法国的结构主义（列维·斯特劳斯）等有着千丝万缕的关系，这些派别共同的理论旨趣在于注重文本内的研究和批评，就是说把文学艺术作品看作形式，艺术是进行形式的创造，这个形式的创造与历史和作者的经历都没有直接关系，研究文学艺术不应跳出作品的形式和结构之外，通过对所研究对象的重新排列组合梳理出其整体性结构，各部分形式要素必须与整体结构发生联系才有意义。为此，他们把文本作为一个独立的存在与文本外的现实世界分割开来，其批评的结果，为文本细读以及审美的自律性拓展了一个广阔的领域，他们的一些核心分析概念如语境（context）、含混（ambiguity）、悖论（paradox）、反讽（irony）等成为批评界的经典术语，可是他们理论中一直存在的那种“硬伤”，对活生生的现实界的这种无视，必然会出现不间断的反动的力量来挑战其霸主地位，“文化诗学”的出现就属于这样的一股力量。

“文化诗学”的另一个说法为“新历史主义”，从后一个称谓可看出对“历史”的倚重，恰恰说出“文化诗学”的批评特色，这个术语“涉及权力的诸种形式”，并“向那种在文学前景与政治背景之间做截然划分的假设挑战，泛言之，向在艺术生产与其他社会生产之间做截然划分的假设挑战”（格林布拉特语）。主张回归现实的这批学者对当时存在的激进学生运动、黑人人权斗争、妇女解放运动、反对越南战争有着切身的体会，他们不愿像新批评那样只关注文学研究中的形式维度并有意屏蔽现实内容，而是着力打破艺术世界和生活世界之间这堵人为的墙。由于理论主张之间特别是带有强烈对比关系的两种理论在区分开与对方的关系时总有某些走极端的核心说法出现，这似乎成为一种理论的宿命，还好持新历史主义的这些学者一出现就尽力避开在两个世界之间作出明确判断的那种轻率选择，而是在一些核心概念上进行某种巧妙的偏移，如在对文本含义的理解上拓展了其外延，并且在理论的更高层次上找到力量来打破各种文本之间的隔阂，从而就绕开了在核心主张的认定上可能出现的被论敌找到死结的可能，否则简单的回归历史人们很容易就联系到“旧历史主义”实证式的各种做法，那样的话，也不可能出现什么新历史主义。本来新批评就是在批判旧历史主义的基础上出现的，其成就也是在大大地补充了旧历史维度的不足之后而取得的，如再搬出旧历史主义的理论那无异于自寻短见。但是历史现实毕竟一直在发生，不能轻易地就被抛弃，不要机械地引进这一维度作为艺术活动的外在诱因也许是另外一种理论生长点。

新历史主义能捕捉这种理论生机并不偶然。早在20世纪初，俄国形式主义出现之时，巴赫金除了给予其有力回避意识形态的粗暴干涉的肯定外，就有意地与这种躲进象牙塔的做法分道扬镳，转而从传统诗学中去寻求资源。同样地，从结构主义内部生发出来的解构主义，其理论突破口也是在历史现实中找到能激发已被僵化的那种结构的力量。此外，马克思主义批评理论一直坚持文学批评中的历史维度更是新历史主义获得批评资源的直接途径。英国雷蒙德·威廉斯（Raymond Williams）在70年代提出的“文化唯物主义”（cultural materialism）除了延续马克思主义的历史批评传统外，还直接与解构主义联合起来。与雷蒙德·威廉斯的这一批评方式相类似，为中国文学理论批评界所熟知的英国的特利·伊格尔顿（Terry Eagleton）、美国的弗雷德里克·詹姆逊（Fredric Jameson）走的也是结合马克思主义和解构主义符号学的路线。新历史主义与文化唯物主义有很多相似之处，特别是在寻求如何突破审美与现实的界限方面有共同的诉求，只是文化唯物主义在力量上更多地借助传统意义上的政治和经济作用，而新历史主义则推崇文本间的权力交流。即使新历史主义一出现就获得关注，可由于与多种学派有各种倚靠关系，新历史主义学者一直没有提出自身理论的一套主张，而只是注重批评中的实践过程和方法，避免出现所谓教义化。它的主将之一——斯蒂芬·格林布拉特（Stephen Greenblatt）甚至为了避开被贴上某种标签，1980年在《文艺复兴的自我塑造》首次提出“文化诗学”，以之作为自己的实践目标。1986年在澳大利亚的一次以《走向一种文化诗学》为题的演讲中，他告别“新历史主义”，明确以“文化诗学”为名来重新整理其批评进路。用“文化诗学”来取代“新历史主义”，就“诗学”而言，两者在精神脉络上没什么不同，用“文化诗学”的好处在于具有更大的理论中立性，不容易被论敌抓住把柄，当然也更不具有归宿感。虽如此，“文化诗学”的提法似乎瞬间脱离了学派间的理论倚靠关系，一定意义上扩大了理论的弹性，特别是在吸收其他批评方法上更为自由，一时似乎有一种一统天下的气势。但究其根本，格林布拉特所践行出的批评理路完全属传统的诗学一脉。文化诗学涉及的问题域的重心不是文化也不是历史，而是西方传统的诗学。众所周知，西方诗学研究自古希腊亚里士多德时代开始，历经古罗马的贺拉斯、文艺复兴时代的塔索和法国启蒙时代的布瓦洛等诗学代表，已经走过两千多年的历程。近代以来欧美文艺学界除文化诗学外，又衍生出历史诗学、语言学诗学、神话诗学、普通诗学、理论诗学和比较诗学等[①]与诗学有关的理论派别。

新历史主义学者偏重历史的走向历史诗学（如海登·怀特），偏重文学的走向文化诗学（如斯蒂芬·格林布拉特）。历史诗学重在获得纵向维度的历史资源，文化诗学则意在打通横向的现实文本。当然，每个学者在具体的论述中会在时间维度上有各种灵活的取舍，但不管如何，其视域都可以放在历史与文化的关系这一维度来考量。最早详尽探讨这两个世界关系的是柏拉图和亚里士多德师徒二人。在柏拉图以理念论为核心构筑的理想国中，理念世界是真理发生地，现实界模仿了理念世界，与真理有了距离，艺术又再去模仿现实，与真理距离更远，所以艺术世界不拥有真理，只表达了意见。现实世界和艺术世界都不如理念世界真实，但相比之下，现实世界比艺术世界更真实。亚里士多德同样从理念论出发，在《诗学》中颠倒了现实与艺术在接近真理问题上的位置，提出了著名的“诗比历史更真实”的论断。师徒二人提出的这种“艺术与现实孰重孰轻”的问题一直为后代人所继承。经新柏拉图主义者普罗提诺的阐发，中世纪神学家让神住进了理念世界，现实和艺术界皆是神创造的结果，艺术成了神学的婢女。中世纪以后出现的文艺复兴和启蒙运动的思想家皆重在摒弃神性在人性空间中的膨胀，其借助的力量自然地主要来自现实界。可是启蒙走向偏激，人的主体性被过分张扬，浪漫主义又遁入了审美一维，其末流甚至还出现唯美主义。对美（优美）的倡导是证明人之所以为人很好的途径，可如果这种执着无视人性其他方面的发生，人无疑会犯上单纯的幼稚病。古希腊以后，理论家这种或从历史或从诗学的摆动并不是简单的重复。就历史而言，基督教在《圣经》中获得的由创世到末世构成的完整的时间图景为历史提供了系统的整体观，受此启发，很多哲学家都试图为历史找到某种规律，如康德所主张的历史有“天意”（历史理性），黑格

① 在俄罗斯，出现了宗教文化诗学（弗·索罗维维夫，别尔嘉耶夫），结构—符号学诗学（尤里·洛特夫），历史文化诗学（哈利乔夫），诗学风格学（鲍列夫）。

尔认为历史有“辩证法”，马克思甚至给历史找必然的发展形态等。相比之下，艺术美作为感性领域模糊的认识，与理性的逻辑规律的支持关系不大，更难以得到直接功利性的力量，如果必须要在历史和诗之间划出一个界限的话，理论家更多地会从历史中去获得其思想资源。

从真理的等级去比较并指认出历史和诗的地位，这是新历史主义出现之前在这个问题上的普遍做法。最直接的例证就是新批评与旧历史主义构成的张力关系。新历史主义之“新”就在于试图找出两者之间的融通，新历史主义创办《表述》杂志所提出的“表述”主题和“厚描”方法，蒙特洛斯著名的命题“历史的文本性”与“文本的历史性”即是打通两者关系的入口。也许这种尝试不可能有什么太多的发现，特别是在分别进入历史领域和诗学领域时可能会重走历史主义和新批评的老路，甚至在提出宏大理论以及文本细读上不如前两者，但它毕竟集中反思了历史和诗学划分的前提并把问题复杂化，这也就是它的“新”的意义之所在。新历史主义之所以会有这样的理论视野，在方法论上自觉不自觉地与现象学的“回到事情本身”的主张有关。现象学一个重要的富有成效的工作方法就是在处理二元分立的对象中去寻求两者能得以融合为一个问题域的基底，针对本问题，历史与艺术能够相通的那部分是什么，把这部分作为自明性的问题提出并以之为出发点，就省去很多要对两者作出孰重孰轻的判决以致由此引起的思维上的麻烦。事实上，新历史主义者也是这么进行的。他们把现象学理解的活脱脱的发生域即文学批评中努力营造的语境作为理论批评的出发点，对语境的理解已不是新批评局限于本文中的那种与作者、外在现实无关的上下文关系，而是原则上都允诺了凡是能指认出那种真实发生的各种维度的合理性。特别是从历史语境中去寻求基本的发生根源明显向马克思主义靠拢。

在具体操作中，能打通历史与文化关系的最重要力量就是权力（power）。新历史主义者普遍主张要对话语（discourse）进行权力分析。言语（parole）带有某种权力诉求即是话语，话语构成文本（text），文本分析又建立在各种语境（context）的基础之上。语言（language）作为一套社会中性的通用规则，在最抽象的意义上表达了人存在的本质，但通过它来理解人远远不够。言语即言语言，当中没有价值诉求，呈现出泛泛而谈的形态。只有到了话语层次，语言在具体的境域中发生，通过这种当下性，人才表现出了其具体丰富的特性。

格林布拉特在《文艺复兴时期的自我塑造——从莫尔到莎士比亚》一书中把“自我”（self）塑造的完整性放在语境生成之中来考量，这就是其追求的文学批评目标的题中之义。“自我”与“非我”构成一对直接的权力关系，“非我”在具体的历史条件下就是各种社会组织，由此“自我”的塑造主要是异己与自身的主体性合力共同完成的。福柯20世纪70年代的美国之行，其权力观对格林布拉特“新历史主义”思想的形成有很大的影响①。格林布拉特在打通各种文本并以之来处理共同问题域时，其根据就是认为这些文本中蕴含着同一层次的权力诉求。话语、文本、语境都在权力的促动下生成。传统的权力一般都认为是存在于政治、经济领域上下级之间形成的领导与服从的那种关系之中，呈硬性形态。福柯扩大了权力的含义，他认为近代以来，随着知识（knowledge）生产合法性的进一步确立，知识打着真理的旗号到处推销其价值，其使用的话语就有权力诉求。整个社会被知识网络所笼罩，故权力无所不在。虽然这种权力没有传统意义上的那种暴力色彩，可它对人的控制却更加严密隐晦，必须对话语进行分析才能揭示出这种权力走向。

权力分析在知识网络中找不到明确的主体，传统社会中的那个权力的掌控者已经消失，其重要地位被权力的谱系所代替。所谓权力谱系学就是要找出权力的运作过程，并从中指认出占主导的那种权力话语。福柯对主流活语都没有好感，其理论姿态皆欲鼓动边缘话语去颠覆这种占有权力优势话语的地位。格林布拉特也对这种颠覆性情有独钟，其批评实践中除注重切入语境、注重权力分析之外，最终目标往往都要达到对文学史上的现有常识、固定观点的反驳，产生震颤的效果。

中国学界对文化诗学的重视表现在除了本土有历史悠久的诗论和诗歌创作的传统外，更重要的是在新时期文学批评中也经历了文学是“反映现实”还是表现“文学性”的讨论。前一个“重视”只是一种望文生义

---

① 可奇怪的是在格氏的著作中，福柯只是占据着一个边缘的位置。在《文艺复兴的自我塑造》中福柯几乎被当作注脚；在《莎士比亚的谈判》中只提到三次，两次还是作为参考；在《学会诅咒》中有两处都只是说明20世纪70年代福柯的美国之行；在《不可思议的占领》中则完全消失。然而“福柯在格林布拉特的著作中无所不在”（见约翰·布兰尼根《新历史主义与文化唯物论》中的评论）。

的认同，后一个“重视”才是真正的产生问题意识之所在。学者们至今对“文化诗学”中“文化”的理解皆集中在它能为文学研究扩大范围这方面，“文化”中有多种人文现象，文学作为文化的一个扇面，对它的研究可以在文化中进行“跨学科研究”。对于“文化诗学”中的“诗学”含义，中国学人则更多地解读为“审美性”。“跨学科研究”可能会走向泛文学，有了“审美性”则能对这种没有了精神的批评找到理论的方向。纯审美走的是新批评的路子，批评家很容易蜕变为精神贵族，故又要通过其他的学术目光才能扩大视野，找到现实感，“文化诗学”的另一个名称“新历史主义”中的“历史”无疑又给这种片面性提供了救助。事实上，中国学界的这两种担忧皆是自身想象出来的，我们的文学细读远远还达不到贵族的层次，批评家也从来没能真正远离现实。“文化诗学”的意义也仅仅是为学界增加一个话题罢了，否则也不会出现这个研究提了近三十年还没什么进展的迹象。

那么，本问题又有什么值得进行的理由呢？如果文化诗学仅能又一次给国人训练学习的机会，那就没必要提及其中国化的问题，处理它也与其他理论一样让其停留在了解或只限于某些专才去深入研究就可以了，那么又何必动用这么多人来做这件事呢？这当中肯定还是有一些理论生机值得去深入挖掘的。从最一般意义上说，由于我们没有西方的文化语境，任何去引进其理论的行为都是会走样的，因为最简单的事实就在于语言不一样，但这并不能成为阻止我们继续学习的理由。西方文学批评理论有很多流派为什么专挑文化诗学呢？原因之一是文化诗学在西方作为较后起的批评方法，其游移特征有出离西方本土文化的迹象，特别是它没有固定的“主义”，不再严格死守某一疆域，方法运用上也不再跟本体论、世界观捆绑在一起，这种“灵活性”在中国古代文化可以找到相似之处。当然，它的各种方法、术语的使用出自其文化思想本身之中的那种严格的倚靠关系，以及完全有其内在清晰的逻辑谱系脉络，这一点，是中国文化中的任何批评活动都没有可比性的。原因之二是文化诗学具备西方学术前沿性的症候，以之为深入的个案，可以辐射到对其他批评方法的整体了解和把握。至此，以文化诗学为理论批评契机，在展开其核心操作方法的基础上，重点的转向是要指认出其存在的西方话语能真正发挥出权力效应的原因，以此来反观中国本土话语为什么与权力一直有一种异在性特征。

西方文化对语言给予极大的重视。古希腊哲学认为整个现象界变动不居，充满意见和不真实，只有赋予这种感性之流以概念才能捉住事物的本质，而概念却又是借助语言来表达，语言作为逻各斯（logos）能够通向大道。这种语言学传统使得语言在社会生活中获得了很大的被认可的生成力量。以语言为媒介的各种学科研究，因为有了语言这一产生之初的力量凭借，也自然地有了合法性力量，话语作为语言最真实的发生层次同样秉承了这种发力姿态。这一系列力量之所以能发挥效应，与语言出现之初就拥有一种坚实的结构主体性（structural subjectivity）能力有关。主体（subject）是一个含义丰富而又复杂的语词，在西方文化的不同语境中有不同意思，在此从一般意义上指能拥有“主动获得”且“臣服于”这种结构，并能在其活动域中发挥其全部力量，从而获得存在的所有意义的一个对象或一个过程。整个西方文化就是一个大主体，它的各组成部分既是其有机整体的构成要素，又是在分析出来的单个个体上拥有与大主体构成力量一样的小主体。原则上，可以无限地推演这种从大主体到小主体再到更小主体且各部分都拥有相同结构方式和力量的发生过程。循着西学中逻各斯的运动，逻各斯除了表现为语言外，它还有支撑其前行的内在框架，那就是逻辑（logic）。逻辑保证了概念在推理中的严密性，从而在精神意义上使所有的活动过程都获得了纯粹性。话语本身能产生力量也就是因为整个结构主体中有了逻辑始终的支持。

中国文化没有语言学和逻辑学传统，因而也没有完整意义上的主体性问题。从先秦始，文化空间就在“非常道”（道家老子）、“不曰”（儒家孔子）、“不言”（道家庄子）、“说难”（法家韩非子）等的共同指认中，把言外之意当作更重要的语言部分，名家、纵横家、墨家这些不但能发展语言学而且注重逻辑的诸家也被当作末流遭到压制，以致在先秦之后这些派别的主张没能在文化生成中起作用。这样，中国文化就在一种主体结构不完整的意义上发生，表达各种文化现象的话语由于没有主体意义，也就谈不上能传达出真正的力量。所有话语要有力量只能是通过依附现实界的权力才能发挥作用。

近代以来，从古汉语到现代汉语在语言上有了些形式上的变化，但本质上话语不能表达权力的历史现实依然没变。可由于有了与西学思想的碰撞，中国学人自觉或不自觉地已经在多种方式上尝试着让话语本身拥有独立的主体能力的可能性。当然，学者从话语到话语其所能表达出的话语力量与其在实际上存在的现实力量是大致相当的。如何从话语入手，分析出相关的思想和行动能力，找出话语有关的视域并提供如何能形成话语主体的方案，也许是问题的关键。用文化诗学作为引子，在大致能完整展开其所代表的文化如何进行话语权力诉求时，即转向中国文化及文学批评，找出中西方在话语言说方式上的异同，为汉语界话语主体的形成引进某些结构性要素。

第一章　摆向历史

格林布拉特以及其他新历史主义者皆认为其诗学不是一种教义，没有固定的理论宣言，而是把批评活动都置于通向多种可能性的实践方式之中，特别是在具体的批评方法上不苛求某一种现有主张的普适性，原则上预设了所有批评方法进入的合法性。如果说他们有某些理论主张的话，那就是在与新批评和旧历史主义划清界限时所表达出来的那种决断。实际上，历史主义的历史观，新批评的细读（scrutiny）皆有可取之处，新历史主义者在具体使用时都不排斥，当然也不拒绝对心理分析、结构主义等其他派别的方法的吸收。这样，似乎新历史主义者有一种能够吸取所有理论的优点，因而能凌驾于一切现有理论主张之上而又不会被划入具体的某一阵营之中，以所谓“文化诗学”和“历史诗学”的口号出现的态势以致让其他批评家不容易摸清思路而显得高深莫测。事实上，新历史主义者也是有理路可寻的，它的“历史”的称谓指明的是走历史的维度；另一个表述“文化诗学”中的“文化”指明的是文化的维度。下面先从历史这一方面谈起。

第一节　关注大众性情

就走向历史而言，新历史主义注重大众性情，这是古典诗学一直传承下来的诗学精神，也是诗学获得存在合法性之所在。加拿大学者 F. G. 查尔默斯认为人类对艺术与历史文化相互关系的研究可追溯到公元前 4 世纪。在古希腊，阐发古典诗学最伟大的代表——亚里士多德在他主持的学园讲学中，培养学生有三种学问：“理论的”（theoretical）学问（《形而上学》《物理学》等）、“实践的”（practical）学问（《马各尼可伦理学》

《政治学》等）和作为“制作的”（productive）学问（《逻辑学》《修辞学》《诗学》等）。可是他的研究重点似乎集中在“理论的”知识和“实践的”知识，并且在这两方面他的工作侧重在经验科学性方面，较少地在他的“形而上学”（第一哲学）的层次。哲学后来的发展，似乎把亚里士多德这个三分法忘掉了，变成人们常说的“实践的”和“理论的”二分法。不管如何，在三种知识形态并存时，第一种学问通过对事物本性的探寻，获得理智的知识，可以当作精英的学问，它关注超越性问题；第二种知识则属于大众的学问，关注的是世俗人的现实生活以期提升其品质；第三种学问主要为第一种知识提供思考的方法，并且在完成了富有成效的精神成果的基础上，将新的沉思知识再一次通过其工具角色运用到实践中去。在前两种知识之间，作为制作的知识为之起了一种中介的作用。其中，“诗学”属于作为制作的学问，它关注人们如何用语言去模仿现实的技艺。虽然作为工具，“诗学”的重要性一点都不比其他知识低。由于沉思与实践这两种学问之间是一种冲突关系，这就使得意在促使两者相通的中介有很大的难度，当然也提高了中介的地位。就整个知识的学习过程来说，如何熟悉城邦大众的性情获得初步的实践知识是取得进入学园学习的入门条件；进入学园以后，最重要的是要获得一种超越的知识以备将来进入世俗界能提升其生活格调。这当中诗学取得了一种极为重要的融通作用，它必须熟悉大众的普遍性需求，通过诗对现实的模仿来充实实践的知识。它也必须熟悉超越性知识以便能恰当地使这部分知识与现实接壤，在取得大众支持的同时，提升其生活品质。这一知识的影响通道也就为后代走向“通俗”的“轰动效应”奠定了基础。

依照有关学者的分析①，“诗学”是学园学生“入门”和“出门”的必备知识。在古希腊，人的生活可分三类：静观的生活、政治的生活和普通的生活。前两种生活分别对位于理论知识和实践知识，而第三种生活维系其精神的是世俗宗教知识，学园学生在修完理论知识和实践知识以后，负有使命到世俗生活中去提升其生活质量。在此环节，“诗学”（教人写文章、学说话的学问）在协调学园知识和世俗知识方面成为一个不可或

① 参照刘小枫2006年在中国人民大学文学院以《亚里士多德〈论诗术〉的性质》为题的讲座。

缺的角色。所以说，学好“诗学”是进入社会的必要条件。另一方面，实践知识的获得必须通过对普通人的生活的模仿，而这一知识形成的前提主要是由“诗学”来完成的。在亚里士多德看来，静观的人不能与世隔绝，他们必须融入城邦的生活中去，这样，理论知识和实践知识就有了共同的基础，其来源都与“诗学”有关，因此，进学园学习，首先要把“诗学”学好。可以说，理论的知识是最高的学问，实践的学问最重要，而作为制作知识的“诗学”为前两种知识奠基，其作用最为基础。

亚里士多德的整个知识求真倾向偏于历史现实维度。这在理念论上修改了他的老师的思想路线。柏拉图在《理想国》中以理念（idea）为世界中心来生成世界，世界分成三个，第一个是拥有本质的世界，就叫理念世界；第二个是模仿了理念世界的现实世界（真实的仿制品）；第三个是对现实再进行模仿的艺术世界（幻影的仿制品）。现实世界和艺术世界都是对真理发生处的理念世界的模仿，因此与真理有了距离。艺术世界距离真理最远，是幻象和意见的聚集地。相对于艺术世界，现实界更接近真理，作为现实的社会历史是艺术真实的直接来源，艺术是生活的反映，社会历史是艺术的根据。当然，生活与艺术的真实的最后根据又来自于理念。而其学生亚里士多德在《诗学》中虽坚持了理念说的核心内容，即肯定了理念的真理发生的地位，但却修改了模仿说的内容，他认为“诗比历史更真实”，显然艺术的地位又在现实历史之上。柏拉图的艺术观是旧历史主义的社会学艺术观的根源，亚里士多德艺术真实观则支持了艺术本身的主体地位。两者都设置了现实与艺术之间有一道不可逾越的墙，由此似乎可推理，哪方拥有了真实的力量就能打通这道阻隔的墙，但历史事实可能是哪方拥有力量都不能消除这一困境。

柏拉图的理念的真实性的保证来自神的存在，世界上各种事物都有它所发出的理念，所有的理念本身还有理念，最高的理念就是神。神在古希腊人的生活中占据很重要的位置，那时的人几乎都相信生活世界之上还有一个神的世界。哲学家的思想甚至生活中都会考虑到神的存在。柏拉图的老师苏格拉底被冤枉而判死刑，人们劝他逃生，他维护审判勇敢赴死的理由之一是为什么死后与神共处的那个世界会比今生差呢？赫拉克利特在他的破屋中指着炉子上那熏黑的水壶说这是诸神聚集之处。哲学的本义指“爱智慧”，哲学家不敢自称为智慧之人，就是因为他们所从事的哲学活动只能是接近智慧，真正的智慧为神所专有。群体哲学家过着沉思的生活，努力与神接壤，这个过程就叫静观的理论活动。静观与视觉相关，视觉在古希腊人的生活中有重大意义。柏拉图把视觉当作“身体中最清晰的感官”，并认为它能观看到“世界中最光明的东西”①。毕达哥拉斯曾说过参加奥林匹克运动会有三种人，一种是为了获得名誉的运动员；一种是从中谋取利益的商人；只有一种人，参与其中既不为名也不为利，只为了纯粹的观看，那就是观众。观众不像运动员和商人受功利的束缚，通过观看，人从对象中超越出来，获得了不受对象控制的自由。观看所涉及的视觉，由此也与其他的感官区别开来，“眼睛所拥有的能力是太阳施与的一种流射”②，眼睛与太阳这个神最为接近，“在所有的感觉器官中，眼睛最像太阳”③。五官中的听觉、味觉、触觉和嗅觉，在各自发生作用时，皆受到与其所接触到的对象不同程度的制约。观看，则可以与对象保持一定的距离④，甚至闭目不看，与对象完全隔开。最彻底的离开对象的观看就是静观，进一步用到的心力是沉思。城邦中的一些人喜欢躲在某处发呆，不为别的，只为智慧本身，通过从观看获得的超越能力来与神沟通，以便接近神的智慧。

有神参与的现世生活使得人（起码有一些人）一直有一种往上“观看”的意向，柏拉图著名的“洞穴囚徒”论说的就是那些觉醒的囚徒在光明的引导下，通过“观看”（最后是静观到万物）获得了与当初完全不一样的另一个更真实的世界。通过肉眼直观到的对象与理念的相合展示了某种程度的真实性，但最真实之处靠感性直观是不能达到的，必须挖掘出人的另一种更高的精神能力即本质直观。柏拉图没有找出架构进入事情本质的具体路径，他把这种高效的状态归之于迷狂。在理解诸种迷狂时有一类是对神的迷狂，通过理智的思路不可能达到的目标借助于迷狂中的直观能力也许是一种达到真理的好办法。当然，迷狂这种有神凭附的状态毕竟

① 苗力田：《古希腊哲学》，中国人民大学出版社 1989 年版，第 324 页。

② 同上书，第 314 页。

③ 同上。

④ 听觉也具有一定的距离感。视觉除这种能调控与客观事物的关系外，还能使观察者趋利避害有选择地观看，补足事物不完全部分，当场判断出深度等，总之，视觉具有思维的一切能力。参照鲁道夫·阿恩海姆《视觉思维》一书。

出现的次数少，停留的时间也短，人们不能单靠这种非理性状态来与神冥合。可继续寻找其他可能性，人的有限性注定了人在现世中没有其他途径能够更好地接近神，这样只好转而求其次。

如果存在的东西在，而不存在的东西不存在，那么有没有一种东西既存在又不存在呢？真正的存在只有神的智慧才能进入，人只能与现象为伍，人与神的冥合只有借助非常态的迷狂，而现实的人在理智状态下几乎不可能与神相合，迷狂又表现为极片面的状态，这样，如何在常态下又能利用迷狂的那种意见式表达来接近真实呢？诗性活动，既是在现象界人的常态中进行，又是充斥了各种意见的表达，它的常态的在分有了现象界的部分真实，从而能与存在接壤，它描绘了世界几近不存在的东西，但它又有某种暗示直接进入的能力，在存在与不存在之间，它既不完全存在又不完全不存在，在现有的世界中，大概只有诗学活动最能算作那种既存在又不存在的东西。

柏拉图在很小时候就能背诵《荷马》，对文学艺术情有独钟，可在建立共和国（republic）的思想过程中，害怕诗人会引发情感来引诱公民的心性，为了其理想国度民风纯洁的需要，只好忍痛割爱，得出了驱逐诗人（艺术家代表）的看法。虽如此，柏拉图思想中埋下的这种活跃的诗性空间，随时都可能被诱导出来。而恰恰是那个既不是真实存在而又没有迷狂能力的现实成了可能被压制之所在，亚里士多德就是利用了这种可能性把作为艺术的诗给解放了出来。

诗之所以比现实更能接近真实，因为它能揭示必然性。现实充满了偶然性，没有规律，所谓记录现实的历史零碎无序。史诗、悲剧等艺术活动虽模仿了现实的过程，在感官所能接触的这一层面上不如现实真实，可在诗展示的过程中，它能合情合理地推断出从过去到将来可能发生的人和事。历史描述已经发生的事，诗描述可能发生的事，“诗人的职责不在于描述已发生的事，而在于描述可能发生的事，即按照自然律可能发生的事”。[①] 因此，亚里士多德说：“写诗这种活动比写历史更富于哲学意味，更被严肃地对待；因为诗所描述的事带有普遍性，历史则叙述个别

---

① 亚里士多德：《诗学》，罗念生译，人民文学出版社 1962 年版，第 28 页。

的事。”[1] 后人所分析出“历史发生的事”与“发生事的历史”是不一样的。古希腊人所认为的历史就是那种“历史发生的事”，编年史仅是为人们提供某种记忆功能，为了文化的完整而勉强做下的事。而诗学在模仿现实的事件中，它把现实中的“本事”加以叙述，对事件删减，甚至进行合理的虚构，诗人写的“第一桩不真实，但第二桩是第一桩成为事实之后必然成为事实或发生的事，人们就会把第一桩提出来”[2]，这样，使得整个事件系列都显得真实。之所以能显得真实，是因为有“整一性”做保证。亚里士多德在论及悲剧各种成分时首推“情节”为第一要义，其次为性格（行动中的人物），再次是思想，语言的表达（风格）占第四位。情节之所以重要在于其他方面都是由悲剧中的行动（情节）所决定，亚氏对悲剧的定义是“对于一个完整而具有一定长度的行动的模仿”，这明显突出了情节的重要。“完整”且有“一定长度”则构成了“整一性”，悲剧情节外的其他要素之成立也在于是否能促成“整一性”。“整一性”的度不好把握，最终的标准是由观众来决定的。从效果上能引起观众“恐惧”和“怜悯”的情节安排就可以判定具有“整一性”。观众在诗学中的位置极为重要。悲剧所精挑细选的主人公，其意图极为明显就是针对读者的。《诗学》论及“悲剧”所模仿的主人公要求德性比一般人稍好[3]，这在文化心理中更能为多数人所接受，而读者的多数，即能显示“诗学”所追求的整体的社会效果。至于“史诗”和“喜剧”，其分别模仿的“英雄”和“坏人”作为主人公在人群中不能作为大多数人的代表，这样，后两者与“悲剧”相比，在作为“诗学”具有社会整体性影响效果的表现形态上就比较逊色。从这一点看，《诗学》论述的核心是“悲剧”。对“悲剧”感染力的重视表明了诗学对现实的关注。

事实上，所谓早期的历史学家也不认为他所记录的就是那种“本事”，亚里士多德对历史学家是有所误会的。历史之父希罗多德传承荷马笔法，把历史理解为像史诗一样是对情节的编造，很多事件的真假不重要，重要的是要像前苏格拉底哲学家一样通过系列事件能否追溯到事情发

---

① 亚里士多德：《诗学》，人民文学出版社 1962 年版，第 29 页。

② 同上书，第 89 页。

③ 亚里士多德的原句译文是这样说的：“悲剧总是模仿比我们今天的人好的人。”《诗学》，人民文学出版社 1962 年版，第 9 页。

生的根本原因，“历史”（history）的本义就是指“研究”“探索”。在《历史》上半部（第一卷至第五卷 28 节）很多研究者看到希罗多德写得杂乱无章，似乎到下半部（第五卷第 29 节至结束）才扣紧主题写及希波战争。但在当代的一些古典诗学家看来，希罗多德的写法很有深意。开头作者就表明历史写作的特色和目的：

> 在这里所发表出来的，乃是哈利卡尔那索斯人希罗多德的研究成果，他之所以要把这些研究成果发表出来，是为了保存人类的功业，使之不致由于年深日久而被人们遗忘，为了使希腊人和异邦人的那些值得赞叹的丰功伟绩不致失去它们的光彩，特别是为了把他们发生纷争的原因给记载下来。①

历史记载弥补了人们会遗忘的缺陷，作者又试图通过“追根溯源”来揭示事情的真相，这与哲学不断反思前提的思想特性相通，也有亚里士多德关于诗的本质性的含义。这样，希罗多德的研究成果与亚里士多德所理解的历史写作不一样，他想努力找出某种历史的“必然性”。从上半部第一节开始，希罗多德就走上了他寻求发生战争、纷争原因之路。作为希腊人，他秉承史家客观的态度来描述希波战争。他从希腊人的说法和波斯人的说法中找到一个进入历史的路口，他写道，最初引起争端的是腓尼基人抢了希腊公主伊奥，过后希腊人又去抢了腓尼基的公主欧罗巴，本来一仇还一报事情应该了结了，可希腊人又转而去劫了科尔启斯公主美地亚，到了下一代，亚细亚人为报复又劫走了希腊美人海伦。这时问题就大了。希腊人不再停留于相互掠夺的状态，而是发动军队入侵了亚细亚，引发了首次东西方之间著名的特洛伊战争。也正因为这样，波斯人与希腊人真正结上了仇。行文至此，按作者的意图，可以合理推论，希波战争源于抢女人。

为强调这一点，希罗多德接着笔锋一转，另外写了异邦人克洛伊索斯作为第一个征服希腊人的僭主的事，作者特别指明这是民主自由的希腊人第一次遭遇对立面文明侵略的开始。僭主作为不合法专政的结果，作者选

---

① 希罗多德：《历史》，商务印书馆 1997 年版，第 1 页。

择了克洛伊索斯的先辈巨吉斯当年为霸占王妃而篡夺坎道列斯王位的故事。历史无独有偶，这种僭越之事，作为政治事件，也是源于追求女色。这两条线索的意会勾连，希罗多德把它作为历史的开端，表达了他所追溯反思到的事情发生的动因在于潜藏在政治人物心中的某种罪感。希罗多德触及了人类的心理底层潜在空间为事件发生提供动力的可能性关系。本能动力有许多种，在此希罗多德明确指出的是情欲爱洛斯（Eros）。不正义作为始因，不是从发生学的意义来看，把历史当作有唯一性初始时间的那种事件，而是要从历史中观出某种“规律”，形成某种历史观。可这个历史观没有物理线性的那个时间作为事件发生、发展的架子，也就是判定了历史没有时间的开端。不仅如此，希罗多德在书中也没写出事件的完整，可能有意暗示历史没有结局。具体写及的事件，希罗多德第一个对历史进行了他的“叙事”。情节编排，戏剧化的故事效果，“这种叙述和《伊利亚特》的故事之间不见得有那么大的区别”①，这样，历史也就走向了诗学。

后代人所理解的历史写作，希罗多德可没这种观念。学科分类也是后起的事，诗与历史之间在写作上没有太多的界限，比较明显能看出两者的区别是诗人（如荷马）不刻意表明自己所写的故事是对事实的描述，而历史学家（如希罗多德）则“把他的故事表现为好像是对事实的描述”②。柏拉图和亚里士多德把诗和历史与真实的关系作为一个问题集中提出，在诗与历史本来没太大区别之间设下了一道墙，暗含了诗与历史有某种展开分析的可能，实际上后来的学科分类也是循着这个方向展开的。当然时代进展到诗与历史之间壁垒森严之时，又有一股力量试图穿透两者的界限，这种力量的来源根据之一就可以追溯到当初各学科还没有分化开来的文化状态之中。

希罗多德的历史观注重事件逻辑先后的发生，而没有涉及时间方面的先后所支撑起来的叙述架子所能给予的较完整历史观的意义。生活经验中的时间提供的三个主要向度都有可以成为写作的选择，在事实维度历史永远只能指向过去，而历史学家在叙述中由于作为文化人必然具有的意义诉

① 萝娜·伯格编：《走向古典诗学之路》，华夏出版社2007年版，第130页。

② 同上。

求则会使得其他的时间维度被呈现出来作为历史价值表达得以可能的基底。不同的历史学家有不同的侧重点，克罗齐认为“所有的历史都是当代史”则把意义放在史家所处的“当下”，海德格尔历史的本质“扎根在将来中”[①] 的主张明显重在拓展未来维度。从文化宏大的视域中最早把时间这三个维度为历史写作提供意义的是基督教的经书——《圣经》。

《圣经》以创世记为开端，中经千禧年，结束于末世。一个历史事件就被描述为具有发生、发展和结局的过程，这在时间上与曾在（过去）、正在（现在）和将在（未来）有匹配关系，实际上人们也把两者合二为一。《圣经》因其权威性地位，自然地给人们提供了这一合法性的世界历史图景。历史时间三维度在德性分配上不均匀，过去向度因一人过错，众人背上千古罪债，现在时的进行则充斥着各种狂妄以致遭遇不幸并有所悔改的过程，只有面对着未来，人们可能被救赎，加上企盼已久的弥赛亚的到来，似乎到此世界所有的问题都能得到较好的解决，这也说明了《圣经》对历史未来维度的重视。兰克有句名言就指出：历史的任务是“评判过去，指导现在，以利于未来”。[②] 整个西方文化发展史不断有理想国度的设计，从柏拉图的理想国到马克思的共产主义社会，就是这种执着于某一时间维度的结果。引领整个时间前行的力量来自上帝，有限的人类在千年时段中使用时间不断累积的方式生存，在另一个千禧年到来之时，时间在大的阶段上有了循环。人所生活的世界这两种时间存在方式，皆是以上帝的眼光看出，一种表现为一去不复返的线性的膨胀时间，一种是能不断重现的大的时段，在下一时段中每个时间点或许也是上一个时段的重复。前一种时间观在工业文明到来时被科学理性不断强调，以致给人们心理造成了极大的紧张感。后一种循环式时间可能来自于自然界的启发，因其重复显得丰裕，所有欠缺的生命借助这一节律都能得到天国的福荫。中国古代文化呈现出的就是来自“四季轮回”“日夜更替”这种自然节律所启发的一种循环式时间，可由于没有神圣视野的保证，充满了偶然性和无目的性。《圣经》所表达的从开始到结束的这一时间观为历史学家寻求历

① 海德格尔：《存在与时间》，生活·读书·新知三联书店1987年版，第454页。

② 转引自乔治·皮博迪·古奇《十九世纪历史学与历史学家》（上册），商务印书馆1989年版，第178页。

史事件的完整性找到了根据，由上帝评判以德性为引导的历史有未来一极也为确立规律提供了支撑的理由。时间如从自然外在物象找运动的根据，则体现为空间化的特征，亚里士多德的《物理学》就是这么理解时间的。《圣经》除了有这种经验性的图式外，最重要的是德性略显外在地嫁接到这个图式中，说它外在，因为它是借上帝之手。正如《圣经》中有很多德性与律法（包括信仰）的冲突，其解决办法最终也是归于有上帝参与的“全善”。奥古斯丁就把时间归之于上帝的创造，从更大的逻辑范式囊括了自然的时间和人的时间。让时间的发生归之于神秘却又明确的原因。他认为上帝“在一切时间之前，是一切时间的永恒创造者”[①]，至于时间是如何展开的，他又说：“说时间分过去、现在和将来三类是不确当的。或许说：时间分过去的现在、现在的现在和将来的现在三类，比较确当。这三类存在我们心中，别处找不到；过去事物的现在便是记忆，现在事物的现在便是直接感觉，将来事物的现在便是期望。如果可以这样说，那么我是看到三类时间，我也承认时间分三类。”[②] 在这种以现在时间统领所有时间维度的时间图式的演绎下，人借助神似乎掌握了这个世界。神全在、全能、全善，人类历史的最终目的是基督再次降临、正义战胜邪恶，透过神性的外衣，时间维度对德性的倚重最终还是要落实到人。

奥古斯丁最早提出时间有赖于人的思想的延伸。他说：“我以为时间不过是伸展，但是什么东西的伸展呢？我不知道。但如不是思想的伸展，则更奇怪了。”[③] 人的主体性使时间有了一种创造能力，因为人不同于动物只能等同于自身的生命活动[④]，人通过意识能力超出自身之外创造出不同于自身的某种存在，这种能力超过上帝，上帝无中生有，可上帝不能在超出自身之外进行创造。人的创造性时间不同于循环式时间和线性时间，《圣经》中的上帝遭遇这种更具个体化的时间也无可奈何，只能借助所谓的神迹来应对。这样，时间图式设计中德性的篡入、人的偶在性的内在体验以及神的显灵皆为诗性空间留下了地盘。

康德设计出的世界图式最终由德性来统领未来历史的目的论趋势，与

① 奥古斯丁：《忏悔录》，商务印书馆 1963 年版，第 257 页。

② 同上书，第 247 页。

③ 同上书，第 253 页。

④ 马克思：《1844 年经济学哲学手稿》，人民出版社 1985 年版，第 53 页。

《圣经》的描述相同，也符合传统西方文化对时间向度的倚重特征。康德的哲学批判分析出人类在对理性与知性两者运用中有许多相互僭越界限之处，所以人类陷入很大的迷思，似乎两者之间的鸿沟很难填平，可康德难得的细心之处在于试图找出其可能相通之处。他从人的审美判断力中找出有共通性的基础①，这种合作可能使得世界历史从长远看呈现出一种合规律又合目的性的结果，趋向永久和平（又一个理想国设计）。

时间的整体性为历史观奠基。古希腊零散的时间观念没能形成完整的历史观，中世纪神学家以《圣经》为根据论证了这个世界发展的大致图式，这个世界似乎依照某种目的的引导在前行，因而呈现出某种规律。中世纪以后，从神学论证中发展出来的科学理性转而冲击了神学，文艺复兴、启蒙运动等思潮的出现形成了一种能与神学相抗衡的人文精神。在这种新的时代精神影响下，西方近现代以来历史研究也出现了几个重大的变化。

首先，随着社会分工的进一步细化，在知识生产中分析出了历史学这一学科。古希腊时期，至亚里士多德才有比较明确的学科分类意识，但很多后起的学科在当时也还没有从知识整体中分化出来，历史学也一样。科学研究能得到不断地深化，包括学科的多样细化，与西方文化母体中蕴含的逻各斯主体精神有关。有了独立的学科，表明逻各斯的主体精神在这一学科得到了体现，也说明这一学科在整个文化母体中有其特殊的地位。

其次，受自然科学的启发，历史研究也出现了一股科学理性的思潮。与古代包裹在虚构中历史真实观不同，这次以精确性为主导的真实观，历史学家注重史实的考据。为辨别史实的真伪，历史学家从同一时期的多种文本、考古发掘材料等途径来取得历史事实，精确地描述出对象，试图达到自然科学在实验室中能获得的那种重造自然对象的效果。在这方面的典型代表德国历史学大师——兰克之所以决心写《拉丁和条顿民族史》，就在于把“说明事情的真实情况”② 作为他的写作目的，由此反对一切概念论、哲学化倾向。他的弟子更是把这种批判地考证资料以便确定事实的方

① 从对象看出人类对质、量的共通判断是自明的，关系和模态则显示出人类好像有的那种共通的趋势。

② 转引自乔治·皮博迪·古奇《十九世纪历史学与历史学家》（上册），商务印书馆 1989 年版，第 178 页。

法推到了极端，历史成了一些史料、图表的堆积，几乎看不到了历史研究中的先验维度。在重史实的客观性的基础上，有一部分历史学家不甘心停留于编年史式地堆积相互之间没有联系的材料的做法，而是试图找出蕴含在这些他们所认为的客观事实之中的规律。法国的孔德就不愿把历史仅局限于个别对象的再现，对他本人提出的实证精神，他认为："因其卓越的相对性，唯一能够适当地代表一切历史大时代，还体现同一基本演变的各个特定阶段；其中每一阶段，按不变的规律，从前一阶段而来，也为后一阶段做准备；不变的规律，使之参与共同的进步，从而能始终前后一贯、不偏不倚地对所有协作做出正确的哲学解释。"① 这样，历史研究中的实证求真倾向由两部分构成，一部分就是去除主观偏见以获得材料的真实性，一部分即是从大量的经验史实中归纳出某些类似于自然科学研究所得出的那种规律。第一部分取得了较高的收效，而第二部分很难达到目标，就其努力的意图看，实证主义走向了客观主义。

最后，从 18 世纪末期起，历史叙述为突现自身的主体地位，竭力抛弃文学诗性的虚构。英国著名历史学家乔治·皮博迪·古奇（George Peabody Gooch，1873—1968）认为："当马其雅维里和圭恰迪尼使历史学超脱文学的领域，并把它同国家生活联系起来以后，历史学发展到了一个新的阶段。"② 另一方面，从文学写作的角度看，绝大多数 17 世纪或 18 世纪的作者都明显地或隐含地否认他们在写小说或传奇。他们称自己的作品为"历史""传记"或"回忆录"，以便区别于小说或传奇的无聊、空想、不可能甚至不道德的方面。这种可能仅是形式上的借助，一定程度也说明了历史的真实成了文学合法性的根据。

真实性一直是历史学关注的主要问题，即使在中世纪也不例外，只是中世纪的真实性是以是否与神性相符为衡量标准，因神性一定程度可纳入虚构式的世界，故从这一时期要谈历史学与诗性划分界限的意义不大。启蒙理性甚至认为之前是没有历史的，一切都是迷信和黑暗、谬误和欺骗。"在其中没有理性的或必然的发展；它们的故事乃是一个痴人所讲的童

① 奥古斯特·孔德：《论实证精神》，商务印书馆 2001 年版，第 44 页。

② 乔治·皮博迪·古奇：《十九世纪历史学与历史学家》（上册），商务印书馆 1989 年版，第 69 页。

话，充满着叫喊和狂乱，毫无意义可言。”① 理性追求人性中的共通的诸方面，特别是具有永恒普遍价值的道德命令，这样，为了形成理性本身的逻辑，启蒙主义就自然可以摒弃掉那些被认为是没有理性的历史。凡是追求必然普遍规律的学科几乎都是超历史的，启蒙史学的科学维度同样反时间性。实证主义及其延伸形态的客观主义史学进一步加剧了科学理性的倾向，这样，历史研究没有了历史。

近代科学虽对历史学科的独立做出了贡献，可也把历史研究带入了死胡同，历史永远达不到科学精确化的那种程度，况且科学本身的客观基础在近代以来也已被撼动。历史不是科学，又不可能是文学，那么历史的本身该如何定位呢？对历史意义的质疑，导致了近代历史主义的诞生。历史主义（historicism）② 标志着历史学科的真正成熟。海德格尔说：“‘历史主义’的兴起倒是再清楚不过的标志，说明历史学致力于使此在异化于其本真的历史性。本真的历史性不一定需要历史学。无历史学的时代本身并非也就是无历史的。”③ 不同于启蒙主义史学追求抽象的人类理性，历史主义认为所有的事件都必须放到具体的历史时空中来考量。一切事物都要根据时间、地点、背景和环境的相对关系来进行叙述、判断和评价。时间的延续性对历史极为重要，所有在历史中出现的事物都有其渊源，都有其特定的形成条件。个体的特殊性就由这些条件的各种因缘际会所生成，如果这种生成有规律的话，也不是自然科学所理解的可不断复现出同一过程的规律，而是在思想上指认出的凡事皆有其必然性根源的一种信念。

历史主义的出现最早可追溯到意大利的维柯。维柯模仿培根《新工具》写作《新科学》，可他不认可培根完全的经验主义路线，维柯认为必须把感性认识和理性认识加以结合才能形成人类完整的认知。在维柯之前，历史写作像塔西佗描述的都是一些不断变化的事实，虽有具体的真实，但缺少普遍的真实，故必须加以改造。克服历史这一不足的途径最好是借助哲学。维柯认为哲学家的代表是柏拉图。柏拉图的核心理念把世界的真实存在规定为超越于现象世界之上的抽象实体，这个实体没有现实历

① 柯林武德：《历史的观念》（增补本），北京大学出版社 2010 年版，第 81 页。

② Historicism 与 Historism 都指“历史主义”，但两者有别，后者系专指德国的思想，1940 年后，Historicism 几乎取代了 Historism。参见《新历史主义与文学批评》，第 284 页。

③ 海德格尔：《存在与时间》，生活·读书·新知三联书店 1987 年版，第 464—465 页。

史感，只具有普遍的永恒真实。因而塔西佗和柏拉图的思想都各有片面性，维柯认为要把两者进行综合。在《新科学》中，维柯指出："哲学默察理性或道理，从而达到对真理（the true）的认识；语言学观察来自人类选择的东西，从而达到对确凿可凭的事物（the certain）的认识。"[①] 这表明，"哲学家们如果不去请教于语言学家们的凭证，就不能使他们的推断具有确凿可凭性，他们的工作就有一半是失败的；同理，语言学家如果不去请教于哲学家们的推理，就不能使他们的凭证得到真理的批准，他们的工作也就有一半失败了"[②]。人类思想、习俗与事迹的历史首先由语言学家命名和表达，所以，历史首先是语言学家构筑出来的历史。显然，这样的历史较为随意，揭示和表达规律即逻辑是哲学家的工作。很明确，维柯《新科学》的任务就是去实现历史学和哲学的结合。这种结合事实上走的还是培根《新工具》的路线，即把亚里士多德所确立的理论和实践之间的关系必须审慎对待的古典诗学的方向给掩埋了，直接以实践来融通有神性守护的理论，走出了一种近代以来充满世俗情怀的实用主义路线。与培根经验主义相呼应，还有大陆理性主义的代表笛卡儿。培根的"知识就是力量"与笛卡儿的"我思故我在"指明的都是同一个方向，那就是理论必须走进历史现实。在思维中的存在必须变成现实中的存在，康德所划定的界限——头脑中100个比索不同于口袋里的100个比索必须被打破，这一趋势最终集大成于马克思的"实践观"。马克思在《关于费尔巴哈的提纲》中的结语即喊出"哲学家们只是用不同的方式解释历史，问题在于改变世界"。[③] 可见，整个历史主义是一个近代以来的大思潮。

维柯把自然界归于上帝的作品，而人类社会则归之于人本身的创造。基于人类历史，维柯提出一个著名命题——"真理就是创造"。与一般理性主义面对全人类发言不同，维柯把较为抽象的人类社会具体化为"民族世界"，"这个民族世界确实是由人类创造出来的，所以它的面貌必然要在人类心智本身的种种变化中找出。如果谁创造历史也就由谁叙述历史，这种历史也就最确凿可凭了"。[④] 整个民族世界的历史就像一个人的

① 维柯：《新科学》，人民文学出版社1986年版，第86页。
② 同上书，第87页。
③ 《马克思恩格斯选集》第1卷，人民出版社1995年版，第57页。
④ 维柯：《新科学》，人民文学出版社1986年版，第145页。

生命有一个发生、发展到衰亡的过程，这种有机性决定了历史有前因后果的各种关系。就历史有一个生成过程，基佐在研究英、法革命时也说："不论在英国或法国革命中，人们所说所望所作的，都是在革命爆发前已经被人们说过，做过，或企求过一百次的。"① 从后来发生的事件来反观前事人们会更清晰地看到事件之间的联系以及由此产生的事件之间的效应，这样历史就不仅仅对事件的简单客观描述，而是能提供某种意义。为此基佐得出一个极富创见的方法，他说："总之，两个革命是如此值得相提并论，甚至我们可以说，如果第二个革命不曾在历史上发生过，那么我们就无法彻底了解第一个革命。"② 托克维尔在写《旧制度与大革命》时也认为法国人在大革命时期"不知不觉中从旧制度继承了大部分感情、习惯、思想，他们甚至是依靠这一切领导了这场摧毁旧制度的大革命；他们利用了旧制度的瓦砾来建造新社会的大厦，尽管他们并不情愿这样做"。③

历史主义的基础建立在历史意识（sense of the history）之上，人文学科有了这种意识自然地给研究对象赋予了深刻的内涵。思辨的历史主义使历史走向了哲学。在 19 世纪历史研究中形成的这种观念巨大地影响了其他学科的认识。法学和经济学的历史主义吸取了个体性的倾向，反对形成理论体系。其中文学写作及研究表现出强烈历史意识的阶段其实就是一种历史主义的现象。宽泛而言，历史上出现的现实主义文学都可以归入历史主义。具体追寻有历史意识的文学，其出现往往是对超历史或没历史的文学的反动。在西方文学史上两者构成一对相互促动的对象并从大的趋势上交替式出现，与现实主义文学对拓的这一维度或表现为浪漫主义、或称为唯美主义、形式主义等文学表现方式。缺乏历史感自然地就呈现为一种超阶级、超民族、超种族，甚至超文化的文学形态，其文学意图在于描述出人类的理想性（浪漫主义）、普遍性（形式主义）、共通性（唯美主义）。历史主义作为一种文学批评方法则早已存在，而在此领域被明确化并进一步得到确认且被称为旧历史主义是因为新历史主义的出现。历史主义是研

① 基佐：《1640 年英国革命史》，商务印书馆 1986 年版，第 3 页。

② 同上书，第 10 页。

③ 托克维尔：《旧制度与大革命》，商务印书馆 1997 年版，第 29 页。

究历史（包括文化史、文学史和思想史）的历史哲学方法。近代以来，其代表人物有意大利的维克、法国的卢梭、德国的赫尔德、英国的伯克、德国的黑格尔，以及现代历史哲学家柯亨、克罗齐、狄尔泰、斯宾格勒、奥铿等。尽管各人的理论基础不同、命题不同、视域不同，但在历史主义的基本内涵上，大致都强调历史的总体性发展观，坚持任何对社会生活的深刻理解必须建立在关于人类历史的深思熟虑上；强调社会发展规律支配着历史进程并容许作长期的社会预测和预见；注重思辨的历史哲学为被看作一个整体的人类历史总方向提供一种解释的模式；注重批判的历史哲学将历史最终看作一种独立自主的思维形式。这种历史观反映在文学上就意味着历史只能作为文学的背景；社会现实是文学作品表达的集体思维；文学作品表达的是一种普遍的、不变的人性。①

第二节　走向新历史主义

"新历史主义"一词最早出现于 1972 年。这一年，批评家威斯利·莫里斯出版了《走向新历史主义》(*Toward a New Historicism*) 一书，在书中，作者认为 20 世纪的美国文学批评很大一部分从根本上都表现出历史主义，他不从编年史一一罗列，而力图从历史的角度来讨论哲学，他认为这就是一种新的历史主义的态度，"新历史主义"即由此得名。但莫里斯的这本书所表明的思想仍然属于旧历史主义的范围，而不具备新的批评理论创见。真正意义上的新历史主义批评的创立则是在 20 世纪 80 年代初。

1975 年格林布拉特在参加加利福尼亚大学洛杉矶分校（UCLA）关于大航海时期以"美洲的初始印象"为题的学术会议前后，他接触了大量历史地理、航行旅游的文献，特别是哈克卢特、帕切斯和赖麦锡②的著作对其以后十几年的学术生涯有很大影响。起先这些材料是作为背景知识来看待，渐渐地成了前景来阅读。格氏集中对一个问题进行思考，那就是为

① 这些概括参见朱立元主编《当代西方文艺理论》，华东师范大学出版社 2005 年版，第 393 页。又参见王岳川《新历史主义的文化诗学》，载《北京大学学报》1997 年第 3 期。

② 理查德·哈克卢特（Richard Hakluyt，约 1552—1616），英格兰地理学家、历史学家；塞缪尔·帕切斯（Samuel Purchas，1577？—1626），17 世纪英国旅游作家；赖麦锡（Giambattista Ramusio，1485—1557），意大利地理学家。

什么在莎剧《暴风雨》中凯列班不会说话，直到普罗斯皮罗及其女儿教他才会说呢？当中肯定有许多想象的成分，这一提问直接联系到了哈克卢特编译的航海材料中也有大量的虚构，一个是作为文学作品，一个是历史文献，把两者合起来考虑会产生怎样的奇异效果呢？后来出版的《学会诅咒》一书中前面收集的几篇论文就是这方面批评的尝试。如何对这些文章进行理论阐释，格氏本人一直没能找到明确的方向，十年后，他与凯瑟琳·伽勒尔（Catherine Gallagher）一起合作出版了《实践新历史主义》一书，总算对当初的批评动机梳理出了一些规则，但这些规则并不能真正反映其中的精神，特别是没能从理论和方法上进行有力的说明。格氏从他最为熟悉的马克思主义和后结构主义理论中找不到现成答案，他倍感孤独。事实上，他为了从文学和历史这两个方向找出一条批评的新路，从另一个渠道上他与伯克利的同事在相互交流中办起了名叫《表述》（*Representation*）的杂志，本来想撰写出一些纲领性的声明，可由于历史学家与文学评论家、人类学家与艺术史家之间存在意见分歧，如制定出了一套理论和方法，势必限制各自的阐发，最终走了一条冒险的路，以似乎可以合作在一起的材料作为统一的基础，至于每个人的论述走向难以预测，只能诉诸于小心求证，以利于相互配合融通。这样下来，逐渐明了整个努力的过程的核心语词其实就在杂志的命名之中，即表述，对之进行多层次的阐释，最能走出一条与历史主义和结构主义批评不一样的道路。

以此为标志，“很多新历史主义的批评家和文集编者认为新历史主义正式作为一个理论和批评实践被确立的时间是 1980 年”[①]，如从真正运用新历史主义方法来具体分析作品的标志是格林布拉特的《文艺复兴的自我塑造》和蒙特洛斯的论文《伊莱扎，牧羊人的女王》。两部作品都认为文学与其他“表述”形式不可分开，在文学与社会生活之间，在作为权力发挥功能的类型上区别不大。而且两人都承认受到文化人类学家的影响（前者主要受格尔兹的启发，而后者则认为科恩对其意义更大），讨论了文化对人的主体性的塑造作用。作为一种批评流派，新历史主义的人员构成超越了学科和国别的限制，主要有美国的格林布拉特、蒙特洛斯、伽勒

① John Brannigan: *New Historicism and Cultural Materialism*, Macmillan Press Ltd, 1998, p. 56.

尔、奥格尔、帕特森、海登·怀特，英国的多利摩尔、辛费尔德，德国的魏曼以及加拿大的帕克等理论家。他们重点以文艺复兴[①]和19世纪浪漫主义文学作为研究对象，在当代西方后现代的现实语境中汇合了文艺复兴文化批评、福科主义者、文化唯物论、以詹姆逊为代表的马克思主义文化批评、女权主义、黑人及少数民族文化批评以及范围广泛的政治批评，形成了一股声势浩大、影响深远的历史文化思潮。

新历史主义的文学批评与其说是从旧历史主义脱颖而出，不如说是对以英美新批评为主导的形式主义的反驳。形式主义另立一个可以与现实世界抗衡的艺术世界，即使艺术的根源与现实有或隐或显的各种关系，极端的形式主义论皆要切断这层关系。产生于20世纪20年代的英美新批评流行了三十多年，它与俄国形式主义、法国的结构主义共同形成了一股独立艺术世界论断的倾向。三者又合流构成了西方叙事学的理论来源。这些理论派别与历史主义一直处于较量状态，在具体表现上它们双方可能用各种称号来表明观点，哪方暂时取胜就成为显学，之后又可能被另一方压倒而退入幕后。20世纪初，俄国十月革命后出现了文学和文学批评要反映现实的强势潮流，就有以什克洛夫斯基、普洛普为首的一批理论家躲进象牙塔筑起了一个纯文学的世界，这就是所谓的俄国形式主义，之后这一流派直接影响了法国的结构主义的产生。在俄国形式主义出现之初就有巴赫金对这种回避现实世界的艺术建构的提醒。巴赫金的思路就是要关注生活世界，但他不是简单地向历史主义的回归，巴赫金不知不觉走上了一条与现象学暗合的思想之路，在他的理解之下，生活世界与艺术世界是相通的，历史与诗学在根本上不能分开，这样，巴赫金实际上开创了新历史主义的先河。

新历史主义之新就在于终结了现代化以来历史和诗学所构筑的现实和艺术两个世界相互分开的传统。在历史主义的视野里，艺术是以现实为模仿的对象，其一切合法性都凭借有一个真实的世界作为根据。形式主义则刻意压制现实世界对艺术生成的作用，不管如何处理现实世界，表面对立的两派主张都承认有两个世界的存在，而新历史主义则逾越了两个世界的

① 这一流派的批评家主要包括乔纳森·哥德伯格（Jonathan Goldberg）、路易斯·蒙特洛斯（Louis Montrose）、列奥纳德·泰能豪斯（Leonard Tennenhouse）等莎评学者。

对立状态，从两个世界生成的话语去寻求它们之间共通的基础，得出的结果为历史都是话语叙述出来的，历史没有独立的领地，与文学一样所写对象都是虚构出来的，世界也只有一个。这样，似乎又回到了古代各种学科没有分工的状态。实际是情况大大不同了。20 世纪西方文化经历了一次语言学转向，抽象的语言转化为了现实的语言——文本或话语，语言真正突现出了作为人类家园的含义。形式主义就是大量借助语言学的分析框架来争取它的独立领地，提倡文学的“内部研究”，对作品进行语义分析和内部解读，割裂文本与政治、文本与权力、文本与历史的关系，研究方法显得琐碎。新历史主义指出形式主义的语言观是不完整的，语言的共同体确实有普遍性一面，可语言的最重要的特性是它的言语（即言语言）过程。泛泛地说话是没太大意义的，言语必须落实到有具体语境生成的话语层面来陈述才更有价值。话语（discourse）把语言的普遍性推进了它的特殊性层面，使得语言生成有了当下的维度，从而也就自然地进入了“历史现实”的秩序。在这种秩序的建立中，语言就是从理解和创造秩序的双重意义中将世界实现了，而话语正是人们处于真实情境中语言的实现过程。新历史主义就是要把形式主义封闭在语言层面的操作突现到有历史感的话语之中，使话语有实用功能。在具体的运用中，很多新历史主义者皆选择权力作为话语的历史实用性的表达。格林布拉特在思想低谷时期身处结构主义和马克思主义的左右不能自拔的困境，福柯 20 世纪 20 年代到美国的演讲，其权力观给格氏整合原有的知识资源带来了理论生机。同样地，海登·怀特著名的“转义理论”，话语之间的运作通过“转义”（trope，又译比喻）来进行，其运动的可能也是来自于福柯所谓的权力。反过来，海登·怀特本人又用他的“转义理论”去作为分析福柯思想的入口。海登·怀特就主张：“从修辞学的比喻理论中找到一条线索，来理解他话语风格的意义。”[①] 以权力突现历史，不仅仅是新历史主义者的路径，福柯也是这么理解的。彼得·杜斯在讨论福柯的“权力和主体性”时说，福柯 70 年代方法论转向时就“开始发展一种因结构主义的政治匮乏而要求的权力理论……因此，对福柯历史观的思考就检验他的权力阐释

① 约翰·斯特罗克编：《结构主义以来——从列维·斯特劳斯到德里达》，辽宁教育出版社、牛津大学出版社 1998 年版，第 85 页。

而言，是一个根本性的预备程序”。①

新历史主义重提历史以克服结构主义僵化的结构论误区，它更倾向后结构主义的立场。形式主义的文本解析所建构的虚构世界则使之坚定地回到古典诗学的原则。基于此，格林布拉特又把新历史主义称为“文化诗学”。“诗学”的基本含义指向虚构，古典诗学与文化诗学对“诗学”基本意思的理解都没变，它们之间的不同在于真实观。古典诗学面对两个世界，现实世界和模仿世界，认为模仿的对象及其运动过程比现实界的原型还真实，这就是古典诗学的主张（亚里士多德），认为模仿的对象的真实性来源于现实的原型，这是历史主义的主张（柏拉图），否定两个世界各自作为真实性的来源，只承认一个文本的世界，此为文化诗学的主张（格林布拉特）。对于新历史主义这一重要转折，美国《新文学史》杂志的主编拉尔夫·科恩明确地指出了当代文学理论的整体趋向：走向广义的新历史主义文化诗学。新历史主义是描写文化文本相互关系的一个隐喻，它关注文化的文本间性（cultural intertextuality）。“文化诗学”中的“文化”即突出表达了能产生各种效应的文本之间的化生过程。从具体内容上看，格林布拉特提出的“文化诗学”则更为切题。

传统知识生产中学科呈不断分化的趋势，而且这种分工愈来愈细，专业化的程度也愈来愈高，以致各学科之间人为性地立下了许多壁垒。文化诗学的“文化”意义指向无暇遏止这种分工的趋势，但它从横断面上吸取各种学科之间共同研究对象的资源来形成新的论域，历史的时间纵向顺序被空间化，能打通文本间性的力量的就是福柯所理解现代社会中普遍存在的呈网络形态的各种权力。

20世纪，在格林布拉特学术研究的道路上，有两次重大的变化：一次是发生在60年代末。60年代初，在耶鲁大学研究生院学习时，格林布拉特遭遇到了以英文系教授维姆萨特为代表的英美新批评无视剧烈社会变动的现实而沉迷于诗歌的确定性解读的困惑。其在随后两年以访问学者的身份在剑桥大学师从英国文化唯物主义代表人物雷蒙德·威廉斯学习，作为一个马克思主义者，威廉斯强调文学生产的物质基础，文学批评的重要原则是回到社会语境中去。受此方法的影

① 汪民安等编：《福柯的面孔》，文化艺术出版社2001年版，第167页。

响，格林布拉特把他这一时期热衷的拉勒斐爵士诗歌创作与诗人本人的政治生涯结合起来研究，1969 年写出了他的博士论文《瓦尔特·拉勒斐爵士：文艺复兴的人物及其角色》（*Sir Walter Ralegh*：*Renaissance man and His Role*），文章大致实现了从形式主义的“内部研究”到关注社会历史的“外部研究”的转变。格林布拉特思想的第二次突变发生在 20 世纪 70 年代。从 1969 年始，格林布拉特在加州大学伯克利分校讲授《马克思主义美学》课程，上课中透露出对西方马克思者本杰明和早期卢卡契的兴趣，竟引发了学生的愤怒。学生从政治立场来解释学术研究可能有过激表现，但格林布拉特反观自身的学术，发觉从方法到思想各方面都显示出处于驳杂的尴尬位置。他审视的结果认为自己的问题集中在马克思主义和后结构主义的关系之中，耶鲁大学和剑桥大学的学习给他带来了多方的学术资源，但也使得他找不到学术个性。幸运的是，福柯 70 年代的美国之行，给他学术研究带来了转机。

在谈到福柯时，格林布拉特自己承认：“米歇尔·福柯生前最后五六年始终待在伯克来的校园里，说得更宽泛些，还有欧洲（尤其是法国）人类学家和社会理论家在美国的影响，都对我自己的文学批评实践的形成发生过作用。”[①] 格氏的这一自白，真实反映了他的学术突破期的重要思想根源，也是新历史主义惯用的交代研究者参与到语境生成的技术。福柯的影响之大，有的论者认为格林布拉特就是福柯在英美文学批评界的代言人。[②] 福柯一生最重要的学术贡献就是对权力的分析。权力的含义在福柯思想发展中有变化，但基本精神没变，福柯利用它几乎像黑格尔的“理念”一样试图作为剖析这个世界的核心概念。而对格林布拉特来说，对文本话语的权力分析则成为他解决自身学术困境的关键。

格林布拉特颇有底气提出“新历史主义”的原因就在于认为他们的研究找到了进入历史的真正入口，抓住了历史的最有质感的真实，那就是权力。历史不是传统所追求的那种已遁入形而上假定的“本事”，也不是

---

① 张京媛主编：《新历史主义与文学批评》，北京大学出版社 1993 年版，第 2 页。

② 凡是对新历史主义特别有影响的学派几乎都会被研究者们当作新历史主义是其代言的结论。如从政治的角度，新历史主义被指责为马克思主义的粗浅翻版；这些原因可能跟新历史主义的主张本身的模棱两可有关。

被形式主义者所消解只剩下所谓的能指的游戏。必须重提历史主义的"历史感"，但要摒弃其虚幻之处，找出历史的实在。对权力的重视，就是能解决诸多历史观的难点，同时也能承接各学派的学术资源，厘清与新历史主义相关的学术谱系关系，突出新历史主义文学批评的自身特色。

传统历史观几乎都可纳入历史主义的范围。注重事实考证的历史（历史编纂学）与试图在这些所谓史实中思辨出某种哲理（历史哲学）之间，海登·怀特认为两者使用的规则都具有"修辞性"，皆可纳入历史主义①。历史主义作为一个文化共识的出现只是由于历史实证主义走进了死胡同，因为在极端实证倾向驱动下历史被科学所取代。科学的普遍性取消了历史最重要的时间维度，历史成了没有历史的场所，这确实是具有反讽味道。本来人们是有历史意识的，它一直伴随着意向过程为内感知所熟悉，以致不用特别加以关注，而一旦当它失去以后，那种欠缺感就会促使人们急切地在明确的意识层集中来填补那种空虚，等到不足被填满从而溢出以后，历史主义就出现了。历史主义有一个重要特征，就是试图对过去某一个美好时代的回归，在西方世界集中表现为一种普遍的"古希腊情结"。文艺复兴首次主张回归古希腊，后来很多大哲学家如马克思、尼采、胡塞尔等都表达了对西方这一早期理想社会的追慕。经过了黑暗愚昧时期的人们一旦知悉自身祖先曾有过的理性精神的辉煌，就会自然地以此精神为指导来看待世界。故精确地复现并准确地回归这一伟大历史时期成为了这一时代的历史原则。而其后对这一历史时期的文化历史研究又自然受这种理性原则的指导，这些倾向都集中表现为历史主义。以格林布拉特为代表的新历史主义，恰恰就在研究这一历史时期的文学找到了旧历史主义的代表作为批评对象，同时在回归的意义上，新历史主义找到了一种与文艺复兴时期的亲缘感。

在英国文学界课程中，抒情诗和莎士比亚占有重要位置。莎士比亚一系列的历史剧为说明文学和历史的关系提供了方便。20 世纪对莎士比亚历史剧的研究集中在三个主题：爱国主义、政治问题和历史剧中的连续性。20 世纪上半叶爱国主义的主题突显，20 世纪后半叶由于现实问题的影响，政治转而成为评论家关注的主题。他们把莎士比亚当作说教的剧作

---

① 张京媛主编：《新历史主义与文学批评》，北京大学出版社 1993 年版，第 180 页。

家，是当时政治历史和时代思想的化身。如把莎士比亚的《亨利四世》上下篇当作反叛问题；《理查二世》表现的是国王的废除；为此，英国的文学批评家蒂利亚德（E. M. W. Tillyard）进一步对这种政治化的倾向加以哲学化的说明。1943年蒂利亚德发表了《伊丽莎白时期的世界图景》（*Elizabethan World Picture*），他以莎士比亚、邓恩和弥尔顿的秩序观念为主描绘了16世纪英国人心目中的宇宙观，即由各种生命形式构成的所谓“生命之链”：上帝、天使、人类、动物、植物，从上至下，以贵贱顺序依次排列。他认为，在文艺复兴时期的人们看来，这个“生命之链”就是上帝的安排，也是宇宙的秩序。而文艺复兴时期的文学艺术在很大程度上反映了这样一种宇宙观。伊丽莎白时期为理性原则所左右，文学批评就应该在这种总体原则的指导下，回到当时的历史语境去理解作者的意图、文本的指涉和读者的反应。历史主义总是把文学的语境理解为“时代精神”“历史背景”或“世界图景”等，把复杂的文学现象纳入这个统一的、同质的、稳定的世界之中，排斥非一致性的、矛盾的因素。从新历史主义角度来看，蒂利亚德等人对历史的看法有三个误区：第一，将历史视为铁板一块、单声道的体系，历史是可知的，历史学家能够客观地认识事实；第二，历史存在被当作文本符号的外部指涉物，文学艺术则视为对历史的简单反映；第三，正因如此，文学不如历史真实，犹如古典的模仿说所传达的，文学作为诗学是反映比它自身更为真实的某种东西的镜子。而事实上，伊丽莎白时期的历史是复杂的和相互矛盾的，纠缠着各种集团的利益冲突，它的宇宙观也不是单一的、基于基督教的宇宙观，而是具有更大的复杂性。《伊丽莎白时期的世界图景》作为文学批评，典型地反映了作为旧历史主义的代表蒂利亚德那种贴标签的自足的历史观，他们没有给历史留下更多的解释空间，同时反过来也简单化了文学本身，从而也就降低了文学批评。

新历史主义要打破这种“背景”（background）和“前景”（foreground或译为“焦点”）区分的幻象，认为并不存在固定、客观和统一的一成不变的作为“背景”的历史，历史不是透明的、容易认识的，而是生成的，文学也是这种生成的一部分，一切都是“前景”。文学和历史都不是固定、静止的，文学是历史的一部分，它们之间看不出等级关系，在作为文本化的意义上又始终在相互塑造中生成着。在美国，新批评利用文艺复兴抒情诗的典型文本训练出了几代学生。莎士比亚剧作与在英国一样被当作“永恒不朽的传世之作”。同样恋上莎士比亚研究，格林布拉特有意避开整一性、理念化的历史观，也不沉迷于那种远离历史重要关头和矛盾的虚无东西。莎氏所代表的文艺复兴是个大变动时期，与西方当今的这种后现代状况有可比性。历史的转折出现的明显的断裂可扩大为历史的常态在似乎有个大观念引导下的“大历史”中人算不上什么，而一旦“大历史”的书写破碎以后，个人在历史中的命运被突现出来，也许循着这条“小历史”之路更能捕捉到历史的真实。基于此，格林布拉特选择了从托马斯·莫尔到莎士比亚的自我造型（self - fashioning）为出发点来表明“16 世纪英国不但产生了自我（selves），也有那种认为自我是能够塑造成型的意识”[①]。中世纪基督教义怀疑人的自我塑造的可能，把这种能力归之于上帝。启蒙运动则大力传播人的个体独立的观念。

文艺复兴作为文化分期处于这两个新旧的大时代之间，它的继承性与回溯到当时的所谓“现代性”的关系如何，新历史主义以人的自我属性的形成作为理解这一独特时期的时代精神的入口，表面上看似乎只有以小见大的效果，事实上它牵涉到了一系列的问题域。其中，与历史时间向度较有关联的是文艺复兴作为文化史家划分时代的一个认识概念，这个时代有多少中世纪性，又有多少现代性？有人认为文艺复兴兴起的是与过去截然不同的现代性，而另一些人则主张与中世纪基本上是连续的。布克哈特在《意大利文艺复兴时期的文化》一书中，典型地表达了文艺复兴具有与中世纪相对的现代观念，即文艺复兴时期的艺术家热衷于神话题材和写实体现了其异教和感官表现的世俗倾向。当然有的论者否定文艺复兴与古代历史的关系，从艺术上看，早期基督教艺术家并未脱离古代艺术，甚至为文艺复兴更好地理解古代提高模仿技巧作了准备。针对历史主义的历史连续性的主张，新历史主义学者共同有意识地选择文艺复兴来研究就是要打断这种历史纵向的整一性。在历史的横切面上，像多利莫尔在《激进的悲剧》中就集中讨论人的自我属性的形成与社会建构之间的不连贯，格林布拉特进一步明确为人的自由这种文艺复兴意识形态与实际上作为决

---

① 中国社会科学院外国文学研究所《世界文论》编辑委员会：《文艺学和新历史主义》，社会科学文献出版社 1993 年版，第 74 页。

定权力关系的主体的人之间的分裂，蒙特洛斯早期论文强调的则是由文艺复兴文学充当中介的当时的社会构成中种种大的矛盾，以此形成对断裂性的偏好就从形态上与旧历史主义区别开来。同时也集中体现了文艺复兴的对“世界和人的发现”的普遍研究主题，突出了这一时期的创造性和独特性。蒙特洛斯还注意到英国这一时期的女王统一给整个文化带来了性别政治（sexual politics）。据他分析，由于伊丽莎白作为女性，且终身未嫁，围绕着她这一权力中心，就产生了诸多欲望的政治化问题。最突出的莫过于在莎士比亚的剧作中充满了对男女之间性暴力、欲求关系的描写，显示出女王是文化的中心、权力竞逐的对象，同时也被臣民所包围和塑造。

当然，格林布拉特自己承认16世纪并不存在什么单一的“自我的历史”，这种处理只是出于自身以简驭繁的需要，况且越是接近那些作家及其作品，越是感到难以胜任对这一复杂历史时期的把握，因此只能在“自我塑型”这个可掌控的秩序中来论述。那种综合性的解释，如给予文艺复兴一个整体的客观的叙述，很容易回到旧历史主义的立场，也容易暗示出文学作品是对文学外的世界的反映的已被普遍排斥的那种陈腐的论调，蒙特洛斯早期论文就有此类倾向，后来作出较大的调整，站在产生知识者能动的角度，即看出文学作为文化话语在社会构造中的生产作用，自然地就与格林布拉特成了同道中人。吉恩·霍华德在研究文艺复兴这段历史时，也感到模仿说的不足，他发现福柯的话语理论较有说服力，特别是福柯有关“一个时代的话语习惯虽然会产生或形成某些行为，但是却从来不会与它们吻合”① 的思想，对于认识文本在分析解释现实如何起作用时特别有意义。从话语入手，就可以看出话语所要求的与人们实际上做的之间有某种距离，这样，问题就变成文化是怎样以及为什么会产生这些关于现实的特定构成，文化揭示了哪些矛盾并使哪些矛盾自然化，它们要达到什么经济和政治目的，当中又揭示了什么样的权力关系。文学作为文化再现现实诸多因素中的一种，它帮助文化形成关于家庭、国家个人的话语，从而使世界变得可以理解。例如，在研究文艺复兴的妇女是如何变得

---

① 中国社会科学院外国文学研究所《世界文论》编辑部：《文艺学与新历史主义》，社会科学文献出版社1993年版，第103页。

可以理解的，就不能只看社会事实，诸如她们有多少孩子，死亡的平均年龄，死于什么疾病，而必须同时考虑医疗、法制和宗教等方面如何起作用，“提供一种有关妇女的话语，而话语有可能与我们所见到关于她们表面境况的‘事实’大相径庭的形式来再现她们”。①

总之，格氏及其团队在实践新历史主义的途中，为给自身的无序状态给出某种秩序，起码在四个方面的转向有明确的认识：

1. 对“艺术”的讨论转变为对“表述”的讨论；

2. 对历史现象的物质主义的解释转变为对人的身体和主体的历史的探寻；

3. 通过一些辅助性的材料而不是显明的主题来为文学作品营造出新颖的语境；

4. 逐渐以话语来取代意识形态批评。②

第三节　文化政治

文化诗学一批学者在形式主义的教育下长大，学会了一套文本内寻找意义的方法，形式主义强调文学研究中内部研究对文学的根本性意义，这一观念契合了20纪80年代“回到文学自身”的文学逻辑，因此，受到当时理论家和批评者的推崇。文学批评者将语言和文体探索中具有试验精神的语言和文本产生的陌生化视为首要的美学追求，与历史、民族、国家等外在目标对立起来，进行完全自我的文学性追求，这样的批评话语也影响了创作者的文本实践，以陌生化的美学追求为己任。由于形式主义文学批评过分夸大形式的作用，用形式来规定文学的本质，使得文学在脱离一切社会现实之后走向狭隘化的极端。可是现实中发生的各种轰轰烈烈的事件，如越战、黑人游行、女权运动、全球资本流通等现实问题使他们不敢待在书斋之中自行其乐，他们深深感觉到学术研究中存在着严重的道德缺失，如何走出这种困境呢？他们把目光转向历史主义，试图找到一种介入

---

① 《世界文论》编辑部：《文艺学与新历史主义》，社会科学文献出版社1993年版，第103页。

② Stephen Greenblatt: *Practicing New Historicism*, Chicago: The University of Chicago Press, 2000, p. 17.

现实的力量，但又不是简单地回归历史现实，因为不是政治家，作为文化研究者，他们走出了一条文化政治的路线。

最直接的介入现实就是去解决身边发生的各种政治、经济问题，但在知识分工及相应的实践细化的现代世界，无疑这是不切实际的问题，除非一批所谓的“公共知识分子”，越界去对不熟悉的领域进行干预，表面看似乎体现了做人的良知，实际上是无的放矢，既不能从根本上找到出路，又浪费了专业资源。那么，这种现实感对文化诗学的学者来说就成了一种动因，至于怎么进入现实，他们还是回到历史中的现实，文艺复兴及前现代化时期成为他们的主要论域。格林布拉特的《学会诅咒》和《不可思议的占领》两本书集中反映了这一走向。

作为学者，最为熟悉的工具莫过于语言，格氏就是从语言的角度进入到对政治问题的思考。在《学会诅咒》第一篇文章以“学会诅咒：16 世纪的语言殖民诸方面”表明主题，《不可思议的占领》则围绕“绑架语言”为题阐述“大航海”时期的文化侵略。

哥伦布自小就熟读马可·波罗和曼德维尔的游记，可是他跟这两位前辈的处事方式完全不一样，他拿着护照和王室书信，目的明确就是要去索取土地和财富。确实很难设想马可·波罗作为一个 13 世纪晚期的威尼斯人会向当时的蒙古帝国提领土要求并随意更改所到国度的地名，曼德维尔也不会为了欧洲某君王到达某一地方就展开旗帜乱提要求。曼德维尔在他著名的《曼德维尔游记》中甚至还写到中世纪骑士有一次路过一个撒满黄金和宝石的山谷而不为所动的感人故事，这对哥伦布来说已完全不可理喻。哥伦布既不是商人也不是朝圣者，但又似乎兼具两者角色，他带着为西班牙再征服土地（reconquista）的使命，虽然这一不可告人的目的没有言明，写在哥伦布护照的也仅是去印度做贸易，他原始的航海笔记也已不见，但在他同时代人抄录的笔记副本中就交代哥伦布此行的目的地是去杭州（Quinsay 行在，马可·波罗的称呼），且说“把殿下的信交给大可汗，并要求答复”，同时还说哥伦布此行去远方是照着斐迪南和伊莎贝拉的命令，意在发现和占领海洋中的岛屿和陆地。这样，哥伦布一行出海不能简单地归为外交和商业活动，几个水手第一次出海也不适合发动战争，所以很难设想王室真正想获得的是什么，格林布拉特不想去解答其中的谜团，他试图通过哥伦布航行的相关报道，从一个特别的角度把整个过程阐释为话语的（discursive）活动。[①]

格氏特别指出 discursive，明显是来自福柯所阐述的话语。在语言学转向的当代西方学术界，话语的含义不仅仅停留于说话和文字表述，福柯把话语理解为一系列的权力运作过程。话语不仅是具有严格的语法和逻辑结构，它本身就是具有社会文化脉络呈现为前因后果系列的事件（the Event）。

哥伦布的以经济为动机的冒险可阐发为具有其他意义的行动，比如可以理解为开启了“大航海”时代，发现了西半球，暴露了传统地理学的局限；传统欧洲人自觉或不自觉地带有基督教传教士的心态，以一种救世主的面貌试图传播福音以恩泽四方；在遭遇到原住民时，这种猥琐而又高尚的复杂动机即刻显示出来，这一切都表现在话语当中。格林布拉特从哥伦布第一次出海兴高采烈写给他的朋友路易斯·德·圣坦杰尔（Luis de Santangel）的信中，找到了文化诗学解释这一事件的入口，在信中哥伦布简单向朋友交代了33天带着船队从加那利群岛到了西印度，发现了很多岛屿上住着数不清的人，他即刻展开王室的旗帜并以王室的名誉宣布对当地的占有，令他惊诧的是没遭到反对，接着他写道：

> 我发现的第一个岛我给它命名为 *San Salvador*，以纪念神圣的救世主赐予这一次不可思议的出海，岛在印地人那里称为“Guanahani”；此后，第二个取名为 *Isla de Santa Maria de Concepcion*；第三个，称为 *Fernandina*；第四个，*Isabella*；第五个，*Isla Juana*，依次都给了一个新名字。[②]

从这段引文可看出哥伦布在拓土开疆初次告捷时的那种轻狂，作为殖民者他认为完整拥有新发现土地的手段就是给对象重新命名。因哥伦布所习得的文化里不相信口头证据，在司法过程中只有书面证明才具有法律效应，这使得哥伦布在航行中的言论动辄就要记录下来，以保日后这些材料的权威性。除了把这些文档慎重地封存起来载回远隔数千英里的西班牙以

① Stephen Greenblatt: *Marvelous Possessions*, Oxford: Clarendon, 1991, p. 54.

② Ibid., p. 52.

供有关政府官员依次备案并通过盖章等程序使之合法外，哥伦布的书信也有作为证据的效力。哥伦布个人的性格也注定了他做事的方式，他曾说过即使最简单的事也要有人去发现、去证实，站在后面指手画脚是没用的，所以航行所到之处，只在船上宣布看到的新土地是不够的，他必须亲自上岸去落实。更细致的做法是在占领之处做记号，比如插上树枝或立碑，更可靠的是建个小房子来表明自己的行踪，在海边的某处有个山丘或大树最好能记下它们与海之间的距离。相伴着语言过程的是一套仪式，它大概展开为三个环节：一是宣布，张开旗帜以国王和王后的名誉宣布对该岛屿或陆地的占有；二是证明，随船人员在场做证是关键，人数越多越好；三是登记，文书记录整个过程以备案。如果遇到当地土著，哥伦布会出示护照和官文，并与这些岛民进行货物交换。更多时候哥伦布会露出他那种占有欲，一反文明人所为，对当地人烧杀抢掠，无恶不作。

追溯哥伦布的这一套仪式表演背后的原因其实就是权力及其相关的利益在作祟。在哥伦布获准出海之前，他先后游说英国、法国、意大利和葡萄牙，除了他的计划被认为荒谬之外，其中有一条协议就是他要求“被授予航海司令、辛苦得来的岛屿和陆地的总督及其行政长官，这些地方的财富的十分之一免税归他所有，皇室赐给的封号和特权允许永远由其后代来继承”① 不被接纳，可在 1492 年 4 月 7 号，西班牙王室同意了他的条件。这样他的出行是作为一个国家的形象来展现的，他说的话代表着西班牙国王和王后的话，整个过程的合法性通过语言记录下来。17 世纪东印度公司驻爪哇的负责人司各特为向上司邀功，甚至不管道德评判的利弊，杜撰出如何残忍审讯中国金匠的文本，来证明他的辛苦，与哥伦布一样，他们注重写下的这些话语的意义。很多时候哥伦布的诸如此类的表演似乎有点刻板，因为没有观众，他们自演自乐，在水手之间产生意义。但它有存在的必要，因为这是权力在证明其自身的存在，格林布拉特在《文艺复兴的自我造型》中的一个重要观点就是权力不一定总要通过上级对下级发号施令来体现，它的很多场合也可以像戏剧一样来表演，即使看上去有些浪费和不可思议。《不可思议的占领》作为书名中的“不可思议”（Marvelous）有一层含义应该就是指这种占领方式的独特性。哥伦布把遇到的第一个岛屿

---

① Stephen Greenblatt: *Marvelous Possessions*, Oxford: Clarendon, 1991, p. 57.

称为“*San Salvador*”（圣萨尔瓦多），当中的“San”（圣）突出的是对救世主的感恩，在接近两个月的航行没任何发现几近绝望之时竟然找到了向往已久的“东方乐土”，虽然后来证实他们到达之地不是印度，可在当时对他来说确实是有些“不可思议”。这一切没有主的指引是不可能的，一定程度也让他们内心的困惑得到释怀。因为从东边走向远东的贸易之路被信“安拉”的仇敌穆斯林所控制，他们转而西行的信心就是自认为是在主的授意下确立的，为主做事，主没理由不帮助他们的，在这种确信之下，身处远离人烟的海上，没有了他们所由来的社会的关照，主给予的力量特别重要，而当一次又一次挫败感降临时，很多水手已发尽牢骚，整队人对主的怀疑陡增，幸运的是此时发现了目标，自然地，所有的疑惑都得以解开。哥伦布一行由宗教所带出的这股惊奇力量一方面是他们自身探险的保证；另一方面也表达了西班牙王室的意愿，成为一批宗教狂热分子满足地理幻想的载体，与历史上的十字军东征的欲望释放模式遥相呼应。

借助这种神赐的不可思议的礼物，《罗马法》都认为有法律效力，而最终的思想根据来自于《圣经》，《申命记》就说：“你们若留意谨守遵行我所吩咐这一切的诫命，爱耶和华你们的神，行他的道，专靠他，他必从你们面前赶出这一切国民，就是比你们更大更强的国民，你们也要得他们的地。凡是脚掌所踏之地都必归你们。”① 而能使原住民信服，主要的途径就是要引发他们“恐怖和惊奇”。

哥伦布执着于对一系列岛屿的命名，他无视原先那些岛是否已有名字，“*San Salvador*”（圣萨尔瓦多）在印第安语中称为“Guanahan”（瓜纳哈尼），哥伦布的这一篡改，缘于一种对语言文字本身的偏信，一种根深蒂固的观念以为给予对象命名即能把握对象的存在。如果印第安人有足够的自保力量，外人对本地的地名怎么称呼也是外人的事，从哥伦布的言行中，可看出他在对当地人的试探中没遇到任何抵抗已觉察到自己语言的力量。从传统习得的常识使很多欧洲人对异域的想象就是认为当地人只会发出某种声音，根本就没有语言文字，即使有也不重要，当然随着对殖民问题认识的深入，很多落后地方固有的语言行为就成为殖民者必须关注的文化问题，哥伦布强行替代

① 《圣经》中英对照本，“申命记”（11：22—4），中国基督教两会出版社 2007 年版，第 309—310 页。

印第安人的语言概念开了以后文化侵略的先河。对外侵者来说，物质的掠夺和高压政策毕竟不是长久之计，能永久地占据殖民地最好的办法就是清洗当地人原有的文化，抹掉其独特的文化记忆，而这一切的基础就是让其放弃原有的语言。如果原住民还没发展出文字，也许这种硬性替代较容易；如果已有一套成熟的文化，那么借助物质力量来强迫执行就成为一个必备的手段。但不管是在何等层次上的占领，文化是一个最终都必须面对的问题。在哥伦布这种拓疆扩土的初级阶段，显示出来的就是语言最原本的力量；借助战争等现实手段来获得物质利益的过程实际上也可以分解为各种话语段落，这一阶段是语言的变化形态，在物质占领升华后的全部占领阶段（包括精神占有），主要表现为文化侵略时又显示出了语言的原始面目。历史又回到了原点，只是在另一个可理解为更高的阶段上的回归。

哥伦布在言语上的这些表演，他不太关注说话、写字本身的认识功能，他只在意他的运作程序的规范，所以他借助的就是一套固有的观念系统来操作，而这些观念的来源有宗教的、世俗政权的、文化习成的以及他个人经验的等各种因素。这也是格林布拉特话语权力批评的要义，即要了解权力究竟在什么观念引导下采取什么形式、通过什么渠道、借助哪些话语渗透人们最细微、最个体的行为，而追寻最具权力的观念就是意识形态。

同样面对土著人，在《忧郁的热带》的“一堂书写课”一文中，列维·斯特劳斯（Lévi－Strauss）对“书写”作为一种言语行为，提出了社会学的反思。在他眼中，他所研究的南比克瓦纳族人没有拼音文字、更不懂得书写技术，他们把书写称为“iekariukedjutu”，意思为“绘制线条”。但是，有一天斯特劳斯安排一次礼物交换仪式，由此出现了所谓的“书写课程”。以愿意作为调查对象作为条件，当地酋长要求人类学家送给他一本书写簿，从此斯特劳斯一跟他打交道，酋长就拿出书写簿在他的族人面前装模作样开始书写，然后交给人类学家一张极有规则的写满波纹线条的纸，起先人类学家还有点不适应，后来两人心照不宣，演起了一幕幕交流成功的“双簧”。就此，斯特劳斯判断出书写蕴含了某种权力的等级分布，酋长巧妙地利用了书写这一仪式来辅助他统治部落。酋长的“仿冒”书写的行为，使惯常文明人所理解的对“书写”被赋予的“沟通”与“传递知识”社会功能，产生根本的怀疑。书写的出现只是被借用来作为一种象征，其目的是政治的，而非智力上的训练，在此文字的真相似乎都一直未被酋长所理解，也许这就是文字或更大意义上的话语的真相。文字既不是用来取得知识，帮助记忆或了解，而只是为了增加一个人的情感与地位，或者用以增加一种社会功能的权威与地位，其代价是将其余的人或社会功能加以贬抑。在对人类几大文明的发展进程与人类的书写历史，作了一番简约的考察之后，斯特劳斯得出以下的结论："书写文字似乎是被用来作剥削人类而非启蒙人类的工具。……我的这项假设如果正确的话，将迫使我们去承认一项事实，那书写的通信方式其主要功能是帮助进行奴役。把书写文字用作不关切身利益的工具，用作智识及美学上的快感的泉源等，是次要的结果，而且这些次要的功能常常被用来作为强化、合理化和掩遮进行奴役的那项主要功能。"① 列维·斯特劳斯在此对书写作为次要地位的审美用途略感失望，但这种读解太过质实，在酋长与人类学家交换的语境中，审美主要显露在具体的交易行为中，即酋长对书写的仿真和他与人类学家之间达成的掩盖这种仿真的默契。斯特劳斯把整个过程当作纯粹书写的开端来看有失偏颇，这里的酋长与哥伦布遭遇的土人不太一样，他在进行着一种涉及礼物和信息交换的文化实践，具有"元交流""元叙述"的意义。酋长不但像人类学家所理解的那样在捉弄他的族人，同时他也在玩弄站在文化强势一方的人类学家。酋长意识到书写是一种权力工具，又具有内在的审美价值，他从事的是某种文化政治。

语言本身还是一种盲目的力量，可是采用命名、书写等写作形式，不管人类处于何等历史阶段，都已经成为一种历史性的协同行为。写作存在于创造性与社会之间的那种关系，写作是被其社会性所改变的文学语言，它是束缚于人的意图的形式，与历史现实联系在一起。罗兰·巴尔特说："写作是言语所体现出来的丰富多彩的形式，由于其可贵的含混性，它包含着权势的存在又包含着权势的显现，也就是既包含着所是者又包含着希望人们相信者：于是一种政治式写作的历史就构成了社会现象学的最重要部分。"② 坚持历史是作为结构而存在的——这种立场是政治性的。

新历史主义对这种文化活动中带有政治，或者说政治借着文化途径来

① 列维·斯特劳斯：《忧郁的热带》，生活·读书·新知三联书店2000年版，第385页。

② 罗兰·巴尔特：《写作的零度》，中国人民大学出版社2008年版，第17页。

运作的方式极为重视，这是新历史主义走向历史的主要动机，也是作为文化学者一种比较切实可行的方式。詹姆逊的《政治无意识》甚至不把政治视角当作某种补充方法，而是作为一切文学文本阅读和阐释的绝对视域。詹姆斯·凯瑞（James Carey）在20世纪中期的一篇文章中对雷蒙·威廉斯的研究评论说："英国的文化研究，毫无疑问且更加准确地应当重新命名为意识形态研究，因为它以各种复杂的方式将文化与意识形态画上了等号。"① 格林布拉特认为，历史事件如何转化为文本，文本又如何转化为社会公众的普遍共识，亦即一般意识形态，而一般意识形态又如何转化为文学，这是个循环过程，也体现出了古典诗学对"诗学"在知识生产中所承担的中介意义。在这个过程当中新历史主义常常要面对的问题是意识形态。政治是意识形态的集中表现，在宽泛意义上两者可以相通。新历史主义所选中的批评对象中，莎士比亚历史剧就特别钟情于政治与权力，从他的剧名就可以看出这一端倪：《亨利六世》下篇（1590），《亨利六世》中篇（1590），《亨利六世》上篇（1591），《理查三世》（1592），《理查二世》（1595），《约翰王》（1596），《亨利四世》上篇（1597），《亨利四世》下篇（1598），《亨利五世》（1598），《亨利八世》（1612）。除《亨利八世》是与戏剧家弗莱契合著外，每部都是由他独自创作的。这些剧作都以君王来命名，是名副其实的"国王剧"，题材本身就明显突出了政治的主题，即使不是历史剧，莎剧几乎每一篇作品也都涉及君王戏，如《李尔王》《暴风雨》《哈姆莱特》《一报还一报》等，可见，对之进行文化批评，意识形态论在所难免。

在常识中，"意识形态"（ideology）与马克思主义学说联系最为紧密。它是物质性的经济基础在精神意识的反映，一般被理解为是一种由于权力的影响使得人们对真实世界产生出的歪曲认识，它是统治阶级偷偷地塞给劳动阶级的虚假意识。作为一种观念（idea），它不太关注世界是怎么样的，而是注重人们是如何看世界的。个人的意识结果大多是零碎的、片段的，只有在与他人发生联系中才能凝聚成"形态"，而能集中起来变成"形态"的就是一种力量。从意识形态可以看出特定社会历史中人们

---

① 转引马克·吉布森《文化与权力——文化研究史》，北京大学出版社2012年版，第2页。

最为关心的功利问题，当然这些问题不是直接呈现出来的，它们会经过各种伪装。对意识形态，大致可以从三个方面理解：其一，它总是与“偏见”相联系，打着各种为人类进步、幸福考虑的幌子，宣称已穷尽了一切真理，是放之四海而皆准的唯一“真理”；其二，意识形态作为上层建筑的一部分，往往通过国家机器的支持强迫人们学习、信仰和传播，反作用于经济基础，在对人们的意识与行为的整合中往往带有暴虐和强制性特征；其三，意识形态为社会特供一整套知识、思想和价值信仰系统，并在社会造就一个学习、信仰和传播它的掌握话语权力的阶层，该阶层因社会独特的激励机制而在社会中享有特权，成为真正的统治阶级。

对意识形态的认识，新历史主义的理论来源主要是来自西方马克思主义。西马的代表人物路易·阿尔都塞（Louis Althusser）修改了经典马克思主义的意识形态理论，认为意识形态不是有意识的价值观和政治态度的取向这类“硬性的”东西，也不是歪曲的认识，而是认识本身，是人的存在经验的基本部分。在现实生活中主要表现为一种惯例，因为人们总是按照某种习惯去想象自己与自身存在状况的关系，它遁入为一种无意识，这种作为无意识的意识妨碍了人们正确认识现实社会状况，掩盖了阶级冲突的事实，体现了社会中的个体与其真实存在之间的一种想象关系，它具有隐蔽性，渗透在社会生活中的方方面面，很难想象社会中有没有受到意识形态影响的个别意识。格林伯拉特所说的“文化”与阿尔都塞的“意识形态”有很多相似点，特别是涉及社会机构对人的“遏制”方面的论断。

在西马之前，马克思的意识形态把重心放在经济和政治领域中来论述，通过对商品等日常社会生活现象的分析，透露出强烈的颠覆现有秩序的政治倾向。权力的运作呈一种明显的对抗关系，权力主体可在阶级分析中找到，同时还给予一种道德评判，认为这种虚假的意识观念是人为制造的结果。而到了西方马克思主义，意识形态论主要在文化领域中进行，更多关注的是个体在复杂的观念系统中的处身性。我们都是深处意识形态氛围之内而不能自拔的“主体”，逃避意识形态的影响是徒劳的。意识形态主要借助宗教、教育以及司法等国家机器来质询主体，让我们在社会结构中安然接受自己的社会位置，从而造就了被统治者把统治者的意识形态视为理所当然的局面。通俗地讲，意识形态就是被统治阶级服从于统治阶级的一种无意识。

在西马的分析框架中，没有明确的权力主体，整个社会成员都是意识形态的制造者和牺牲品。卢卡契、葛兰西等人推行的“意识形态”研究模式专注于对后现代文化进行“意识形态话语分析”，批评、对抗后现代意识形态霸权的物化、制度化、日常化及语言异化。本雅明、伊格尔顿、马歇雷、戈德雷的文化生产与再生产理论，把文学艺术既看作一种意识形态，又看作是一种社会经济生产的形式，阐释了消费社会经济再生产与文化表征的交换互动。

由于涉及文化因素，意识形态就与人的多方面特性联系在一起。在发生作用的过程中，意识形态有一个似乎被常识贬抑的“幻想”地带竟然充当了重要的完成角色。齐泽克的“幻想”就是在人的无意识层面对意识形态的剖析。幻想是如何在意识形态中发生作用呢？齐泽克说：“它产生出情境幻象，从而将真实情境中的恐怖模糊、淡化。因此，我们无法完全看到充斥着整个社会的矛盾冲突，相反沉浸在我们的社会是个有机整体的意识中，以为团结、合作等种种力量把我们结合在一起。”[①] 对这种略带神秘又有些虚无可实际上会发生重大作用的心理力量的阐述，最早是弗洛伊德在1919年一篇题为《超常》（*The Uncanny*）开始的。拉康的“他者”理论也借用了这种没实际对象的“无”在被压抑以后会变成“有”（如恐惧）的思路。当然在意识形态运作的显明层面，它主要是借着知识的面孔来取得合法性。谈到知识，福柯在《尼采 · 系谱 · 历史》（*Nietzsche*，*Genealogy*，*History*）一文中对尼采充满恨意的“求知意志”的历史分析，揭示出知识依赖于不公正，即使在求知的过程中，也没有真理的基础和获得真理的权利。培根说，知识就是力量（或译为权力），可见，知识不可避免地会导致政治，但由于知识披着的真理外衣，使得意识形态的运作充满了迷惑性。新历史主义在这些理论主张的影响下，对意识形态的认识也放在文化维度来进行，重新强调历史化、意识形态化，具有政治批判性，但不关注人类重大的政治问题，也较少涉及无意识问题，分析的对象都是一个个具体的文化事件。大部分学者专以莎士比亚及文艺复兴时代的作家为研究方向，也是因为这个时期作品与社会、作家与赞助人（Patron）、美学与政治问题最为微妙。多利莫尔和辛菲尔德在《政治的莎士比亚》的简短“前言”中

---

① 齐泽克：《幻想的瘟疫》，江苏人民出版社 2006 年版，第 6 页。

就明确指出把“历史语境、理论方法、政治关怀和文本分析”结合起来研究的原则。但对新历史主义的这种倾向不能理解为理查·勒翰（Richard Lehan）在《新历史主义的理论局限》（*The Theoretical Limits of the New Historicism*）一书中所指出的是一种“过分意识形态化”。

因此，作为一种带有强制性特征的知识和信仰系统，意识形态发挥着社会的整合功能，它不仅为既定的社会秩序形态提供合法性支持，还为阶级的统治和特殊利益提供着支持和文饰。虽然并非所有的意识形态都是政治的意识形态，但是，意识形态却始终与政治有关，它总是以政治为核心并服务于政治。传统理论所理解的那些强势意识形态更是如此，特雷·伊格尔顿说得好，意识形态意味着“我们所说的和所信的东西与我们居于其中的社会的权力结构和权力关系相联系的那些方面”①。这种解释在于说明意识形态给我们的陈述提供了一种潜在价值观念结构。新历史主义不否认意识形态的存在，它选择了一种权力运作比较隐蔽的意识形态方式来作为进入历史不可避免的姿势，强调从文化霸权中重新认识“文本的历史”。

新历史主义批评认为文学关注的不是“历史”本身，也就是“真实”的历史，当然真实的历史也是不存在的，而是质疑不同版本的“历史”文本如何成为历史，是对历史思考的一种深化。不像形式主义所主张的那样，文学的内部研究就是文学的本质所在。大家都知道，文学一旦问世，它就不是一个与社会无涉的存在，相反，其本身就在生产着某种意识形态，一种价值诉求。然而，新历史主义虽有极为明确的意识形态走向，它并不进入到现实中强大的政治利益的纠纷中，特别是经典马克思主义所表达的有极大对抗性的意识形态权力斗争中，而是选择了一条温和的文化政治的话语批评之途。正如伊丽莎白·福克斯·杰诺维塞所概括的，“一种具有适度包容性的政治而不是捍卫某一特定的政治立场，因为文本本身就是人的存在的政治本性的产物，必然参与到政治的干预之中，所以关键不在于文本不要为特定的政治立场辩护，虽然它们可能会走出这一步，而在于文本是从它们难以抽身而出的政治关系中产生出来的”。②

---

① 特雷·伊格尔顿：《二十世纪西方文学理论》，陕西师范大学出版社1986年版，第19页。

② Stephen Greenblatt: *Practicing New Historicism*, Chicago: The University of Chicago Press, 2000, p. 222.

与福柯的知识考古学相通，新历史主义具有的政治性及边缘化的定位，并不是意于颠覆现存的社会制度，而是在文本与历史的互文性中质疑占主流的社会文化思想的依据，着力寻找意识形态造成的压抑和遮蔽及规训化的共识，呈现出其中复杂的权力话语。在必然介入意识形态的同时，作为历史、文学的文本又带有创造性的诗学的一面，它们在自己面对占统治地位的社会组织形式、政治支配和服从的结构以及体现文化符码的规则、规律和原则时自然会表现出逃避、超脱、抵触、破坏和对立，这必然成为这些占据话语权主体的颠覆力量，正如蒙特洛斯所主张的，文学文本对现实社会的控制是一种反控制，对现实的权力是一种颠覆，起码是一种想象性的颠覆①，当然也会成为潜在的不管会走向何等立场的瓦解自身的力量。

吉恩·霍华德认为格林布拉特在文艺复兴文学是否总是（或通常是）控制（或扼制）它所产生的颠覆性因素方面的论述不太充分。例如，格氏在讨论莎剧与驱魔术的几篇文章②中，“并没有将剧本置于意识形态之上，而只是置于与同它相比较的‘本源’意识形态的一种若即若离或对立抗争的关系之中”。③ 这也许是格氏有意弱化意识形态的作用，而更多呈现出文化政治该有的内涵。

第四节　历史诗学

文化诗学有另一个路向，那就是从历史领域开辟出来的“历史诗学”。“历史”与“诗学”的关联主要原因在于历史对异常事物的关注，其内容有一定的“创造性”。历史诗学的代表人物是当代美国著名思想史家、历史学家、文学批评家——海登·怀特（Hayden White）。在怀特之前，出现了一些和形式主义不相同的理论，如英国的文化唯物主义、德国的法兰克福学派、法国和意大利的新历史学派，它们都是在历史诗学产生

① 王岳川：《后殖民主义与新历史主义文论》，山东教育出版社 1999 年版，第183 页。

② 最先载于《文类》杂志的短文称为《〈李尔王〉与哈斯内特》（1982），后扩大为《莎士比亚和驱魔术》（1985），1990 年收入《莎士比亚的谈判》一书。

③ 中国社会科学院外国文学研究所《世界文论》编辑部：《文艺学与新历史主义》，社会科学文献出版社 1993 年版，第119 页。

之前已在其论著中表明新的历史主义观点，也就是对于文化的评价、文学艺术文本的评价与历史联系起来。这些理论家的理论，虽然还不叫历史诗学，但是已经把历史意识、历史批判、诗学观念作为自己阐释文学艺术的理论旨趣，它们不同于旧历史主义，也有力地冲击了解构主义与后现代的文艺批评，这些都为历史诗学（也可以认为是文化诗学）的出场创造了条件。在历史诗学的阐释中，海登·怀特格外引人注目。从20世纪70年代起，海登·怀特就从历史史实的研究中抽身出来，上升到"元史学"（Metahistory），即讨论历史话语的层面，讨论什么是历史话语的本质。文化诗学的理论建树似乎都有这种进入到"元思维"的自觉意识，弗雷德里克·詹姆逊就曾把他的一篇重要论文即称为《元批评》，倡导文学阐释中的"批评之批评"；利奥塔的《后现代状况》把现代性的标志称为"元叙事"[①]（Metanarratives）。怀特的"历史诗学"主要包括"元历史"（Metahistory）和"话语转义论"（Tropics of Discourse）两部分（相应的两部书则称为《元历史》和《话语转义论》），它主导了20世纪70年代以后的历史哲学领域中的语言学转向，并将历史意识与历史方法引入文学批评领域，是新历史主义文学批评研究所不能忽视的重要理论。文化诗学常常被指责缺少系统的理论建构，可如从海登·怀特入手，人们的看法就会大大改变。

一般而言，"元史学"广义上指"历史哲学"（the poetics of history），即"思辨的历史哲学"（而与分析批判的历史哲学相区别），是对历史著作的历史学研究。任何具体的史学研究都是在特定的历史哲学观和方法论的框架中进行的，对历史事件的叙述与阐释是一种叙述话语。而在"元历史"的理论视野下，历史叙事不再仅仅是非连续性、偶然事件的展开和阐释，而是表现为更深层的更具有概括力的"叙事话语的语言结构模式"。通过这种叙事模式，历史的本来面貌才能得到充分的呈现。为达到这一目的，对历史表述及历史对象的选择上的视野显得更为宏大，特别是在历史文本的诗性阐释中，真正解放了传统历史学中被禁锢的文学因素，

① 利奥塔的"元叙事"也有一定的形式化倾向，它关注一种普遍现代性的可能，如理性和自由的进一步解放，劳动力的自由，通过资本主义技术科学的进步使得人类的富有以及基督教灵魂皈依导致人们的得救。现代性很大的一个倾向是走出地球人的姿势，以一个宇宙人的身份来看任何问题，故站在了"原发生"的位置。

对历史整体提供一个阐释原则框架——类似某种形式主义的“元历史叙事结构”，从而为历史进程的“整体”提供一种意义，并试图表达出某种历史过程或者规律，这些都成为了“元历史”的基本内容和目的。

历史在传统上一般被认为是过去时间里发生的现实，如同时间的一维性，历史也被认为是客观真实不能被复制的。历史往往被描绘成单线程的、进步的，并且具有宏大叙事的形式。这并不能突现历史学的真正特点，到了整个19世纪，历史学家包括哲学家、社会学家都在思考历史的思维意味着什么？历史的方法是怎么进行的？答案虽各一，可有一个共同的基础即认定历史、历史意识和历史知识与其他人文学科、自然科学相比存在一个自身独立的领域，然而这一认识消解了千余年历史研究与修辞性和文学性作品的联系。以至于到了20世纪，一些现象学家、结构主义者开始质疑历史的科学性，强调历史重建的虚构意义。与此同时，在重经验的英美哲学家则为此转向提供了大量的历史思维的认识现状和文化功能的文献，两批哲学家合流从整体上论证了历史作为一门严格科学或真正艺术的不可靠性，这样导致的结果是19世纪为历史学家引以为自豪的历史意识只不过是意识形态的理论基础而已。基于这种认识，怀特以19世纪欧洲历史想象的深层结构为视角，试图介入到历史知识的性质和功能的讨论之中，他的分析从两个层面进行，一方面，分析19世纪欧洲公认的历史编纂大师的著作（米什莱、兰克、托克维尔和布克哈特）；另一方面，分析同一时期主要的历史哲学家的著作（黑格尔、马克思、尼采和克罗齐）。这两类著作只是侧重点不一样，实质上没什么区别。怀特在提到对19世纪历史意识研究7个一般结论当中，就有“（1）既是‘正统历史学’则同时必定也是‘历史哲学’；（2）史学的可能模式与思辨历史哲学的可能模式相同”。[①] 可见两类著作可以合在一起研究。就具体到某一思想家，可能有的注重历史的纵向分析，有的则专注于横向比较；有的史家喜欢以诗意的方式回溯以往的黄金时代精神，而有的史家则热衷于揭示历史的规律。不管如何他们表现在历史作品中的理论的背后，海登·怀特认为还有一些共同的要素，追踪这些要素可以看出他们的理论特色，对具体

① 海登·怀特：《元史学：十九世纪欧洲的历史想象》，译林出版社2004年版，“序言”第4页。

历史著作，怀特分出五个层面，它们是：“（1）编年史；（2）故事；（3）情节化模式；（4）论证模式；（5）意识形态蕴涵模式。”[1]

“编年史”和“故事”是历史记述的初始阶段，二者都表现为把材料从未加工的历史文献中引征出来并加以排列的过程。编年史指的是历史领域中的要素通过按事件发生的时间顺序进行排列；故事，则是把诸事件进一步编排到事情的“场景”或过程的各个组成部分中。这样看，编年史中所列的事件之间只有历史现实时间提供的前后顺序作为结构关系，而在故事这一环节，事件已有一个可以辨别的开头、中间和结局。从编年史到故事的转变，受到了编年史中描述的一些事件的影响。在编年史中所有事件都是平行关系，既可以当开端也可以作为过程或结局来看，而这三个环节如被赋予初始、过渡和终结三种动机来加以编排，这一组事件就构成故事。故事给事件组织出了一个形式，在形式的框架内所有事件能够与同时期的编年史内的其他事件区分开来。故事是历史学家叙述出来的，这个过程会出现很多问题，这些问题包括：“下一步发生了什么？”“这是怎样造成的？”“为什么事情会是这样而不是那样？”“最终会是怎样？”这些问题决定了他在建构其故事的过程中必须使用的叙述手法。但作为构成本故事系列的诸多提问仅提供对故事内的事件的结构原则，它还必须与编年史内由其他事件可能“发现”“鉴别”和“揭示”出的故事之间的关系作出判断。历史学家对故事的处理方式有很多，怀特认为大概可以分为三个阶段。

首先，通过鉴别所讲述故事的类别来确定该故事的“意义”，这就叫作情节[2]化解释。如何确定故事的类别呢？怀特从弗莱《批评的解剖》中借用其四种情节化模式：浪漫剧、悲剧、喜剧和讽刺剧。也许还有史诗模式，以及这几种模式之间相互交叉，但大致以识别出这四种模式为主。在怀特所涉及的历史学家中，米什莱将他写作的所有历史构成浪漫剧模式，兰克构成的是喜剧模式，托克维尔的是悲剧模式，布克哈特的是讽刺剧模式。浪漫剧模式，以英雄为主角，充满理想的追求，超越现实摆脱经验世

---

① 海登·怀特：《元史学：十九世纪欧洲的历史想象》，译林出版社 2004 年版，第 6 页。

② 英国作家福斯特在三一学院演讲时曾对“故事”和“情节”作过经典的比较，他认为“故事”只表明事件的先后顺序，而“情节”则注重事件之间的意义关联。

界，获得自我认同的快乐；与此救赎式相对的是讽刺剧模式，以理解和承认为主调的反救赎戏剧，“理解的是人类最终乃是世界的俘虏而非它的征服者；承认的则是，由最后分析得知，就根本上战胜死亡的黑暗力量这一任务而言，人类意识与意愿永远是不够的，这种力量是人类永不消逝的敌人”。[①] 与讽刺剧和浪漫剧整体的视域相比，喜剧和悲剧则重在展示人类局部的可能性，即在堕落世界中的部分解脱以及自身分裂的暂时解放。在喜剧中，人征服自然和社会获得短暂的胜利，从而拥有了某种希望；而在悲剧中，人几乎没快乐可言，但其结局总会给观众带来由痛感转换而来的快感，进一步预示了人类理性的最终胜利。这四种故事形式大致能表达出历史学家在情节化层面的结构原则。

其次，通过形式论证进行解释。在上述情节化的叙述之外，还有一个层面，对故事中发生的事情提供一种解释，说出故事的“中心思想”或“主旨”。具体论证中常常使用三段论，但在历史领域使用三段论与自然科学的使用方式不一样也容易混淆，故怀特转而借用斯蒂芬·佩珀在《世界的构想》中更符合历史人文性的分析，把形式区分为四种范式，即某种被看成是推理性论证的历史解释的形式，它们分别是：形式论的、有机论的、机械论的和情境论的形式。“形式论的真理论旨在识别存在于历史领域内的客体的独特性。”[②] 客体有可能是个别的或总体的，普遍的或特殊的，也可能是有形实体或抽象物，解释的形式论模式可以在赫尔德、卡莱尔、米什莱那儿找到；也能在浪漫主义史家和历史叙事大师，如尼布尔、蒙森和屈维廉那儿找到。相比于形式论对材料的处理较为“分散”，有机论和机械论更倾向于“整合”的解释。有机论努力将历史领域中辨别出的细节描述成综合过程中的某些成分。单个实体成了所合成的整体的部分，而整体不仅大于部分之和，在性质上也与之相异。专注于这种解释策略的史学家有兰克，以及19世纪中叶绝大多数“民族主义的”史学家（冯·济伯尔、蒙森、特赖契、斯塔布斯、梅特兰等）。有机论者只谈“原则”或“观念”，避免探求历史过程中的规律，因而其所用的形成整

---

① 海登·怀特：《元史学：十九世纪欧洲的历史想象》，译林出版社 2004 年版，第9页。

② 同上书，第17页。

体的手段具有想象的成分，最终会给人们造成一种神创世界的目的论看法。而从自然科学中获得思路的机械论则把历史事件都纳入一个抽象的因果规律中来论证，本来作为原因环节的历史事件的具体发生极为重要，但由于整体过程的需要，使得能看出真正结果的初始过程被人为抽象化。持这方面论证方式的代表人物有巴克尔、泰纳、马克思和托克维尔，他们研究历史是为了预言实际上支配着历史行为的规律，而写作历史是为了在一种叙事形式中展示这些规律的作用。机械论和有机论明显是对多样性的“还原”，它们歪曲了单个实体在历史领域中的作用。这样，为了恢复人们想要的视野和具体性，人们可以接受一种情境论的立场。情境论将事件置于其发生的“情境”中，这些事件为什么如此发生，通过揭示它们与其他同在一种历史情境下发生的事件之间的特殊关系就能解释。W. H. 沃尔什和以赛亚·伯林是主张情境论的代表人物。

上述四种形式解释模式中，形式论和情境论极为普及，成为史学正统。每一种模式的运用与历史学家的立场有关，这就涉及意识形态的解释模式。怀特所使用的“意识形态”一词指的是“一系列规定，它使我们在当前的社会实践范围内采取一种立场并遵照执行（要么改变，要么保持其当前状态）”。[①] 这种理解具有强烈的政治行动倾向。伴随着这些规定的是，它们都声称具有“科学”或“现实”的权威性。根据卡尔·曼海姆在《意识形态与乌托邦》中的分析，怀特提炼出了四种基本立场：无政府主义、保守主义、激进主义和自由主义。在曼海姆那里，尚有启示论、反动派及法西斯立场，但这三种都属专制主义，它们的认知基础不建立在理性主义和科学主义之上，故不算意识形态立场。就社会变革的问题而论，所有四种立场都承认变革不可避免，但是它们代表了关于变革的可取性及其最佳幅度的不同观点。保守主义者对有步骤地改革社会现状最为怀疑，而自由主义者、激进主义者和无政府主义者则相对要好些，并且，相应地或多或少对社会秩序迅速变迁的前景有点信心。对保守主义和自由主义这两种意识形态，社会和基本结构被设想为合理的，而一些变化也被视为必然。激进主义者和无政府主义者则不同，他们确信结构变革的必要

① 海登·怀特：《元史学：十九世纪欧洲的历史想象》，译林出版社 2004 年版，第 28 页。

性。前者为的是在新的基础上重组社会；后者则要废弃“社会”，而代之以一种“共同体”。不管如何这四种方式在实现乌托邦的时间的定位上最终可归为两种，即和谐社会还是超越社会。

通过以上历史叙述中解释效果三个层次的区分，怀特进入对历史编纂风格问题的考察。在怀特看来，一种历史编纂的风格代表了情节化、论证与意识形态蕴含三种模式的某种特定组合。在一般意义上，它们之间有一定的亲和关系，可列表如下：

情节化模式	论证模式	意识形态蕴含模式
浪漫式的	形式论的	无政府主义的
喜剧式的	机械论的	激进主义的
悲剧式的	有机论的	保守主义的
讽刺式的	情境论的	自由主义的

怀特的这种要素的分析法①，受结构主义的影响很大，但他没像早期结构主义那样理解结构各要素的僵硬关系，而是在具体的展开中，把关系置于动态过程中。很多历史学家会把情节化模式与不协调的论证模式和意识形态蕴含模式结合在一起，如米什莱将一种浪漫式的情节化，与一种带着确定自由主义意识形态的形式主义论证结合在一起。而布克哈特则用一种讽刺式的情节化和一种情境论的论证，服务于一种明显是保守主义的而且最终是反动的意识形态立场。黑格尔在两个层面上将历史情节化，即微观上是悲剧式的，宏观上是喜剧式的。二者的合理性证明都依赖于有机论的论证模式，结果，人们在读黑格尔的著作时，会从他的这种辩证的处理中得出的意识形态蕴含要么是激进主义的，要么是保守主义的。

这些要素在每一个历史学家的著作中排列组合出各种不同的风格，内在的统一性彰显出这些作品的永恒魅力。那么能让诸多层次融通在一起的基础是什么呢？怀特认为：“依我看，这种基础是诗性的，本质上尤其是

① 徐贲在《走向后现代与后殖民》一书中将这些类型精当地概括为审美、认识和伦理三种历史释义形态，即历史叙述的情节效果（传奇、喜剧、悲剧、讽刺剧），历史叙述的解释类型（表意型、形式型、有机型、机械型）和历史叙述的道德或意识形态选择（无政府主义、保守主义、激进主义、自由主义）。

语言学的。”[①] 历史学家在构思其历史领域时，必须把它解释成可以分辨出各种事物存在的场所，这些事物作为对象的独特样态、种属，又是可以分类的，此外它们之间又构成各种关系，关系的变化最终形成了诸多问题，这样，历史学家对整个过程的解释方式与语言学家面对一种新语言对象时是一样的，所以历史与语言两者可以相通。怀特强调历史的深层结构是诗性的，是充满虚构想象色彩的，他将历史与文学都看作可获得真实的叙述的东西，这是他的重要贡献。在西方的语言哲学传统中，修辞一直不是语言的基础，而是逻辑。可到了当代，修辞被提升为语言本身。在《话语转义论》中，怀特不再将“转义”（tropic）及比喻视为对某种历史编纂学风格的命名，而是将它上升到历史话语本体的地位上，认为文学话语与历史话语有着共同的虚构性质，并将二者等量齐观：“历史的语言形式同文学上的语言的虚构有许多相同的地方。”怀特的理论彻底地消弭了“历史”与“文学”之间的界限。历史解释的类型和数目受到语言表达基本喻说格形态的制约，能从语言借用过来的诗性思维方式却不是无限的，它大概体现为四种比喻方式，即隐喻、转喻、提喻和反讽。比喻又称修辞、转义，都可用英语 trope 来表示。在《话语的转义》序言中，怀特追溯了“转义”这个概念的词源。转义（tropic）一词派生于 tropikos，tropos，在古希腊文中的意思是“转向”，在古希腊通用语中意思为“方法”或“方式”。它通过 tropus 进入印欧语系，在古典拉丁文中 tropus 的意思是“隐喻”或“修辞格”，在晚期拉丁语中，特别是用于音乐理论时又指“调式”或“拍子”。所有这些意思都积淀在早期英语 trope（转义）一词中。[②] 那么，转义又怎么与话语（discourse）联系起来呢？原因在于“转义”能捕捉到现代英语使用“风格”（style）这个词的概念力度，“风格”则特别适合指有别于逻辑证明和纯粹虚构的词语构成形态，而这种词语构成形态则可称为话语。话语的转义理论源自维柯，后继者有现代话语分析家，如肯尼斯·伯克、诺斯罗普·弗莱、巴尔特、佩雷尔曼、福柯、格雷马斯以及其他人。它始终是怀特史学思想的核心，对于史学与文学和科学

---

① 海登·怀特：《元史学：十九世纪欧洲的历史想象》，译林出版社 2004 年版，第 39 页。

② 海登·怀特：《后现代历史叙述学》，中国社会科学出版社 2003 年版，第 2 页。

话语的联系，以及史学与神话、意识形态和科学的联系都是以此理论为基础而展开的。

就转义（比喻）这方面来说，在隐喻（字面上是“转移”）中，诸现象能够根据其相互间的相似性与差异，以类比的方式进行描述，就像短语“我的爱人，一朵玫瑰”（my love，a rose）。运用转喻（字面上，是“名称变化”），事物某部分的名称可能取代了整体之名，如短语“50 张帆”（fifty sail）指代的是“50 艘船”（fifty ships）时就是如此。至于提喻，一些理论家将它视为转喻的一种形式，是指人们用部分来象征假定内在于整体的某种性质，从而使某种现象得到描述，如“他唯有一颗心”（He is a1l heart）。最后，通过反讽，各种实体能够通过比喻层面上的否定，即字面意义上的积极肯定得到描述。明显荒唐可笑的表述（用词不当），如“瞎嘴”（blind mouths）或明显的谬论（矛盾修饰法），如“冷酷的激情”（cold passion），这类修辞皆可视为反讽的标志。

转喻、提喻和反讽都以隐喻为基础，它们可以区分出不同的类型，作为最基本的类型隐喻是表现的，转喻是还原的，提喻是综合的，而反讽是否定的。

隐喻之所以具有表现性质，因为它的喻体能对本体增加某种描述效果，如“我的爱人，一朵玫瑰”中的“爱人”可能具有“漂亮、可爱、姣美”等优点，如何更形象生动地而不直接地说出这一特质呢？通过“玫瑰”来加以比喻，句中没喻词，属暗喻，加上一个喻词“像”，就成了“我的爱人，像一朵玫瑰”，属明喻，在结构类型上没变，本体“爱人”与喻体“玫瑰”两者之间没有必然的联系，它们是世界上独立存在的两个对象，“爱人”不能被还原为“玫瑰”，它们之间能连在一起是有一种重要的共性；而在转喻句式“50 张帆”指代“50 艘船”时“帆”作为“船”的一部分两者可以相互还原，在还原过程中可看出“帆”和“船”是有差异的；“爱人”与“玫瑰”在本质上也不相同，但在提喻式中，如“他唯有一颗心”则可以把本体“他”凝聚为“一颗心”来看待。提喻是转喻的一种，它也是部分代整体，但这个部分在一定程度上能达到与整体的同一，“心”通过象征性的理解，不再指身体的一部分，完全可以取代“他”来使用，“他”也因为有“心”的提携，构成“他”的各部分成为身心的统一体，而“帆”作为“船”的某一组成要件，它只是外在名义上的代表，并不能从内在根本意义上来取代“船”；回到隐喻“我的爱人，一朵玫瑰”这一表达式中，本体和喻体之间也没出现显性肯定和隐性否定的关系，不能当作反讽来看待。反讽表面看是用词不当，属荒唐的比喻，但它实际上是前三种比喻的总结。隐喻有明显的差异，转喻中差异与同一各半，提喻重在同一性，只有反讽克服了前三种修辞的不足，它既有强烈对比的外在差异又有合乎情理的内在统一，它在本质上是辩证的。

前三种比喻作为语言自身的操作范式，在历史解释中有相应的三种类型，“隐喻是表现式的，如同形式论所采取的方式；转喻是还原式的，有如机械论；而提喻是综合式的，一如有机论”。[①] 就语言层面看，反讽不像前三种比喻方式对其描述的过程有充分的自信，而是反思到了作为修辞语言本身的局限性，所以“反讽在一定意义上是元比喻式的，因为它是在修辞性语言可能误用这一自觉意识中被使用的”。[②] 作为历史的论证模式，反讽与形式论、机械论和有机论解释策略的“朴素”表述相对立。而其故事表现模式，即讽刺剧，在本质上与浪漫剧、喜剧和悲剧原型也产生了冲突。作为一种成熟的世界观，反讽认为人类的生存状况本质上是荒诞的，它超越意识形态，游离于自由主义、保守主义、激进主义和无政府主义之上，蔑视那些简单的以科学或艺术的方式来把握社会本质的人。

传统理解“历史”，可以把它与“科学”对立，因为历史缺乏概念活动，不可能产生科学可以制造的普遍法则；同样，“历史”也可以同“诗学”相对立，因为“历史”对具体事物而不是对“可能性”感兴趣（亚里士多德的主张）。而通过以上两个过程的展示，海登·怀特认为，在话语层面，历史和文学（当然也包括科学）同处于一个符号系统，无论是历史叙事还是文学叙事，都是在某种语言结构中展开的。海登·怀特指出，历史文本作为一种话语涉及三大要素：素材、理念和叙述结构。历史叙事总是以一定的理念去解释素材，并总是将一切安排在一个语言叙述结构之中，不应当把历史话语看作是被它描写的一组事件的透明的镜像。过去留下的档案资料并不能算作历史，因为任何学科都可以使用这些资料；

① 海登·怀特：《元史学：十九世纪欧洲的历史想象》，译林出版社2004年版，第47页。

② 同上书，第48页。

它们成为叙事话语，叙事话语穿透了纵向的时间系列，使一系列过去的事件成为一个可以理解的共时整体。文学家与历史学家对过去事件的理解可能不一样，但是文学家对文学的阐述和历史学家对历史的释解方式却是一样的，那就是都必须依赖于作者想象力的发挥。文学与历史并无明显的界限，两者之间的关系是以一种复杂的相互纠缠的方式呈现出来的，海登·怀特认为最主要途径就是“转义”，因为“转义行为就是从关于事物如何相互关联的一种观念向另一种观念的运动，是事物的一种关联，从而使事物得以用一种语言表达，同时又考虑其他语言表达的可能性”①，通过“转义”象征性的展开和迂回，呈现出多种走向的精神意义。历史作为一种虚构形式，与文学作为历史真实的再现，没什么两样。在怀特看来，“历史真实”并不必然等价于“历史事实”，“历史真实”必然是“历史事实与作者观念结构的复合体”。在此问题上，应把历史话语看作是同时指向两个方向的符号系统，一个是指向这一系统欲加描述的那组事件，一个是指向文学故事形式，这一形式被该符号系统私下当作那组事件，目的在于揭示其结构上或过程上的形式连贯性。这样，历史学家的编织情节与作家的虚构并没有实质性的差别，历史文本并不比文学文本更透明，它们相通于文化这一大文本。换句话说，新历史主义批评从事的是一种整体意义上的文化研究，而在具体批评行为的实施过程中，我们既能看到“用文学的方法研究历史”，也能看到“用历史的方法研究文学”。这种方法并不是海登·怀特开始的，但他最为彻底地阐释了文学与历史互诠的可能性。

---

① 海登·怀特：《后现代历史叙述学》，中国社会科学出版社 2003 年版，第 36 页。

第二章　摆向文化

能与文化诗学这一称谓较为贴切的批评指向应该是文化内容，格林布拉特在《文艺复兴的自我塑造》的“序言”中明确指出其主旨在于“实践一种文化的批评”，这方面受当代文化研究特别是文化唯物主义的影响很大。格林布拉特在以“新历史主义”从形式主义夺得批评地位以后，发现他们这一团体在进入批评对象的肌理时使用的思想方法大部分来自于新批评，在文学性的理解方面几乎很难超越形式主义所阐明的范围，所以在利用历史作为一种批判力量以后接下来遇到的问题是如何避开与纯形式批评的雷同。自从索绪尔引发“语言学转向”以后，西方的人文学者几乎没有不在这一语言观下来看一切文化问题。文化诗学的一种基本假设是语言形成了文化，文化同时也以之形成。语言的含义很广，包括各类话语、文字作品、艺术、社会活动和任何个人或集体依赖把观念和行动施加于他人而形成的社会关系。索绪尔的发现思想其实早就埋在语言出现之初，古希腊或者说西方整个文化一直突现的主题就是语言的主体性的确立，即语言有主体的标志在于语言能为自身立义。语言主体虽然不能解决生存的所有难题，但一个文化的语言是否有主体意识却是衡量这个文化内的人生活达到什么高度的一个指标。语言的主体性在一个文化确立以后，现实的力量已经被纯化为语言的力量，其话语过程才能成为真正的话语。文化领域由于有了这种主体性的自觉，每一次分工出来的学科都有独立的创造性意识，因此在这个学科中知识的每一次累积都是在产生有效知识的过程。文学（literature）主体的明确是在浪漫主义把审美作为主题以后出现的，形式主义就是这种分工形态的完整表达，但是它并没有突现话语的全部含义。话语形成最重要的标志之一就是要有现实力量的参与，而现实力量的活动平台就是文化，文学在作为话语的意义上必须与其他话语在文化这一平台上来运作才能成为一种有存在意义上的文本事件。这样，把文本视为处于活动中的文化，文化诗学批评家跨越了艺术性产品和其他别的种类的社会产品或社会事件的界限，这些批评家把艺术家的作品当作社会历史性的文本来阅读，同时要求实用性作品当作文学性很强充满着符号和结构的修辞的审美事件来阅读和阐释。文化诗学在文本、话语的视野下跨越了学科间的樊篱，各个学科之间没有了明确的界限。一个艺术品，就是一个文本，和别的所有的社会话语一样，是靠和它产生于其中的文化的互动关系而产生意义的。没有一种话语要优于另外一种话语，所有话语都是被社会所形成同时又促成社会事件继续生成。这样，那被文化诗学所奠定了基础的“文本”概念进一步无限地扩张了，正如一切无往而不是文化一样，现在一切无往而不是“文本”了。

文化诗学批评反对那种把文学文本看作自足的、独立的符号体系的形式主义观点。他们认为，新批评将文本看作与作者意图、读者反映和社会环境无关的纯粹形式是一种褊狭的封闭的文本理论；结构主义批评把文本视为由能指与所指一一对应构成的符号系统，或有着某种稳定不变的深层结构，忽略了文本的个别性、差异性、非中心化以及社会历史具体性；解构主义，如德里达提出“文本之外别无它物”，把“文本”视为找不到“所指”的“能指游戏”或“能指碎片”，这一定意义上可以纠正早期结构主义僵化了的结构的中心观、整体观，然而却以舍弃任何确定意义或历史内容为代价。新历史主义批评主张多元化的文本批评方法，一方面，坚持文本的内在形式结构研究；另一方面，致力于恢复文学研究中的历史维度，将文本置于与其同时代的社会惯例、意识形态的历史语境之中。这样，新历史主义所理解的“历史”就不仅是“历史的历史”，而是成为了“文本化的文化的历史”。

第一节　什么是文化

文化诗学认为文学是一个开放的实体，对文学的研究应当过渡到对一切文本和象征系统的研究。文学与其他的实践、行为和价值有紧密关联，也就是说在构成整体文化意义上，文学与非文学是相通的。这样，文化的概念以及文化各方面的关系就成为理解格林布拉特的关键。文化批判在人文学科中具有悠久传统，其核心思想就是研究文化现象与社会形态之间的互相作用关系，作为社会形态要素之一，文化与人类个体、社会群体、国家、民族有千丝万缕的联系，但是直到近代，随着人类学和社会学的产生，文化才成为一个专门研究领域。文化诗学以及文化唯物主义都是从文化含义作为突破口进入其思想论域的。

文化的观念虽然重要，但格林布拉特极少对它做理论上的阐述。要看清他的文化观须从文化诗学的整体观去把握。不过，1990 年托马斯·麦克劳林（Thomas McLaughlin）和弗兰克·林屈夏（Frank Lentricchia）主编的《文学研究中的关键术语》（*Critical Terms for Literary Study*）中撰写“文化”一节，较为直接地表明了文化诗学的文化观。

格氏首先向文学系的学生提出一个问题说为什么知道文化这个概念是有用的呢？他的回答稍微有点出乎意料，那就是可能没用。因为这个概念极为模糊，威廉斯就曾在他的《关键词》一书中认为“文化”在英语中是最难理解的两个至三个语词之一，产生这一现象的“部分原因在于好几种欧洲语言在使用时已经历了一个复杂的历史过程，更重要的是当今有几个截然不同的思维律和不协调的思想系统都把它当作重要的概念在使用”。[①] 文化意义的模糊不但是它本身造成的，而且还与使用它的很多语境会产生各种不一样的含义有关。此处的语境不仅仅指随着时间的过去而改变，尽管历史的变化也是发生作用的一个要素，它也指在不同的语言有不同的意思，甚至同一种语言对它的使用也有不同的规则。文化的多义性被很多学科所使用，如文学研究、艺术史、社会学、人类学、历史学、哲学，包括文化研究本身也在使用文化的含义，但它们之间没有共通性，这就给进一步理解造成了更大的困难。

定义的困难并不能阻止人们探索的决心，早在启蒙时期，知识者似乎要在其活动领域找出某种共识，其实就是想更好地认识人本身，人来自于自然，又有某种出乎自然的东西，这种东西可能就是文化，故认清文化就成为了启蒙一个重要的思想目标。在众多定义中，来自英国人类学家爱德华·泰勒 1871 年《原始文化》一书中的说法格外引人注目：

---

① Raymond Williams: *Key Words*, New York: Oxford University Press, 1983, p. 87.

> 文化，或文明，就其广泛的民族学的意义来说，是包括全部知识、信仰、艺术、道德、法律、风俗以及作为社会成员的人所掌握和接受的任何其他的才能和习惯的复合体。人类中各种不同的文化现象，只要能够用普遍适用的原理来研究，就都可成为适合于研究人类思想和活动规律的对象。①

泰勒的这一定义具有划时代的意义，他把文化和文明等同起来，从人类学的价值中立角度统一了人们精神生活的多个层面，特别是剔除了以前对文化定义的贵族精英倾向，使之成为社会每个成员共同拥有的标志。这个定义把物质客体如桌子、黄金、谷物、手纺车等从文化范围排除出去，使之具有明显的纯粹的意识观念的含义，但所谓“复合体”还是一个模糊的说辞。在《大英百科全书》中，文化被定义为“一个特定时期或特定人群的信仰、行为、语言等全部生活方式”。雷蒙·威廉斯虽认为对文化的定义有难度，可在《文化与社会》（1958）中他还是阐述这样的论点：文化是一种生活方式，生活方式又是意义和价值观的表现形式，文化分析的任务就是研究某一特定文化所蕴含的意义和价值观。当代美国人类学家 A. L. 克鲁伯和 C. 克拉克洪在《文化：一个概念的考评》中对文化作了比较全面的界定：文化存在于各种外显的和内蕴的模式当中，借助符号的运用得以学习和传播，并构成人类群体的特殊成就。这些成就包括他们制造物品的具体样式，由传统思想观念和价值组成的文化基本核心，其中尤其以价值最为重要。由此可见，文化包括精神财富和物质财富，其动态行为即表现为抽象的价值、信仰和世界观等内蕴模式的外显，这些思想和行为作为社会全体成员的共同文化模式被这个社会和社会其他成员所认可。作为与自然的对立面，文化不是先天生物继承性的，而是通过语言习得的，其各个组成部分作为一个整体共同发挥作用。如果一个群体以一种文化为社会契约，那么此种文化必须满足这个群体的基本需求，必须在个体利益和社会整体需要之间找寻平衡点，还必须通过自身调节适应瞬息万变的新兴社会形态或者现存社会形态的新变化趋势，以此来使文化内和文化间的流动性得以顺利进行。当代社会各种危机的出现，导致了文化批判

---

① 爱德华·泰勒：《原始文化》，广西师范大学出版社 2005 年版，第 1 页。

成为20世纪人文社会学科的热点问题。作为与传统不一样的文化研究，其标志性事件是英国伯明翰当代文化研究中心的成立（CCCS）。对格氏文化思想影响极大的雷蒙·威廉斯就是这个研究中心的先驱人物之一。

格林布拉特回避传统定义的方式，从文化两个运作环节——“限制和流动”（constraint and mobility）来看文化更真切的发生样态。也就是说，文化既为社会行为划定了界限，又赋予其一定的自由度。因为界限只有在存在流动性的时候，即有被跨越的可能性的时候，才能有合理的意义，否则就会僵死。通过不断地尝试和交换，文化的界限就能建立起来。这种批判意义，早在英国文化唯物主义就曾明确表达过，其主要观点是，“文化具有一种‘他性’，它总是以一种异在的方式刺激文学对现实发言，在现实的差异性中去发现现实的不合理因素，进而揭露这种不合理的存在状态”。[①] 信念和实践形成的整体效果作为无所不在的控制技术形成了现有的文化功能，可以限制个人的行为。这里的“技术”（techne）不是指现代意义上的可以观察和控制人的装置或机器，而更接近其在希腊词源意义上的“技艺”（technē），它等同于我们现在所说的“艺术”（art），如“战争的艺术”或“外交的艺术”中的含义。在日常生活中，文化对个人行为的限制不必表现得很明显和狭隘，但控制的规则也不是有无限弹性的，逾越界限的结果将产生严重的结果。例如，如果突破法律的界限，受到的惩罚可能很严厉。但是，通常情况下，文化限制不是通过非常严厉的方式表达出来的，而是通过不赞同或奖励来表示。如对不赞同的行为表现出讽刺的微笑、鄙视的同情；或对赞同的行为赋予巨大的荣誉，甚至只是一个羡慕的眼神。在这两种情况下，都没有直接的规训权力（disciplinary power）运作的痕迹，即像警察或法律那样强迫人做什么或不做什么；相反，表明任何阶层的人都有可能在实施对他人的控制中扮演一个积极的角色。在此，举“法律与秩序”的例子来更好地理解这一点。法律是自上而下的，由那些被授权的人（如警察、律师、法官等）来执行。但秩序就没有那么明显的强迫性，在大多数情况下，是人们之间的一种默契，因而可以被视为社会实施自我控制的结果。

可见，最有效的规训技术的实施可能不在于对那些犯重罪的人的惩罚

---

① 张中载等：《20世纪西方文论选读》，外语教学与研究出版社2002年版，第690页。

如流放、疯人院关押、劳役拘禁和处决，而是对一些不经意冒犯的反应，如傲慢的微笑、夹杂着挖苦和善意的笑声、怜悯中带着些许的轻蔑以及冷冷的沉默。此外文化的界限在社会的奖励系统中得到进一步的加强，这些积极方面的范围包括得到极高的公众荣誉、丰厚的奖金到较一般的日常生活中的赞许的眼神、礼貌地点头和一些表感激的话。

在此，格氏把文化的征兆放在社会已布满了各种控制力量的网络来描述。格林布拉特使用的术语，如“技术”“规训”“惩罚”等，明显受到了福柯著作的极大影响。在思考法律与秩序问题时，福柯认为从 18 世纪开始，西方国家发展出了一套生命肉体的管理技术。在古代或中世纪，统治者可以任意主宰人的生死，可到了近代，残忍的暴力被更加复杂的无形的表面上更自由的权力形式所取代。当然这种借助文化知识深入到人的处身性的管制显得更为隐晦。人的一言一行都在文化的评判机制中得到调适，可见权力已经渗透到社会的每个角落，成了人们的身体行为。

那么，文化作为限制的观念对文学有何用处呢？至此，格林布拉特尝试着从文化界限的行为判断模式即惩戒和赞赏引申到西方文学的研究中来。格林布拉特的理解是：文学是对被赞同的和不赞同的、合法的和不合法的、法律许可的和法律不许可的之间的界限在文化上的强化的一部分。那些得到批判或赞颂的作品在这方面表现得特别明显。它们总是特别地表扬某些特殊的行为或行为模式，而谴责另外一些。当这类作品出现的时候，文化的评价机制立即使它们的重要性突现出来，如果关注度减少，这些作品就会渐渐在人们的视野中消失。在现代版本的注脚中我们获悉这些作品的名字和被遗忘的日期，但它们已经不能给人们带来当初在读者中产生的那种快乐和痛苦的感受。只有意识到文化作为一个复杂的整体重建那个判定作品存在的边界才能复现那种感觉。在对文化作为一个社会内部控制技术的作用的理解下，通过以下几个问题的追问可以进一步加强对文化这一褒贬机制的理解：

这部作品加强的是什么行为、什么实践模型？为什么特定时间和地点的读者会觉得作品很感人？我的价值与我阅读的作品暗含的价值有什么不同？作品建立在什么社会理解之上？作品可能潜在或显在地限制谁的思想或行动自由？与这些特定的表扬或谴责行为联系的更大的社会结构是什么？[①]

这些问题能够加强人们在作品内部各要素中没注意到的而只有从外部才能看出的文学特征。也就是说，文学的文化分析必须超越文本的界限，与文化内的其他价值、习俗和实践发生关联才算是一个完整的过程，当然外部联系不能取代文本细读。文化分析从文学文本严格的形式分析中受益颇多，因为这些文本具有文化特性不仅是指能超越文本本身指向外在世界，而且是因为它们蕴含了社会价值并融入了产生它们的社会语境。关注文学作品的形式方面可称为文本性（textuality），它与语境共同构成文本。这个世界充满了文本，有些文本不好理解就是因为脱离了当初产生它们的直接环境，要恢复这些文本的意义，获得对它们更为真切的感受，就要重构那些产生它们时的条件。相比于其他的文本，艺术作品与产生它们的环境的关系更为贴近，以至于这些环境条件消失以后文学作品还能幸存下来。

那么文化分析就不能定义上为一种与艺术品的内部形式分析相对的外部分析。同时文化分析也反对那种严格划分作品的“内部分析”和“外部分析”的观点，这是新历史主义关于文本与文化之间关系的一个主要观点。研究文学就是研究文化，为了理解一种文学，人们就必须理解一个文化。对特定文化的探索可以加深对产生于其间的文学作品的理解，而对文学作品的细读也能加深我们对产生它的文化的理解。文化分析不是为文学研究服务的；相反，从宽泛的普通教育来看，文学研究是为文化理解服务的。文化生产文学，文学生产文化。因此，从文化来思考文学可以让批评家看到如何将文化视为既内在于文学又外在于文学。

回到内在以及与之相对的外在问题分析，格林布拉特首先探讨文化作为限制系统方面的含义。这种系统功能在蒲柏《致阿巴斯诺特医生的信》、马维尔写及克伦威尔的《贺瑞斯的颂歌》等诗中表现得特别明显。这些作品痛斥了可恶的人的迟钝以及颂扬了体现在市民和军人中值得尊敬的人的美德。在此“文化”贴近了它的早期含义，即指有教养的行为准则。但它还不能纳入上述所谓的讽刺和赞扬的运作模式来理解，因为在这

① Michael Payne (ed.): *The Greenblatt Reader*, Malden: Blackwell, 2005, p. 13.

些诗作出现的时期文化是作为拥有显赫社会地位的标志。进一步说，正如莎士比亚在《皆大欢喜》所表明的，奥兰多的抱怨不是由于没有财产继承权所导致，而是因为他被剥夺了学习他所由来的贵族阶级的行为方式的资格。奥兰多接受他哥哥作为长子继承人的惯例，但他不满这位长子违背父亲的意愿不让他接受良好教育，把他当农夫看，可见精神需求在文化表现中极为重要。

艺术是文化传播中一个重要的代理。通过它人们试图表达出他们独特的生活方式，并把这种生活方式一代代传承下去。有些艺术家在这方面就存在很强的使命感，文艺复兴时期的诗人爱德蒙·斯宾塞在他的宏大的浪漫史诗《仙后》中就有意塑造一种“品德善良、行为高尚的绅士风格”。以此为主旨，斯宾塞拓展出复杂的情节并涉及了上百个寓言式人物，从亚里士多德式细腻的道德等级观念到世界末日的幻想，从宫廷优雅的举止到爱尔兰殖民地暴力，都无不深刻表达了当时的文化特质。更准确地说，多种动机和复杂需求使得斯宾塞创造出了系列相互联络的拥有道德秩序、伦理规范的文化模式以此来对抗无政府、动乱和叛变的威胁。只说到《仙后》在文化上的限制维度是远远不够的，诗中骑士和仙女在幻境中不断地漫游，大大地突现了文化流动性的一面。

文化的结构除了发挥作为限制的功能以外，它还要确保整个系统能够运动的可能。没有流动限制也是没有意义的，只有通过两者的即兴表演、实验和交换，整个文化边界才能建立起来。很明显在不同的文化中就限制和流动之间的比例来看会有很大的差异。一些文化梦想绝对的秩序、完美的静止，可在一代又一代的传承中，当流动性的比例达到极小值的时候，文化自身不管愿不愿意，它短暂地就会意识到正在犯错；相反地，有些文化追求绝对的流动性、理想的自由，但为了存留，有时也被迫会接受某种限制。一个给定的文化，处于各种激变的条件及由此可能导致多样的结果的情况下，它会形成一个即兴的结构，一系列富有弹性的模型，为参与者提供足够多的活动范围。在此，格林布拉特建立了一个在不同环境下，有着截然不同后果的“即兴创作”（improvisation）结构。“即兴创作”最明显的意义，是指个人如何使用文化限制。正是这种结构，提供了一个具有足够弹性的模式，允许充分的多样性，可以容纳大多数特定文化的参与者。这样，大部分人都能够找到一种方式遵守强加的限制，甚至都没有注意到存在这些界限。

某种新出现的生活方式可能不适应它所处的文化模式的要求，对当事人来说就是遭遇了意外，以致可能被流放、处死，或者宣称自己是神。但此等极端的对抗毕竟比较少见，大多数人特别是西方人更愿意选择即兴表演的途径，大量的艺术作品集中关注的就是这种创作方式。而文学的功能之一，就是把这种文化的“即兴创作”呈现为一种可以被学习的对象，成为“有文化”的过程的一部分。文学为我们提供了文化的“即兴表演”如何运作的明确例证。社会价值通过一部作品的内容得到强化或被挑战。同时，文学自身的界限在这一过程中也被模糊甚至打破。

小说在个人面对文化时出现的多种走向就表现得极为敏感，比如狄更斯的《远大前程》和艾略特的《米德尔马契》中的人物在遭遇挫折时，就探索出了能调节人与文化紧张关系的道路。由于艺术作品本来就是教育的工具，在表达社会的、情感的和智力的教育方面的适应性时，这些小说有效地调整它们自身在文化中的位置。它们不是被动地反映现有的文化结构中限制和流动的比例关系，而是会通过它们即兴创造的智慧，来塑造、阐明和重建这种张力结构。这意味着，即使充满浪漫创造性的狂热，很多天才艺术家还是会建立在普遍的范式基础上进行创作。甚至那些令人敬佩的大艺术家，我们在欢呼他们有力地拒斥文化中的陈词滥调时，殊不知他们走的路也是在现有文化框架内进行的比别人更为聪明而独特的即兴创作，而不是绝对的反叛或纯粹的发明。狄更斯就是巧妙地改编了他那个时代粗制滥造的情节剧，莎士比亚则从为人熟知的民间传说和历史故事借用了大量的人物和情节，而斯宾塞除了改进他自身文化的故事外，还借鉴了意大利诗人阿里奥斯托和塔索的精美故事。

格林布拉特指出，这些借用显然不是想象力贫乏的表现，更不是创造力萎缩的征兆，上述引用的作家斯宾塞、莎士比亚和狄更斯都是英语世界最有想象力和创造性的天才，他们扎根原有的文化土壤进行创作，加深了文化流动性的含义。文化流动不是简单的随机运动，而是一个交换（exchange）的过程。文化作为一个特殊的谈判网络，各种机构中的人通过相互奴役、接纳或联姻等方式在进行着物质和观念的交流。人类学家就特别关注某一文化中的亲属系统和叙述方式，前者表现为家庭关系、姻亲禁忌、结婚规定等方面，后者则主要体现在神话、民间传说、宗教故事等表达途径。两者密切相关，都是能表明如何调整人的限制和流动方面的主要规则的关键指标。大作家作为文化交换的高手，当然也是操作这些规则的大师。他们创造的作品能够组织社会能量进行积累、交换、表现和流通等实践活动。

在任何文化中都有一个由无数符号组成的具有普遍意义的象征性统一体，它可以激发人们的需求、恐惧和攻击性。借助这一象征体系，人们能够创造出富有想象力从而引发共鸣的故事，由于对文化中最伟大的集体创作——语言有敏锐的感受能力，相比之下，文学家特别擅长操作这一体系。他们从文化的某一领域获得象征材料，通过与其他领域的材料的结合来改变它们的意义，产生感人的艺术效果，从而在更大的社会布局中交换各自的位置。例如莎士比亚的《李尔王》，剧作家借助一个大家熟悉的而在历史上却不存在的有关英格兰国王的故事，一方面与当时最令人焦虑的亲属关系相连，一方面又涉及了民事冲突问题，当中蕴含着某种宗教预言世界末日的期盼但又对这种确定性持怀疑态度，以此来感染观众，产生出空前的悲剧快感的体验。细腻的文化分析一触及莎士比亚剧中各种素材的来源，必将突破戏剧的形式界限，从法律协议的角度，就会延伸到文艺复兴时期年老父亲如何与儿女相处的问题，与此相关，也可以探讨这个时期对孩子的抚养状况，或者从政治争论的角度是否存在忤逆合法统治者是可行的这种情形，此外，还可以考虑世界末日即将到来的预言这一走向。

伟大的文学作品不是文化材料循环中继站的一个零件。在文学文本中有些方面是由当中描绘到的客体、重新建立的信念和从事的实践来表现的，而某些方面则显得不可预测和令人困惑。这种“某些方面”是文学中的力量和内蕴于文化中的力量在历史的偶遇中合力形成的标志。某些时候艺术似乎总是在加强主流的观念和社会结构，文化显得和谐而不是充满了冲突，艺术生产与其他构成社会生产和再生产的模式之间相互协调、共同发展，但这种状况的出现并没有必然性。更多的情形是艺术家常常以新颖的方法聚集各种社会力量来冲击这种确定性，而能站在特定的位置来突破现有文化边界的作品往往都受到极大的尊崇。

莎士比亚在生命最后阶段把目光专注于当时人们在新大陆探险这一活生生的现实上，他的《暴风雨》中的很多细节就来自冒险家和殖民者的著作，他把这些素材巧妙地移植到地中海的某一神秘的岛上，当中交织着维吉尔《埃涅伊德》古老的回声，也从其他艺术形式如宫廷假面舞会和田园悲喜剧吸收了某些成分，以及使用了白魔法的知识。整部戏一直在探讨欧洲人在新大陆进行所谓文明开发的合法性。把这个问题放在普洛斯帕罗身上更为明显，在作品中他作为国王自然地被赋予了能在海岛上统治的权力，可奇怪的是，作者还让他拥有了超自然的巫术能力，相比之下，两种力量有不一样的效果，魔力给人印象深刻，而合法性却较模糊。

这个岛的前任主人西考拉克斯作为女巫拥有与普洛斯帕罗一样的神力，在剧中作者无意让她成为普洛斯帕罗的威胁，这也符合莎士比亚所处时代的文化不鼓动向合法君主挑战的惯例，然而作品中各种因素在配置有序的交织中却透露出一个对原有惯例进行质疑的不和谐声音，这声音由“野蛮又丑怪的奴隶”，西考拉克斯的儿子——卡列班发出，卡列班说：

> 这岛是我老娘西考拉克斯传给我，而被你们夺了去的。你刚来的时候，抚拍我，待我好，给我有浆果的水喝，教给我白天亮着的大的光叫什么名字，晚上亮着的小的光叫什么名字；因此我以为你是个好人，把这岛屿的一切富源都告诉了你，什么地方是清泉盐井，什么地方是荒地和肥田。我真该死让你知道这一切！但愿西考拉克斯的一切符咒、癞蛤蟆、甲虫、蝙蝠，都咒在你身上！本来我多么自由自在，现在却要做你唯一的奴仆，你把我关禁在这堆岩石的中间，而把整个岛给你自己受用。①

卡列班在剧中没有获胜，他的声音只有到了后殖民时代，当加勒比海或非洲的文化在改写莎士比亚戏剧时才得到了回响。可处于詹姆士一世强有力统治时期的文化，能够看到艺术家利用其想象力的流动性在君主统治刻板的前台上划上一道裂痕，记录下在那个时代很难听到的不安分的受压迫的声音，如果文化批评有责任剖析普洛斯帕罗的权力，那么同样也有义务让人们听到卡列班的声音。

---

① 威廉·莎士比亚：《莎士比亚全集》第七卷，译林出版社2005年版，第301页。

格氏对文化的理解带有很明显的行为主义方式，在众多的文化定义中脱颖而出，犹如文化诗学的一贯做法，回避理论的论证模式，带有某种“心法”意义上掌控，去繁就简，适合动态地描述作为对象的文化。那么，有了这一目标，如何站在文学的立场打通历史与文化的关系，以诗学的方式来把握特定时期的文化，文化诗学给出的方法是“厚描”（或译“深描”）。杰诺维塞明确指出：“新历史主义是一种采用人类学‘厚描’（thick description）方法的历史学和一种旨在探寻自身可能意义的文学理论的混合产物，其中融会了泛文化研究中多种相互趋同而又相互冲突的潮流。”① “厚描”方法在人类学中主要由格尔兹提出，格林布拉特在《文艺复兴的自我塑造》导论中就交代出这一方法的理论来源：“我在本书中试图实践一种更为文化的或人类学的批评——说它是‘人类学的’，我们是指类似于格尔兹、詹姆斯·布恩、玛丽·道格拉斯、让·杜维格瑙、保罗·拉宾诺和维克多·特纳等人的文化阐释研究。”②

“厚描”作为一个概念的首提者不是格尔兹，而是英国语言分析哲学家吉尔伯特·赖尔（Gilbert Ryle）。赖尔对两个男孩同是“眨眼皮”动作进行区分，一种就是仅仅生理上“抽动眼皮”，一种则成了“眨眼示意”。对后一种不可理解为一个简单的动作，“眨眼示意”在传递信息，在它之上可以进行意义叠加，比如还有第三个男孩对“眨眼示意”进行滑稽的模仿，那么他既不是在“眨眼示意”也不是在“抽动眼皮”，他意在产生嘲笑的效果。此外，还可以想象，这个模仿男孩为了使他的模仿变得逼真已在家里对着镜子进行过排练。这些设定逻辑上可以无休止地继续，使问题变得越来越复杂。但作为文化人类学的研究要点它不再纠缠于这种无限性，它要的是从“眨眼示意”作为起步，认定它可能暗示了针对特定某人又不让在场的其他人知道的某种信息，而这个接收到“眨眼”信息的人因知道其中的含义又须具备能破译整个符号化过程的能力，以此类推，所有“眨眼示意”的变体都可以纳入这种能破译出意义的结构之中，推衍下去就能触摸到一个更大的具有社会性的公共编码系统。那么，把这

---

① 张京媛主编：《新历史主义与文学批评》，北京大学出版社 1993 年版，第 52 页。

② Stephen Greenblatt：*Renaissance Self-fashioning*，Chicago：The University of Chicago Press，1980，p.4.

些层次展示出来就可以看出整个文化的特征。在对上述几种“抽动眼皮”的类型表达中，如仅仅单一地对具体的“眨眼示意”“滑稽模仿”或“对滑稽模仿的排练”等过程的描述，不管如何生动和细腻，只能称为“薄描”（thin description），只有把它们放置在一个分层划等的意义结构当中，使得“抽动眼皮”“眨眼示意”“滑稽模仿”和“对滑稽模仿的排练”等过程都有意义，在此基础上对它们各环节进行描述才能称为“厚描”。这样，经人类学“厚描”的结果，一个社会内所有存在的对象及发生的事件因有了文化给予的独特含义都有规律地联系在一起。格尔兹的民族志方法就是循着这种也许是假定有意义的构成过程去整合研究对象，人类学家在最基层的田野密林中访问调查合作人、观察礼仪活动、推导亲族关系、追溯财产继承以及统计家庭人口，这些工作所搜集的材料，起先显得杂乱无章，充斥着各种复杂无序的概念，人类学家必须想方设法把握它们，然后加以表述。在做这些工作时头脑中形成一个核心理念是极其重要的，文化人类学由于以文化作为人是否成为人的衡量标准，明确什么是文化就是整个工作的中心。格尔兹认为文化是“一种通过符号在历史上代代相传的意义模式，它将传承的观念表现于象征形式之中。通过文化的符号体系，人与人得以相互沟通、绵延传续，并发展出对人生的知识及对生活的态度”①。这个文化概念作为表达价值观的符号体系，与马克斯·韦伯的社会学主张一样，把文化看作一张网，人就是由他们自己编织的意义之网上的动物，文化的分析不是探索规律的实验科学，而是寻求意义的阐释性过程。

“厚描”作为描述文化的方法受《野性的思维》结尾所表达的思想方法很大的启发，即科学解释不一定存在着从复杂到简单的过程，也可以用较易理解的错综复杂的事物来取代较不易理解的错综复杂的事物。

格尔兹认为人类学书写历史有两种方法，一种是“伟大文明的历史可以描述为一系列重大事件——战争、统治和革命——无论它们是否塑造了这一文明，至少却标志着其历程中的主要变迁”；另一种则“不以一系列时间、地点与显赫人物来描述，而是用社会文化历程的几个总体

① Clifford Geertz: *The Interpretation of Culture*, New York: Basic Books, 1973, p. 89.

阶段”。[1] 第一种历史志在强调历史作为一系列时间阶段的意义，注重事无巨细的编年史式的钩沉；第二种把历史的变迁作为相对连续的社会文化过程，这一过程以缓慢变化的形式，突出了累积活动的形态性或结构性的特征。两种方法都行之有效，且可互相补充。但相比之下格尔兹认为第二种方法较为可取，可以从中发展出作为第三种所谓民族志的方法，因“从事民族志就是建立关系、选择调查合作人、作笔录、记录谱系、绘制田野地图、写日记等等”[2]，那么这第三种方法其实就是如何描述并阐释文化的“厚描”法。

格林布拉特从格尔兹这种能统一“文化”与“历史”的“厚描”法当中获得文学批评的“诗学”方法，他与加拉格尔共同认识到格尔兹的作品使他们已经完成的工作“显示出了意义，反观自己的专业知识也因此变得更为重要、充满生机和富有启发”[3]，有趣的是，格尔兹站在人类学的角度指出其厘清意义的分析过程虽类似于解码员的工作，但它更像“文学批评——并确定这些结构的社会基础和含义”[4]，可见，人类学和文学批评在阐释文化文本中其方法是可以相互借鉴的。

第二节　走向文化诗学

格林布拉特《走向一种文化诗学》中最早提出“振摆”[5]（oscillation）这一术语。在思考艺术与社会两种互不相通的话语实践之间的历史关系是什么时，格氏把这一普遍性问题放在作为特定时期的当代资本主义来考量。他以两位后现代意义上的思想家詹姆逊和利奥塔的论述为切入点来展开。作为西方马克思主义的代表人物詹姆逊在《政治无意识》一书

---

① 克利福德·格尔兹：《尼加拉：十九世纪巴厘剧场国家》，上海人民出版社 1999 年版，第 4 页。

② 克利福德·格尔兹：《文化的解释》，上海人民出版社 1999 年版，第 6 页。

③ Stephen Greenblatt：*Practicing New Historicism*，Chicago：The University of Chicago Press，2000，p. 20.

④ 克利福德·格尔兹：《文化的解释》，上海人民出版社 1999 年版，第 11 页。

⑤ 最早提出这一特征的是李清发表在 1996 年《成都大学学报》第 1 期以《振摆——新历史主义文本阐释模式》为题的一篇论文。之后有王进以《“批评越界”与“话语振摆”：文化诗学的“理论链”建构观念》为题发表在 2009 年《暨南学报》第 6 期的相关论文。

中分出两种文本：社会性的和政治性的文本与非社会性和非政治性的审美文本。詹姆逊把这两种话语的功能性区别当作是生产资料私有化的结果。言下之意，私有化导致了话语的封闭，最具审美特质的文本成了孤独个人的窃窃私语，这是私有制的邪恶征兆。格氏认为实际情况恰恰相反，私有制并不一定带来私有化，反而是使一切话语极端公有化，出现了一个商业体系下的庞大读者群。詹姆逊把审美与私人的联系起来，进而又把私人的与心理的、诗学的、个人的列为同一阵营，以区别于公共的、社会的、政治的，所有这些连锁式的对立，詹姆逊认为都是资本主义生产方式出现以后才有的现象。人类原先是完整的、活泼的、统一的，作为单个的主体与社会心理完全一致，可进入资本主义阶段以后，整体性被打破，诗学与政治也就分开了。

利奥塔则从话语的多样性作为人类社会的常态入手来剖析资本主义条件下如何使标明话语位置的作用失效，即资本的运作方式要的是单一的语言和单一的体系，能使各种话语趋向康德意义上的世界共存领地不再存在。利奥塔说明这种巴赫金式的独白话语的例子是纳粹罪犯福利森对大屠杀的否认。利奥塔认为纳粹消灭百万计的犹太人及一切他们认为讨厌的人的企图是想把这些人的姓名从地球上抹掉，其本质是资本主义敌视话语的多样性。格氏认为就名字作为专有名词来说，在资本主义兴起之初它们与私有财产的认定紧密联系在一起，它们是资本主义的组成部分，而不是牺牲品。

这样，詹姆逊所说的资本主义，成了极端个人的制造者；而利奥塔理解的资本主义则成了要消灭个人的中介，两者的区别可以追溯到马克思主义和后结构主义的区别。“詹姆逊为了揭露一个独立的艺术领域的欺骗性，为了提倡一切话语的真实结合，从话语领域划分的虚伪性这一根本问题上发现了资本主义；而利奥塔为了提倡将一切话语进行划分，为了揭露独白话语统一性中的欺骗性，从话语领域的结合的虚伪性这一根本问题上发现了资本主义。”① 两种情况都把历史当作理论的装饰，简化了资本主义复杂的社会经济发展过程，但他们提出的资本主义整体的话语实践特征可以用来理解更具体的话语活动，如社会历史与艺术审美之间的关系。詹姆逊所讨论的功能性区别的构成和利奥塔所谈论的一统化的冲动，在其各

① 张京媛主编：《新历史主义与文学批评》，北京大学出版社1993年版，第6页。

自的理论推衍中有一定的逻辑完整性，但都不足以揭示资本主义实际的历史效应，所以较好的方法是要把两者结合起来，因为“就其自身特点而言，资本主义既不会产生那种一切话语都能共处其中也不会产生那种一切话语都截然孤立或断断续续的政治制度，而只会产生一种趋于区分的冲动与趋于独白话语组织的冲动在其中同时发生作用，或至少是急速振摆，使人以为在同时发生的政治制度”。[①] 这样，在詹姆逊和利奥塔所阐述的两种资本主义之间的摆动，已经形成了关于美国日常行为的诗学，在此视野下，资本主义结构是一个复合结构：权力、意识形态和军事黩武主义与快感、娱乐和兴趣空间并存其中。

在《走向一种文化诗学》中，格林布拉特用三个典型事例细致地分析了文学艺术与社会生活的双向建构关系，集中说明了资本主义社会中话语的振摆特性。

第一个是美国总统里根在“总统”话语和“演员”话语之间来回振摆。里根总统在其从政生涯的过程中无意援引了自己曾经在电影中的旁白。这一现象被历史学家迈克尔·罗金敏感捕获，就总统的“口误”，罗金解释为总统的性格“是在两个相互替代过程的汇合中产生的，一种引发自20世纪40年代‘冷战’时期的反颠覆，并且支撑了它在80年代的新的抬头趋势，其政治矛头由针对纳粹主义变成了针对共产主义，由此有了国家安全的局面；另一种则是由具体的自我向它的银幕幻象的心理转变”。[②] 这种评述似乎肯定了“审美与真实之间功能性区别的消解；审美不再是供我们选择的另一个领域，而是一种强调我们生活在单一的领域的手段”。[③] 对这一典型话语振摆现象，格氏认为正确的理解应该是不要为了突出角色的区别使得单一话语成为资本主义的主流话语，也不要因为区别的边界被冲破而遗忘发言者本身对自己的清醒定位，两者构成一种辩证关系。角色的区别是存在的，但它又通过话语的振摆统一在话语层面。

第二个是美国加州约塞米蒂国家公园在“自然”话语与“人工”话语之间来回振摆。约塞米蒂国家森林公园确实有纯自然的存在，可是游客

---

① 张京媛主编：《新历史主义与文学批评》，北京大学出版社1993年版，第7页。

② 同上书，第8页。

③ 同上。

每经过一段景观总有一个醒目人工标志，即使写着纯属自然状态的“荒野”并附上各种保护说明细则，人们也总感到自然与人工真假难辨。甚至有家电视台为了使山崖拍摄起来更好看，竟为其着色，以获得一种“拟象”比实景还真实的效果。而所谓的国家公园，本来是全民财产，可还是有人在当中建私人高尔夫球场。这一切使得话语驳杂难辨，这也许就是工业文明所带来的命名危机。

第三个是美国的一名叫爱波特的罪犯在“法律”话语与“艺术”话语之间来回振摆。整个事件是这样的：美国作家梅勒根据真实罪犯的故事准备写一部名为《行刑者之歌》的小说，小说在写作过程中，有一个名为杰克·爱波特的罪犯写信给梅勒说他愿意提供更多的素材，两个人开始通信。犯人信中因有丰富的细节经梅勒有分量的文学加工被出版社看中，最后以《野兽的肺腑之言》为名出版，书引起了轰动。在作家的帮助下，爱波特也获假释出狱。本来事情已结束了，可是爱波特出狱以后，又犯谋杀罪再次入狱。这样，作家与犯人的合作以及后续事件又被好事者写成剧本，题名也叫《野兽的肺腑之言》，同样受到好评。

如何对娱乐、审美、公共领地和私人财产结合在一起的这些文化现象进行把握呢？传统的概念如模仿、象征、寓言、再现等似乎都不太适合描述梅勒的书、爱波特的书、剧本和电视台的系列报道。因此就需要一些新的术语来描述“诸如官方文件、私人文件、报章剪辑之类的材料如何由一种话语领域转移到另一个话语领域而成为审美财产”① 的过程。

首先要认清社会和艺术话语之间的任何单向转移都有是片面的。要把两者联系起来，双方之间进行调整以适应另一方。在承认调整的基础上找出测量调整幅度的方法是一个关键环节。艺术过程不是不食人间烟火，它是人为操纵的结果。艺术作品是一番谈判（negotiation）以后的产物，谈判的一方是艺术家个人或群体，另一方是社会机制和实践。谈判要顺利进行需有一种类如经济活动中作为交易的通货，这种通货就是名和利。至此，格氏认为“谈判”和“通货”就是文化诗学要推出的能表达新话语现象的术语。

格林布拉特将这种历史存在的“区分”与“联系”并存的话语摆动，

① 张京媛主编：《新历史主义与文学批评》，北京大学出版社 1993 年版，第 13—14 页。

称为“关于美国日常行为的诗学”。因此，对于文化诗学而言，文学与历史是既有区分又有联系的，二者之间发生不断振摆的关系，所谓“文学文本的历史化或语境化”就是要充分揭示文学话语与历史话语之间的广泛流通、相互转换。正如格林布拉特在文章的最后说：我们要“试图重建一种能够更好地说明物质与话语间不稳定的阐释范式”，而这“正是现代审美实践的核心。为了对这种实践作出回答，当代理论必须重新定位：不是在阐释之外，而是在谈判和交易的隐秘处”。[①] 关于这一点，沃尔夫冈·伊塞尔也曾建议文学批评在社会话语与审美话语之间进行“能动的振荡”，安东尼·吉登斯则称为“循环往复性”。

格林布拉特在此提出了走向文化诗学的整体路径，“振摆”成为了一个很好地描述社会历史话语活动方式的概念，它也是文化诗学自身的批评模式的最好写照，其实两者是合二为一、不可分开的。由于文化诗学把社会历史都统一为文化过程，文化又作为一种话语，那么现实中的各种发生实际上就可以理解为文化不同的话语过程。詹姆逊孤独话语突现了资本主义对整个话语生态的破坏，而利奥塔的独断话语则突出了资本主义在维护整体性的同时又扼杀了独立话语的生气。如何使个别和整体都充满生机，其出路就在于提倡各种话语之间的“振摆”。在格林布拉特的理解中，“振摆”的动力就是来自“社会能量”，在此力量的驱动下，各种活动方式获得了这种力量并同时又在输出它自身的力量，它们之间的关系都是相互融通的。在描摹具体的话语活动过程中，构成冲突的两极如社会历史和审美艺术作为两种话语活动方式最好不要各执一端，而是要让双方产生对话，从力量的不均衡产生出“振摆”的状态去把握。格氏以此眼光去判断《理查二世》的表演，认定伊丽莎白的“权力诗学和戏剧诗学分不开”[②]，女王明显感到历史会重演，戏中的“理查二世”就是在影射自己，理查二世被亨利四世（博林布鲁克）所篡位，那就预示着现实中可能会出现同样的叛逆者，果然在 1601 年艾塞克斯兴兵作乱，伊丽莎白的担心是有道理的。如依照旧历史主义者约翰·威尔逊的看法，女王根本不用担心舞台表演，因为反映历史的艺术与当下的现实不可能发生联系，两种话

① 张京媛主编：《新历史主义与文学批评》，北京大学出版社 1993 年版，第 15 页。

② Michael Payne (ed.): *The Greenblatt Reader*, Malden: Blackwell, 2005, p. 161.

语没有相交的可能，可结果是威尔逊的观点太片面了，不符合历史的真实。

以“振摆”为核心，可以看出文化诗学的理论来源事实上也是学派之间振摆的结果。对格林布拉特影响最大的两个学派——形式主义和历史主义在文学批评史上双方产生了各种各样复杂的冲突关系。保罗·汉密尔顿就英国文学曾判断说：“作为可接受的学术主体，英国文学批评在作为历史的和形式分析的思想之间摆动。”[①] 远的不说，就20世纪初以什克洛夫斯基、普洛普等理论家为代表的形式主义在出现之初，就遭到了以所谓苏联式的马克思主义的社会历史观方面的批判，在此张力中即出现了巴赫金反对独语的多声部共鸣诗学。此后形式主义者（如雅各布森）流亡到欧洲，其思想方法直接影响了法国结构主义和英美新批评的产生，最终这些思想资源共同促成了叙事学的出现，这些学派都可列入形式主义，它们对文学作为审美的特质的认识达到前所未有的高度。但由于对形式作为一个世界的独立性的强调，詹姆逊称之为资本主义的邪恶哲学表现，在其对立面一直有社会历史的力量在提醒这是一种精神的奢侈，必须把这种力量引进到整个文化场的生成之中。文化诗学就是在克服两种对立面的偏颇而出现的。从另一角度看，俄国形式主义、英美新批评、法国结构主义等可划入偏重于研究文学的内部形式与结构，法兰克福学派以及后来的新历史主义、女权主义、伯明翰学派等都偏重于分析文学的外部因素，所以它们的这种振摆形态也可以当作内外部的互动关系的表现。文化诗学的批评旨归是要在文学内部研究和外部研究之间找到平衡，正如诺斯洛普·弗莱（Northrop Frye）所言：“批评永远有两个方面，一个转向文学结构；一个转向组成文学社会环境的其他文化现象。它们在一起相互平衡：当一个发生作用排除另一个时，批评的观点就会失去中心。”[②]

如从德国的文化土壤滋生的阐释学看，它就没有这种明显的“振摆”现象。源自胡塞尔现象学的阐释学，秉承了现象学的核心精神——“回到事情本身”，就历史和形式各执一端出现的自身遮蔽，阐释学发展了一

① Paul Hamilton, *Historicism* (Second Edition), published 2003 by Routledge, New Fetter Lane, London, p. 130.

② 诺斯洛普·弗莱：《批评之路》，北京大学出版社1998年版，第10页。

套直达问题本身的方法，它回避了历史话语和形式话语孰重孰轻的争执，把它“括号”起来，或当作伪问题存而不论，其进入事情的首要目标是描述出什么是一直在起作用的东西，这东西在，而且有意义，历史和形式如与论域有关，也是进入到事情本身的构成要件。相对于阐释学细致的分析手段，文化诗学稍显粗糙，但通过各种振摆，文化诗学还是摸索到了与阐释学相同的道路。

格氏的研究对象从著名作家、正典作品到同时期的一般作者、非文学材料，也构成了一个振摆空间。他的学术方向专注于文艺复兴和早期现代化，在涉及克里斯多弗·马洛（Christopher Marlowe，1564—1593），沃尔特·雷利（Walter Raleigh，1554—1618），菲利普·锡德尼（Philip Sidney，1554—1586），托马斯·魏阿特（Thomas Wyatt 1503—1542），爱德蒙·斯宾塞（Edmund Spenser，1552？—1599），特别是威廉·莎士比亚（William Shakespeare，1564—1616）等文化名人时，凡是能构成独特语境的文本都可以进入到这一空间。至于为什么这一材料有优先权而其他相关对象没被纳入，这带有偶然性。但在论证过程中所体现出来的倾向性是有理路可寻的。由于格氏在最宽广的意义上对文化有兴趣，他在对同一历史的共时面进行论述时就常常会“振摆”而出，跳到另一个历史阶段进行文本“会通”，这种对历史纵向的操作方式把人们一般认为的时间先后顺序为历史常态的时间观打断，呈现出新历史主义的另类历史观。就现代性问题，早期现代化与当代的各种现代化论题都可以进行互证。有人认为新历史主义偏重共时性，而文化唯物论则偏重历时性。1990 年，在新历史主义由盛而衰之时，理查·勒翰（Richard Lehan）就明确否定了“新历史主义”的学术创见，在《新历史主义的理论局限》（*The Theoretical Limits of the New Historicism*）一书中，他认为新历史主义受到结构主义与后现代主义理论的过多影响，热衷于对历史的消解和对文本的拼贴，存在“时间空间化”的不足，在玩弄历史的同时失去了“历史序列的自然延伸”。事实上新历史主义在历史时间维度上的有所倾斜，只是出发点和对象选择的区别，两者在最终目的是相通的。因为“共时性模式并不绝对地怀疑作为研究和表述对象的历史，而是要找寻出一个崭新和独创的历史编纂学的叙事模式或转喻中找出结构的置换。这种新式反本原模式被尼采称为‘系谱学’（genealogy），福柯称为‘考古学’（archaeology），即：

对产生任何完全共时模式的可能性的条件进行叙事重构”。[①] 在德里达那里，德里达引发了索绪尔没有言明的思想，也是认为共时关系要取代历时关系。在索绪尔的语言系统中，能指和所指存在着一一对应的纵向关系，能指反映和再现了所指，控制了所指的意义。可同样在索绪尔的语言意义生成中，差异作为最主要的规则，语义是散播在能指的转换过程中的，它决定了能指和所指的关系只能是横向关系。福柯在《疯狂史》对传统精神医学的嘲讽就是医生总是要在过去的病名之下找出当今的病理真相，可重要的是一个语词总是在一组语词横向关联中获得它的意义。

当然，在这种横向又是纵向的复杂“振摆”时空中，文化诗学为人熟知的艺术与历史、真实与想象、主流文化与其他亚文化的关系问题都会被涉及，当中还充满着对各种古灵精怪、魔法巫术、惊诧奇异、殖民拓疆和创伤记忆等轶闻类的描述。格氏对这两类文本系列的关系的联络，实际上形成了一种大范围的“文本间性”。传统历史主义虽也将文本视为一个“有机整体”，但它认为文本的统一（the text’ unity）反映的是历史语境的基本统一。其批评实践的中心原则是：文本的存在是以它的语境为基础的，文本意义与历史语境密切相关。格氏则认为，我们不能简单地将历史放在与文学文本对立的一面，也不能把历史看作是文学的稳定的背景，甚至也不是一直以这两种关系为主来梳理文本间性，他要揭示的是文学与所谓的“联合文本”（con - text）之间的关系。这个“联合文本”具有双重功能：它不仅能指明文本形成的历史语境，更能暗示我们在阅读文学文本时，应该联系其他非文学文本来共同解读。这样做是为了打破文本的形式界限（formal boundaries），找出各种文本的意义（significance）而不仅仅是读出文本的意思（meaning），是让我们一直在寻找的文学文本的表达、转换和它与社会环境之间相互协商的各种方式成为可能。[②] 在这一过程中，文本地位及其相互关系不断改变，文本内那些被权力抑制的部分随时都可能重新浮出水面，致使整个文学甚至文化格局发生变动。

文化诗学置身于后现代语境，它的不断振摆呈现出一种“无原则批

---

① 张京媛主编：《新历史主义与文学批评》，北京大学出版社 1992 年版，第 25—26 页。

② Stephen Greenblatt: *Shakespearean Negotiations*, Berkeley: Univ. of California Press. 1988, p. 95.

评”特色。从诸多自成体系的理论中抽取适合本语境的概念、术语来提炼观点或引发论域以达到某种预期效果，对例证的使用也是呈现了某种随机性，以致形成了一种拼贴式的批评路向，其结果也往往能出人意料。作为对材料的运用，它在进入历史时，回避“大历史”，采用“小历史”甚至“反历史”，在潜在的框架中，大、小历史之间就构成一个振摆的空间，文化诗学对作为小历史的边缘化选择，最终由于张力的原因，社会能量使小历史一直搭配着大历史而延伸，在拼贴式的编织中，表面上看似乎两者会相安无事，那样批评工作意义也不大，事实上，文化诗学在对小历史的利用中总会引导出其颠覆主流话语又被收编的一面，显示出了权力运作的复杂性。在诸多论域中，以没有理论立场的价值中立为起步，可论述的结果常常会对此论域的传统结论产生颠覆性结论，加上适当的政治诉求，文化诗学还是有某种“原则”的，它采取了一种文化政治的立场。

在论及文艺复兴时期典型例证取舍方面的拼贴态度，格氏曾遭到批评，格氏本人没有正面回应。可在理论上的拼贴姿态，文化诗学阵营中的布鲁克·托马斯申辩说：“‘反理论的’的态度的一个逻辑上的后果就是将新历史主义与后结构主义区分开来，从而消除它们之间的紧张状态，后结构主义变作一种理论实践，而新历史主义则是一种历史实践……而我们的任务是理解现在的紧张状态，而不是过早地通过命令来消除这种紧张状态。”[①] 这样，在批评实践它形成了一种作为“形式的”理论与作为“内容的”材料之间在拼贴意义上的融通，在避开现有理论的各个阵营中重新寻找自己的理论定位，只是这种理论还没出来。但文化诗学的这种开放态度，拓展了文学批评的多声道走向，为更多的可能性提供空间。1988年，在《莎士比亚的谈判》一书中，格氏将文化诗学界定为“对不同文化实践集体生产的研究和对各种文化实践之间关系的探寻”。具体而言，就是“追问集体信念和经验如何形成，如何从一种媒介转移到他种媒介，如何凝聚于可操作的审美形式以供人消费。我们可以考察被视为艺术形式的文化实践与其他相近的表达形式之间的边界是如何标示出来的。我们可以设法确定这些被特别划分出来的领域是如何被权力赋予，进而提供乐

① 张京媛主编：《新历史主义与文学批评》，北京大学出版社1992年版，第74页。

趣、或激发兴趣、或产生焦虑的”。[①] 这种带有综合而又游动的态势，可以当作格氏对其批评整体事业的一种概括。

在文化实践方面呈现出极富新历史主义特色的有杰罗姆·麦克甘（Jerome McGann）所感兴趣的“文本考证学”（Texual Scholarship）。有人认为麦克甘不算是典型的新历史主义的代表，但耶鲁大学的保罗·H. 弗莱伊（Paul H. Fry）在其“文学理论导论”公开课“新历史主义”一节中却把他列为与格林布拉特一样重要的新历史主义的主要人物。麦克甘以研究和编辑浪漫主义作品著称。其相关研究著作有《浪漫主义的意识形态》（*The Romantic Ideology*）[②]、《拜伦和浪漫主义》（*Byron and Romanticism*），编辑方面有《拜伦优秀新作品》（*New Standard Works of Byron*）等。在对浪漫主义的批评中，麦克甘把浪漫主义者当成不食人间烟火的精神贵族，受巴赫金影响，麦克甘以社会历史维度分析来克服这种个人天才文学观的不足，其做法一定意义上可等同于新历史主义对形式主义的批评，所以麦克甘可算作一个新历史主义的代表人物。针对“文本考证学”，麦克甘认为在编辑中是否应提倡搜集所有的文本（包括手稿和印刷体），还是相反地以作家最初灵感的产物作为理解作家最好的途径，这是一个关键的出发点。以济慈《无情的妖女》为例，他就认为 1820 年的版本比 1848 年密林斯的版本要好。原因是 1848 年由杰克·斯林格（Jack Stillinger）编辑的版本虽收集了诸家的注解，但有贬低女性的嫌疑，麦克甘以政治正确的标准对两者作出了评价。这种具体的抉择观点与新历史主义的主张有些相左，但麦克甘的走向还是为文化诗学拓展了另一个可行的空间。

格氏认为文化诗学的中心考虑的是防止自己永远在封闭的话语之间往来，或者防止自己断然阻绝艺术作品、作家与读者生活之间的联系。他把文学批评家阐释的任务明确为是对文学文本世界中的社会存在以及文学的影响实行双向调查，也就是在“历史”与“文化”两个维度中进行振摆。新历史主义批评在缩小“历史”的影响的同时，却在扩大“文化”的影

① Stephen Greenhlatt: *Shakespearean Negotiations*, Universify of California Press, 1988, p. 5.

② 书中麦克甘巧妙结合了“浪漫主义”和“意义形态”两个论域，有针对性地攻击了耶鲁学派保罗·德曼和杰费里·哈特曼在评论济慈《秋颂》中的浪漫主义观点。

响。在开展文学批评的过程中它主张充分考虑文学与社会风尚、心理特征、国家机构、宗教形式、家庭组织、权力结构、传统惯例等文化现象之间的关联。这样，新历史主义批评眼中的历史就不再单纯的是一个“历史的历史”，而是一个“文化的历史”。这从一个方面也就显示出了新历史主义批评作为一种批评模式所具有的兼容并包的特点。它突破后现代解构主义话语的单声道范式，在历史与文化多声道对话中重建泛文化的诗学空间。因此，可以说新历史主义批评一方面致力于恢复文学研究中的历史因素，另一方面又主张将对文学的判断置于大的文化语境中。以文化史为理论导向，在后现代主义解构的废墟中重建历史批评空间，为后现代话语中的“历史终结论”和“文化表征危机”提供理论突围的重要方法论契机，在正是基于此，格林布拉特将之称为通向一种历史批评的泛“文化诗学”。

但在具体操作中，会经常碰撞到很多误区。海登·怀特曾在《评新历史主义》一文中精辟指出，新历史主义表现出在研究中对比较陈旧的语文学探讨的回归，从历史寻找语境的生成可能，在此过程犯下了新批评之所谓“本原谬误”（genetic fallacy）。第二，它暗示着这样一种可能，即在文本和语境中来进行区分，这是对较新的、仍然是形式主义的后结构主义观点的冒犯。后结构主义并不认为有一个所谓文本的“外部”（outside）构成，因此，新历史主义者在文本和语境之间进行区分的努力，只会导致一种所谓“参照谬误”（referential fallacy）。第三，对历史学家的冒犯，历史语境当作一种“文化系统”，而社会制度和实践，其中包括政治在内，都有被解释为这个系统的功能，而不是相反，这是一种带有唯心倾向的“文化主义谬误”（culturalist fallacy）。第四，对文学文本和文化系统之间的解释方式，对历史学家和传统的文学学者，同样也是一种冒犯。这种关系本质上被当作一种“互文的”（intertextual），即文学文本是一方面，文化文本又是另一方面，因此被指责为进行双重意义的简化，它将社会简化为处于文化功能的位置，又进一步将文化简化为文本，这是一种文本主义谬误（texualist fallacy）。[①]

---

① Stephen Greenblatt: *Practicing New Historicism*, Chicago: The University of Chicago Press, 2000, p. 294.

第三节　文化作为文本

格林布拉特在《实践新历史主义》一书的序言中谈到，自从作为权宜之策的称号“新历史主义”提出以后，受到各方的批评，其中最集中的意见是认为新历史主义作为“团队”（group）没有统一的理论纲领，而反观自身的批评历程他们又感觉到似乎有某些共同的论域（field），如何应对批评以及看清自身的位置，他们决定办杂志来厘清这当中的各种问题。整个队伍中有文学批评家、艺术史家、历史学家、政治学家、拉康主义学者、弗洛伊德学派信徒、解构主义者、保守的形式主义学者，经过相当艰苦的讨论，基于对理论抽象的不信任以及形成统一理论的怀疑，最后决定以《表述》作为杂志的名称，以统一圈子内的各种学术力量。他们坚信，只有对富有历史感的文化表现的多样性进行详细的分析，找出充满说服力的特别例子、形象、文本，才能给“表述”带来具有竞争力的平台。

《表述》经过一年的发行，整个团队认为要像其他杂志一样有个编辑按语，以阐明理论立场，但还是发现很难有一个令人满意的整一的构想。文学批评方面稍稍有些说得过去的观点，立即遭到历史学家的反对，同样地，历史学家刚拟定了一些概念也很快受到来自文学阵营的挑战，到处都充满了不协调的声音，但是还好整个团队一直有一股凝聚力，有一种继续探寻的决心，某些人开始颂扬方法论上的折中主义。而对解构的系统化给大家一个警醒，他们似乎偏离了怀疑论的倾向，就好像17世纪早期的人为了使蒙田看起来像托马斯·阿奎那而对他进行重写一样。其中有几个人特别重视审美快乐论；渴望批评观念的革新；专注于偶然性、自发性和即兴创作的挖掘；致力于挑选边缘化的例证以观察其与中心话语的能量循环；着迷于历史上难以预测的突然出现又转而消失的事件。结果大家还是不会因为编辑按语的原因而放弃各自的意图。

这种状况使人联想到维柯首先表达而后被18世纪后期至19初德国历史学家加强的那种混合了民族主义、人类学、诗学、神学和解释学的思想。赫尔德就人类社会的发展建立在各种野蛮的自然环境的基础上，设想了一个多样性的原则确保有最广泛的可能以适应自然界。这样，在特定的场所，没有单一清晰的故事，也不能确保有最完善的人性模式，赫尔德放弃了西方传统从雅典到罗马再到伦敦的文明西行路线的主张。任何个别的文化，不管如何复杂，能够被表达和经验只是在作为人的种类的整体中一个狭小的范围内有效，在此，人的种类作为从特定的历史中抽象出来的存在概念来使用，它没有特色。人一出生几乎就没有了天性，赋予人的是巨大的可塑性。通过一生的实践人的个性可以变得完善也可能变得邪恶。尽管有些实例表明特定的社会适应性令人沮丧，但赫尔德还是回避了启蒙时期提出的实现人的潜能的普遍范式。可以确定的是，对赫尔德来说启蒙正如美一样是存在的，但不能固定在单一的时空之中。赫尔德发现人多样性的现象不在于语无伦次的巴别塔当中，也不在残忍冲突的发源地，而缘于有希望的准则。目标是永远不能把人的多样性缩减为单一的快乐模式，或者把地球上的各种文化排列成似乎为了共同的奖杯在竞赛。柏林学派曾提出“哪些是历史上最快乐的人”的问题，赫尔德的回答是所有的比较都是灾难性的，快乐不是能用外在的物质来衡量的，它有内在的目的，每个民族都有它自身的快乐中心。阐释的任务不是在一系列的规则中进行抽象，更不是理论模型的运用，而是与单一的、独特的个体的遭遇。

赫尔德的思想在《表述》中产生很多共鸣，团队中大多数成员陶醉于独特性研究，有广泛的好奇心，拒绝普遍的审美范式，抵制形成所谓能统领一切的理论规划。赫尔德令人信服地证明了历史和艺术的融合，他说通过诗歌人们可以更加真切地知道某一民族的所思所想，而如果借助政治和军事历史那种令人失望的方法只能得到被误导的结果。从后者只能学到人们是如何被统治和被消灭，而如果从诗歌中就可以了解到人们的思想、追求和快乐的方法。诗歌，不是通向永恒真理的途径，不管采用心理、解构还是纯粹形式的分析办法，都认为它是揭开积淀了特定历史感的社会和心理构成的关键。就戏剧，赫尔德曾提出人们是在什么时间、地点、条件以及出自什么原因会进行创作诸等问题。他对法国新古典主义的永恒规则不屑一顾，而是认为人们无论在什么地方如依据他们自己的历史、时代精神、民族偏见、习俗、语言、意见、爱好和传统就可以创作戏剧。赫尔德这些主张不但与新历史主义关于人类学的和文化的志趣相投，而且也与他们相当保守的历史分期相合。更重要的是，赫尔德融通了艺术和历史的观点大大启发了新历史主义把特定文化中一切书面的和可视的印迹都当作了相互可理解的符号网络。赫氏的这种洞见，同样表现在同时期的席勒、斯莱格尔和施莱尔马赫的观察中，新历史主义团队各成员在处理上述文化问题的构成方式完全就是赫尔德们曾经走过的路的翻版。

什么是时代精神？在什么意义上一个时代真正完成并建立了它的边界？在什么层次上黑死病、婴儿死亡率或性病能被当作文化？对个人地位来说又是怎么确立的？自赫尔德以来，这些问题有很多回答方式，而格林布拉特认为在他们办《表述》这个时段，当中有个过时话题——如何确认自然与文化的区别或个人的身份被重提，而这个话题实际上又是在"文化作为文本"的背景下出现的。"文化作为文本"这一构想，有很深的历史根源，但它的明朗化又是随着社会和人文学科的"语言学的转向"而出现的。

20世纪西方文化出现了"语言学转向"，这一转向对哲学、诗学、美学以至整个人文社会科学都产生了深刻影响。产生这一转向最重要标志就是瑞士语言学家索绪尔（Saussure）在《普通语言学教程》所传达出来的语言学观点。在索绪尔之前的19世纪西方比较语言学把语言事实当作孤立静止的单位对待，其意义建立在客观对象存在的基础上，也就是说语言之所以能传达意义是因为它作为符号表达了相应的外在对象，比如说话的"声音"，它能表情达意是因为它模拟了现实中的发生过程。以此语言观来看文学的历史主义批评抹杀了事物之间的差异和历史的断裂，营造出一个语言层面的连续性历史，这种观点非常符合常识，也为大多人所接受，他们误将语言自身的逻辑当作事物发展的必然规律。但是索绪尔"所从事的工作的第一条原则就是一条反历史主义的原则"。[①] 他经过对很多种语言的研究，认为语言能产生意义不是来自于语言外的所谓现实世界，而是语言本身。人的发声，要与人的器官相连，所以涉及生理，通过声波传递，又有物理参与，最后传到接收者，经其心理破译成为可理解的东西，整个个人言语（parole）过程，有生理、物理、心理参与，显得很零散，但最后能被理解，可不仅仅是个人的心理问题，它是一种社会现象。作为研究对象，言语过程只能站在语言（langue）的角度才能被确立下来。语言是言语的确定部分，"它既是言语机能的社会产物，又是社会集团为了

① 弗雷德里克·詹姆森：《语言的牢笼》，百花洲文艺出版社1997年版，第5页。

使个人有可能行使这机能所采用的一整套必不可少的规约”。[①] 他又把语言放在言语过程来描述，重点考察了词汇里字词之间的关系以及句型里词类之间的关系，指出语言的意义其实是由这些字词作为概念之间的差异造成的。苹果作为一个概念，它的意义不是来自于现实中的那个可以吃的对象，而是在字词这一层面中与主要由构成水果系列的香蕉、菠萝、梨子等其他词汇之间产生差别来给自身立义的，它们之间构成了一个完整的有机系统，单独一个概念是没有意义的，它必须与其他概念词汇在一个共同的语言文化圈内特别是通过使用来发挥其意义。如果看不清这一点，可以从很多词汇有意义但找不到对象来证明。如“金山”“圆的方”等概念就属于没有对象指称的词汇，它们一直“在”，语言本身为之立义。扩大到句子也一样，“特别是在数学上，我们知道一个句子肯定某种关系为真，但是它所肯定的那种关系却复杂到连头脑最好的人也不能直接领悟”。[②] 由此看来，一个用语并不是单独表达意义，而是牵涉到成千上万个用语。人们能够把用语的不同体系区分开来，缘于用语能在不同语境中的转换。整个 20 世纪几乎都把言语当作广泛的、纯粹的形式类如语言来对待。后来发展出来的“话语”的说法就源自索绪尔从语言分析出的“言语”这一概念。

形式主义也就是循着索绪尔认识到的语言自身构成一个独立的意义世界来看待所有的文本，它不承认语言外还有一个现实世界。形式主义把语言现象分为两类，外在实用的语言和内在的具有独立价值的语言。这种独立性表现在诗的语言中特别明显。诗歌中的拍子、节奏、韵律，在极为自由的状态下摆脱了内容的束缚，形成了自身独特的时间顺序。外在世界是作为被抽离以后的可能性存在于艺术世界之处的另一个世界，这种疏离化是使艺术与其他事物区别开来同时更好地找到艺术的内在目的性。为维护这个世界的独立性，对作品持系统性主张，这是一个重要的原则。什克洛夫斯基首先提及，作品应该是完整构成的，所有的材料是有机的。在文学批评中，形式主义者大量谈到诗的不同层面，叙事作品的结构和情节的组织形式等。把词理解为词本身而不是简单地指向客体或作为情感的表达，

---

① 索绪尔：《普通语言学教程》，商务印书馆 1980 年版，第 30 页。

② 罗素：《人类的知识》，商务印书馆 1983 年版，第 72 页。

并不是认为词的意义与现实毫不相关，而是为了突出形式自身的力量和价值。面对一个外在事物并不是为了认知，而是要有一种特殊的感受，把一个形象创造为不仅仅是为了理解的“幻象”，使之具有陌生化效果。

那么语言真的与现实无关吗？人们的常识为什么那么执着于认定语言中的词汇概念的意义是由客观存在的对象给予的呢？苹果作为一个词与现实中被看到的那个称为“苹果”的实物是什么关系呢？《礼记》中曾有一篇《乐记》（主旨等同于《孟子》中的《乐论》）讨论到成为“乐”之前有一个“声”和“音”的阶段。什么是声呢？“感于物而动”为声。什么是“音”呢？“声相应，故生变，变成方，谓之音。”《礼记》在这里有意思地把“声”和外在对象的刺激产生感应联系了起来，也就是“声”与对象是有关系的，而“音”就不同了，它是因各种“声”之间有不一样的意义从而由这些能产生差别的“声”相互应和形成的。《乐记》的“声”和“音”可以跟《庄子》中的《齐物论》中谈到的“地籁”和“人籁”联系起来看，“声”和“地籁”指的是自然界发出的声响，而“音”和“人籁”则指人发出的声响。从人为性来说，“人籁”当然不如“地籁”自然，所以南郭子綦才教导学生颜成子游说：“汝闻人籁而未闻地籁。”[①] 但从语言作为一种文化看，有人为性才是真正的语言，庄子出自说道的立场有意贬低人的语言。自然界的动物也会发声，也有意义，如遇到天敌、食物，很多动物都会向同类发出能产生相应行为的响声，赫尔德就此认为动物也有语言，他说：“当人还是动物的时候，就已经有了语言。”[②] 赫尔德这种语言观点导致的直接结果是人与动物没有区别，这显然是很多人不可接受的。事实上，这些“声”还不是“音”，它只是与外在对象发生一对一的关系，未能在“声”与“声”之间产生系列的差异从而提升为“音”，更不可能在这些声响中表情达意，只有人才能使用有情感的祈使句，就像《乐记》所言，进一步提升为“乐”。“声”因反映了外在对象才有意义，还不能称为语言，而“音”则有质的变化，它的立义是在语言中完成的。罗素就曾谈到如果医生让你感到疼痛，你可能不由自主地发出呻吟声，但这不是语言。但是如果他说，“告诉我是不是感

---

① 庄子：《庄子》，燕山出版社 1995 年版，第 36 页。

② J. G. 赫尔德：《论语言的起源》，商务印书馆 1998 年版，第 2 页。

到疼痛”，而你这时同样作出同样的声音，那么这声音就成了语言。[①] 一般说，“音”和“声”都可以统一为声音，声音的发出是会联系外在对象并产生相应行为的，这一点进一步加剧了语言反映物质对象的观点。其实物质对象是在语言中被指称出来的，人的整体可以假定有这一层面的存在，但从语言就是人所能达到的世界来理解，外在于人的所谓客观对象是不存在的。现实被架空，早在柏拉图的《克拉底鲁篇》中，就开启了一个唯心论的传统。柏拉图把“词”对“物”的命名当作源于“本性”（nature）又源于“惯例”（convention），因而存在着既具有中介性又具有构成性的领域，它既非“词”又非“物”，而是形式（form）、本质（essence）或理念（idea）。这样，关乎“语言”又关乎“现实”的研究，归根结底变成了关乎构成性形式的研究，理念成了走向现实又走向语言的中介。

语言的表现形态对思维模式的形成有着极为明显的影响。比如呈方形的汉字，李泽厚认为“指事”是汉字的根源，“会意”（诉诸理解）、“象形”（视觉记忆）为方法，“形声”与言语相连接，“假借”“转注”则为发展之辅助手段。事实上，在六种造字法中象形是最重要也是最基础的方法，其他的方法都是从象形引申和演变出来的。象形的直接含义就是保留了对象的存在之义，而这一特征一直诱导着汉语修习者对语言的本质看法，极容易形成语言对外在对象的意义依赖，从而进一步消解语言的自身主体。西方的文字以圆形的拼音体出现，割断了与外在对象相似的可能性，其抽象出来的这一过程反而使自身的意义得到更具体的呈现。

但语言中毕竟有事实这方面的指向，而且是一个极为重要的存在层次。如何处理语言各个层次之间的复杂关系呢？海登·怀特著名的“话语转义论”就集中在解决这方面的难题。他在描述事实的历史维度和产生文学艺术等价值走向之间找到一个中介来作为突破口，这个中介就是诗性的比喻。他把比喻当作一种工具来分析历史话语不同的价值层面，如展示真理的本体论和认识论层面、揭示伦理和意识形态的善的层面以及表现艺术和形式有关的美的层面。比喻依照其内在逻辑可分为四种类型，即隐喻、提喻、转喻和反讽，作为修辞，它们生成的想象与所谓事实产生联系

① 罗素：《人类的知识》，商务印书馆 1983 年版，第 69 页。

并成为实在的象征，它们只能被设想，不能被直接感知。各种修辞话语之间并非逻辑关系也不是与他者产生演绎性的承继关系，而是以各种诗学技巧为基础的隐喻性关系。

格林布拉特以“表述”作为新历史主义团队的核心概念，其意图也是在指出语言与现实之间的沟通地带。“表述”，综合了语言和话语的多种走向的可能性，语言维度是寻求先验主体来联络各种相关的活动，话语则瞄准每一次的具体发生。早期话语只局限在语言规则下有关语法、语义、语用的封闭式分析，无法说明话语在特定情景下涉及历史、政治、经济、文化的呈现过程。受福柯影响，在保持语言的形式结构的意义前提下，格氏也偏向语言的社会实际运用，对“表述”，不是简单的“说”和“写”的问题，而是伴随着一系列的社会文化操作活动。

语言学转向在文学理论领域的一个最直接的后果，就是诗学与语言学结合起来，从而促使了把文学语言作为文学研究重心的“语言学诗学”（Linguistic Poetics）的产生，文学在语言学的带动下，自然地与现实历史发生更为贴切的联系。尽管狭义的“语言学诗学”发源于俄国形式主义，对语言的关注虽在20世纪以来的西方文论中表现得尤为突出，但在西方的文学理论史上，其实一直都存在着一种语言论视野，一种从语言角度切入文学思考或研究的诗学运思方式。在这种语言与现实的本体论结合的传统中，新历史主义在诗学诉求方面的新表现也是有其内在的必然性。新历史主义从文学入手，认为文学文本并不存在于形式主义所范定的真空中，而是存在于给定的语言、给定的实践、给定的想象中，语言、实践和想象又都产生于一种结构和一种主从关系的历史中。因此文本并不完全是作者个人的创造，因为作者的经验是由他生活的那个社会和历史塑造的，他从某种意义上讲是组成那个社会和文化的某一利益集团的特权代言人，他的创作也必定是集体创作的结果。从曼海姆的知识社会学的角度看，讲个人在单独在进行思维活动是不正确的，因为“每个个人都有在双重意义上为社会中正在成长的事实所预先限定：一方面，他发现了现存的环境；另一方面，他发现了在那个环境中已形成的思想模式和行为模式”。[①] 由于文学就是文化活动的一个扇面，它自身本来就是一种文本，在“文化作为文

① 卡尔·曼海姆：《意识形态与乌托邦》，商务印书馆2000年版，第3页。

本”的视野下，自然地，文学也纳入了这一“大文本”的活动方式中，而传统意义上与其他非文学文本的区别所形成的诸如审美类的特质，在“大文本”的分析中不再突现。

对自然和文化区别的兴趣则缘于两者之间界限很难划定，因为在不同的语境中，确立这些界限的术语和意义也广泛地出现变动以致使问题充满了挑战性。像其他的区别，以结构主义语言学的观点来看自然和文化，是一个典型的二元对立项，当中包含了在历史研究中能描述许多重要社会信息的密码。把“文化作为文本”来研究并不能解决所有问题，但有些问题可以进一步得到明朗化，比如，文化文本能被设想为一个连贯统一体吗？把视觉印迹当作文本印迹是否能说得通？当社会仪式和感觉结构诸如此类的现象被文本化会有什么事发生？

新历史主义把文化当作文本受到当代很多文本观的影响。传统文学理论家一般把自己的研究对象称为作品（works），文学作品是一个相对自足的实体性存在，它本身具有相对独立和稳定的特性和价值，其形式和意义都是作者有意识地运用词语媒介赋予的。但在当代，西方批评家看出了作品概念的诸多局限性以后，基本放弃了对何为作品问题的界定，他们更倾向于认同用“文本”（text）来取代“作品”。何谓文本？保罗·利科说，把文字固定下来的任何语言形式都叫文本。新历史主义者认为，“曾经被设想为‘作品’的东西现在已在大多数文学研究中被解释成‘文本’，批评焦点从所指对象的形式转向了意义形成过程，这给其他许多广为接受的解释成规带来了问题”。[①] 20 世纪 50 年代在英、美出现的“新批评”，试图建立客观评价文学作品的科学体系。他们把传统批评中作者、读者、历史现实这三个非客观因素从作品中去掉，只剩下独立存在、可以进行客观分析的文本。文本看被成是与作者创作意图、读者接受心理和社会历史环境无关的孤立存在物；阐释学和接受反应理论将文本理解为“召唤结构”，它的关注点主要在于面向具有“期待视野”个体的自我阐释的不确定性和开放性，虽有历史向度，但与具体的历史联系并非重点；与前两种形式主义的看法不同，在旧历史主义方法中，作品文本的历史性虽被认为是必不可少的条件，但研究者的历史性却要求完全沉没于他的“客观

---

① Greenblatt and Giles Gunn（ed.）：*Redrawing the Boundaries*，New York，1992，p. 3.

性"，这种研究方法将文学作品看成了"历史文献"，又走向了另一个极端。

最早较全面界定文本内涵的是巴赫金，他就曾在超语言学意义上使用"文本"一词，把文本释为"任何连贯的符号综合体"，并认为它是所有人文科学以及"整个人文思维和语文学思维的第一性实体"，以此区别于自然科学，因为自然科学研究的对象是自然界，而对于人文科学而言，没有文本也就没有了研究和思维的对象。巴赫金认为"作为话语的文本即表述"，把文本概念与"话语""表述"同义使用。

历史主义综合了以上诸种对文本本身的看法，但由于格氏首先从文化入手，把文化特别是在时间和空间上有一定距离的文化看作文本，这一观念是从文本的外部进入文本的内部，故其文本观可认为更多的是取自人类学家克利福德·格尔兹和解构主义者。

格尔兹的文化人类学把人看作"文化产物"，认为自然与文化是对立的，除了人类本能之外，没有任何事情可以独立于文化之外，人类学关注一种文化与另一种文化的差异性及其冲突，文化成为解释人类各种意识形式生成的主要因素，这个思想直接影响了新历史主义对文本的文化批判，为之提供了一个以文化为切入点的理论来源。

20世纪六七十年代出现的主要以罗兰·巴尔特（Roland Barthes）为代表的结构主义文学批评家把文学作品非个人化，以此来表明被社会惯例所理解的写作行为一结束就与作者无关，作者的外化产品是一种称为文本的东西，它只有在语言情境和阅读过程中才能被体验到，它是"作品序列"中深层"结构"，是能指和所指的完整统一。但同样是罗兰·巴尔特在1973年为《大百科全书》撰写的"文本论"词条中借用了朱丽叶·克里斯特娃（Julia Kristeva）的定义："我们将文本定义为一种语言跨越的手段，它重新分配了语言次序，从而把直接交流信息的言语和其他已有或现有的表述联系起来。"[①] 在这个语言学的定义中，"文本"概念丧失了真正的文学层面的所有信息，已为引进社会和历史的因素提供了可能性，表明在纯粹的结构主义阵营内也是可以走向解构之途的。

真正对新历史主义产生作用的是解构主义的文本观。1966年10月，

---

① 蒂费纳·萨莫瓦约：《互文性研究》，天津人民出版社2003年版，第2页。

德里达在约翰·霍布金斯人文中心国际学术研讨会上做了长篇学术讲演《人文科学话语中的结构、符号和游戏》，这篇文章被认为是从结构主义向解构主义的转折点。1967 年德里达发表了《论文字学》明确提出“文本之外无他物”，向西方文化思想中的逻各斯中心主义发起进攻。他认为语言这一领域实际上是自由嬉戏的领域，也就是说，一个在由有限构成的封闭体中进行无限的置换替代的领域，由于中心或本源的消失，一切都变成了话语，文本是能指的碎片和所指的游戏。在德里达看来，所有的历史都只能存在于文本化的语言表达之中。“历史”不仅是指我们能够研究的对象以及我们对它的研究，而且是，甚至首先是指借助一类特别的写作出来的话语而达到的与“过去”的某种联系。基于此，海登·怀特的历史诗学进而也提醒人们，“历史事件首先是真正发生过的，或者根据真正发生过的，但已不再可能被感知的事件。由于这种情况，为了将其作品作为思辨的对象来进行建构，它们必须被叙述，即用某种自然或技术来加以叙述。因此后来对于事件所进行的分析或解释，无论这种分析或解释是思辨科学性的还是叙述性的，都有总是对于预先已被叙述了的事件的分析和解释。这种叙述是语言凝聚、替换、象征化和某种贯穿着本方兴未产生过程的二次修正的产物。只有在这个基础上，我们才能称历史为文本”。[①] 我们始终是透过历史文来看待历史的，历史文本是人为叙述的。这样，新历史主义反驳了新批评使文学文本独立于社会文化语境的批评方法，否定了旧历史主义把文学看作对历史的单一模仿的理论。文本的意义是由各种文本之间的相互关系决定的。不同文本之间构成了文本性（textuality），其中包括了文本符号的互文性（intertextuality）。文学与历史的“互文性”既包括经济、政治、艺术等不同话语权力之间共时层面的互通性，也包括不同时空文本间的历时性的聚合关系（associative relationship）。概括地说，要完整把握文学的意义，须将文本的历史特质植入对文本的研究，再描述出读者对文本的解读语境，以此赋予文学参与历史对话的功能与意义，在一切文本化也即是将文化作为文本的意义上形成相互解释、相互认证的文学功能。

文化作为文本，这个命题支持了阐释学的一个核心设定，即人们占

① 张京媛主编：《新历史主义与文学批评》，北京大学出版社 1993 年版，第 100—101 页。

据在一个位置，从中能够解释清楚别人留下的印迹的意义，而这些意义在离开的人那里却没有弄明白。只对文本释义是不够的，还必须对作者及其所处时代距离还不太远的东西加以关注。这种对文本释义的偏移是否会进一步引发对文本的冒犯，格氏认为这是难以避免的。传统的“文本细读”总抱着对文本的崇敬心态，新历史主义的阅读则更多的是带着怀疑、谨慎、去神秘、批判、甚至是对抗的态度。解释学的冒犯的力量主要来自于马克思的意识形态批判理论，这是新历史主义者是最擅长的理论之一。虽如此，新历史主义并不是照搬马克思理论，而是避开了意识形态学说中上层建筑和经济基础等关键词，把意识形态批判变成了话语分析。话语分析所认定的前提就是历史文本化；反之亦然。西方马克思主义者同时也是新历史主义文学批评代表人物之一的弗雷德里克·詹姆逊就提出：“历史不是本文，不是叙事，无论是宏大叙事与否，而作为缺场的原因，它只能以文本的形式接近我们，我们对历史和现实本身的接触必然要通过它的事先文本化（textualization）。”①

文化作为文本，最直接的好处在于可以扩大阅读和解释客体的范围。在这种文本观的视野下，艺术的主要作品依然保持着中心地位，但其重要性已受到了其他作品的挑战。这些被重新唤醒的作品有的本身还是被当作文学看，但引不起批评家的兴趣而被排斥到正典之外；有的干脆就被当作非文学，认为它们缺少审美的雅致、不能自觉地运用修辞、没能营造超越日常生活的氛围，总之看不出有纯文学的虚构特征，因此也不被重视。但这些作品所写到的人物在文化研究中蕴含着某种反抗社会的力量，如半疯狂的宗教灵异人士、半文盲的政治煽动者、穿着钉有平头钉靴子的粗鲁农民、著作被当作昙花一现的纨绔子弟、帝国的官僚主义者、自由奴隶、放肆的三流女作家、不能得到研究经费的女学者、散布丑闻的人、外省政客、骗子和被遗忘的专家，这些人一直被排除在利益圈之外，新历史就是要探掘他们在社会能量循环中的意义。

据于此，格氏认为把文化当作文本，能够在几个大方向上扩大论域的范围：

---

① 弗雷德里克·詹姆逊：《政治无意识》，中国社会科学出版社1999年版，第26页。

首先，在文学的消费市场中可以把一直被诋毁、被忽略的作品推到前台，或者降低那些占据文学研究显赫位置的作品的价值。例如，以往对约翰·戴维斯爵士的关注会转而向艾米利亚·兰叶和玛丽·罗斯夫人倾斜；约翰·德拉姆会让位于露西·哈钦森和杰勒德·温斯坦利；对华兹华斯、柯勒律治、济慈的选编和课程安排也会与新进的安娜·利蒂希娅·巴鲍德、夏洛特·史密斯和玛丽·罗宾逊发生冲突。

其次，对重新唤起的作者的兴趣必然改变传统所谓权威作家的排序。这些被埋没作者的成就一经揭开，它们又带动了一批与之息息相关的“小”作品。新历史主义就是要重新思考“天才”的定义、艺术的创造性问题以及“主要的”和“次要的”区分标准，在这一过程中一些经典作品的地位会被质疑。

最后，在对更大的文化领域的分析中，与权威文学作品发生联系的不仅是一直被当作次要的作品，而且还有那些依照什么标准都不能当作文学的文本。这种连接揭示出来的某些从没被预料到的审美维度会产生强烈的超现实效果。可以设想，在远离社会现实的文本与直接干预现实例如有关社会控制和政治颠覆的文本之间也可能有某种潜在的联系。过去这些围绕经典作品具有竞争力的文本印迹的出现必然降低经典作品的地位，或者说，它们起码取得了被突出和部分独立性的过程。①

文化文本的这种融通力量，来自于福柯的“权力”学说。福柯将“权力”理解为一个特定社会中复杂的战略形式，是影响和控制“话语”运动的根本因素。应用于文学研究中，权力理论就是强调文本与历史的关系，认为“历史乃是许多不连贯的话语实践的排列，每种话语实践都有一套规则的程序，以潜在的权力形式支配着特定领域的知识、写作或思考”。在福柯权力观的启发下，文化诗学研究的侧重点转向揭示文本中的权力关系，把它看作影响社会文化发展变化的必要条件，强调历史语境对理解文本的重要性以及文本对社会意识形态的塑造功能。由于福柯将文本

① Stephen Greenblatt: *Practicing New Historicism*, Chicago: The University of Chicago Press, 2000, pp. 10 – 11.

性扩大到经济、社会、意识形态、道德、制度等社会生活的全部领域，每个文学文本都被置身于庞大的文化系统中。文学作品与文化之间错综复杂的联系使新历史主义一方面挖掘文本所掩盖的文化权力关系，一方面揭示文本中蕴含的对霸权文化的抵制和颠覆力量。这就意味着文学文本参与到文化权力关系的矛盾运动中，文本反映出当时社会的文化焦点问题，这些问题又先于读者对文本的阐释而存在。因此，新历史主义认为，对文本的阐释不能孤立于文化语境之外，要把文本置于有历史和文化两个维度所构成的“场”中来阐释。布尔迪厄说：“一个场也许可以被定义为由不同位置之间的客观关系构成的一个网络或一个构造。由这些位置所产生的决定性力量已经强加到占据这些位置的占有者、行动者或体制之上，这些位置是由占据者的权力（或资本）分布结构中目前的、潜在的境遇所界定的；对这些权力（或资本）的占有，也意味着对这个场的特殊利润的控制。另外，这些位置的界定还取决于这些位置与其他位置（统治性、服从性、同源性的位置等）之间的客观关系。”① 在文本阐释中注重研究文本在各种场中的特殊逻辑，从中看出文本与其产生的文化语境之间互相定义、互相影响、互相塑造的动态关系。

新历史主义批评方法强调：是文化、历史和其他相关的因素决定了文学文本的意义。文学文本是历史和文化的产物，是存在于作者、社会、习俗、制度和社会实践的文化网络中的社会性文本。美国学者伊丽莎白·福克斯·杰诺韦塞在谈到新历史主义的这一文本观时说：“本文②不是存在于真空中，而是存在于给定的语言、给定的实践、给定的想象。语言、实践和想象又都产生于被视为一种结构和一种主从关系体系的历史中。所有以集体名义写作——虽然可能十分狭隘并以自我为中心的本文制作者们，都是带着这样一种意识写作的，即他们是那些组成社会和文化的大众的特权代言人。对不同本文之间联系的关注把他们引向历史……作为社会和性别关系的表现形式的本文本身就构成了种种关系体系：不是与历史无干的关系，而是由时间、地点和统治所构成的历史联系。如果对这些关系的结

---

① 皮埃尔·布尔迪厄：《文化资本与炼金术——布尔迪厄访谈录》，上海人民出版社 1997 年版，第 142 页。

② 译者孔书玉将“text”译为“本文”，即“文本”之意，下同。

构缺乏清醒的意识，那么对本文的阅读就会沦为私下的琐事。"① 确实，在新历史主义研究者看来，文学文本是各种社会力量交汇的场所，一方面，它是在社会文化的语境中形成的；另一方面，它自身也对这种社会文化的形成起到重要的作用。而关键一点还在于，在文化诗学的批评家确立了文学文本作为社会性文本的这一特性之后，原来似乎只是文学领域的专有概念的"文本"概念经历了几乎是无限地扩张过程。

在新的观念的引导下，新历史主义认为文本就是一个事件，约翰·布莱尼甘说："新历史主义成功把文学和历史的关系引进文化研究主流，可能在历史转向中最重要的成果就是认识到文本是一个事件。对新历史主义者或其他其他人，文学文本占据特定的历史和文化场所，借助这些场所，各种历史力量相互碰撞，政治和意识形态的矛盾激发出来。文本作为事件的观念让我们承认文本暂时的具体性，承认处于特定历史条件下的特定话语实践中的文本的确切的和暂时的功能。它也认识到文本是历史变化过程的一部分，而且的确还可以构成历史变化。这使批评家不再沉迷于把文本仅仅当作历史趋势简单的反映或排斥的方法，而是引导他们探索蒙特洛斯所说的'文本的历史性和历史的文本性'。"②

新历史主义代表人物之一的蒙特洛斯把新历史主义的特征概括为"文本的历史性和历史的文本性"。他解释说："就'文本的历史性'而言，指的是所有的书写形式，不仅包括批评家所研究的文本，而且还包括研究其他文本的文本，都具有包含了社会物质内容的历史特殊性；由此，也意味着所有阅读形式具有历史、社会和物质内容。"③ 新历史主义文学批评认为，文本属于特定的历史，它植根于一定的社会制度之中并受其制约，文学文本具有历史性。也就是说，由于作家的文学体验产生于一定的历史语境中，文本中历史、社会、物质的情景，构成了文学的历史氛围，观察文学文本就要牵涉到这些情境所由出的社会习俗、文化成规和惯常的表达方式。

具体而言，"文本的历史性"有三层含义：

---

① 张京媛主编：《新历史主义与文学批评》，北京大学出版社 1993 年版，第 62 页。

② John Brannigan: *New Historicism and Cultural Materialism*, Macmillan Press Ltd, 1998, p. 203.

③ Greenblatt and Giles Gunn (ed.): *Redrawing the Boundaries*, New York, 1992, p. 410.

一是指各种作为福柯权力话语意义上的文本，都具有特定的社会历史性，是特定的历史、文化、社会、政治、体制、阶级立场的产物。落实到文学批评，阐释者应该探索格林布拉特所说的“文学文本世界中的社会存在以及社会存在之于文学”[①]，在文本内部不能够像形式主义那样直接阐释文本的完整意义，要阐释一个文本的意义，必须做到：（1）探讨“社会存在之于文学”，即探讨文学本文产生时的社会、历史与文化语境；（2）探讨“文学文本世界中的社会存在”，即探讨存在于文学本文中、通过特定的文学语言表现出来的社会、历史与文化语境。就文本的历史性，查尔斯·E. 布莱斯勒在谈到文化诗学的批评方法时也说：“为了理解文本的意义，文化诗学的批评家考察三个相关的领域：作者的生活、能在文本内发现的社会法则与规定和被证明存在于文本中的作品的历史语境的反映。”[②] 这里的后两个领域可以说即是上文格林布拉特说的两个因素，而第一个领域所说的“作者的生活”，其实也可以纳入“社会存在之于文学”这一点中去，因为作者是作为社会存在中的人生活的，正是这样的人创造了作品，即使是他的个人关怀，也可视为作为个体的人的社会存在在作品中的反映。

二是指文本之被确立或被取缔，能否在社会领域中流通，有了显明的文本与边缘化的文本之别，它们之间充满了现实各种力量协商甚至冲突的过程，在此，文化诗学注重分析出以权力关系为核心的“文本间性”。

三是指任何一种对文本的阐释活动，都不是纯客观的，而是不可避免地受批评者主观世界的制约，因而增加了其社会历史性的变化因素。文本拥有诸多时间内涵，它随时间推移而变化，从而使自身成为一个动态开放的、未完成的存在。暂时性是文本的本质属性，文本的不断被重写和重构是一种必然趋势，也是每一代人生存意义的组成部分。

“文本的历史性”对形式主义的文本分析作出了有力的攻击。“它暗示着通过对文学文本与他们的历史语境关系的研究，就可以使文学文本重

① “文学文本世界中的社会存在以及社会存在之于文学”与“文本的历史性和历史的文本性”在思维方式上是一样的，实用主义哲学家皮尔士（Peirce）对“表述真实世界的虚构因素”与“表述公开宣称是虚构的世界时的真实因素”的区分可帮助理解文化诗学的这些术语的内涵。

② Charles E. Bressler: *Literature Criticism*: *An Introduction to Theory and Practice*, New Jersy: Prentice Hall, 1998, p. 246.

新焕发光彩。"[①] 因此，新历史主义批评的任务就是要以“考古”或“考据”的方式，去重建文本得以产生的历史语境，根据这一语境去重新解读文本，尝试着去颠覆对文本现成的理解。不过，新历史主义批评所提出的历史语境不能放在旧历史主义的意义上去理解。在新历史主义批评看来，要回归历史语境，除了找出文本产生的社会状况外，还要考虑阐释者所处时代的新姿态。这是新历史主义批评与传统的历史主义批评的重要区别之所在。

蒙特洛斯所提出的“历史的文本性”，是指历史的存在方式。由于书写历史的作者不可能接触到一个所谓完整而真正的过去，他们只是根据历史素材进行话语阐释和观念构造，这样解释过的历史便具备了叙述话语结构的文本特征。其实，那些素材的存在方式本身也是以话语的方式来编织的。

首先，它指出“不以我们所涉及的社会的文本踪迹为媒介，我们就没有任何途径去接近一个全面的、真实的过去和一个物质性的存在。而且那些印迹的存留不能被视为仅仅是偶然形成的，而应被设定为至少是部分必然地源自选择性保存和抹掉的微妙过程——就像那些设计出传统人文学科规划的过程一样”。[②] 在常识中，对文学和历史是这样区别的：历史是真实的再现，文学则以想象和虚构为基本特征。历史被看成是一个可供客观认识的领域，如果历史研究者在把握历史时能够排除主观因素，透明地运用其语言工具，他就能够再现般地发掘出掩埋在过去时间中的“本事”，并由此获得关于历史的不容置疑的“真理”。因此，历史对于文学来说是一个可以提供参考根据的事实领域。

在新历史主义批评看来，上述以历史主义为代表的对历史的这种看法本身是非历史的。历史研究的主体——人和他的工具（语言）都是历史的产物。任何都会受到他所处的特定历史条件下的意识形态诸因素的影响，展现在他眼前的是他所看见的历史，而不是“历史本身”。所谓历史的“真实”，实际上是一种观念构造物，它只存在于语言之中。历史的本

① Stephen Greenblatt: *Redrawing the Boundaries*, New York: The Modern Language Association of America, 1992, p. 410.

② Greenblatt and Giles Gunn (ed.): *Redrawing the Boundaries*, New York, 1992, p. 410.

义除了指已发生的事以外，另一个意思就是指被叙述出来的事。因此，历史是主观解释而不是客观发现的结果。在新历史主义批评的观念中，“历史”不再被当作一种客观存在，而仅仅是一种“历史叙述”或“历史修撰”。从“历史”到“历史叙述”，已发生了根本的变化，历史的“文本性”被突出，摆在人们面前的“历史”，只是以“文本”形式存在的“历史”。文本不能反映历史“本事”的真实，可历史也不能通过其他途径来表现自身，它只能从文本中得到体现，文本就是历史。

其次，“那些在物质及意识形态斗争中获胜的文本印迹，当其转化成‘文献’，并使人文学科阵地成为宣称它们是描述和解释文本的基础时，它们自身随后也充当了阐释媒介”。[①] 历史以文本的形式存在，那么在文本与文本之间构成的“文本的历史性”也必须以文本化的形式出现。文本充当阐释媒介的无限过程赋予文本以某种能动性和创造性，从而将阐释者与文本之间的关系转换为一种双向对话的互动关系。

蒙特洛斯的“文本的历史性”与“历史的文本性”因把历史当成是一种话语的阐释，故而带有一切语言构成物所共有的虚构性。历史就像文学一样，也是借助于语言文字，基于对素材的处理连缀而成的一种叙述编织体。历史在深层结构上也是“诗性的”（海登·怀特语），是充满虚构想象的产物。因此，历史没有定论，“一切历史都是当代史”，有多少种理论阐释就有多少种历史。但这种因其存在形态所决定的主观性并不是一种随意性，所有的文本阐释又都必须体现“历史感”。文化诗学号召人们要回到文本出现的语境，找出作者蕴含的各种写作动机和利益诉求、因权力作用文本与文本之间形成的纵向的和横向的“间性”以及阐释者自身当下的经验都是必须考虑的因素。这样，蒙特洛斯的“文本作为事件”可作为格林布拉特的“文化作为文本”可能性的一个重要环节，它与格林布拉特的“表述”和海登·怀特的“转义”论在处理历史与话语的关系上的意思完全相符。格氏的“文化作为文本”有了蒙氏这两个具有辩证关系的概念的引入，使文化诗学在应对形式主义和旧历史主义的各种驳难中增强了理论上的说服力。

---

① Greenblatt and Giles Gunn (ed.): *Redrawing the Boundaries*, New York, 1992, p. 410.

第四节　文化流动性

有人认为，文化各种活动之间出现的差异是文化诗学无力说明的一个重大问题。在全球化语境中，在统一的文化诗学视野上，不仅呈现出不同文化整体价值观上的差异，而且在同一文化内部因受权力运作支配也导致了各种亚文化诉求上的差异。这些都是不可忽视的表征，然而，在文化诗学批评家那里，这却是他们的盲点。从其他文化的角度来审视，“文化诗学”缺乏一种高屋建瓴的文化比较意识，换句话说，它是一种在西方语境中追求自我完善的理论和方法，它的解释效力，乃以西方历史的存在为对象和限度，一旦把它无差别地运用到他种文化上，它的理论前提和它的方法之间，立刻就会产生难以克服的矛盾。例如，一旦涉及两种不同的文化价值观，它势必需要引入历史主体、文化主体诸范畴，还需要对“人是一种文化造物”，以及“人是在特定文化下的产物”等具有思辨性的命题做出解释。当人性构成从里到外都渗透着文化差异面的时候，在一种文化中看起来“透明”的“构造”，在另一种文化那里，它就可能呈现出隐晦的一面。面对这些复杂的局面，文化诗学的文化观没有一套相应的解释方法。

实际上，情况不是如此。格氏在2009年编辑出版的《文化流动性》一书，就试图通过“流动性”的勾勒来解释文化间的差异问题，当然更偏重于其相通性。在早期的《文艺复兴的自我塑造》一书中，格氏所选的16世纪英国6位作家中的自我造型都有一个共同的因素，那就是以各种方式体现出同一系统内的社会的和经济的流动性（mobility）。这种文化内的流动性，威廉斯在《漫长的革命》中也曾以文学为例，认为在不断变化的历史环境中，文学和社会的关系有多种多样表现。讨论流动性的方式有很多，从作家个体的角度来谈是一个不错的选择。在进入问题之前威廉斯认为须明确一个重要的理论语境，那就是新出现的处于上升期的社会集团会创造出产生自己作家的新体制，或者这些作家直接进入现有的体制，在现有的规范下进行写作。依此，他认为：“流动性主要有两种：一是以作家为典型例子的个体职业；另一种是整个社会集团的兴起，这样的集团创造新的体制，有时（比如18世纪早期）会随新体制产生新作家。”[①] 在现代文学作品中，有很多以流动性为主题的创作，但大都像威廉斯这样局限于个人流动性与体制的冲突，没能写出整个文化变动中丰富的经验。

从更大的视域看，文化流动性作为蓝图或模型意在理解人类社会创造意义的范式，它涵盖了很多学科，格林布拉特认为，不单是一般所谓的文化，即使是传统文化，也很少是固定不变的。激烈的流动性不仅仅是21世纪才有的现象，而是人类生活所有时期一个主要的构成因素。20世纪后半叶，很多人文学者欢欣鼓舞宣告文化同一性的终结，整体性观念、目的论发展、进化式提高、文化群体的真实性据说都被永远废除了，他们就以社会景观中的人、金钱、商品、信息发生无尽的流动为对象纷纷提出交叉式的网络理论。然而随着21世纪的到来，愈来愈清楚地表明，那些被埋藏的理论死灰复燃，面对着全球富有爱国热情和单一论调的政治景观，有严格边界限制的单一民族国家、宗教返祖热情、文化群体的同一性又重新找回了它们的理论土壤。

这样，致使学术研究还是一直围绕着一个定势把文化固定在整体的不受伤害的框架中进行，面对着在强烈的贪婪或期盼等欲望的驱动下人们无休止地进行殖民、迁徙、流浪、漫游和引发随意事件，这些过程蕴含着一种塑造的力量，它不仅仅是为文化的合法性作出根深蒂固的证明，而且分解了文化的同一性和语言的内在凝聚力，对历史有重大影响。当然，不容置疑的是很长时期有一批人为捍卫文化的持续性，在面对突如其来的冲击下即使牺牲自己的生命也在所不惜。据于此，文化分析必须整理出一套新的规则来理解文化的持续性和变动性的辩证关系，它不但要适合说明全球化、自由贸易和资本主义的胜利，同时也要能解释以往的现象。在格林布拉特的推动下，一个国际性研究团体2009年合作出版了《文化流动性》一书，它的作者包括来自法国、德国、澳大利亚、挪威等国的学者，全书不仅重新定位了传统的理解方法，而且也为很多领域的重新研究提供了一个理论框架。

格氏回溯在此之前20年，就曾有很多学科正式提出“文化流动性”，可其论证视野大都较为狭隘：他们对看出显明流动性之处的时空发生皆有

---

① 塞尔登编：《文学批评理论：从柏拉图到现在》，北京大学出版社2000年版，第575页。

严格限制；在其他语境，却仍保持不变性论调。在纳入辩证关系的认识之前，首先要对文化流动性有一个严格的划分。当西方一些国家的犯人被关进关塔那摩湾的时候，根本不理解什么是“文化的冲突”这一观念。他们从欧洲被押往中东然后又辗转到古巴这个无人岛屿，在坚持原先所具有的国家、民族和宗教的经验基础上又产生了复杂的内在的被疏离感，这一过程超出了现有的分析框架。这一问题的出现就在于既定的分析工具把文化的稳定性当作理所当然的事，或者至少设定他们天生的状态，在经历被冲击之前，其习得的文化深深扎根于固有的血缘和土地。每一文化都沉迷于自身的高贵、真实和整体性，往往把其他文化贬为褊狭的、失去方向感和没有凝聚力的存在。对那种有强烈认同感的文化，“在家”的感觉常常是其构成的必备要件。

全球化经济大大地改变了整个局面，可令人感到意料之外的是当代发展的力量及其渗透性只是加强了当初所谓的文化的不变性和内在性的论调，学术部门依照惯例还是认为英国与法国的分歧是固定不变的，穆斯林和基督教世界相互之间有着神秘的隔阂感，有些观念的发生完全独立于流放、迁徙和经济变化史。流动性只是被当作规则外的现象，或仅仅是暴力暂时打断的结果。文学和历史的研究往往不顾一些例外的情况，在面对地方性文化时总是要把它放在更大的世界文化中来阐释。

“人们很快就会被说服的，”歌德在 1826 年，漫长的生命即将结束时写道，“没有什么爱国艺术和科学，和其他好东西一样，两者都属于整个世界，只有通过与同时期的别的文化现象进行普遍自由的合作才能得到提升。”这些话展示了歌德著名的“世界文学”论的核心意思，他把“世界文学”设想为是一个在各个国家、文化之间不断进行交流的过程。这种“普遍自由的合作”可以解放被褊狭的社团、文化和民族国家束缚的人的才能。虽然歌德这些带有预言性的乐观抱负遭到近两个世纪不可言喻的仇恨和杀戮所打击而略显陈腐和荒唐，可在无尽的文化作品资源中通过文本、图像、人工制品、观念不断地被重塑，人们可以看出歌德对整个趋势的判断具有超凡的洞察力。特别是当代的图书资源的数字化发展，人们更容易从各大洲获得报纸和刊物的信息，形成一个多语言进行合作讨论的国际性平台，从而推翻那种民族和种族的封闭性，这种局面使人们看到了“世界文学”甚至“世界文化”出现的可能。当然“世界文学”的整体理念并不是依靠近期的技术革新或美国式的短暂必胜信心就能完整体现的，它建立在一个人类发展进程符合康德式的道德律令基础之上。

文化明显的不动的稳定性用蒙田生动的表达就在于“只不过是更加无力的运动”①，在一些一眼就可以看出同质和静止特性远比多样性和变化性来得更为显著的地方，它的文化运作其实就仅仅是一种惯性运动。不仅是商业贸易、改变宗教信仰和教育领域有习惯性存在，就是在旅游这种根深蒂固商品化的过程中，文化似乎极为纯粹，旅游当地的行为方式成了观光者的向往对象，但也只能是可替换的符号。很多不同文化背景的人到了同一旅游地，他们会把观光对象分割为各种片段，每个人就只能得到各自那部分印象，结果就像安第斯山上的音乐家的领结被戴到了欧洲或美国的城市大街上的某人的衣服上，这种文化流动浮于表面，只停留于一些外在表象的简单排列，不是真正的流动性。

公元前 8 世纪，腓尼基的字母被古希腊人所吸收，成为具有很强生成性的语音，结果导致了在智力、宗教和文学上一系列意想不到的流动性，它为工业贸易者、手工业者和雇佣军带来了方便，虽然出现很多不稳定现象，在一定时空条件下还有严格的限制，可它一旦被发起，实际证明它的发展是不可遏制的。可见，全球性的流动现象早已有之。只是 19 世纪和 20 世纪初的学术机构不断滋生的顽固性和制度化，加上令人不安的群体优越感、民族主义和种族主义的势力的增强，产生了暂时静止的假象，即使本土文化偶尔三心二意也试图突破边界，但整体上也改变不了固有的状态。实际上，不管是过去还是现在，流动性远比本土性来得显著。

加强文化流动性，歌德热切地希望形成一个新的世界主义，建立在相互信任的基础上人们可以自由地感受和表达，诗歌遍及天下，成了人类共有的财产。当然事实上，效果远远不尽如人意。虽然如此，流动性还是加强了人们对差异的忍耐度，并且深刻地认识到即使有明确传统边界的文化平台也掺和着各种其他的文化因子，尽管这些边界之间充满了紧张、防御甚至是暴力冲突。这样，对学者来说关键的一点就是要考察出这些引发兴奋和焦虑的运动方式。

---

① Michel de Montaigne：*The Complete Works of Montaigne*，tr. Donald M. Frame Stanford：Stanford University Press，1948，p. 610.

在很早的一段时期，就存在对文本、观念和整个文化不稳定的难以预测的发生过程的追踪。这样，可以确定的是在历史传统中形成了两种强有力的理解文化流动性的方式。第一种是由一批历史学家和意识形态的拥护者提出的所谓“帝国转移”说，这个理论主张权力从波斯到希腊，从希腊又到罗马，然后从罗马帝国相继形成了一些富有抱负的最初的民族国家政体。第二种是由神学家描述出来的方法，那就是基督教如何把犹太人的经文律法改造为“旧约”。两种模式都有丰富的资源来表明人们能够掌握不同文化之间相互吸收和塑造的途径。

一般认为罗马人只是从外在的方面征服了希腊，其文化是被输入的，可历史上罗马人建立的帝国在其极盛时征服了欧洲许多国家时，使拉丁语在这些地区取得合法地位，其后与当地语言发生融合，产生了各罗曼族语言，所以罗马文化是有输出的。当罗马帝国崩溃时，能代表其昔日辉煌的符号、饰物、标志纷纷从帝都被运往新兴的权力中心。在这种重新的移植中，征服者依照罗马当年如何对付被征服者的办法转过来对付罗马，夺取最能代表权力的标志，包括被征服人民信仰的神像、珍宝、储粮、商品、武器、奴隶和其他物质财富。罗马习惯让俘虏来的首领坐在武器下方的展车上，或用铁链锁住跟在皇帝或将军凯旋的战车后游行，这是一个极为生动的可以用来说明权力如何移植的例子。它不仅让欢呼的群众把失败的统治者羞辱一番，而且随着失败者慢慢地移动，似乎在一步步地交出权力，逐渐显示出了胜利者的强大。格氏认为：“流动性在此不是一个附带事件：强迫俘虏来的首领游街，让其身体暴露在陌生人目光的凝视之下，说明罗马人有宽大的心胸来吸纳其他文化。”[①] 随着罗马的衰弱，其他兴起的势力也同样面临着如何应对罗马文化的问题。由于罗马发展了一套复杂的具有极大威望的权力象征制度和传统，尽管这些后起者很想重建伟业，可通过简单的掠夺是不能解决问题的。公元410年，一批强悍的西哥特人和锡西厄人在阿拉里克的带领下用6天时间洗劫了罗马城，他们用笨重的四轮马车拖走了一箱箱显示罗马人耽于奢侈生活的金银珠宝、贵重花瓶、丝绸、神和英雄的塑像、上等好酒和其他的便于携带的财富。这种大规模的掠夺，不是真正意义的文化流动，有很多事实证明，这些作为罗马的第

① Stephen Greenblatt: *Cultural Mobility*, New York: Cambridge University Press, 2009, p. 8.

一批征服者对罗马文化毫无兴趣，他们只注重搬动财物。阿拉里克在得胜后不久就去世了，随着他进入坟墓的只是他得意的战利品，他没能取得被他打败的罗马帝国的文化权力。他的妻弟阿道弗斯继承了他的王位，据说这位继任者敏感地认识到哥特人的蛮干是不对的。阿道弗斯充满自豪地宣称要改变宇宙的面貌，把罗马的名字彻底擦掉，在其废墟上建立起哥特人自己的王国；并要像奥古斯都一样，缔造一个流芳百世的新帝国。阿道弗斯认为最值得向罗马人学习的东西就是罗马法，而哥特人天生的野蛮习气不可能很好地受法律和公民政府的束缚，故必须加倍地向罗马人学习而不是一味地征服，才能重建和保持罗马帝国曾经有过的辉煌。阿道弗斯的这些论调不太可靠，因为它经过几番转述才被历史学家奥罗修斯记录下来，可它反映了早期文化流动性的两个特征："第一，不管是胜利者还是失败者的文化不能在十分野蛮的征服中得到有效的交流；第二，尽管物质的流动常常有着强大的象征价值，可它有时并不能带来文化的变动，文化流动性发生在它处。"① 就奥罗修斯想象中的阿道弗斯来说，他相信律法和公民政府远比财富重要，转移财物相对容易，即使要拆掉整个复杂建筑物的结构也远比要转换一个文化系统来得简单。

有人说罗马帝国的真正文化流动性在于皇帝本人，"哪儿有皇帝，哪儿就是罗马"，这句话在由政府、法律、头衔、称号、信任以及最重要的税收法规构成的复杂的网络系统中，过于关注人治的作用。整个系统的运作主要通过国家的暴力控制对立面来维系，但暴力并不是真正意义上的罗马文化。中世纪曾有个律师就国家的财政制度说过"哪儿是国库，哪儿就是帝国"，这种说法比哥特人以为在罗马大街上横冲直撞就拥有了罗马更能体现罗马的特性。

意义明确的文化流动性指的是罗马帝国的典章法规、组织结构被后继者所传承，这种流动性使得规模宏大、引人注目的文化范式从罗马国都向东西方传播开来。首先宣称继承罗马的是君士坦丁堡皇帝，他说罗马精华已经到了博斯普鲁斯海岸，留存在台伯河边的仅是砖块、石头和瓦砾。东罗马帝国的说法受到了神圣罗马帝国的否认，奥托大帝认为罗马就在亚琛。公元 1453 年，随着君士坦丁堡的陷落，宣称继承罗马的说法不断往

---

① Stephen Greenblatt: *Cultural Mobility*, New York: Cambridge University Press, 2009, p. 10.

西移：从巴黎、马德里、里斯本以至到伦敦。每个城市都公开宣布建立了新的罗马，其位置就是罗马帝都之所在，新的君主也自认是那些曾为罗马创下丰功伟绩的帝王的传人；法学家从曾经是体现罗马和君士坦丁堡国情的法典中精心构造出一套特别适合当地精英需要的细致的法律制定技巧；行政人员协助管理法院和国家行政系统；统治者穿上礼服幻想出自己就是古代帝国杰出的领袖；智者把这一过程美化为上天注定的充满荣光的必然结局；画家、建筑师、音乐家和作家也用他们的作品把统治者和被统治者说成是罗马文化成功的传承人。

上述只是对罗马文化流动性的一个简单勾勒，实际的过程远为复杂。例如，早期天主教高级教士就从罗马帝国借用政治术语和仪式，之后又被法理学家运用到世俗国家的构建。某些幸存下来的帝国继续沿用这些规范，但只是学到了某些表面的东西。霍布斯在《利维坦》中对这种沿用以其辛辣的笔调讽刺教皇不过是“戴着王冠坐在坟墓上死去的罗马帝国的幽灵”。[①] 这一有了教会作为文化转换中介的难题一直困扰着爱德华·吉本，他在写《罗马帝国兴亡史》时不知道是否该把教会认为是罗马帝国的敌人还是当作挽救了很多可能永远消失的罗马文化的功臣。

在第二种具有强大传统的文化流动性的传播模式中也同样纠缠着诸多可能起破坏或建设作用的因素。很多世纪作为基督教神学家、艺术家和作家用来表达预言征兆或重新设想预示着救世主现身的形象和事件的语词——“可塑形状”（拉丁文，figura），就是一个极为灵活的可变通的概念，它在希腊文中有“理型”和“具体的形状”两种含义，拉丁文指后者，但它又衍生出现实的、流变的形状，可指影子、印迹，西塞罗、昆体良将它引入修辞学，常指不能按字面理解的文字，即修辞技巧。如约伯纳入“可塑形状”这一概念的解释框架来看，作为约伯，是个善良虔诚的人，最后死在可恶的该隐手中，可透过这一表面的生活形象，他也预示着耶稣的即将到来。这样要解释约伯这一人物更充分的深刻含义，确实必须通过其他的基督教徒的事件才能得到全面的理解。

同样地，把流动性放到重新解释历史的过程，整个摩西这一人物作为某种类型或基督的预兆的意义在以色列的历史中就比较好理解。在具体阐

---

① Stephen Greenblatt: *Cultural Mobility*, New York: Cambridge University Press, 2009, p. 12.

释中，解经家发展出了一个生动的转换技术，即某一事物一旦被置放于固定的地点那么同时又有一种看法认为它是虚幻之物已不在该处，这样做的好处据说是能把文化的意蕴全方位地释放出来。依此推论，以色列的宗教也只是在宗教的意义上才是宗教，从不断流动的意义上看，它也是会被取代的。历史上的个人、故事、符号和仪式一旦被当作独立实体的存在时，也就宣告了它们是一种幻象。反过来，幻象在希伯来《圣经》中，它作为一种比喻（暗喻或明喻）又实实在在地加强了弥赛亚的到来作为生活本质的意义。

两种解释方向在早期教父中有明显的表现，德尔图良从一个历史事件指向另一个历史事件，偏于历史解释；欧芮根走的是修辞学方向，他偏重于精神性；而奥古斯丁则对两者进行调和，他把《旧约》当成《新约》的“可塑形状”（历史维度），《新约》又是未来审判的“可塑形状”（精神维度），那么，历史就是永恒上帝决断的“可塑形状”。犹太人不能理解这种流动性转换，仍然笃守《旧约》，最好去更多学习“保罗书信”（Pauline Epistles）。保罗的解释极为巧妙，他为了让犹太人放弃《旧约》的仪礼，重新解释了《旧约》和《新约》的关系，同时又把《旧约》中犹太的遥远历史解释得让凯尔特人和日耳曼人容易接受。

“可塑形状”这个概念最引人注目之处在于混合了致敬和冒犯、神圣的预示和历史的具象双重含义，这一现象超出了作为文化流动性特例所具有的解释范围，获得了极大的共鸣内涵。在14—15世纪的艺术和叙事中，由于《福音书》的内容过于简练，对耶稣受难过程的详尽描述几乎都依靠希伯来《圣经》中相关记载。如雅各、摩西或约伯这些个人，因为被纳入了具有确定构造的叙述方式，他们就成了救世主到来的先行者，而能塑造出具有此等共同意义的形象的材料都来自《圣经》文本。“以赛亚书”中“他把背朝向打击者”成了邪恶鞭笞的缩影，从经书中自然地就暗示出犹太人是严刑拷打的元凶和主的谋杀者，教会以此号召要惩罚犹太人。文化流动性在此就出现了可借文化形式（当然也是指事实存在）来表达谋杀的含义，尽管希伯来经书已被改写，但为了保留救世主作为先知的神秘性，以及留点穷困潦倒、受人鄙视的犹太人的存在以警醒那些敢长期轻易摒弃救赎的人，谋杀在这个事件中就不能理解为全部灭绝的意思。因此，在不断的叙述中，就有到处游说的天主教的托钵僧侣，主张要彻底根除犹太人，之后又有基督教的历任教皇认为在最后的终结到来之前，还是可以让一些犹太人生存下来，但必须活在痛苦之中。在系列象征的转换和神性的变形中，犹太余民和文本被转变为幻象是两个关键因素。

尽管“帝国移动”和“可塑形状”两种说法有丰富的阐释力，但太拘泥于必胜的目的论倾向。在这种宏大整体性的解释框架之外，文化流动性也表现在那些似乎是碎片的历史事件之中。例如，罗马皇帝得胜的战车，被文艺复兴时期的君主所重现并用在盛大的葬礼过程。尽管皇帝个人作为凡夫俗子终有一死，可他用过的器物却可以在移植中被当作具有连续性的永恒权力的象征。这种运用，不管是象征还是实际过程，都超过了帝王本人的范围：例如，不是帝王的惠灵顿公爵的尸体也能被放进这种经过适当改进的战车，这又同样可用来解释黑色的卡迪拉克灵车为什么跟着长长的车队开往墓地的文化根源。即使到当代，尼克松曾要求他的白宫卫队采用新帝国（意在复苏罗马帝国）的着装样式，立即遭到猛烈抨击，很快就取消，这件事也从某一侧面显示出了文化流动的迹象，但只停留于表面上的类似，不好纳入那种有内在文化精神的关联之中。

文化流动在具体历史中以偶然性的情境显现往往比那种始终具有必然性的形态更常见。比如，拉丁语法的出现就是因为希腊外交官——马鲁斯的克拉图斯在公元前 168 年作为帕加马的使者在罗马城访问时不幸踏进阴沟摔坏了腿，在养伤期间为打发时间构造出来的；1492 年西班牙出现排犹运动，莱昂·拉布拉瓦内尔作为犹太人被迫流亡意大利，在那他接触了不久刚从希腊传入的新柏拉图主义，一见如故，激发了他写出了关于爱的不朽的对话；又比如，布鲁诺在被诱骗到意大利烧死在百花广场前，他在牛津的讲学，深深影响了西德尼。这些都是文化流动性的表现。

对流动性研究，正如上述略为零散的事件所显示的，本质上可用中世纪神学家的一个术语——偶然性（拉丁文，contingentia）来概括，意思指人们所知道的世界实际上不是必然的，它不仅在将来会消失，而且本来可以不是这个模样。偶然性（contingentia）对上述历史上具有神性的命定论的文化流动性模式（帝国传承和形状塑造）产生了明显的颠覆意义，然而，格氏认为，“流动性研究也必须有足够的信心来说清楚流动性在某一方向上具有必然性所引发的那种强烈的错觉，他们也必须说明文化在经历压倒一切的对立面碰撞时，还能一次次地保持自身的特色，这一事实，不仅是偶然的，它也是固定的、必然的，并且具有奇妙的持久性。”①

那么在实践中如何表达出偶然性和必然性的统一呢？格氏的回答是“耐心而详尽地描述出文化流动性特定的例子，不要构造新的宏大叙述（帝国传承或形状塑造方式）”。② 蒙田在《忏悔论》一文中说：“我不能让我的主体静止不动，它带着自然的醉态，跌跌撞撞，步履蹒跚。”格林布拉特认为这个说法可以当作《文化流动性》一书的箴言。蒙田不想构造一个抽象的体系，而只想描述出运动中单一的主体，即他本人。《文化流动性》不太关注这种带有自传性质的描述，但它必定是详细的具有本土的特质。收录到书中的论文，涉及的案例，几乎都反映出在不同时空中的人和事，通过意想不到的移植方式，产生了文化联系，构成了微历史（microhistories）。这种瞬间的碰撞，给主体带来了共鸣。赖因哈特·迈耶尔·卡尔克斯（Reinhart Meyer Kalkus）在讨论歌德读了中国小说后梦想建立“世界文化”，就持这种机缘性主张。海克·保罗（Heike Paul）集中勾勒出哈里约特·比彻·斯托夫人的《汤姆叔叔的小屋》不仅激起了美国读者反对奴隶制的热情，而且令作者本人意想不到的是小说也引发了19世纪中叶德国女权主义者提出妇女平等权利的诉求，俄国农民则声称要废除契约，英国女仆也起来反抗家暴等系列反响，这些异域的读者不是把斯托夫人的小说当作遥远的故事来消遣，而是从这本“畅销书”中看到了美国黑人受到压迫和剥削所反映出来的奴隶制的非人道，以此作为反观自身处境的指路明灯。

与上述较为乐观的文化流动性相比，伊纳·祖巴诺夫（Ines Županov）所关注的16世纪后期在印度果阿两个葡萄牙人的作品的遭遇就显得更为意味深长。其中有一个名为加西亚·达·奥他（Garcia da Orta）的人文主义者是个医生，他写了一本在不熟悉的亚洲生活的书，从中可看出这位医生有一种开放的心态和好奇心。另一个叫加斯帕·德·雷奥·佩雷拉（Gaspar de Leão Pereira）的大主教，他写的书支持基督教信仰以抵制撒旦的诱惑并抨击了不信神的错误。奥他医生偏爱采用印度一种贵重的药材来

① Stephen Greenblatt: *Cultural Mobility*, New York: Cambridge University Press, 2009, p. 16.

② Ibid.

治病，加斯帕主教大人则极力反对，而这又与主教一贯对有益的恐惧的主张相左，因为他曾说过“恐惧是智慧的起源”这样的话。两个葡萄牙人在印度立场各异，反映了一种独特的文化流动性，没有理由相信谁会占上风。可历史显示出的迹象会说明某些问题，到 1580 年，在奥他医生死后十二年，他的尸体被挖出来焚烧，而主教大人的尸骨至今还安静地躺在果阿大教堂。

保罗 · 尼里（Pál Nyíri）以《为流动性而斗争：迁移、旅游和文化权威在当代中国》为题的文章，对文化流动性的乌托邦持较清醒的态度，他认为在不熟悉的国度推行世界主义、宽容、关键理解力、政治民主化都可能是一种冒险。中国的国内旅游业虽鼓励大规模的组织，但都在统一的规划下进行，除了散户，很难真正接触到异域文化。

对文化流动过程不好以乐观或悲观作简单的评判，因为进程的奇妙才是问题的核心，至于它什么时候开始或结束较难说清楚。据说，戏剧是西方特有的艺术形式，对伊斯兰国家则显得陌生，可弗里德里克 · 潘尼维克（Friederike Pannewick）的研究表明，伊斯兰的表演传统可追溯到公元前好几个世纪。表演性可以随时被调动、改变和开发起来，以便适应和挑战传统的和新兴的戏剧艺术形式，所以很难或根本不可能指出哪些要素是本土的哪些要素是从别处引进的。

全书最显明的特色是题材多样、论域广阔，从殖民地果阿到 19 世纪美国以及当代中国，从歌德对戏剧的反思到当代叙利亚剧作家的舞台实验，他们表达了一个共同的主题，即对某地区的人、对象、事件进行考察，都发现有一种“无家可归”的状态，随后在其移动的过程中，因与异域有着诸多物质和精神的谈判，产生了文化流动现象。它们在此处又不在此处，作为一个问题的两面，被描述为围绕着中心进行收缩又散播的运动。当这些移动遭遇固定和控制结构时它的运行机制是什么？当地演员面对外来挑战时如何应对、抵制和调适？在国家和流动个人之间相互作用的文化机制是什么？经过一段时间和空间的变化有了新的背景和局势会出现什么文化产品？人们偶遇某种障碍，不管是在想象中还是在现实中，他们是如何排除的？带着这些问题，格氏提出了五个主张：

第一，流动性必须有一个字面上明确的释义。坐飞机、乘船、搭火车、挤客车、骑马、简单地走到别处或徒步旅行，都是理解文化流动的关键。流动中有关的物质、基础设施和制度条件，如有效线路、地图、交通工具、相对速度、管理和费用、运输限制、必要的授权、酒店、中转站和旅游服务业，都是分析的重点对象。只有牢固掌握与流动相关的条件，才能更好地领悟包括在中心与边缘、相信与怀疑、秩序与混乱、内在与外在之间各种象征性的含义。①

以一个完整文化作为范围来看可划分出文化内的流动和文化之间的流动两种类型。依格氏对文化的理解，进入到某一文化圈的标志就是人们的行为方式会遭遇到“肯定—否定”的规范，如果完全符合所有规范的要求，说明已经与这一文化融为一体。如果频繁遭遇到与所进入的文化圈相违背的规范，说明还没能适应新的文化。上述这种情况适用于理解文化之间的流动方式。如针对文化内的流动，那就必须在一个大文化范围再划分出次文化，次文化也有它独特的“肯定—否定”机制，与文化间的流动相比，次文化所呈现出的文化内的流动特性更为细腻和丰富，它在共有主流文化的基础上又衍生出某一群体的特殊生活方式和趣味选择。在文化间交流更多体现出民族、种族、地域等特性，其沟通之可能更多建立在人类普遍的人性之上，如在文化内的流动则可忽略大的叙述，专注于局部甚至个人的感受。两种流动方式也可以统一起来一起叙述。格氏在《中国：访问的仪式》及《中国：访问的仪式Ⅱ》两篇论文中就谈到了自己及家族亲历的文化间及文化内的流动性。

格氏在20世纪80年代初应邀到北京大学英语系讲课，“文革”后的中国大陆给他这个访问者带来了他值得记录的印象。一下机场，三个具有年龄梯队（六十多岁的莎士比亚学者 Zhang Wen xian、四十多岁有两年美国访学经验的教授 Liu Jing lian 和三十岁左右英语很勉强的 Wu Zi teng）构成的欢迎团在他的经验中形成了中国特色，出于学术的敏感和交流的需要，他们的英语口语也是格氏特别关注之处，其实去迎接的人当中还有一个不会说英语的司机。一上路，司机不断按喇叭，格氏以为路况拥挤，可看到街上除了有辆自行车、驴车和运粪车外没什么异常，格氏转而认为这是司机在五一劳动节出车有气，以此来发泄。可实际上司机不是在闹脾

① Stephen Greenblatt：*Cultural Mobility*，New York：Cambridge University Press，2009，p. 250.

气，最终他得出的真相是所有中国大陆司机的手重。格氏的观察具有他惯用的“厚描”手法，在面对新的文化时尽量从细节上来展示那种异样的感受，把自己当作所由来的文化的一个符号，那么捕捉到的与惯常不一样的言行方式就是另一种文化的标志，同时也说明自身已处于两种文化的边界。起先他对中国司机的误解是出自西方的立场，以为中国社会的从职人员也会有很强的休假维权意识，后来发觉没这回事。但他竟把司机乱按喇叭当成手重，没继续追究更多的原因，这当然与他的兴趣和访问的目的有关。如果从中国人的角度来看司机的表现，格氏会得到更为完整的认知。司机在那个时代是个好差事，能迎接外宾他倍感荣幸，根本不敢因假日发脾气。不断乱按喇叭除了没有什么交通法律意识外，很重要的行为意义在于响声代表了司机的一种生活姿势，类如那种君临万物的快乐心态。有了外事活动，司机会感到更为神气，把平时那种不把路人当成一回事的做法进一步彰显，而且还会认为外宾对其尽力屏退道路周遭的做法极为赏识。可没想到格氏甚为不解，还好待在车上的时间不长，否则格氏会感到不快。格氏不能了解喇叭声的含义也有道理，因为在美国，司机的社会地位不高，开车很难形成一种职业优越感。如果格氏现在再来中国，可能就可以用美国的经验来套用在当今某些中国司机的观念上。随后在如何安排住宿上，格氏与北大的分歧因是在知识者之间展开更能看出两种不同的文化处理生活事件的方式。格氏写道：

> 车子转了个弯，进了一道门，门边站着一个持枪的战士。“这是北京大学吗？”“不，”刘教授说，“这是您要住的友谊宾馆。”但我事先被告知是住在北大校园，更方便与师生来往。“这里比较好，您会住得更舒服。”
>
> “我更愿意住校园。”
>
> “这儿有两个房间和一个私人浴缸，您会住得更舒服。”
>
> “我不在乎住一个房间。住校园方便与大家见面。你们中国人是不是进友谊宾馆都要登记？”
>
> “是的，但在这住您有电视看。”
>
> “噢，那没关系，我不想在房间里多看电视。”

“这儿您会住得更舒服。”①

在当时刘教授的英语水平注定他只能不断使用：“You'll be more comfortable.”（你会住得更舒服。）他与老婆两人住在北大校园筒子楼一间小屋里，面积不到格氏宾馆起居室的一半，在门口用一个木炭炉子做饭，还与十几户住家共用一个卫生间和澡堂。在当时中国教授眼里，美国专家日子过得就像君王，完全不能理会格氏超越出物质层面的那种精神诉求，他们毫无变通，只懂得以乏味的体贴强加给来宾，想法上与司机没什么区别。作为中国一流大学的知识分子应该知道格氏要求的意义，可是教授们好像门口的战士一样表现出了没有任何商量的余地。虽然中国民间有“客随主便”的说法，当时的政治气候也决定了教授们做不出什么决定，但关键是教授们在接待过程中对西方教授的“人文性”没有引发相称的回应，以致格氏耿耿于怀，回美以后会把此事特别记录下来。

最能让格氏有同感的事件是中国“文革”中的“唯出身论”。出身的好坏不仅决定了起点的不同，还深深地影响了以后的社会地位、出国的机会、使用资讯和就业的权利。据格氏了解，中国很多英语教授出身于资产阶级家庭，在“文革”中被迫害过。由此他联系到了自己的犹太出身。

1961 年作为大一新生，格氏在耶鲁大学斯特林图书馆偶然查到在《波士顿登记簿》中有他祖父莫里斯·格林布拉特（Morris Greenblatt）的档案记录。在职业一栏，标明的是：拾荒者（ragpicker）。这一发现使他大吃一惊，因为在印象中父亲曾告诉他祖父是个驾着马车到处买卖旧货的人，怎么就成了弯腰捡破烂的人呢？当然使格氏震惊还不是父亲有意美化自己的出身，而是 ragpicker 这个词与 lamplighter（灯夫）、iceman（制冰人）等词一样已不再使用，出于学者的判断，格氏感到有一股社会力量让这批词同时消失。Ragpicker 由词根 rag（破布）和 pick（拾）构成，容易看出这一行当工作的具体模样，会给人造成一种肮脏污秽的印象，带有对职业的歧视，随着社会文明程度的提高，这个词被“旧布商人”（used clothes merchant）所代替，与这个词相应的职业也随着经济和技术的发展而消失了。这种现象完全印证了福柯以话语权力变化来分析历史更替的方

① Michael Payne (ed.): *The Greenblatt Reader*, Malden: Blackwell, 2005, p. 270.

法。而对格氏来说，它还表达了一个文化的流动性问题。作为一个移民家庭，从俄罗斯到美国，祖孙三代经过艰苦的奋斗，逐渐走上了社会的上层，他最终成了能代表文明程度较高的大学教授，成了美国化的欧洲犹太人。格氏对自己成功的喜悦一定程度表露了对美国文明的认可。他到中国访学，探听到小吴的经历与他的家族的成功史有些类似，从中找到了文化交流中可沟通的某种基础。小吴出身在中国西北部甘肃省的一个农民家庭，20 世纪 70 年代初被安排在一个工厂当机床工，"文革"结束前从 1600 个工人中作为两个（一男一女）幸运的人之一被中央选上到了北京读大学，这样 ，就从一个在大街上批斗教师的红卫兵成了大学教师。社会的某种制度导致了人群的流动，社会结构也就因而产生了改变。

在走向被成功同化的路上，并不是一帆风顺，格氏的犹太穷人出身，竟在入学之初就遭到斯波丁先生的侮辱，语言的暴力几乎击垮格氏的自信心，还好时代的进步已不是个别怀有偏见的人所能左右的，这种以话语形式表现出来充满挫折感的处身性使格氏深深感到可从文学入手来阐明社会各种利益集团的谈判过程。

第二，流动性研究须挖掘人、物体、对象、文本、观念显明运动下的潜藏含义。文化产品在被移动过程中，可能立即被一些精心设计的熟悉外表遮盖或被微妙改变的颜色结构所掩饰，加上审查机构的打压，就出现了很多难以言明的潜意识、扭曲的流动性观念，那么通过移居、越境劳动市场、走私等被视为有严重后果的流动以及旅游、戏剧会演、留学等不太引人注意的方式来研究当中的文化发生机制就成为一种必要的举措。①

格氏 1986 年 8 月在巴厘岛旅游，通过对当地的一些活动景象的观察，他试图描绘出一个全球化文化能量交流的缩影。那是一个有月亮的晚上，他走过飘着稻香的田间地头，依稀辨认出前面是错落着低矮的棚屋和寺庙的村庄，从中射出一道特别耀眼的光线，在格尔兹等人类学家的著作中格氏得知这个特别明亮之处是整个村落集体活动的戏台，走近一看，原来村民正在观看录像，里面播的是他们的一次庙会。屏幕中的司仪跳着舞步，神情极为投入，引发了围观的村民阵阵的惊叫声。就这次遭遇，格氏看到

① Stephen Greenblatt: *Cultural Mobility*, New York: Cambridge University Press, 2009, pp. 250 – 251.

对他者的同化其实是一个复杂的问题。在印度尼西亚这么偏僻的小村庄，竟也在用着当时代表着最新科技水平的机器，可见资本主义的市场和技术有着多么强大的渗透力。但是村民却用它来表现他们独特的本土文化，这当中就很难说清楚究竟是谁同化了谁？录像机作为一个机械设施，它似乎价值中立，可在两种文化的交接点上它扮演了巨大的生成转换能力。它减少了地域文化的差异，以形象和声音的方式使之纳入了全球化的系统。村民在屏幕看到了自己的身体和音乐被表象出来而感到惊喜若狂，那么这代表了哪一方的意识形态的胜利呢？谁的领地被揭开？针对这种问题，格氏认为，意象活动肯定是有意识形态含义的，在两种文化的对抗中哪方取胜不重要，重要的是要反对那种“先定的意识形态决定论，即主张特定的表现模式必然内在地专属于特定的文化、阶级和信仰系统，而且其功能单一”① 的观点。

当然这种两可的观点并不是不做判断，像契诃夫那种拥抱任何遭遇的无原则态度，而是认为个人或文化有着神奇强有力的同化机制，它运作起来像酶发酵一样会改变外来文化的意识形态构成。这些外来的部分并没有完全消失，而是被吸收到 Homi Bhabha 所谓的中间地带（the inbetween），这个领域所有的文化的意义都被悬搁起来并被判入作为未定的杂交状态之中。即使表象技术要求很高的专业设备，连同基础装备如发电机、硬通货积累以及在东京、雅加达、登巴萨的中间商和关税部门，这些传遍全世界独特的决定性条件也不能作为资本主义意识形态的承载者。就巴厘岛观看电视机这件事而言，它表明了当地社区有着强大的适应能力，同时也传达出一个明确的意义，即属于当地社区本身的调适性不是太显著，也就是说整个过程没有什么新奇的事物发生，在同化他者中没有太多的集体力量的消耗。

几天之后，格氏在印度尼西亚欢庆独立日之夜看了安拉普拉（Amlapura）市广场上发生的一幕以后，上述小村庄的文化活动方式似乎显得温和多了。格氏本来要到电影院去看巴厘人传统莱冈舞（legong dances）表演，但到的时候，舞蹈已结束，因节日原因电影院正在免费播放查尔斯·布朗森的《求死 2》，在广场的另一边，有一个临时搭起的屏幕也在放电影，内容

① Stephen Greenblatt: *Marvelous Possessions*, Oxford: Clarendon, 1991, p. 4.

讲的是首都雅加达有钱雅皮士的喜剧故事，反映了几个世纪以来巴厘人与爪哇人的冲突问题。最后，紧靠电影院边墙也建了个简陋的舞台，舞台上立着木架结构的屏风，屏风后点着一盏椰子油灯，坐着一个年老的皮影艺人（dalang）。老艺人两腿相交叉，从他旁边一个像棺材一样的箱子里拿出一个个用牛皮纸做的木偶，开始表演哇扬戏（wayang），题材取自印度的《罗摩衍那》和《摩诃婆罗多》。巴厘人兴高采烈，随意地从这个舞台转到另一个舞台，在格氏的眼里村民看电视一幕又似乎成了这更大广场狂欢的一部分。虽然哇扬戏台的脚手架倚靠着电影院，但是没迹象表明这些古老的符号是依仗新媒介来存活。格氏对文化的起源和优先性问题没有兴趣，他关心的是多样性表现场地的共存和来来往往穿梭于其中的人群，正如马克思在《模仿资本的再现与循环》一文中所指出的，这一切都与对他者的同化有关。这里引进“资本”（capital）的说法，格氏认为有三个原因：首先，也是最重要的，它强调了模仿与资本之间的必然性联系，因为尽管早期罗马帝国和基督教已提供了文化流动性极为重要的范例，但随着资本主义的兴起，表象的扩散和循环（包括其产生和转换的手段）有了一个全球化的维度，资本为了获得利益，它会穿越巨大的空间到很远的地方与陌生的人和物接触并利用文化手段来表现它们；其次，特别要关注在书本、档案馆、收藏品、文化仓库中积累的大量的形象，加上生产形象的手段不断更新，到了一定时期，通过资本的再生产力量，有关的形象就会变换出新的形式；最后，正如马克思所说，资本的模仿是一种生产的社会关系。任何特定的表现不但是社会关系的反映和产物，而且它本身就是与其他存在流通关系的文化有着抵制、冲突等社会关系，“这意味着表象除了是生产者所生产外，它也能改变使之存在的那些力量”。①

对表象的生产能力的强调不会导致模仿实践与其他社会实践之间界限的丧失。掌握模仿资本依照占优势的市场力量对形象的积累、生产和流通方式就能与其他的非模仿资本的活动特点区分开来。文化不总是屏幕、文本和表演的集合。从模仿资本的动作中人们可以发现，它有多样性、互相联系的表现场地、场景和观众的流动以及形象的虚构与力量展现的强大的矛盾统一等特点。当然，它也同时失去了非模仿资本的生产与再生产、表

① Stephen Greenblatt：*Marvelous Possessions*，Oxford：Clarendon，1991，P.6.

现与再表现、真实与模仿的诸多特性。从中可看出，在表象与现实之间理论与实践的错误没有了区别，人们也不能把两者割裂开来。在这个世界中它们以艰难的方式联姻在一起，既不能进一步得到婚姻的幸福也不会导致离婚。

第三，流动性研究必须识别和分析出文化产品交换时的“接触带”。不同的文化社区之间构成不同的地带，在接触中就会产生从惊讶、快乐到贪婪、恐惧等各种反应。有些地方与文化接触带分割开来；另一些地方则被公开规定不许与其他地方交流。有些特别的人员，如代理商、中间人、翻译者和调停人被调动起来，使各种交流变得方便。这些群体及其服务的机构都是分析的关键。[①]

格氏早期学术极为关切的“接触带”就是欧洲文化与美洲的首次遭遇。哥伦布开启的大航海时代，在美洲很多地点接触到了当地土著，可由于对方几乎就没有文化，文化“流动”无从发生。第三次船行到了一个叫特立尼达岛时，哥伦布看到机会来了。这些岛民不同于其他全身裸露、皮肤黝黑的野蛮人，他们虽然也不能算穿上了衣服，但身上披着精心设计的淡色的棉毛类围巾。这种围巾还给了一个名字叫 almaizares，意思是摩尔人的纱巾。明显这些戴服饰的人有了文明的特征，哥伦布自然地很想跟他们有直接的交流。印第安人似乎比哥伦布一行更想打招呼，他们首先喊起来，但文明人一点也听不懂，轮到哥伦布这些欧洲人表演了，他们做了一些表示友好的信号，可对方同样不能理解，这样折腾了两个多小时，印第安人逐渐冷淡下来，哥伦布又拿出盘子和其他能发光的东西来吸引对方，印第安人有了些反应，但也只是走近了几步，始终没能上船来与哥伦布等人交谈。眼看问候和展示物品都不管用，哥伦布忽然又有了主意，叫人从船上拿出手鼓敲了起来，有些人跟着节拍跳起了舞，他们相信这次这些印第安人可能就会凑过来看热闹。可结果令他们大失所望，印第安人对所谓的艺术表演不但没产生好感，而且纷纷扔下手中的桨，拉起弓箭，向哥伦布他们射击。本来舞蹈是一种友好的表示，可在特立尼达岛的土著眼里却成了宣战的信号。在这两个文化首次的接触中产生的这种误会，格氏

---

① Stephen Greenblatt: *Cultural Mobility*, New York: Cambridge University Press, 2009, p. 251.

认为有几个值得探讨的问题存在，即“人们怎样才能看懂别人的信号？怎样向别人发信号？怎样才能向不了解的文化发出表义清楚以示友好的信号？人们怎么走出缄默的惊叹状态去与他者交流？”① 这些问题想清楚以后，人们就可能认为打手势、发信号等交流方式不如向对方提供物质产品，如食物、衣服饰件、用金属、石头、玻璃做的工艺品以及动物皮都是讨好土著的有效办法。通过赠送或双方交换物品，就可以进一步向对方学习语言。有了打哑语类的信号、交换物品以及相互学习语言这三种沟通方式，人们就会继续思考更深入的问题，如“一个文化的表达系统如何才能与另一个文化系统建立有效的联系？而这个问题又导致人们反思欧洲早期现代化的表达系统的特性，它的流动性、即兴表演，尤其是它结合了空无又完满、有价又无价、虚构又真实等悖论式含义”。②

第四，流动性研究要关注个人自由与机构约束之间的紧张关系。这种冲突很难在抽象理论上得到解决，因为在特定的历史条件下权力结构总会让一些人流动而另一些人则不能随便流动。记录下个人遭受社会监视、控制是一个反映两者之间结构紧张的时刻，社会常常对个人施与强大的压力，也说明了个人天生具有顽强的要求自治的倾向。这样，在研究中最有趣的是一些固定的迁移途径被个人的行动所干扰，导致在不同文化中出现了意料之外的没有事先计划的偶然性遭遇。③

第五，流动性研究要分析对原有文化根深蒂固的感受。有一个极明显的悖论，说的是看不到冰川体的局限和静态，也就不能理解冰川的移动。流动性常常作为传统、仪式、表达方式、信念的一种威胁，它使得这些固有的存在边缘化、去中心化，甚至被消灭，因此就有些个人或团体为了保护现有的秩序，千方百计要阻止流动性的发生，以至于有时不惜动用武力。④

文化总是不被理解为流动的、全球的以及混合的，而是被当作具有很强地方性的。即使对文化流动中的自我意识进行体验，结果也往往表现为

---

① Stephen Greenblatt: *Marvelous Possessions*, Oxford: Clarendon, 1991, p. 91.

② Ibid.

③ Stephen Greenblatt: *Cultural Mobility*, New York: Cambridge University Press, 2009, pp. 251 – 252.

④ Ibid., p. 252.

陷入到了特定时空的地域文化之中。而事实是这些所谓的当地文化是近期才形成的，它的很多构成因素早已存在，只是还没被认识罢了。文化中确实有一种特别的力量很容易把促成流动性的要素给隐藏起来，因为作为地域性意义上的文化它总是趋向于以某种特定的方式来做事（如怎么做饭、跳舞、说话、做爱、祈祷以及戴头巾等），而不是用别的方法来完成，那么就会造成有明确的快乐中心而忽略它某些看似模糊却具有更本源性的构成，这样，理论阐释就要指明当地性是如何快速形成的以及有多少种能改变当地性的因素，才能较为全面地描述出整个文化流动性的活动方式。

第三章　振摆力量

文化诗学的思想核心就是在于找出能打通文化活动各个关节的力量，就其更具体的文学批评领域来说就是指认出能把整个文学活动都统一起来的力量是什么，格氏称之为社会能量。社会能量就是一种力量，它直接来自福柯的权力思想。与福柯一样，作为权力的社会能量有一定的神秘性，也正如力在物理学那里就是一个很难理解的概念一样，格氏把批评的时间向度、文化诗学的活动空间、跨学科研究的可能性、文学活动中的作者、作品以及读者的相通性等问题都归之于社会能量的存在。在格氏的作品中这个概念的形成是直接指认出来的，它成为其他论题的起点，但自身的前提没有进一步反思。事实上它来自于现实与语言的合力，或者说是一种纯化了现实的话语力量，在此意义上，格氏团队所提倡的"表述"得以成立。在社会能量流通的过程中，作家的自我通过主体位置得到了塑造，文本作为蕴含社会能量的印迹在谈判中会对意识形态产生某种颠覆作用，在读者一极也以"惊叹和共鸣"表现出了力量振摆的征象。由于某一文本的"表述"作为再现表明了有时间和空间上的隔离，因而从结构上看，再现所凭依的是歪曲的再现。再现又是不可能完整的，导致了一切再现活动都会产生一个边缘化的或者说遭到排斥的地带，而这一地带如被另一文本所"表述"，它会对前一文本产生某种张力。这一切都与福柯的"话语分析、话语在决定主体位置的作用、权力间的关系、知识和颠覆、能证实强有力话语形成的广泛的文本散播、对诸如疯狂、异端、犯罪、土著殖民等边缘性的人物和事件的着迷"① 的思想密切相关。

---

① John Brannigan: *New Historicism and Cultural Materialism*, Macmillan Press Ltd, 1998, p. 155.

第一节 社会能量的流通

人们为什么能通过其作品设身处地感受到逝去的作者本人的思想感情呢？文学与非文学文本以及文本文学作品中的社会存在与文学作品相对的社会存在之间能打通的关节是什么？文学评论家试图揭示的作家、作品和批评家的三个维度相通的基础在哪里？格林布拉特从事新历史主义研究的最初愿望就是要解释这些难题，故在《莎士比亚的谈判》这本作为他第二部重要著作中专门设立一章“社会能量的流通”（the circulation of social energy）来回答。

书中一开始格林布拉特提出了一个重要口号：“要与逝去的人对话。”① 逝去的人是不会再说话的，也不可能听到活人说话，那么他们之间的对话如何可能呢？当然唯一的途径就是通过逝去的人留下来的文本。文本记载了逝去的人发出声音的印迹（trace），透过这些奇妙的印迹加上人也有某种破解的能力，历史与现实就惊人地融汇在一起，后人似乎就能够听到了逝者的声音，可反思一下这些声音还是后人自己的声音，好像没什么特别，但进一步仔细辨认，与逝者的遭遇毕竟有增加了些什么，格林布拉特称之为“共鸣与惊奇”（resonance and wonder）。相通之处引起共鸣，从阅读者的角度唤起那种新奇感又是其陌生的东西，格林布拉特绕开当中理论的细腻之处留给阐释学去解决，他从相通的立场引入了社会学、经济学的术语“社会能量”试图来“进入到事情本身”。在“文本”与“效果”之间，从“效果”入手，挖掘“文本”作为“印迹”所蕴含的能量，通过“能量”辐射出作者作为社会的一员独特的生存样貌。这样，“能量”就略显神秘地在作为纵向的古今（逝去的人与后来的读者）和作者所处的横向的社会之间流动，由此文化诗学就从文学批评可能有的整体维度来描述文学的活动方式。

首先要解释文学艺术和社会作为两种不同的人类活动经验的分析性观念类型，要把两者结合起来就必须有一种共同的内容，其共同性不是建立

① 格氏在《炼狱中的哈姆莱特》就大量论述生者与死者的关系的改变给莎士比亚创作的影响，《俗世威尔》第十章标题为“与死者对话”，可见格氏对生死问题极为重视。

在单一的状态上，而是要认定双方之间有一个相互调整以适应对方的过程。而且要认清它们之间要调整的东西是什么，找出在两者之间振摆的度。文学作为一种特殊的活动方式，它采用虚构的表现方式比历史或其他所谓的真实记录的文本让读者感到更真实，而这种真实读者反推过去就自然地会认定是作者当时创作中的真实处境。庸俗的社会学观点会认为作家创作是单方面的社会现实反映，作家就是一个工匠角色，这种泛泛而谈看不清文学创作的细貌。当然，作家给读者那种强烈的感受也不是作家个人的财产。何为社会现实？如认为作家之外有一个他所生活的社会图景，格林布拉特早期曾把社会理解为人、自然和宇宙的联系，在这个结构中赋予统治精英以特别的优越地位，这个现实图景是由这些精英所描绘的，作家去表达这一宏大的生存链条，作家也成了一个整体艺术家（total artist），这种双方都透明的做法在旧历史主义者莎剧研究专家蒂利亚德那里可以看到，显然，这不能满足格林布拉特的要求，因为作为作家在当中个人像个傀儡，一点主体性也没有，后来他抛弃了这种想法。可从另一个方向回到作品本身（itself）又会陷入形式主义那一套连世界图式都没有的规则。在阅读莎士比亚作品过程中，格氏发现能勉强梳理出世界图式的所谓正典文本之外，还有很多处于边界的文本，从这一征兆中可判断出文学不是生产出历史的整体，而是当中充斥着断裂的碎片。没有什么是只靠作家单个个体就能创作出来的文本，也没有什么文本与社会无关，一个文本的形成是作家与社会不断协商谈判的结果，也可以说是一个集体生产（collective production）的过程。谈判联系着一些生成的原则：

1. 模仿总是与谈判和交易相伴而成。

2. 艺术在交易中要涉及金钱，当然还有其他的通货形式，金钱只是当中的一种文化资本。

3. 交易的代理可能是以个人（常常是一个孤立的艺术家并被设想为与指定的社会或文化的匿名实体相联系）的形式出现，但个人本身又总是集体交易的产物。①

---

① Stephen Greenblatt: *Shakespearean Negotiations*, Oxford: Clarendon, 1990, p. 12.

文本呈现出来的是作为作家内在的对象化产品，表面看似乎是作家个人的成果，实际上作家只是处于这个完成阶段的一个节点，格林布拉特有个比喻，他说："文艺复兴时期的艺术家就像个君主，君主的权力是种集体的发明，它体现了千千万万个主体的愿望、快乐和暴力，表达了复杂网络的依赖和恐惧，与其说是社会意志的创造者，不如说是代理人。"[1] 这个代理人所代理的内容贮藏在文本的形式之中，读者通过文本显示出来的形式就可以碰撞到当中的内容。而能联络作家、社会、读者的内容是一种力量（energia），"energia"这个词来自于修辞学，即英语的"energy"，这种力量不可定义，它"表现在一些能产生、塑造和组织集体身心经验的语词、听觉和视觉的印迹上……它联系着可重复的快感和兴趣类的形式，有能力引起不安、痛苦、恐惧、心跳、怜悯、笑声、安慰和惊奇"。[2] energia 作为修辞格指说话能让听者心里感到生动形象的那种东西，在亚里士多德的《修辞学》中指被描述为把某种东西带到某人的眼前，也可以说，使听的人能看到东西。在历史的流程中，过去的文学作品所包含的生活内涵无论经过多少变形和塑造，它依然积淀着当初被编码进作品的社会能量，人们在阅读中所产生的情感都是碰撞到这种力量的结果，作家与读者所处的时空是不一样的，可这种力量会把两者拉在一起，似乎异在的两个时空可以接通在一起。

格氏在此所用的思路接近于尧斯的"文本的连续世界"理论，把不同时空的艺术发生连在一起，又可以追溯到巴赫金的"时空体"理论，而最基本的突破源自现象学。现象学的"主体间性"理论就涉及如何解释人们之间的"共同意识"或者称为"客观意识"（胡塞尔）。这种相通性涉及极为复杂的理论问题，在现象学那里，从经验事实人们可以看到的相通性除了情感维度上的感同身受外，还有一种是科学研究中所表明的放之四海而皆准的规律，格氏的"社会能量"论首先回避了科学的那种相通性，而把目标放在艺术引发的独特效果上，美学理论称为"移情"，甚至还可以叫作"通感"。由于这种相通要联系不同时间（纵向）和不同空间（横向）的对象，所以有一条进入的途径就是去掉相异的诸多方面，

---

① Stephen Greenblatt: *Shakespearean Negotiations*, Oxford: Clarendon, 1990, p. 4.

② Ibid., p. 6.

在此层面看出的相异其实还有相同的一面（这一面可以引导人们进入到真正的相通性那一层面），这些都发生在经验界，在日常生活中人们使用的经验思维遮蔽了纯粹的相通性。现象学去掉日常思维的方法就是“先验还原”，在人的认识中找出康德哲学批判出来的意识的先验层次，人的所有认识都必须运用到这个先验框架，这种先验普遍必然性就是人们相通的基础。格林布拉特在承认了相通性的前提下，对这个前提进行反思，又去掉了许多环节，直接指明那种相通性的东西是什么，即“能量”，这个“直达问题本身”的思路在现象学中称为“本质直观”，也就是说借用“明证性”把“能量”直接植入文学发生场中，使历史与现实、个人与他人有一个相通的平台。通过先验维度给出“能量”的普遍性，尚不能指出“能量”何以会为特殊个体所捕获，现象学巧妙地从意识的“意向性”中找出“意识对象”与“意识过程”在意识中的相关性来克服通常所理解的一般与个别、普遍与特殊相割裂的误区，一般的“红”与个别的“红”之间有作为一个通象的“红”在通融两者，这一切发生在内在意识时间的流动之中，这个时间不是纯粹的抽象，它有一部分的具象内容，类同于人的想象。“能量”一说能成立就在于意识的内在时间统一了作为已逝的现在（过去）、未来的现在（将来）以及正在的现在三个经验界所划分的时间，这样，只有在人的意识的这一层面，过去的事件作为滞留印迹所蕴含的能量借助时间的这种永恒性才能为后人所获得。能量作为一种力，可以联想到物理意义上的作用力，它是不可看见的存在，物理学中通过物体空间的位移来测量力的大小，社会能量也是不可见的，它也只能借助话语这一作为印迹的中介来传递。罗兰·巴尔特说：“写作不过是特定时间、地点条件下的特定表达方式，是与权力相关的活动。”① 把个人写作放在社会大环境中来考量，这种“能量”说的就是力量、权力，格林布拉特在此受福柯的权力观影响很大。有了这种“能量”，就可以推倒传统文学所区分开的现实与艺术的那堵墙，在文化诗学这里，现实世界与文学虚构都是文化，文化与能量结合，文化就充当了能量的形式，能量就成了在传达这种文化的内容。

当代思想家几乎多少都受到现象学的启示，解构主义对结构主义的超

① 朱立元：《当代西方文艺理论》，华东师范大学出版社 1997 年版，第 239 页。

越主要就是运用了现象学的“悬置”法把结构主义先定永恒不变的结构给“解构”掉。结构主义对研究对象要素的拆解并重新加以排列组合成与原对象不一样的结构，失去了原对象自然生成的语境，解构主义要还原这种历史性，又要填补失去了僵化结构的那种永恒，福柯给出了“权力”说。福柯尝试把权力分析运用到人类社会历史活动的各个方面，可又担心会把权力泛化成为一种与结构主义一样陷入形而上学本质观的危险，但毕竟也没定清楚权力分析的界限。格氏在文学批评中移用权力分析其涉及范围大大缩小，可对整个文学活动来说，相比于其他语词，它的解释义特别是融通功能已大大超过其他术语，在文化诗学文学批评中起到了奠基性的作用。

此外，因20世纪70年代格氏在伯克利校园教授过“马克思主义美学”课程，可以推定其“能量”说也受到马克思《1844年经济学哲学手稿》中阐述的“人的本质力量”和“对象化”（又称“外化”）的启发。在《1844年经济学哲学手稿》中，马克思在说明人的“类本质”时，认为人除了与动物共有“物种尺度”外还有一种动物所没有的“内在尺度”，这个“内在尺度”最能体现人的本质，可如何去“衡量”这个抽象的“尺度”呢？马克思即借助“力量”并使其“对象化”，从中人和对象都受到“塑造”。格氏的“文艺复兴的自我塑造”就可以理解为是循着作家的自我能量的流溢而提出“塑造”说的，从理论的过程及适用性看，马克思的“美的规律”说对格氏的影响更为直接。“人的本质力量”在不平等的社会中，作为生产力来看，受到生产关系的影响以致不能顺利地“对象化”，即出现了“异化”，而能使人“异化”的力量就是处于格氏所谓的“社会能量”当中。所有的艺术活动都不能脱离社会能量。文学作为文化生产与社会能量的关联，在力量方面它同样是不可测的东西，但它可以从经验形态表现为“权力、超凡力、性刺激、集体梦想、惊奇、欲望、焦虑、宗教敬畏感受以及某些自由流动的强烈体验”。[①] 这种“社会能量”在具体的历史条件中不是均衡地分布在各个领域，各个发力体之间力量大小也不一样，以致在力量场中各种活动方式通过与社会能量交换塑造成出来的形态也是复杂多样，如在戏剧表演中，它们是“片面的、

---

① Stephen Greenblatt: *Shakespearean Negotiations*, Oxford: Clarendon, 1990, p. 19.

零碎的、冲突的；各要素是交叉的、撕裂的、重组的、互相对抗的；特定的社会实践被舞台放大，而其他的则被消除、抬高、疏散”。[①]

在艺术审美中，社会能量作为文化产品和社会实践的所蕴含的能激发心智和情感的力量，它必须具有最小限度的可预见性，使得作为个别的作者或读者能与社会群体相通，保证文学文本作为社会流通中介去吸纳社会能量并使之影响到社会各个角落；同时它又须具有最小限度的可适应性，使得产生它的社会历史环境消失以后，它仍能以文本形式使得新的语境下的阐释主体能恢复原作者的审美经验。海登·怀特把19世纪历史大师的著作当成言辞结构时，在最表层，他的思路也是来自索绪尔所设立的描述语言的共时性和历时性维度，他说："一位史学家的作品本质上可以是历时的或依次进行的（强调历史过程中的变化和转换），而另一位史学家的著作则可能是共时的或形式上是静态的（强调结构上的连贯性）。"[②] 那么艺术家与社会之间是如何进行能量交换呢？格氏以早期戏剧创作为例，他认为在舞台表演与各种社会实践之间充满了各种谈判、商讨的运动过程。这当中最主要环节就是剧作家和剧场公司把已有的素材转变为剧本和舞台表演。首先要无偿地挪用（appropriation）如语言类的公共资源；其次则要购买（purchase）服装、道具、各种资料以及偿付给作者的费用；最后是舞台表现与社会实践之间象征关系的获得（symbolic acquisition）。

什么是挪用？格氏的解释是几乎无偿的互利互惠。对象在公共领域中处于“外在道德律”管辖范围，属于无关紧要的东西，显得脆弱和毫无防备，任何人都可以随便占有而不用受到惩罚。最常见的被任意挪用的对象是普通语言，最容易被描绘的人群是弱小的下层阶级。

什么是购买？在此格氏指的是剧院用金钱偿付可以用于舞台表演的对象，最显明的例子是财产和服装。剧院在早期不需要买故事，付钱买线索作为剧本的故事是剧作家的事。

什么是“象征关系的获得”？这里指的是社会实践或其他社会能量的活动方式通过表述被呈现在舞台上。虽然不用付费，但获得的对象的价值判断已不属于中性的领域，它总会或隐或显地有所诉求。社会能量的转移

---

① Stephen Greenblatt: *Shakespearean Negotiations*, Oxford: Clarendon, 1990, p. 19.

② 海登·怀特:《元史学：十九世纪欧洲的历史想象》，译林出版社2004年版，第5页。

多少都有些意图被察觉，剧院从社会上选取了它所要的进行创作，必然会引发某种社会反响（比如公众的称道或羞辱）。“象征关系的获得”有以下三种途径：

第一，通过模仿方式获得（Acquisition through Simulation），即演员对已被视为戏剧表征的模仿。最典型的例子是戏中戏。如莎剧《一报还一报》第二场第三幕公爵文森修扮教士到狱中试探朱丽叶是否真心在忏悔的这场戏，公爵兼具了治国和宗教的身份，对很多批评家来说他成了剧作家的象征。

第二，隐喻式获得（Metaphorical Acquisition），这种方式作为实践或一系列的社会能量的获得比较间接。例如，1606 年以后剧作家不能使用“主”的称呼，每一次在舞台上出现诸如“上帝”“基督耶稣”“圣灵”“三位一体”的说法，即使在很虔诚的语境中，也要被罚 10 元钱。剧本只好采用“朱庇特”来间接地“隐喻”基督教上帝。这一规定不仅是去掉了一批词汇，而且是排除了相关范围的强有力的能量、仪式和经验。“隐喻的获得”依照某些精细的间距和变形来挖掘出潜在的同源性，由此可得出，一个剧本在表征和“真实”之间的差异事实上是与它们有某种相似性共在的。《亨利八世》的合唱部分本意是要强调戏剧对观众想象的控制力与王室对臣民的统治力之间是有区别的，可结果正如戏剧揭示的，这两种力量变得很难分辨。又如本来剧院与家庭的规划是有差别的，可在《李尔王》中两者相互为对方提供参照作用。

第三，通过提喻或转喻方式获得（Acquisition through Synecdoche or Metonymy），意思是剧场通过隔离表现实践的某一部分特性来替代整体（整体常常不能被表现）从而获取文化能量的过程。例如，口头摩擦在莎士比亚喜剧中不仅是一个符号，而且是一个在公共剧场不能表演的重要的色欲指代。①

“这些关系是动态的。这当中戏院不仅从广阔的文化领域中挪用和购买器物，而且又对这些器物及其相关的实践进行重塑。”②

在具体的文学批评中，格林布拉特认为莎剧《李尔王》与塞缪尔·

① Stephen Greenblatt: *Shakespearean Negotiations*, Oxford: Clarendon, 1990, pp. 9—11.

② Mark Robson: *Stephen Greenblatt*, USA and Canada: Routledge, 2008, p. 70.

哈斯内特（Samuel Harsnett）的《令人震惊的天主教的欺诈行为的声明》①（*A Declaration of Egregious Popish Impostures*）是两个较能清楚说明“不同社会机构谈判和社会能量交换”② 的文本。一般认为，哈斯内特 1603 年发行的这本书是《李尔王》重要的资料来源。《李尔王》中化名为汤姆的埃德加在荒原中喊出的几个魔鬼名字、表示疯狂的一些说法、地狱的某种属性以及部分的表色彩的形容词都被研究者们当作借用自哈斯内特的文本。长期以来，对这种文学来源的研究，旧历史主义和新批评都把艺术品当作是由天才艺术家创作的自主独立体，《李尔王》与它的资料是一种偶然性关系，艺术家在当中承担了加工的角色，资料被置换成能充当历史的那部分内容，这样，历史就成了文学创作的装饰性背景，作为资料的文本也就没有了主体性。从文化诗学的立场出发，格氏认为历史不能简单地作为文学的对立面或背景来与文学对抗，文学文本与所谓的资料式文本之间也不是割裂的关系，这些界限都必须打破。这些文本都有可以当成“表述”，各种文化实践在“表述”中得以融通。格氏提问说当认定莎士比亚向哈斯内特借用时谁知道在更深层次上借过来的不是哈斯内特早已向莎剧所代表的剧场借用过的呢？哪方更倾向于借用？是否存在一个能为这些文本能量交换得以可能的更大的文化文本？从这些问题可看出双方之间并没有很清楚的界限，简单认定的那种借用显得较为表面，研究方向应该从两个文本所代表的社会机构的策略去探究。这些策略在 16 世纪末到 17 世纪初的英格兰体现为有关如何重新定义社会核心价值而进行的强烈持久的斗争的某部分内容，重新定义就必须撼动占优势的社会判断和行为标准，使统治精英重新思考组成这个世界又让大众能普遍接受的观念。斗争的核心在于怎么看待神圣？神圣的尺度直接涉及世俗和神圣机构的区别，也是国家获得合法性的根据。

哈斯内特的《声明》记录了 1585 年春天至 1586 年秋天发生在英格兰白金汉郡的一件事，这事的起因是一批耶稣会教士聚众在进行驱魔活动，依当时英国国教规定的法律，这是一种违法行为，结果参与者及相关人员皆被判重罪并处以极刑。事情过去很多年以后，到 1603 年，时任英国主

---

① 以下简称《声明》。

② Stephen Greenblatt: *Shakespearean Negotiations*, Oxford: Clarendon, 1990, p. 94.

教附属教堂牧师的哈斯内特依照当时四个着魔人和一个神父的誓词详细地披露了这件事的过程。《声明》并不是客观叙述这一过程，而是作为权力斗争的一个武器，它站在新教的立场竭力排斥天主教耶稣会利用驱魔来吸引教众的这种活动。驱魔，不像一般的巫术，只在偏僻的山村施行，在中世纪后期至文艺复兴早期，它进到了作为城市中心的教堂，聚集了大批观众，具有很强的蛊惑力和煽动性。驱魔之所以有这种克里斯玛（charisma）的魔力，就在于在当时那种历史条件下它极容易激起人们的敬畏感。表面上看在驱魔中好像只有驱魔人与着魔人的互动，但由于是在公众视野下进行，旁观的人同样会被带入到那种具有极强感召力的氛围之中，以致所有相关的人或出于恐惧或出于震撼都被感动得全身发抖、声泪俱下，这样，人们就能与世俗隔绝开来进到了超凡入圣的状态。几个世纪以来，天主教就利用这种克里斯玛式的魔力来向世人灌输神圣的至高权威和合法性。[①] 可到了16世纪晚期，英国新教不再把驱魔当作能证明真正信仰的力量所在，作为国教的圣公会甚至认为这种感人的号召力与颂扬处女、吃圣餐和承认罗马教皇的权威都是骗局和叛逆，即使一些新教徒主张用禁食、祈祷来获得神圣也被当作一种威胁，所有的神圣感都必归属到集神权和世俗权于一身的英王身上。《声明》好像有某种先知先觉，早在16世纪初，它就不但攻击了耶稣会的驱魔，也抨击了新教徒的此类活动。其集中表达的意思就在于指出驱魔是一种驱魔人玩的骗人的把戏，根本不可能驱除着魔人身心中的魔鬼，驱魔人就是魔鬼，魔鬼就是驱魔人。驱魔过程可以看成舞台表演，驱魔人口中的咒语就是演员说的台词，双方都使用道具，又吸引了一批观众，因此都是现实中虚拟出的幻象。在分析中，《声明》好像使用科学的话语，站在理性的立场来驳斥所谓的迷信，究其真相，其实最令哈斯内特担心的不是驱魔中的真假问题，而是这些幻象会迷惑人心，引发信仰混乱，观众的反应才是他的关注点。本来宗教的神圣感应该与世俗保持有一定的距离，让现世的人始终存有某种恐惧，而驱魔人竟把那种敬畏感减弱，所以他主张必须动用国家力量加以禁止。格氏认

① 几乎与格林布拉特同时，约翰·墨菲（John L. Murphy）的《黑暗与魔鬼：驱魔术与〈李尔王〉》（*Darkness and Devil: Exorcism and "King Lear"*, 1984）则把16世纪英国存在的“驱魔术”视为一股与伊丽莎白女王的统治作对的政治和宗教势力。

为，驱魔活动会引发心理上的极大反应其主要特征在于给围观的人获得了一种熟悉的陌生感，或者称为陌生的熟悉感，在这种心埋结构中，观众进入了不可思议（uncanny）① 的境地之中。当然，等这些着魔人清醒以后，就会怀疑其对神的信念，因为神对人产生的力量可以人为地被用来表演，戏剧性谋杀了超自然现象，也可以说，“表演谋杀了信仰”②。

在现代化早期，这种世俗与神圣、物质与精神之间的谈判到处可见。格氏举例说，随着宗教改革的进行，天主教的法袍及相关物品被用来买卖，剧院买下这些宗教用品当作演员的服装或舞台道具，这种投资，虽然只从教堂移到剧院，剧院获得了超过物品本身材料价值的另一种具有精神意义的象征价值，文化物品的这种通过“购买”得以“挪用”，在观众的审视下，同样的衣服穿在不同的人身上有什么不同，观众可能看不出深意，但格氏认为这当中就有所谓“象征关系的获得”，从而看出“社会能量”在流通。

至此，格氏转入了对莎剧《李尔王》这一文学批评真正目标的评论。

《李尔王》作为莎士比亚最重要的悲剧之一，它的素材来源于多种渠道，基本情节取自民间故事，莎士比亚之前也已经有一部叫《李尔王》的戏剧，对《声明》的借用主要表现在埃德加装疯这一幕戏。早期的艺术创作形成一种风气，就是喜欢声称作品中的题材来自于生活中的某一真实的记录，如士兵日记或法庭审讯，上述剧院购买道具也属此类情况，这样做，使得战场像战场，判案像判案，从而获得某种更真实的说服力。《李尔王》的借用也有这层意思，但它告诉观众的也仅限于此，即说明真实世界是有“驱魔”这件事，可它并没有进一步说“驱魔”这种事是真的。这一点，《李尔王》与《声明》有共同之处，即都表明“驱魔”是一种骗局。

在这之前，莎士比亚有几部戏也表现过驱魔，可对其真假问题作者态度暧昧，到了《李尔王》，作者已有明确的意识在戏中始终让观众明白埃德加着魔这件事是假的，埃德加本人也知道是假的，是有意装出来欺骗周

---

① the uncanny，超常，弗洛伊德著名的术语之一，被广泛运用于批评活动，它指的是日常行为被打乱，如遇到死人或鬼怪之类的事所出现怪异的心理状态，也可能是指不断重复的、巧合的、出乎意料的事在生活中引起的恐惧和焦虑。

② Stephen Greenblatt：*Shakespearean Negotiations*，Oxford：Clarendon，1990，p. 109.

围的人。埃德加作为葛罗斯特的大儿子，被弟弟埃德蒙陷害，离家逃命，装疯卖傻，以遮人耳目。着魔这件事对埃德加来说，自有其特殊意义，一个是可以避祸，另一个是对突然降临的厄运的一种抵抗方式，当然也是出自剧作家的安排。埃德加是否着魔，剧中没人去追究，所有遇到他的人都认为他是一个尽说鬼话的人，可偶尔又能说人话，在这种可信可不信之中，他把眼睛已瞎的父亲带上了悬崖，并演了一出让父亲假装跳崖的戏中戏。对是否跳了崖，几近迷思的葛罗斯特将信将疑，因为他只向前仆地，按常理这等于什么事都没发生，可葛罗斯特遭此大难，神志不清，又等于什么事都可能，为了使葛罗斯特打消疑虑，埃德加转换成好像已在悬崖下的另一个身份指出悬崖上的他是个魔鬼，魔幻化的氛围使得跳崖都跟平时的理解不同，之所以没死是因为有神明的帮助，这么一说，葛罗斯特立即就接受了。整个过程，魔化成了推动情节发展的一个要素。研究者经常指出，正如《李尔王》有很多不近情理之处，埃德加遇到父亲装疯也是违背常识，因为父亲已经知道他是冤枉的，就没必要再佯装下去，随时都可以相认，可他偏要这么折腾。在此，观众稍加审思，用生活常理去判断剧情的愿念就会被演戏的一套逻辑所取代。剧作家就是要把埃德加着魔表演成一个他认为的完整的过程，当中如用日常思维去衡量就会打破戏本身的进路，除非不要着魔这件事，那又会影响其他的戏份，以致整部戏被设想得面目全非。因此观众就不要再以剧场外的想法来套用剧情，转换一下角度，以同情的眼光来看戏，戏中的夸张、巧合、悖谬等就比较好理解了。等进一步熟悉戏路以后，甚至要认为戏就是要这么演的，它就是有某种出离生活的东西，用布莱希特的话叫作“陌生化”（alienated）。把戏剧理解为艺术的话，它这种突出自身在整个文化系统中可归属为分工细化的那种趋势，进一步强调这一特性，就会成为形式主义者。

从文化诗学的立场出发，格林布拉特没有发展出一套偏向艺术形式的做法，他止步于此，他认为戏剧成功说服了观众，使之暂时与生活脱离就可以了。批评家在这一重要关节要指明，戏院与剧作家要这么做的意图是什么？那就是，反过来又要回到生活本身去寻找原因，即回归历史现实，但不是历史主义简单透明的利用，而是要找出剧院作为一个机构（institution）与其他机构（如教会）所不一样的主体独立地位。

通过对驱魔这件事的利用，哈斯内特以演戏作为例证来揭示其虚假以此来表明他的新教立场，而莎士比亚的《李尔王》则不但从头就指明着魔这件事是荒诞的，而且它与其他戏一样，重点在于让观众看清戏院与别的地方就是不一样，以着魔这件事入戏就是可以进一步用来说明戏剧本来就有这么一套说服观众的办法，即使被骗观众也愿意花钱去戏院，观众不像哈斯内特那样想去揭发戏院这套骗人的把戏，而是在想剧场制造这些幻象的策略自有它的道理，我们（指观众）“就是享受这种被无所顾忌欺骗的感觉，即使它不真实，只要能带来快乐就够了，在剧院我们不用现实中那一套来思考”。[①] 事实上快乐最终还是要落实到现实，它是哪个环节带来的呢？看《李尔王》这样的悲剧，好人坏人皆不得好报，善恶及其代表的机构都被剧场宣告为虚拟的幻象，那么观众去剧院的驱动力来自何处？好人没有好报，那还有什么用呢？通过对社会能量在艺术活动中的考察，格氏认为其实观众并不是想得到能改变剧中人物所生活的世界，使之变得更好，而是想通过戏中的这件事来激起其内心有的那种对善的追求。正如 Mark Robson 所说：“戏剧，暴露了自身的骗局，却揭示了诉求的真理。”[②] 如用黑格尔的话就是激发了人们的“绝对正义”，黑格尔虽指的是悲剧，可这种理解适合一切欣赏艺术的心理，也是符合康德所谓的“善良意志”的表现。

至于有没有魔鬼，哈斯内特是不敢否定的，因为没有魔鬼就等于没有上帝，这是任何上帝信徒都不会涉及的底线，而对莎士比亚来说，《李尔王》不但指明驱魔是一种骗人的仪式，而且通过李尔、科迪利娅等心中祈求那种美好愿望的不可能实现来印证上帝救赎的虚无，也就在把魔鬼当笑柄的同时，上帝也从观众心里一并被暗中取消。这股来自剧场的力量对它所移用的材料所由来的机构的权威进行挑战，在哈斯内特那里仅是宗教内部的权力斗争，而到了莎士比亚，则变成了戏剧与基督教、艺术与宗教之争。在现代化早期，剧场还没有独立的地位，尚处于社会的边缘，与拥有强大力量处于社会中心的基督教相比，它的这种较劲，是在暗中进行的，甚至还打着对方的旗号，借用对方的立场和材料，以此来为自身获得话语权铺平道路。借用相同题材以致能达到颠覆权威的效果，也许是剧作

---

① Stephen Greenblatt: *Shakespearean Negotiations*, Oxford: Clarendon, 1990, p. 119.

② Mark Robson: *Stephen Greenblatt*, USA and Canada: Routledge, 2008, p. 81.

家始料不及的，莎士比亚即使有了强烈的人文意识，他也不想去跟上帝及其人间代言人争地盘，但是他懂得要把话题引向政治中心，这样才能触动观众的兴奋点，从而把他们吸引到剧院来。至于能否撼动中心，改造世界，这不是他的追求。他利用了社会能量来为艺术找到自身生存的合法空间，艺术在碰撞到这一力量的同时也反向献上了自身的一分力量，而如果这种力量对意识形态有某些诉求或鞭笞的话，也是艺术家所难以控制的结果。由于剧院没有明确的对抗意识，也就在一定程度上能获得某种生存的契机，可当它表现出太大的力量时，同时就会感受到对立面的打击，遭遇到了抑制的力量，结果就在这种“颠覆与抑制”（subversion and containment）中调整出一条可行之路。

格林布拉特收集在《莎士比亚的谈判》一书中的著名论文“看不见的子弹”就专门讨论了“颠覆与抑制”的问题。在探讨莎士比亚之前，依照写作风格，格氏先从托马斯·哈里奥特（thomas Harriot）发表于1588年题为《有关新开拓地弗吉尼亚真实简报》开始。哈里奥特，伊丽莎白时期最深邃的数学家，精通制图学、光学、航海，是英国第一个用望远镜来观察天空的科学家，更有趣的是他还是首次写出英国在美洲殖民相关书籍的作者，这本书就是《有关新开拓地弗吉尼亚真实简报》，也是这本他生前唯一公开发表的书，使他背上了“无神论”的罪名。实际上，从哈里奥特所有的能代表他个人思想的言行看，他是一个正统的天主教信徒，那么，这罪名是从何得出的呢？哈里奥特有关美洲的这个报告，其中记载了英国殖民者给阿尔昆冈人带去了很多新奇的发明，这些欧洲人认为的野蛮人被望远镜、指南针、时钟、取火镜、枪支以及书本所震撼。按照这些殖民者的初衷，他们用这些器物是想在唤起原住民敬畏感的基础上给他们植入上帝的观念，其基本逻辑是我们（指这群殖民者）能制造出这些精确的仪器，是因为我们信上帝，你们（指原住民）如能改信上帝，你们也能拥有这种能力。可哈里奥特发现，这套思路有一个内在的吊诡，它很容易被这些带着优越感的欧洲人包括哈里奥特本人用来思考自身的文化处境，特别是假定当初很多人都像美洲这些土著人一样都处于蒙昧阶段时，是否也有一个类同如今的他们的所谓有理性、有文明的上层利用上帝来让下层人信服，从而更好地来管教这些下层人，这种关系就好像努马之于罗马人、摩西之于希伯来人。哈里奥特的这种提问自然地会导致上帝观念是人为的结果。一直以来，欧洲本土就流传着宗教的起源是建立在一些有教养且有心机的立法者用一套教义来强加给那些头脑简单的人的过程。马基雅维里的人类学就持这一主张，后来很多哲学家如黑格尔认为宗教是人精神的异化，马克思进一步指出宗教是精神鸦片，都可列入无神论。依这些说法，摩西就是一个玩杂耍的人。哈里奥特并没有特意去思考宗教是否成为一种骗局的可能性，但他"不断地去联系被妖魔化并禁止思考的他者以致就会被理解为是一种恶意的中伤"。[①] 在 16 世纪，无神论是个笼统的罪名，是当权者对持不同观念的人的一种似乎很有打击力度的称谓，围绕着是否信神形成了一套有正统以及相应异端的对立式思维，这样在具体操作中显得方便。本来神是否存在与人的政治态度、道德修养也无太大关系，可当权者偏要把这种与神立论有关的整个信念思想系统捆绑在一起当成走向永恒真理的保障，如与这一方向有所偏离则视为反动派，其实在当时几乎没有明确意识来质疑神是否存在的人，至多只怀疑到神的代言人及神学机构，所以这时还没有真正的无神论。作为信仰，神的存在是不能提问的，只能盲信，如追问神的有无到了极为深邃的地步，即使当初的无神论者最终也会遁入有神论。在世俗生活中，有权者以无神论来打击论敌没太多学理可循，它只是一种方便法门，甚至还被用于泄私愤。

依格林布拉特的分析，这些有所谓无神论倾向的主张站在当权者立场看完全是颠覆的因素，从一般的经验判断都必须加以消灭，可实际上在殖民过程中，由于抑制的力量远远大于异端，殖民者发现这些潜在的不利因素反而能产生配合的功效，被殖民的印第安人本有的信仰系统很快就被摧毁，纷纷代之以神、高等人、下等人的观念，以至乖乖地把自身纳入比欧洲人低一等的秩序之中。可能某一天这些土著觉醒以后会利用颠覆因素来打断整个链条，但毕竟是一个未来假设。用宗教观念来征服蒙昧虽有潜在危险，可令人感到奇妙的是权力在实际运作中含有颠覆因素反而更能强化权力的抑制作用，这种发现，格林布拉特认为可以把它运用于理解殖民地更广泛的政治生活之中。"权力和颠覆不是处于一种简单的对立模式，相反地，两者之间形成

---

① Michael Payne (ed.): *The Greenblatt Reader*, Malden: Blackwell, 2005, p. 124.

了复杂的相互配合的关系。”①

在简单探讨了哈里奥特的文本后，格林布拉特转向莎士比亚戏剧，他认为莎剧的中心就是不断地重复颠覆和不安定因素的产生和抑制问题，所以“理解了哈里奥特的文本在正统与颠覆之间的关系以后可以建立一个模型来进一步解释莎士比亚历史剧设定的远为复杂的问题”。② 模型由三个基本步骤组成：测试（testing）、记录（recording）和解释（explaining）。

测试的含义在哈里奥特那里指的就是殖民者利用所谓文明尺度去衡量被殖民者的观念系统从而发现自身起源与这些野蛮人的相似性。

记录则从被殖民者的角度描述在被殖民中对强加的意识从怀疑到膜拜的过程。

解释阐明的是对于殖民者与被殖民者之间出现问题时殖民者的解决方案。

三个方面在具体分析中很难区分开，但核心都围绕着作为正统的权力在面对潜在的颠覆中如何应付以及把危险抑制住并最终把它当成巩固的要素而展开。莎士比亚的剧作中最能直观出权力关系的是写及帝王的系列历史剧，其中与本模型最为吻合的是《亨利四世》上、下两部及《亨利五世》，这三部戏以哈利亲王为中心人物展开剧情，权力被彰显出一个弹性结构，不像作为历史时间排在这三部戏之前的《理查二世》写到权力的自身瓦解以及之后的《亨利六世》所反映出来亨利六世的软弱无力都把权力简单化，而这种有了一定的度又能产生戏剧效果的权力观自然成为新历史主义批评的首选对象。格林布拉特把这种在权力的支配下赋予的各种机制能相互挪用所出现的征兆当成是戏剧的活力。伊丽莎白时期的戏院对政治权威基本权力的吸收、重塑和开发的挪用已较为成熟，莎士比亚在诸多戏剧家中脱颖而出，与他较好地利用了这种社会能量有关。从早年开始他就不但熟悉伊丽莎白统治下的王朝的盛况，而且洞悉了当中的结构关系，其中包括如何孤立又收编作为都铎王朝边陲的殖民地话语。

哈利亲王作为王子的身份如写及他自然地继承了王位，拥有与其地位

---

① Mark Robson: *Stephen Greenblatt*, USA and Canada: Routledge, 2008, p. 72.

② Michael Payne (ed.): *The Greenblatt Reader*, Malden: Blackwell, 2005, p. 131.

相应的品德，整个事件过程就没有了戏剧性。实际写作中，《亨利四世》开头就把哈利亲王置身于市井之中，下层人作为潜在的危险一维，随着亲王的融入表面上显示出了两方合作的可能，也相应地可以作为权力的拥有者进入了“测试”权力的阶段。把哈利亲王作为中介式人物，使他有了表现出多种角色的可能，同时也能把抽象的权力展示出来。他出离权力中心，让父亲失望，可跟福斯塔夫之流的人一起放纵胡闹似乎又赢得了这些人的支持。但是，不管是作为上流人物的亨利四世还是旅馆打杂的这些下等人，都未能明了哈利亲王的心思，在《亨利四世》（上部）第二幕第二场结束，亲王自己道出了心声：

在我抛开种种放荡行为，偿还我从未允诺过的债务时，我就会大大高出人们的期望。我用这些过分的行为让人们产生错误的估计，那样，我的改过自新就会像深色背景衬托下寒光飕飕的刀剑，经过我的缺点衬托显得分外美丽耀眼，比没有衬托更能抓住人们的注意。①

亲王从开始就没有与接触过的任何人贴心，他只与权力为偶，他把放荡不羁当作手段，在人们最意外时改恶从善，取得双倍震慑人的效果。在他父亲这一立场，他并不是一味走极端，而是时刻给予某种期望，通过华列克对失望的国王亨利四世的安慰可看出当中的生机。华列克说：“仁慈的主上，您对他太过虑了……亲王会在恰当的时刻抛弃他那帮伙计，就像抛弃粗暴的词语一样，而对他们的记忆则将成为一种模式、一种尺度，供亲王衡量别人的生活，从而把过去的邪恶化为长处。”② 华列克这一席话，除掉安慰的成分，简直就是亲王内心的真实写照。这一“悔过”基调一直延续到亲王成了国王，《亨利五世》一开头，借坎特伯雷大主教之口说：“他在少年时代的行径可叫人想不到现在会是这样。他父亲一断气，他那种野性就消失了，仿佛也一下子死了。”③ 从下层人这一维度，能与亲王平起平坐当然是他们乐意为之的事，可对亲王表面的自暴自弃，他们

① 威廉·莎士比亚：《莎士比亚全集》第四卷，译林出版社 2005 年版，第 16 页。

② 同上书，第 177—178 页。

③ 同上书，第 216 页。

也信以为真，福斯塔夫对亲王说："你千万别把真金说成是冒牌货。你是十足的纯金——虽然看起来有点寒碜。"福斯塔夫几乎是传统道德所有"邪恶"的化身，他好吃懒做、吹牛行骗、好色贪婪，但他在这些行为的背后一直有一个清醒的目光在审视，用他的话说，他不但自己机智，而且能为别人机智提供材料。他不敢也制造不出真正的戕害人性的恶，不是政治权力的代言人，可在胡闹中又能识别真相或试图找出真相这一点上他就是亲王的另一面相，这样，他虽作为底层人却又分担了统治者的某种功能。在《亨利四世》（上部）第二幕第四场，为应对第二天国王对亲王的考验，福斯塔夫扮起了国王，对亲王说："这椅子就算是我的宝座，这刀子就算是我的王杖，这垫子就算是我的王冠。"[①] 可毕竟是替代品，亲王一下就戳穿了幻象，亲王说："你那宝座倒像个折叠凳，你那黄金王杖倒像把蹩脚的刀，你那珠光宝气的王冠倒像个可怜巴巴的秃脑袋。"[②] 这种富有寓意的话在暗示着福斯塔夫最终必然被亲王抛弃的结局，虽然福斯塔夫早有觉察，可在权力面前毕竟也没有什么更好的出路。福斯塔夫的重要性并不在于他的个人归宿能出现什么悲剧效果，而是他与亲王的耦合在测试权力这一维度上增加了复杂性。正如格林布拉特所言："福斯塔夫这些话，奇特地与一般劝人别把伪装当成真实的忠告不同：面对亲王，他强调哈尔你别用规矩来教训我，我是你的忠实的朋友而不是寄生虫；你也别把自己当成冒牌货，不要老是想着你的价值就建立在弄虚作假上。"[③] 作为人，大概可以确认每个人都能识别出良知作为维系人与人之间关系的重要纽带并有意愿作出符合道德的事，可在权力的掺和中，善恶真假就变幻出多种模样，成了即时表现的说辞。应该说，福斯塔夫达到了他所理解的极限，可没有达到权力所能表现出的由亲王来体现的更多意味。而至此，由于与权力相联系，作为戏剧的表现内容，通过福斯塔夫这个角色，拓展出了一个丰富的表现空间。正如叶芝所言，"情感的多样性"，作为莎士比亚戏剧的典型效果，"特别集中在《亨利四世》上部中所展现出的鲜明的人物性格、强烈的特定氛围、富有睿智的言辞，以及融合了史诗般带有悲

① 威廉·莎士比亚：《莎士比亚全集》第四卷，译林出版社2005年版，第45—46页。

② 同上书，第46页。

③ Michael Payne（ed.）：*The Greenblatt Reader*，Malden：Blackwell，2005，p.136.

喜剧的英雄主义”。[①] 社会能量，在新历史主义的视野下，它成了艺术创作的前项，艺术的丰富性也成了权力结构表现的逻辑必然。更有趣的是，随着故事的发展，由福斯塔夫所推动的繁复的戏剧效果每次也因其被亲王所干预而锐减，以致到了《亨利四世》的结束，亲王处置了福斯塔夫，权力露出了它僵硬的一面，剧情也就落幕了。

《亨利四世》上部暗含着另一种作为权力表达环节的“记录”类的声音，它由底层人发出，它的完美化身当然归属于福斯塔夫，但最后还是须经由亲王来证明。这批人在福斯塔夫的带领下开往什鲁斯伯雷，其构成是“这些人从来没当过兵，而是因为不老实给辞退了的仆人，非长房弟兄的非长房儿子[②]，跟老板干过仗的酒保，找不到活儿干的马夫”[③]，总之，是一群让世界不得安宁的危险分子，是伊丽莎白时代的颠覆元素，半个世纪以后被扩充为新型军队，并成为训练有素的革命力量。但此刻他们是现存秩序的维护者，所以福斯塔夫安慰亲王说：“炮灰而已，炮灰而已。”[④] 莎士比亚在此“记录”了权力压迫下的人变成了一种最低限度下的可能性，在《亨利四世》上部第二幕第四场中这种可能性几乎被压缩到人只能说出一个词——“马上”（anon），这一场景发生在亲王唆使波因斯去试探酒保法兰西斯几近机械的应话过程中。五年的侍者生活让法兰西斯变得麻木迟钝，凡有人招呼他就像鹦鹉似的应答“马上马上”、或“欢迎欢迎”、“八先令六便士”之类的套话，这种类如柏格森所揭示的生命力受阻出现僵化的喜剧氛围中，可能是出于曾经有过的学徒生活的相同感受，亲王在此转换成了被压制的一方，尝试着进行抵抗，他对法兰西斯说：“你有没有胆量在合同面前装回孙子，转过身来撒开脚丫子就跑?”[⑤] 法兰西斯以《圣经》发誓绝不会逃跑，可以下的对话把这种微妙的关系进一步加以“测试”：

---

① Michael Payne (ed.): *The Greenblatt Reader*, Malden: Blackwell, 2005, p. 136.

② 原文为 Younger sons to younger brothers，指很穷的人，欧洲传统长房继承财产，两代所出都是非长房的人大都贫穷。

③ 威廉·莎士比亚：《莎士比亚全集》第四卷，译林出版社 2005 年版，第 75—76 页。

④ 同上书，第 77 页。

⑤ 同上书，第 35 页。

亲王 不，法兰西斯，你听我说，你给我的那包糖要值一便士，是吗？

法兰西斯 啊大人，我真恨不得它值两便士。

亲王 我给你一千磅买下，你什么时候需要钱就向我开口，我一定给你。

波因斯（在内） 法兰西斯！

法兰西斯 马上马上。①

对话中的“马上”虽也承继了说套话时的随意，可它在跟上下文的结合中已不仅仅是表明侍者的服务态度，此处它还滋生了另外一层意思就是法兰西斯内心恨不得“马上”得到这一大笔钱，即使外表上给人的印象是法兰西斯自己搞不清楚怎么回事，可对亲王来说他从“试探者”的角度一定要指出这些穷人没那么老实，在不知不觉之中，灵光一闪也好，蓄谋已久也好，生为人总是要挣扎一下。测试的结果是作为颠覆的一方还没觉醒，即使亲王说得很明白叫法兰西斯拆老板的台，可法兰西斯就是听不懂亲王的话，只好一辈子当酒保“喝他的西班牙黄酒”了。最终权力收编了它的不安定因素，使得剧情又得以在惯常维持的度中继续推进。莎士比亚从大结构上以及这种小情境中都按权力的表演方式来形成一个统一的格调，让其在世俗界以及艺术中都以能被双方接受的局面中协调式进展。

亲王与底层打成一片的重要标志就是他很快学会了粗俗的语言，这也是权力展现模型中的“记录”标志。同样在小酒馆，亲王自夸说：“他们把喝得酩酊大醉叫作‘染个通红’。你喝到一半停下来吸口气，他们就‘唔！’‘唔！’地叫，逼你喝光。总而言之，我在一刻钟之内就成了行家里手，可以跟补锅匠喝酒，用他们的行话聊一辈子天了。”② 这正如哈里奥特到土著人那里学会了阿尔贡金语，编出了一套能与英语对译的词汇，其意图很明确就是要更好地控制这些野蛮人，维护英国人在弗吉尼亚的殖民利益。学会另一种语言就是理解了另一批人的存在。了解下层人的话，

① 威廉·莎士比亚：《莎士比亚全集》第四卷，译林出版社 2005 年版，第 36 页。

② 同上书，第 34—35 页。

当然不是亲王的目的，他把它当成一种手段，正如华列克所说：“亲王不过把他的伙伴当作异邦的语言在研究而已。为了掌握语言，最下流的词语也得查出意思，而且学会，可是陛下也知道那种词语学会之后是不会使用的，懂了也就是淘汰了。”① 能淘汰掉当初记忆表明不再担心既得利益受损，亲王确实从这些叫作“汤姆、狄克、法兰西斯”的底层人的思想中获得了他们的忠诚，亲王得意地对波因斯说：“他们甚至敢拿灵魂得救来打赌……说我若做了英国国王，东市这帮好哥们儿都愿听我指挥。”②

到了《亨利四世》下部和《亨利五世》，权力的表演性大大减弱。整个《亨利四世》下部，虽然还有零星的对权力的“测试”和“记录”，但随着亲王露出其伪善的本性，特别是福斯塔夫被逮捕，其戏份没了，戏剧性也随着变得单调。难怪伊丽莎白看了《亨利四世》以后，要求增加福斯塔夫的爱情戏，于是就有了《温莎的风流娘儿们》的诞生。《亨利五世》作为颠覆的“记录”内容也大大减少，可它增强了权力受到怀疑时的“解释”环节。戏一开始亨利王就试图“解释”对法国入侵从而夺得法国国王继承权的合法性，他假借大主教坎特伯雷之口以法国人奉行的萨利法典所规定的王位只能由男性继承来为此辩护。这套伎俩，完全符合“为专制主义作意识形态的申辩，君主的私利被说成是国家的利益，两者最终又被归为上帝的意图。”③ 这样，英王亨利五世在阿尔金库大胜法军就被描绘成国家的胜利，进而是上帝的胜利。第四幕第八场，亨利王在得知法军有一万名阵亡人员而英方只有二十九名时，不知不觉就喊道：“啊！上帝，你在这里显示了威力！这一切，靠的不是我们自己，而要归功于您的神威！”④ 这一战以少胜多确实可用神助来解释其中不可思议的那部分缘由，但解释者的意图最终是要利用神性来为其杀戮辩护，亨利王的整个大业从宣传王系的合法到入侵法国、处决叛国者、恐吓平民、屠杀俘虏都以神的名誉来进行，以致形成了一系列的恶性循环，当权者动辄会以神的威望受损为名对异己发动更多的镇压。暴力与神性捆绑在一起，如不对当中的诸多问题进行质询，按照某种习惯性的规约来运作似乎各方可

① 威廉·莎士比亚：《莎士比亚全集》第四卷，译林出版社 2005 年版，第 177 页。

② 同上书，第 34 页。

③ Michael Payne (ed.): *The Greenblatt Reader*, Malden: Blackwell, 2005, p. 149.

④ 威廉·莎士比亚：《莎士比亚全集》第四卷，译林出版社 2005 年版，第 297 页。

以相安无事，可是人的复杂性决定了这种局面随时都可能被打破，即使没太多精神生活的野蛮人也会看出当中极为勉强的关联。哈里奥特的《简报》提到英殖民者把殖民地传染病这种“看不见的子弹”的肆虐归之于上帝对不道德的人的惩罚，那么这种解释的结果引来了印第安人酋长维吉纳的求助，他请求英国人用他们的上帝发动一场“致命的魔术”来对付印第安人敌对的部落。遇到这种问题英国殖民者就犯难了，他们只好继续解释说上帝确实是能降祸于坏人，但上帝只按照快乐的事来做，人们硬性祈祷上帝做事是不虔诚的。理由极为牵强，侵略者的意图不管怎么掩饰都会暴露出内在的逻辑矛盾。在阿金库尔战役前夕，战士威廉斯的提问具有代表性，他对面前不认识的微服出行的亨利王说：“如果战争的理由不正当，那么国王的头上可就有一大笔账要算了……因为当兵的所干的事都是杀人流血，怎么能叫他们用仁爱的精神来处理一切?”[①] 国王的回答极为有趣，他竟然把自己从这种生死攸关的大事中抽身而出，让士兵直接面对上帝，感到上战场是怀有各自的私心，死是罪有应得，战争不但没有坏处，它反而能让每个人洗涤良心上的各种污点。

权力所震荡出来的事件的活动方式，从“测试”“记录”到“解释”，都围绕着在出现某种颠覆因素时能被收编、抑制从而使整个系统得以维持的度而进行。莎士比亚的戏剧所展示的就是权力的表演，它不断地增加颠覆性的因素来刺激权力，通过对颠覆的抑制，权力得到巩固，从而也证成了权力本身。换言之，权力就是要以表演的方式才能被感知，戏剧作为表演的方式它就是在表演权力。戏剧作为文学一方面对现有权力结构有着内在的反抗性；另一方面又常常被体制性话语所包含。格林布拉特用这套文学与权力互动的关系理论来阐释莎士比亚的剧作《亨利四世》与当时的王权统治之间的权力关系。剧中霍尔亲王的背信弃义，表达了对权威的颠覆性，但剧本最终又描写了亲王继位后的英明，从而又使这种颠覆得到暂时的化解。更进一步，莎士比亚所使用的话语仍被包含在统治话语当中（莎士比亚本人就供职于当时体制内的两大专业剧团之一），体现了“颠覆”对“权威”的无意识配合，因而逆向地巩固了君主制度。颠覆是权力统治存在的必要前提，但对这种颠覆的容纳又以不损害秩序的根基为

---

① 威廉·莎士比亚：《莎士比亚全集》第四卷，译林出版社 2005 年版，第 273 页。

前提，这种度也进一步说明了福柯所谓的“权力只有将自己主要的部分伪装起来，才能够让人容忍它，这个一般的和战术的理由似乎是自然而然的。权力的成功与它是否成功地掩盖自己的手段成正比”。[①] 对历史文本的考察，格林布拉特发现，颠覆是一个历史的概念，当代的人所理解的颠覆对早期现代化的人来说不构成颠覆的含义，比如当代人认为是宗教和政治的专制主义、门第观念、鬼神学、体液心理学等所谓落后的观念，在文艺复兴时期人们没这种焦虑；而如《简报》中反映出来的当时人所担心的在确立宗教信仰时的错觉功能（权力测试阶段）、用“看不见的子弹”侥幸地转换了对不可理解的流行病注意（权力记录阶段）以及感到某些神性观念背后竟涉及身心的物质利益（权力解释阶段），这些随时都可能颠覆权力秩序的发现对现代人来说却不构成威胁。有论者（如 Jahathan Gil Harris）指出格氏的颠覆和抑制淡化和取消了真正对权力的抵抗，格氏承认有这种被误解的可能，但他反驳说他从未说过所有的颠覆都会被抑制，而是“有些会，有些不会”（1992 年，165），可这种辩解并不能让批评者服气，因为他并没有解释“为什么他不选择那些成功抵抗的例子”[②]

通过对有关殖民地文本的考察到集中勾勒莎士比亚历史剧的权力走向，格林布拉特对戏剧实践的评论提出了一些主张，他认为批评家须对以下规则要有所关注：

1. 不要把天才当成伟大艺术能量的唯一根源。
2. 没有无动机的创作。
3. 没有超验的永恒不变的表现。
4. 没有独立自治的艺术品。
5. 所有表达都是“来自什么”以及“为了什么”。
6. 所有艺术都有社会能量。
7. 社会能量不是自发产生的。[③]

---

① 福柯：《福柯集》，上海远东出版社 1998 年版，第 295 页。

② Mark Robson: *Stephen Greenblatt*, USA and Canada: Routledge, 2008, p. 75.

③ Stephen Greenblatt: *Shakespearean Negotiations*, Oxford: Clarendon, 1990, p. 12.

第二节　自我造型

1980年格林布拉特出版了他的成名作——《文艺复兴的自我造型——从摩尔到莎士比亚》，首次集中提出了“自我造型”（Self-Fashioning）问题。在这之前，他的博士论文《瓦尔特·罗列爵士：文艺复兴的人物及其角色》在讨论罗列爵士与伊丽莎白女王宫廷的关系时就有了“自我戏剧化”的观念。自我（self），指自身，其相关词selfhood，指自身性，任何事物都有一个自身问题。每个人的自身即为自我，拉丁文称自我为ego，对应于英语“I”，“self”比“ego”更原初和根本。精神分析学认为在心理学自我（ego）的下限还有一个无意识的本我（ID），上限有一个道德检查功能的超我（super-ego）。本我描述的是人的生物性的本能概念，特别是无意识的那部分人格特性，自我（ego）属有意识的那部分人格，超我虽高高在上，其实是本我（ID）成为自我（ego）的中介。而人的自我（self）则溢出心理学人格结构的范围，它不但有意识，而且也涉及无意识，偏重于人的社会性存在的一面，它在几乎与他人有共通基础的特性上发展出了更多个人的自性，共通性没有什么主体的问题，自我由于有了明确的自我意识（self-consciousness），它能主动地去获得某种东西并能服从于这种获得的东西，因而自我与主体（subject）有密切关联。自我（self）对作为为欲望的本我（ID）加以约束，同时又寻求对其他同样具有自我（ego）的他者进行言说并在超我（super-ego）的帮助下走进社会。格林布拉特把自我（self）定义为“是那种有关个人秩序的感受，是一种个人借以向世界说话的特别方式，是私人欲望被加以约束的一种结构”[①] 这个定义，基本上大致涉及了心理上欲望方面的本我（ID）、通过话语联系到了社会的超我（super-ego），以及个人感受的自我（ego），由此形成了更具有社会、历史意义的自我（self）。在社会中，人作为个体可能没有自我，大家都共用一种生活价值和信念，出同样的选择和行为，也就没有个性（identity）。自我造型（或译自我塑型），探

① 中国社会科学院外国文学研究所《世界文论》编辑部：《文艺学与新历史主义》，社会科学文献出版社1993年版，第74页。

讨的就是人在社会中个性的形成过程，甚至还可深入到个人的气质（quality），探问那些被研究人物身上那种故意做作或部分自愿的更细腻的自我表现。

依照美国学者乔纳森·卡勒（Jonathan Culler）在卡耐尔大学上“文学理论”[①] 这门课的概括，现代思想对自我的思考有两组对立的观点：首先，自我是否属天生的、被赋予的实体，还是后天在与世界和他人相互影响中形成的社会和文化属性，集中表达为是遗传的还是环境的影响的结果；其次，是个人的自我呢，还是社会、集体形成的有关性别、种族、宗教、民族这方面的个性。这四个要素可排列组合出四种有意义的命题：第一，自我是先天的个人，与后天的社会影响无关，成为英雄或坏蛋是生下来好或坏的性格注定的恒定的表现，这种观点在社会生活中有一定的经验表现，作为某种人的修辞说法可占据某些论辩的优势，但显然极为片面。在文学上那种好人一直是好人，坏人一直是坏人的类型化写法就是这种自我观的反映，这种写法作为陪衬是有意义的；第二，人的自我完全是先天和社会环境影响的结果，法官的儿子注定成为法官，小偷的儿子必定成为小偷。人在社会中没有选择的自由，其价值都是被赋予的，这种看法与第一种没太大区别；第三，人的自我不是天生的，不是被给的，也不是一直有（have），而是个人做（do）出来的。持这一观点最典型的是存在主义者萨特。萨特认为人首先作为虚无被抛入这个世界，然后才逐渐形成自我，社会在这当中作出什么影响不重要，所谓“存在先于本质”即体现了这种个人主义的英雄立场；第四，人的自我是由后天和社会共同作用的结果。个性是由人在世界中占据的角色决定的，人被看成某种角色又很大部分取决于人们如何看自己。这样，个性最主要的表现方式就成了从事何种职业、在家庭中的角色以及处于什么经济和阶级地位等。马克思主张“人是社会关系的总和”即属此种观点。前两种类型（先天个人和先天社会）人没有什么主体性表现，后两种表现（后天个人和后天社会）皆涉及人的主体性的能力。后天个人不断主动地去寻找对象来确认自身，在此阶段自我可发展为后天社会这种类型，可它不止息于此，所有获得的对象都注定要被自我抛弃，自我忽略与其他有社会性的他者的交流，由于对象

---

① 乔纳森·卡勒：《文学理论》，辽宁教育出版社 1998 年版，第 113 页。

的无止境存在，没有历史感的自我最终还是会遁入虚无，以致成为怀疑主义者。而后天社会影响下的自我则有主动性获取的一面，又在其他主体的制约下获得主体间性，即马克思所谓“社会关系”中的“自由自在的创造”，使得自我的形成显得较为深刻和全面。格林布拉特选择社会大变动中的个体通过打破现实与文学的界限的角度来看自我塑造，“人有巨大的可塑性”①，他对自我的理解大体上属于后天社会这种类型。

其实，对自我的关注的历史由来已久，古希腊经过了自然哲学对外物质素构成世界的特别用心描述以后，真正的智者苏格拉底借古老格言喊出了人要“认识你自己”，把哲学探讨的中心由物转向了人本身。福柯指出，这是开始了人自己对付自己的历史，“认识你自己”可以改为“认识自己对自己应该做什么”。苏格拉底之死给年轻的柏拉图震撼很大，柏拉图敏锐地感到只简单地考虑到人与物，人与自我是不够的，必须增加对人的本身自我和他人的自我关系的认识，也就是人与人之间构成的社会同样是思想的要素，有了这一维度人认识的世界才完整，思想也才能形成大全，从而建造出一个理想国。可是进入中世纪，神性被理性化为宗教，古希腊哲学所理解的人性的完整世界遭受了挤压，在很长时期内国家、家庭以及宗教机构对人们的控制极为广泛和严格，人们无从接触古代健全的思想，偶尔出现的自我主张很容易就被强大的社会能量所掩没。在修道院实行的修道规则及其实践方式呈现出典型的身心规训的方法。基督教义对人能否自我塑型持怀疑态度，圣·奥古斯丁就曾在布道中劝告世人要放弃自己，若想建立自我，那如同完成一座废墟。中世纪后期，黑死病流行，欧洲人口锐减，现实与神学所主张的天国相差悬殊，神职人员日趋腐败与无能，人们精神极端困惑与无助。随着东罗马帝国的崩溃，得胜的西方人从东方运回了他们久违的自己先辈撰写的图书，从书中他们找到了自己辉煌的历史，古希腊思想所表达出的人性的健康与丰富，一下子成了他们寻求思想解放的出路。文艺复兴所要复兴的就是古代这种被神学压制已久的人文精神，用人性的完整性思想去向被歪曲的神性夺回该有的地盘。

肯认自我是人文精神的重要问题，也是现代性重视真正个人的一个重

① Stephen Greenblatt: *Practicing New Historicism*, Chicago: The University of Press, 2000, p. 5.

要表现，通过自我可以更清楚地看出人在这个世界中的位置。造型用在自我身上，较早能比较明确地表达时代需求意义的，如见于斯宾塞的长诗《仙后》所谓要造出一个绅士形象的说法，在这之前的乔叟的诗中从没有出现过这种表达。造型，有两个含义，一种指人的外形的塑造；一个指某种不显而易见的内在形状的获得，“比如有特色的个性，对世界的个人表达方式，以及一种理解与行为的始终一贯性款式风格”[①]。对外表的造型，《圣经》的约伯就曾问道：“是否有人在娘胎里塑造了我们的形状?”(“约伯记”，31：15)[②] 16世纪就流行接生婆为新生婴儿做矫正颅骨的私活。作为经验对象而被考虑的“我”当然包含身体的外感觉，但它不是格氏关注的主体。同样见之于《圣经》有许多关于上帝除了要将自己的形状托付给耶稣的说法外，还特别注重要把圣灵传给自己的儿子，众生即通过感悟神圣灵魂的传递来塑造自己的内在世界。16世纪很多忠告书劝诫人们要参加公共事务，必须养成特有的风度。这种内在造型术，格林布拉特认为更有意义，它是另一种抽象意义的“我”，它可以用来指示意识活动的同一性，可以称为思想的主体。

对现代的早期阶段发生的一系列社会、思想、心理和美学结构的变化的核心认识，格林布拉特认为已由布克哈特与米歇莱提出，他要在这些领域发生变化的基础上挖掘出获得了个性一代人的形成特征。最能代表这一变化特征的莫过于从这一时代的社会精英去寻找。英国的文艺复兴，从摩尔、延德尔、魏阿特、斯宾塞、马洛到莎士比亚这具有代表性的6个作家的自我表现中就大致能看出早期现代化的特征。由于一个时代并不是由几个人所组成的，这6个文化名人能否达到阐释效果，这就需要表明阐释者的立场和有限性，不管是独断还是具有合理性，从文学运用语言这种集体构成物出发，它确实能触及公众的意义系统，而社会行为往往就植根于能被阐释者所用的这一系统中。古今历史的距离也是阐释者必须面对的问

① 中国社会科学院外国文学研究所《世界文论》编辑部：《文艺学与新历史主义》，社会科学文献出版社1993年版，第76—77页。

② 参见中国社会科学院外国文学研究所《世界文论》编辑部：《文艺学与新历史主义》，社会科学文献出版社1993年版，第76页注②。格氏引用的是詹姆士一世钦定的英文版《圣经》。2003年中国基督教协会版《圣经》中“约伯记”（31：15）的译文是：“造我在腹中的，不也是造成他吗？将他与我抟在腹中的岂不是一位吗？”

题，没有进入分享历史人物所处文化的直接途径，只能寄望于古今相似的说话习惯和写作方式。选择文学作为解释的平台，除了批评者本人的喜爱和职业习惯外，伟大的文学艺术确实能反映时代的脉搏。具体在批评中，格林布拉特坚守三个功能性概念：

> 其一是作为特定作者的具体行为的表现，其二是作为文学自身对于构成行为规范的密码［codes］的表现；其三是作为对这些密码的反省观照。①

三个概念完整表达了文学活动的范围，它们之间缺一不可，而且每一概念皆不能过于偏重而忽略其他两个概念。任何简单化的研究也都行不通。如只局限于作者，则可能变成文学传记，失去了作者与其作品共同参与的社会大网络的意义交流；如只单纯地把文学作品看成社会规则和指令的反映，那么研究者极有可能被吸入意识形态的危险；与这两种偏颇相关，阅读时把文学仅当作某种流行密码的反省或保持冷静的观照态度，都可能回到旧有的艺术观念中去，“要么把艺术当作一种既无时间，又无文化氛围的普遍性人类本质的反映，要么当成是一种自我关注、独立自治的封闭系统”。② 前一种方法是旧历史主义的做法，后一种即是典型的形式主义的误区。至此，格氏从格尔兹等人类学家吸收更有文化特色的批评方法，把作为文化的文学艺术理解为人们对于现实一种隐喻性把握，同时又把现实当作具有某种艺术性的存在。在此基础上，文学批评家“必须意识到自己作为阐释者的身份，同时有目的地把文学理解为构成某一特定文化的符号系统的一部分；这种批评的正规目标，无论多么难以实现，应该称之为一种文化诗学（poetics of culture）”③。文化诗学的提法对上述三个文学功能性概念有平衡作用，它的核心是防止阐释者封闭话语之间的来往，防止其断然隔绝作家、作品与读者生活的联系。至于从批评的进程与“自我造型”这一阐释的目标概念的关系看，《文艺复兴的自我造型》这

---

① 中国社会科学院外国文学研究所《世界文论》编辑部：《文艺学与新历史主义》，社会科学文献出版社 1993 年版，第78 页。

② 同上书，第 79 页。

③ 同上书，第 80 页。

本书的核心主要还是在讨论作家作为人的个性的形成过程，作家作为“我”多大程度能发挥自己的声音，“把讲故事的这个声音通过叙述来确保其个性，同时认识到一定程度上这种叙述又可能丢失个性”①，台湾廖炳慧博士把这本书的“自我塑造”概括为“观察作家于表达观念、感情，呈现本身的欲求时，所牵涉的社会约束、社会成规、自我的形成及表达方式。这种‘自我塑造’过程一方面通过虚构人物、故事，同时也塑造自我，界定自我与他人的关系，让自我经验到一些本身无法控制的外在力量，进而塑造他人”。② 以讲故事来批评后来成了格氏的一个主要方法，《学会诅咒》的序言明确以“讲故事”作为关键词并且同样是在论及“自我造型”，他说：“我记得最早有了个性或有自我与讲故事联系在一起。”③在文化诗学理解下文学的活动各环节中这种论述偏向于作家一维，可列入作家论。

“自我造型”首先谈到的作家是托马斯·摩尔（Thomas More，1478—1535）。格林布拉特摘取了摩尔从1490年人生逐渐走向成功到1535年被送上绞刑架这段时间来探讨摩尔自我塑造到自我取消的复杂过程。摩尔在时代舞台上的表演与他能跟大人物坐在同一桌边有关，因为时代的精神、道德风貌往往就表现在这些大人物身上，通过与这群人的接触并做出回应，就可以反映出时代变动中最敏感的问题。作为个人，能在各种价值、信念冲突中作出自己思考后的抉择并付诸行动，当中体现了一种意志执行能力（executive power），这在中世纪时期神及其人间代言人替世人包办了一切，这种现象很难出现，而在16世纪，普遍增强的自我意识，使个人有了个性。摩尔从13岁（1491年）住在红衣大主教莫顿家里开始到1529年成为英格兰大法官，40年的人生追求期，担任过法律、外交、行政等多种国家要职，从世俗的眼光看，这是一个成功人士，可是对摩尔来说，他看到的却是另一番景象。在一篇题为《舒适与困扰的对话》的文章中他把自己虚构为一个聪明、有点野心的年轻人，参加一个餐会，会上自负的大主教（明显指沃尔西，摩尔的前任大法官）发表了一通演讲，本以

① Mark Robson: *Stephen Greenblatt*, USA and Canada: Routledge, 2008, p. 49.

② 张京媛主编：《新历史主义与文学批评》，北京大学出版社1993年版，第268页。

③ Stephen Greenblatt: *Learning to Curse*, New York: Routledge, 2007, p. 8.

为会引起轰动，环顾四周却反应平平，主教如坐针毡，为保住那种矜持又不好发作，到底还是忍不住极需吹捧的诱惑，一反常态，直接要求在场的这些地位比他低的人必须对他的讲话进行评论，这一下把在场的人给吓住了，可这些官场老手毕竟训练有素，立刻纷纷献上极尽溢美之词。轮到摩尔发言了，本来摩尔对自己的这种表现能力还很自信，可是在他前面发言的一位牧师是个狡猾的狐狸，其吹捧的手段远远超过摩尔，这大大地打击了他的信心，以致他最后一句话也说不出来，显得极不合时宜。这一幕通过对上层人物阿谀奉承、愚蠢空虚、矫揉造作的特写，格林布拉特认为很能说明摩尔人生一贯的复杂心态。

早在莫顿家里，年轻的摩尔就对这种溜须拍马、奢侈铺排的现象大为反感，后来受到来自荷兰的人文主义学者伊拉斯谟（Erasmus）的影响，他更是对这种伪善的仪式深恶痛绝。大多数教士不懂拉丁文，粗俗不堪，打着为上帝服务的旗号，装腔作势，为讨好上司，极尽奴颜婢膝。而老于世故的主教们，明知就里，却置若罔闻，不但不杜绝此等歪风邪气，甚至还暗中诱导，事实上是始作俑者。有的主教，除了大办常规的仪礼外，一些一般的出行会客，场面都要极尽奢华。早些时候的查理三世，明明极为在意国王宝座，他也要假惺惺一再辞让来表现美德。摩尔置身这些仪式之中，从他的成功史看他应该适应了这一套虚情假意、繁文缛节，可内心一直存有一种天生带来的以及后天习成的抵触和愤慨。如果从俗了，即使内心不满，也是被这个世俗界所抹平了，也无所谓自我造型的问题。可摩尔不甘心沉沦，他不但与那种把拍马屁当所以然的人不同，也与那种委曲求全的人不同，他要发出自己的声音。他把这种内心焦虑主动地化成了文字，有意识地把自身推向时代文化的前沿。

在他的很多作品中，他把这种虚假造作的场景当作一种游戏，甚至整个世界都是一场游戏。在游戏中，很多人都是傻子，或以此来装点门楣，或以此来填补内心的空虚，即使是偶有的智者也因对现实的无奈，装疯卖傻。在快乐的疯狂中，人们很满足于这种自爱的表演。同样对此种时代氛围有深切体验的作为摩尔亦师亦友的伊拉斯谟难怪要把他的重要作品取名为《愚人颂》，文艺复兴出现的追求人格（person）平等的人文精神必然与这种风气冲突。伊拉斯谟在回忆摩尔的文字中，摩尔就是那种厌恶宫廷生活，厌恶和君主打交道，一贯憎恨专制，一向喜爱平等。在社会交际中，他彬彬有礼，风度不凡，能使郁郁不欢的人心情舒畅，能使一切棘手的难题显得轻松。他年轻时便很诙谐，似乎生来如此，但是诙谐而不流于无意义的打诨，谑而不虐，几近幽默。年轻的摩尔写过短的喜剧，也参加表演。妙语警言，哪怕是拿他当靶子的，他一样欣赏，他是如此醉心于饶有风趣的聪明谈吐。因此他少年时代写过些警句诗，并特别爱好琉善的作品。[①] 伊拉斯谟和摩尔两个好友在对抗专制时使用喜剧的形式，能反映出这时期普遍文化人的共同选择，为人所熟悉的《十日谈》也是采用了戏谑的这种办法，使得后人评判时感觉到那时的作家在处理自身的问题是那么贴切。对摩尔，虽厌恶世道，可他许多年毕竟是利益的获得者，最后还成了国王的亲信，虽无实权但名誉还是英格兰最高的行政长官，伊拉斯谟把这件事粉饰成“经过千难万难，他才被逼进英王亨利八世的宫廷”[②]。不管如何解释，人在社会之中，社会的黑暗与涉猎其中的任何人都脱离不开干系。他们对王权的略带盲目的尊崇，当时的知识分子包括皮卡（Pico）和伊拉斯谟都未能幸免。这样，通过调侃的口吻，既在鞭挞对象，又是在警醒自己。喜剧态度的人生和艺术一定意义上委婉解释了自己社会生活中尴尬的处境，从中映衬出一个清醒认知的内在自我形象。

自我意识从人的意识中主动地生成为意在获取对象的一方，被自我意识所获取的对象也是一种意识，称为对象意识，对象意识处于被动一方。人有自我意识，是一种神秘的发生现象。动物一般被人判定为没有自我意识，虽然人不能知道动物是否有自我意识，这种“判定”是有独断的片面性的，但人与动物的不可沟通注定了人只能如此设定。自我意识的加强是通过反思（reflection）来执行的。反思就是对发生在前的意识的过程当作对象再思考一次。发生在前的意识本来就可以分析出自我意识和对象意识，那么，把包含了自我意识和对象意识的过程当作对象再意识一遍，就出现了重叠的自我意识和对象意识的复杂结构。动物在简单意识中本来就没有分离出自我意识这种主动获取的能力，当然更不会形成反思。反思是人不断确立为人一个很重要的方面。在社会活动中，很多人虽然具备了作

① 参见伊拉斯莫致胡滕的信。奥斯诺夫斯基：《托马斯·摩尔传》，商务印书馆 1984 年版，第 154 页。

② 托马斯·摩尔：《乌托邦》，商务印书馆 1996 年版，第 126 页。

为人的意识能力，可由于被社会灌输了某种永恒不变的观念以后，不再把这种观念当作对象进行反思，更不会带着价值眼光去评判，社会已经替这种人思考了，能不断确认为人的能力没再使用，人一定意义上蜕变为动物。黑格尔说历史是由恶的力量来推动的，人们要对恶的力量有所作为，首先就要进入历史，历史是由有力量的话语表述出来的，最有力量的话语似乎最能表述历史，当然也最可能抹杀历史。摩尔的人生的上升期逐渐进入了权力的核心，碰触到了历史的脉搏，同时也直接地接触了恶的力量。这个恶的力量的表演场合充斥着无所着落的语词，以致面对着虚无，人们的言语过程极其明确地突现出一个话语空间，控制着话语权的人完全不是要把话语转化为实在的有意义的行为，其目的仅仅是为了表演而已，表演的内容就是权力。国王、主教们盛大的排场、平日里的训话，所有的仪式把人置身于梦幻之中，这些操纵仪式的当权者以虚幻程度的大小来作为衡量权力的效果，也即这些仪式成为了证明这些权贵们存在的手段。虚构愈超常发挥，权力的表现愈令人印象深刻。在整个权力场中不只是受支配者眩晕，掌权者很多时候也是身不由己，重点是每个人不是都被伪装所迷惑，而是每个人不得不参与或静观以保持沉默。他们之间似乎有某种默契产生的协议，它不服务于某种明确的目的，甚至也不是为了欺骗，然而国王和主教们没有他们却不能活。这种权力观深受福柯影响，即权力不是上级强迫的结果，而是在权力结构中接受了某种角色的人们合谋产生的功效。每个人明明知道伪装的欺骗，可就是只能被迫参与或保持沉默。要在权力的旋涡中脱身，这就必须有强大的自我认定的能力。从要挣脱开起，人就有了某种主动生成试图出离中心的力量，即在平均化的观念场中突现了个性，把这种可恨的东西当作异己来攻击，自我的塑造也就宣告开始。

塑造自我的途径有多种。摩尔一生最重要的自我表现就是《乌托邦》（*Utopia*）的写作及最后几年急剧的人生变化。格林布拉特认为《乌托邦》正如马克思早期著作《1844 年经济学哲学手稿》所表述的，与其说是一种清晰的经济设计项目，不如说是一个向人性某些倾向如自私和高傲作斗争的武器，同时也可以是作为现代个人性格模式在戏剧化的世界中表现出复杂的自我意识来认识。这一点，完全可以追溯到深深影响摩尔的柏拉图对《理想国》的写作初因。在柏拉图那里，他的老师苏格拉底，城邦最好的人，为什么被自认为最好的民主制政体所害。《理想国》就是试图解决这个问题而写。对于摩尔，也是要解决自身的现实问题而把自己推向创作这种活动。摩尔一般著作用英语写作，而写《乌托邦》，他用严谨的拉丁文来写，以表他对此问题的重视。可从书名开始，到具体的行文以及全书的结构，摩尔改不了他那种机智的调侃态度。乌托邦作为一个岛，实行一种理想制度，它的字面意思却是“乌有之地”（no place）。书中刻画了一个描述乌托邦的人叫“希斯拉德”（Hythloday），希腊文的意思指“废话专家”，岛上有条河称为阿尼德罗（Anyde），意为“无水之河”，河边建起首都名为亚马乌罗提（Amaurote），意为“不确定的城”（暗指雾都伦敦），整个理想国（commonwealth）的国民都没有名字，只有国王有名字叫作阿丹麦（Ademus），意为“没国民”。更为奇异的是岛上只有奴隶才能穿金戴银，与现实人间形成鲜明反差。这些命名，反映了现实和虚构世界之间微妙的可相互转化的结构过程。摩尔有明确的意图在编织这层关系，书中一直与希斯拉德构成对话的 Morus，可认为就是摩尔的替身，是摩尔虚构意义上的对拓一极（counterpart）。全书的上部有摩尔，在下部摩尔缺失了，这也是在表达那种显隐关系，同时又给读者指明了时刻别忘了真实世界的那一维度，但也提醒读者不要太当真，在这种似与不似之间最终要认识到能提供这种转化空间的只能是人的心灵。

整个乌托邦对摩尔来说就是一个在他生活的现实中拓展出来的虚拟的心灵空间，它与摩尔置身于权力中心所感受到的那种戏剧化的场景相吻合，它“描绘了一个紧迫的问题，关注了摩尔的个人生活和他的文化”①，因而被摩尔用来解决他在生活中遇到的难题。格林布拉特为说明这个空间特意引入了与摩尔同时代的英国文艺复兴著名画家汉斯·荷尔拜因（Hans Holbeinthe，1497—1543）《大使们》（*The Ambassadors*）这幅经典绘画作品②。《大使们》是荷尔拜因从德国流亡到英国的代表作品，它也是画史上第一幅双人全身肖像。画中人物都有真人大小，左边是法国 1533 年派驻英国的大使丁特维尔（Jeande Dinteville，25 岁），右边是特意前来看望他的朋友，身兼外交官、主教数职的塞尔维（Georgesde Selve，

---

① Stephen Greenblatt：*Renaissance Self－fashioning*，Chicago：The University of Chicago Press，1980，p. 36.

② *Renaissance Self－fashioning* 这本书就是以《大使们》作为封面的，可见这也是一个重要文本。

29 岁)。整个画面除人物外有意在两个大使之间摆放一个铺有土耳其挂毯的木架，分作上下两层。上面一层摆放的都是在当时用作天文观测和航海的仪器，它们分别是：天球仪、圆柱形日晷、四分仪、多面体日晷和转矩，由于有一个明显和下层相对的天球仪，所以这一层象征着“天”；下面一层自然代表“地”，它上面摆放的分别是：天文地球仪、数学书（它里面夹着一把象征几何的直角矩)、琵琶和一本写着路德赞美诗的唱颂集。所有这些物品加在一起，包括了算术、几何、天文、音乐这四门学科，古老的传统认为它们最能够使人的理性接近于上帝的真理，据传两位大使即精通当时这所谓的四大“精确学科”。可以断定，这两位二十几岁的大使已经走进了权力和文化的核心。画面上多处器物指向两位大使此行的目的。他们站立的地板，其圆形和方形相间的图案是依据伦敦的威斯敏斯特大教堂（Westminster Abbey）内殿的地板纹样而描绘的，而这种图案在中世纪和文艺复兴时期具有特别的意义，它在米开朗琪罗绘制天顶画《创世记》的西斯廷教堂也出现过，而且就在“上帝创造亚当”的正下方。上层桌上紧挨丁特维尔的，是天文地球仪，指针刚好点在梵蒂冈。下层桌上同样靠近丁特维尔的地球仪上描绘麦哲伦环绕地球的航线。这些物件试图勾连出一个大世界的背景，具体又指向两位大使出访英国为的是代表梵蒂冈教皇的天主教与英国当世国王亨利八世（Henry Ⅷ）谈判，调和两者之间的宗教冲突，以防止亨利八世的英国反叛天主教而加入新教。摩尔在信仰上充满了矛盾，英国改宗这个事件对摩尔的思想来说也带来了极大的冲击，最终导致被亨利八世送上绞刑架也是与此事件有关。荷尔拜因作为亨利八世的宫廷画师，没有像摩尔一样卷入政权的纷争中，可身边发生的事还是在他的画作中得到隐晦的表现。如果仅仅只涉及法国大使出行调解这件事，尽管画面上布置了能表现当时人理解出的世界大致模样的各种有象征意味的器物，具备了拓展开去的气象，可作品也仅能算再现现实的这一类型，没有太多的引发空间。问题是这幅画不只于此，令人惊诧的是在画的下正方极为醒目地突出了一个表面凹凸不平的椭圆形的东西，它与整个画面的其他物件显得格格不入，观看者必须设想出另一种观看立场才能把画中这似乎被扭曲的物体调整为观者可看清的东西，原来它是一个从画的正面看被变形了的头骨的骷髅。虽然只有这样一件另立空间的物件，可它已有足够的力量来扭转整幅画的走向，头骨骷髅直接与死亡、虚无、幻灭联系，这个形象还不止一个，左侧大使帽子徽章上同样有一个隐晦的骷髅头像，这进一步加剧了观者的虚幻感。尽管画面大部分画得极为对称和完满，两个少年得志的大使一个衣着华丽显得热情，一个服饰简朴显得沉稳，分别代表了两种生活倾向，一种追求浮华而短暂的世俗，一种是向往纯净而永恒的天国，但通过两人一样坚定的目光，似乎在暗示着两人有着共同建功立业的生活理想。但随着右侧下方琵琶上的一根断弦和展开的琴谱的结合所表达出的有曲难奏的寓意，即转而预示着大使此行将无果而终，在虚拟意义上奏出脆弱与不安，这样加上死亡骷髅的特意渲染，在画中就自然地在变形骷髅上形成了一个富有精神意味的能与其他实在部分产生张力的空间。在此，格林布拉特要把两个文本放在一起意思极为明白，就是《大使们》这幅画同样设立了一个与《乌托邦》类似的心灵投射的虚拟地带，而这个空间它对创作者来说具有极为实在的意义，它在解决创作者从现实生活所遭遇的困惑，因而它与创作者的自我塑造联系在一起。从这个意义上看，荷尔拜因还没死心，他在艺术这一维度变相地推出了对生活事件进行价值判断的自我。尽管荷尔拜因的艺术表现出极为冷静和优雅，但在对死亡骷髅着力夸张变形这一点上，绝不是为了炫耀技艺，更无从联系到生活的原型本事，那只能判定就是一种作者对其画中所可能涉及的事件的看法。绘画和文学作为一种艺术表现在格林布拉特的视野下都是作者在现实中遭遇其自身问题以后自觉或不自觉的救助途径，由于艺术实践从形式到内容都可以找到大量通用的规范，作者选择这条生活道路仅仅具有艺术提供给自我一般的含义，自我塑造还不明显。而如果在进入艺术表现过程中明确地延续了关注自我这一主线，那么作者就进入了自觉的自我表演状态。把绘画理解为可视的生活流中的一个切面，《大使们》不如作为文学作品的《乌托邦》有那么连贯及复杂的自我展现过程，它只能在有限的空间中借助于形式上大胆的处理。《大使们》最为突出的自我现形就在于这一虚拟空间的植入，使得画中上方的集中写实有了大逆转，作者因而说出了对现实及其相关世界显明的价值判断，即一切皆为虚幻。在这一整体论断之前，就两个大使所关注的冲突事件，画家在整个作为背景的绿色挂帘的最左上方露出一个几乎不易被人察觉的雕像，是耶稣被钉在十字架上。这可以作为作者就事件本身的一个直接看法，它讲的是权贵们在热衷于教派纷争之时，是否不应忘却基督教的根本——耶稣及其所代表的一切。有了这一实事层次的铺垫，整个大逆转空间的意思可明确为人类虽拥有非凡的才智和成就，但这一切都将化为乌有，只有对上帝的爱与虔诚才能使智慧达到永恒。

虚拟空间的存在强烈带进了自我的律动，可也是自我的一次冒险，况且它的形象就直接指向乌有之地（骷髅、无人的地方），因而自我在否定外在对象的同时也在进行自我取消（self - cancellation）。摩尔的乌托邦在实体上的建造，都是在解决其生活中的困惑，每一个方案作为对象都在满足自我意识主体一极的需求，可从这些设计的开始，作者就清楚地安排了否定性的一维来取消自我主体的这种占有，作为作者的自我对要改造现实的自我进行否定，而这一过程是在艺术中完成的。艺术作为文化表现方式之一，它同样也是自我的现实活动，在文化诗学看来人所有的活动都可以当作文化，它们相通于社会能量场，每个活动领域都在获得社会能量同时又在发出能转化为社会能量的自身的力量，在艺术中这些力量是通过话语来传递的，自我在这种既可以虚构也可转化为真实的话语空间中它的角色是多变的，摩尔虽谈自我取消，可不是完全以《乌托邦》来反对自我伪装中的自我，而以自身生存的体验作为精细的骗局来反对他那个时代的黑暗。

《乌托邦》的第一部分摩尔的自我就分裂为两个角色，一个是作者的自我（称为 *More*，译为摩尔），一个是参与作品中对话的人物（*Morus*，拉丁文，也译摩尔），这种提示与乌托邦和英国讲同一种语言这条线索一样，对读者来说既可以当作真实也可以当作虚构，之所以能有这种转换就在于两个角色背后还有一个共同的自我，作者这一角色的加入增强了作品的真实性，为走进现实设了一个通道，通过共同自我又可以把这一切当作艺术，在这个侧显过程中，人们如果围绕着这个能逾越一般理解的现实与虚构的界限的共同自我，又可以看出文化诗学其实认为这一切都是真实的。对话一开始，*Morus* 又作为一个作品中的共同自我分出一个可以与现实联系的自我以及另一个可以充分表达个性的 *Hythlodaeus*（拉丁文，即英文的 *Hythloday*，希斯拉德）。*Morus* 在《乌托邦》第一部中更多地是形式的意义，他为 *Hythlodaeus* 多角度表达观点提供了穿针引线的功能，两个人的对话相互引发具有某种苏格拉底式的辩证法，从这也可以看出柏拉图对摩尔的影响之深。争论话题虽多，“结果是《乌托邦》达到了一个核心的改革观点：放弃私有财产”。[①] 摩尔在现实中看到各种不公平，他认为总根源就在于人们拼命占据私有财产。这种罪恶表现与当时的英国现状联系最突出的就是“圈地运动”的兴起。马克思在《资本论》第一卷对摩尔所描述的这种“羊吃人”现象极为赞赏。人类的物质占有欲达到了顶端即出现了捆绑了很多现实利益的极权，格林布拉特通过摩尔的眼光指出，这个最高权力不一定都表现为暴力，而是可以理解为拥有权力者借助各种豪华的仪式来表演，在表演中，有权者也拓展了一个虚拟空间，并对这个空间发出各种既可怕又可笑的信号来试探敌我，从中体验到权力的存在。格林布拉特突出生活中的这一戏剧性场景，事实上就从现实维度把现实推向了艺术。摩尔在现实中遭际的各种困惑试图通过“乌托邦”来解决，则从艺术的维度来介入现实，两者相通的地带称为文化。循着解决现实问题的自我，《乌托邦》第二部提出了各种具体的方案。这些方案都与放弃私有财产有关。没了私有制，财产公有，人人平等，那个能随时剥夺他人自我的权力层被消除，自然地，人人拥有了由利益所赋予的平均的自我，这似乎解决了摩尔的难题。只有平均自我的个人，在乌托邦里，又扩大为原子式家庭，排斥其他社会单位，家庭的存在承认了一定的血缘关联，可缺少更多的社会能量交流，结果是个人以及家庭都变成了单调的存在。通过乌托邦里的公民的就餐，最高地位的人坐在最高处俯瞰全场这一幕，人们就可以透视出整个乌托邦结构有一个观察点，个人、家庭其实是这个结构中的一个没有主动能力的单元。指出这一点，格林布拉特明显受福柯对全景式监狱论述的影响。能把个人、家庭原子化的视角主体在摩尔那里是未经审视的幼稚的作者本人，在福柯那里却是网络化的社会力量。这样，在乌托邦里个人虽有家庭安顿，可与柏拉图“理想国”（republic）要废掉家庭一样，个人自我注定被取消。

由于整个时代的信仰出现了裂变，乌托邦的这种自我冲突，在信念系统表现得更为突出。1516 年，摩尔生命的转折点，与他一直反对的僧侣生活拉开距离产生了强烈的感受，摩尔在《乌托邦》中集中强调了耻感来代替罪感，并主张共同体的团结以克服内心的紧张。路德派反对偶像崇

---

① Stephen Greenblatt：*Renaissance Self－fashioning*，Chicago：The University of Chicago Press，1980，p. 36.

拜，把天主教注重共同礼仪以通圣灵的修为方法改为个人行为，信仰被理解为正义，生活有信仰就够了，摩尔极为反感新教的这些主张。对于难以表达的存在，摩尔认为必须有某种共同体的带领，否则很容易走入异端。当然首先要确信，确信是基督教的共同基础，路德派更是把它当作个人克服非存在所带来的焦虑的力量，科学把确信当成盲从，而“对摩尔，确信并不是依照对事实客观的判断，而是建立那些途径的先定条件，这一点摩尔很像路德。但对路德，信仰是个人与上帝的直接联系，而对摩尔，信仰是一种社会现象，是一个群体共享的确信”。① 没有群体的力量，个人就会走入异端，重新回到那种可怕的紧张的心灵状态。乌托邦中，犯罪分子不被从公共空间剔除以示惩罚，而是在公众的视野下做一些下贱工作，公众以此来羞辱罪人。羞耻感，成为乌托邦人镇压他人以及自己行为和心灵出现异端的重要方式，它与基督教宣称的原罪感不同，它更关照公共性，没有了原罪（sin）的先天层次，显得较为肤浅。从自我塑造看，新教的创举才是摩尔个人挣扎的必然选择，世俗政权集体的礼仪所表现出来的荒诞性摩尔都已领教过了，可摩尔也许是由于偏见还是心灵出现盲点，他就是抗拒这种异端。在实际生活中，他能接受女婿是路德分子并受其影响，完全表现出了《乌托邦》人人都可以有宗教信仰的那种宽容，可见他对路德的攻击是自相矛盾的。而最后成了他最大敌人的英王亨利八世选择新教来抵抗天主教，虽有很大的现实利益考虑，然而就作为国王的身份敢于突破教宗的束缚，争取婚姻自主，也是一种有个性的自我表达，这本应成为摩尔的同路人，作为大法官，摩尔完全可以为亨利八世的离婚签字，可历史就是充满了戏剧性，摩尔的自我在这一紧要关头选择了抽身而退，也许他的沉默充斥着难以表达的判断和内在思考，他坚持了不为强权所屈的意志，以致付出了生命。许多年以后，罗马教宗授予了摩尔圣徒的称号，也许只看到了摩尔思想的某一方面。乌托邦内在的思想分裂，多样性和统一性的冲突，其为个人而克服非存在一面其实是偏向了路德及其同伴，而它巨大的公众团结则成了天主教会的共同见解。摩尔这种心灵结构，格林布拉特认为是由来自于世俗和宗教的冲力所导致的。摩尔在都铎

① Stephen Greenblatt: *Renaissance Self-fashioning*, Chicago: The University of Chicago Press, 1980, p. 60.

王朝中能深深抓住现实物质网络中的利益，他的公共生活也深深扎根于权力的表演仪式之中，然而等他解释这些大人物所制造的场面时，他不是用理性的态度，而是用荒谬的理由，把大人们当作疯子。正因如此，在1523年之前，乌托邦不被作为理想的共和国形象来看，而是被当作疯狂的妄想。这种真正信仰的精细构想在政治和个人灵魂都有不能太久地坚持，只能称作在权力中心极端戏剧化的即兴表演，摩尔在自我塑造的同时也在自我取消，正如他大胆地攻击偶像时又始终不渝地追求绝对的秩序。

自我在具体的社会历史中通过我（I）作为一种特殊的权力形式，可以集中表达在“某些专门机构之中——例如法庭、教会、殖民当局与宗法家庭——同时也分散于意义的意识形态结构，特有表达方式与反复循环的叙述模式中间”。[①] 格林布拉特所选的16世纪英国这些作家中的自我造型都有一个共同的因素，那就是以各种方式体现出社会的和经济的流动性（mobility）。摩尔，作为伦敦成功律师的儿子，变成佩戴勋章的爵士，议会下院的议长，兰开斯顿领地的总监，剑桥大学的管事，最后当上英国大法官；斯宾塞的父亲是个自由工匠，他本人发迹为殖民地庄园主，成了居住在爱尔兰柯克县的绅士；马洛，一位鞋匠的儿子，竟获得剑桥大学的学位，也是一种上进；莎士比亚出身于殷实的手套商人家庭，成为名噪一时的大剧作家后获得大量财富，购置了斯特拉福镇上第二大的府宅。这四位作家的共同特点在于从较偏僻的圈子通过自身努力跻身于上流社会。至于廷德尔和魏阿特，则不是表现为上升式的流动，而是充满紧张感的地理性和意识形态性的流动。对于廷德尔，由天主神父变为新教牧师，从小康家庭前往伦敦谋生，继而流亡欧洲大陆，成为异端派领袖；至于魏阿特，前辈暴发使这位新贵之子充满了流动性，去法国、意大利、西班牙、佛兰德斯做外交官。格林布拉特认为，从这些作家身上，与权力相关联的运动方向，对第一个三人小组（摩尔、廷德尔和魏阿特）来说，表现为从教会到书本，再向专制政体的迁移；而对第二个小组（斯宾塞、马洛和莎士比亚）来说，是由颂扬反叛转向颠覆性的表面恭顺。他们有一个共同点在于都作为社会角色向文学创作作为观念救助的活动方式转移，“即由作

① Stephen Greenblatt: *Renaissance Self - fashioning*, Chicago: The University of Chicago Press, 1980, p. 81.

者本人完全被社会团体、宗教信仰或外交事务所主宰的局面，渐渐转向一种把文学创作当成自有其责的专业的固定意识”。[①] 对这些作家来说，文学就是他们的生活和历史的过程，文学不是被当作反映他们经验的生活的一种形式，他们笔下人物常常就是作者本人或某种变体。不管是生活和文学，都是被内感知或语言“意谓”出来的，所以说“自我造型通常是，尽管不全是语言造成的”。[②] 自我能被自我意识所辨认，是因为有一个他者（other）在。在社会活动中，自我会借助权威，例如上帝，《圣经》，类似于教会、法庭、殖民或军事当局的各种机构来辨认作为异己的他者，经由这些异我产生互动力量来自我造型。摩尔对路德的抨击就是出自天主教的立场把路德当作异端来进行的，而对当权者的腐朽的生活排场他辨认的眼光却是用新兴的人文精神，路德和现实的黑暗是他最大的异己形象（the alien），在与这些否定性的力量对抗的过程中自我即得到了塑型。而问题的复杂性在于自我在与异己（有时是假造的）冲突时常常会变成对立面，如摩尔很多思想更像路德，自我成了对立面，自我也就在自我取消，当然自我取消也可以算是一种自我塑造的一部分，只是没有了这一阶段所辨认出来的异己作为相应的张力存在，这一阶段的自我塑型也就宣告结束。由于生活不断地流动，自我意识又去辨认新的权威和异己来塑造自我，这时已完成的某一阶段的自我塑造又被其他样式的自我塑造所取代。这样，“自我塑造揭示了自我被各种强大的冲突力量所撕裂，并没有一个统一的个性形成过程”[③]。

能通过文学表达出来的自我及其对立面是作者在某一时段最明确的自我塑型体验，脱离文学这一话语平台在很多时间里人的自我是处于晦暗不明之中的。格林布拉特作为批评家无暇去写作现代化早期的自我生成史，他是借助自我塑造这一角度来表达作家是如何介入其每天必须面对的社会，文学能消除作家的很多内心自我的困惑，作家也认为通过文学契入社会意义符码的作用能改造使之困惑的那部分现实走向，从这一路径上看作家是有主体性的。

---

① Stephen Greenblatt: *Renaissance Self - fashioning*, Chicago: The University of Chicago Press, 1980, p. 84.

② Ibid., p. 86.

③ Mark Robson: *Stephen Greenblatt*, USA and Canada: Routledge, 2008, p. 67.

前现代时期的这些作家们在其处身性中自觉或不自觉地运用了文学作为其生活道路的一部分，把人的自我的主体在文学创作这一环节展示了出来，这是一个很有趣的时代征象。当然正如所有文学创作一样，作家在获得某一主体角色时，他又同时在进行自我取消。主体本身有僵化的一面注定了主体之死，当代很多批评家提出“作者已死”（如罗兰·巴尔特），指的是那种书写主体之终结，并不是作家与作品无关，在阐释的维度，文学又衍生出了一个个新的接受主体。文化诗学通过自我在诗学空间的“塑造”和“取消”，在一系列复杂过程中反观出一个活跃的主体。

除了格林布拉特，多利莫尔、奥格尔和哥德伯等人也都致力于自我塑造的研究，其触角延伸到文艺复兴戏剧的各个方面，包括男女易装、表演实践、伪装情节等。对乔纳森·多利莫尔，他特别想弄清楚为什么一方面20世纪的英国文学研究被人文主义主宰着，而另一方面人本主义却又拒不承认人并不具备一种由社会和历史建构的基本本质这一事实。研究结果他得出：“文艺复兴后期是一个怀疑的时代，我们尤其可以从这一时期的戏剧中发现，它们记载了人的自我属性与它的社会建构之间并不连贯的本质。”①

第三节　惊叹与共鸣

读者阅读文本引起的反应有多方面的内容，格林布拉特对发生其中的“共鸣与惊叹”（resonance and wonder）现象给予很大关注。在格氏的著作中，《学习诅咒》和《不可思议的占领》集中讨论了这两方面的现象。特别是前一部作品的最后部分，就是以“共鸣与惊叹”为题来强调文化诗学在读者维度的特色；后一部作品的副标题“新世界的惊叹”重心则偏向了“惊叹”。之所以要从这两个现象入手是因为格林布拉特认为他以“新历史主义”重历史语境分析试图克服新批评形式化的做法遭到了误解，为澄清当中的某些关节，最好与“历史主义”作进一步的区别，并希望在对“共鸣与惊叹”这两个环节的阐释中又能回答形式主义的责难。

① 中国社会科学院外国文学研究所《世界文论》编辑部：《文艺学与新历史主义》，社会科学文献出版社1993年版，第90页。

把这两个现象连在一起的直接事件是格氏 1988 年在华盛顿史密森尼博物馆参加学术会议时递交了以《表现的诗学和政治学》为题的论文，使他集中思考了博物馆中可视艺术品有一种奇异的特质，这些无声的对象充满了共鸣；它们本身不会说话，偶尔讲解员的声音也只是提供有限的信息，从中得到最重要的感受不是审美，而是惊叹。作为“讲故事”者且专注于“小历史”，格氏先从大主教沃尔西的帽子讲起。

这顶圆形宽边的帽子放在牛津基督教堂图书馆的玻璃橱里，作为创立牛津大学的功臣，沃尔西的这一具有较大纪念意义的物饰并不是直接的赠品，它历经多人之手才到了基督教堂。从展品的按语看，它曾被伯内特主教、伯内特儿子、伯内特儿子的管家、阿尔比马尔伯爵夫人的管家及伯爵夫人本人和贺瑞斯·沃波尔收藏。直到 19 世纪，基督教堂才从演员查尔斯·基恩的女儿手中以 63 英镑购得。查尔斯·基恩曾出演过莎士比亚《亨利八世》中的沃尔西，在戏中他就戴过这顶帽子，故很有可能借什么方便途径拥有了这顶帽子并传给了他的女儿。格林布拉特认为帽子在不同时空、不同人物、不同机构的挪移，虽然是个小物件，可它牵扯到了一系列的文化问题，特别适合展开新历史主义的批评视点。帽子的每一次停驻，被某个人收藏，它就横向式地展开参与到了这个收藏者的生活事件当中，以帽子为焦点自然地就带起了故事。如以在某一收藏者收藏时段内为界框定出一个整体事件，这个整体事件就可以当一个阅读文本来对待。从上一收藏者传到下一个收藏者又形成了另一个文本，这种生活故事文本以帽子为线索的话它呈现出以历史纵向为主轴，单从这一维度看，各个历史文本之间可以合成为一个历史性的大文本。当然如果不以帽子交替拥有为文本串联方式来思考的活，帽子在某一收藏者那里它自然地又可以联络起一个横向式的大文本。不管是纵向还是横向，每一个小文本相互之间以及能共同耦合为一个大文本都因为有文化性作为保障，相通的可能在于有社会能量作为动力。在每一文本之间的交流中，即作为蕴含了很多信息的帽子就从上一个收藏者传到了下一个收藏者，它们之间会产生各种谈判、协商、交易以致达到各自目的的过程。对历史传递中的文本的处理不要出现只是并置各种不同传统的静止的多元主义，而是要认真审视各种文本将其交织起来，以期产生一切传统都有非中心化的过程，而最终要达到的分析重点是当下。正如福柯所言，对历史与其说是回返，不如说是求援。

帽子成为传递富有意义的文化符号，从主教沃尔西那里就开始了。据当时作为沃尔西陪侍名叫乔治·卡文迪什的记载，主教大人的帽子就跟其他作为饰物的金银绸缎一起烘托出一个盛大的仪仗排扬，从中可以看出主教奢侈生活的一面。托马斯·摩尔作为主教下属的时候，就对这种铺排极为反感。格林布拉特认为当权者喜欢大张旗鼓其实不为别的，即使打着上帝之名，也仅仅是证明权力存在的一种方式。沃尔西从一个屠夫的儿子跻身为大主教，之后又被亨利八世治罪，人生大起在落。那顶红帽子，见证了他人生巅峰时的一切豪华，同时随着主人的衰落，它的荣光也跟着消失。此后几换主人，帽子也不断地叠加故事，其中最有趣的是被搬上舞台。沃尔西作为天主教在英国的代表，他的失势，其对立面的新教有意把他的用品贱卖给戏院以此来羞辱这位主教。而作为戏院一方，舞台上演的戏又是与当初真实世界帽子拥有者相关，帽子顺利地联络了传统认为的真实与虚构两个世界，这给戏剧增添了更多的奇异效果。但从新历史主义的立场看，这两个世界没有区分的必要，触动读者每一次欣赏的材料不管来自历史记录还是舞台表演，在凝聚为一个文本的意义上，都成为诗学话语。欣赏者心理可以有历史现实和艺术虚拟的层次，但不可否认这些层次可以被统一为忽略掉其各自来源的更为纯正的心理流。在此，格林布拉特关注的要点不是抹平真实与虚构的界限问题，而是欣赏者通过对帽子的凝视，借助已有经验围绕着帽子唤起各种历史现实际遇，在纵横交错中呈现出来的那种心理沟通能力，即共鸣。当然并不是所有的联系都能产生共鸣，否则无原则的扩散会产生泛文本化，格氏指出，只有那种能引起惊叹经验的过程才能称为共鸣。惊叹打断了共鸣无限制的趋势，以诗意内涵来标明共鸣的特性。而之所以能引起惊叹则又是遭遇到异质因素所致，如果这种颠覆力量完全打破欣赏者的“期待视野”则共鸣也不可以形成，异质力量所产生的裂痕必须被重新抹平整个欣赏心理才能顺利进行。

对这两个欣赏环节的强调，格氏认为即能动摇传统历史主义的三个原则。据《美国传统词典》所概括，历史主义有以下特点：

1. 坚信对历史上的作品不能作任何改变。
2. 历史理论在研究过去文化时不能作任何价值判断。

3. 保持对过去和传统的敬重。[①]

格氏认为，上述历史主义的第一个构想建立在对人的作用的抽象之上，现实中具体的男女被转变成称为“人类”的东西，而这种苍白的集体性存在是不参与到活生生的过程之中的。相反地，新历史主义避开“人类”这种普遍性说法，而专注于偶然性的个别事件、自我塑造以及蕴含特定文化冲突的行动。自我的形成与历史变化过程中的阶级、性别、种族、宗教、民族等因素有关。第二个说法作为历史主义的重要原则更是为新历史主义所反对。格林布拉特现身说法，以自己的批评实践为例表明新历史主义的提倡都与美国20世纪六七十年代发生的现实特别是反对越战有关。对现在与过去的关系如不作判断是没有意义的。联系两者的方式有两种：相似或因果。相似指的是过去一系列特殊环境条件与现在类似，因果则指过去的这些环境条件被分析为是导致现状的原因。两种联系方式都蕴含价值判断。中立的判断是不可能的，如果有的话，它本身也是一种立场，一种支持国家与研究机构的政治立场。历史主义的第三个特点似乎与第二个说法有些奇怪的联系，但不是简单的等同。所谓对过去的客观描述、保持价值中立其意思就包含了承认以往的东西有一种完美的统一性，随意评点即可能破坏其整体趣味，故必须对过去保持一种尊崇的态度。基于此，格氏对自己学生时期被强加的批评训练极为不满。那时对所谓杰作中明显存在的不足、琐碎驳杂都必须解释为整体的有机组成部分，失误的东西也变成了有意为之的安排，这完全是粗俗的神义论在文学批评中的反映。通过这些操作可看出伟大作品显示了艺术家单一意图的胜利，它从形式上整合了自我心理和历史现实的关系，言下之意，作家心理的整一自然地就表达了健全协调的社会。记录下莎士比亚与伊丽莎白关系的作品，顺理成章地就成了必须被尊崇的对象，因为它联络了对艺术天才的崇拜与对女王政治迷狂。事实上，对文化艺术中边缘零散的部分的利用对新历史主义来说是有其独特办法的。它不以中心的独语来掩盖其他部分的发声，而是以共鸣来取代历史主义的敬重，并以之来联络各个声部。

共鸣，作为艺术活动中的常见现象，指读者在欣赏作品时与作品所表

---

① Stephen Greenblatt: *Learning to Curse*, New York: Routledge, 2007, p. 220.

达出的艺术境界相契合时所出现的情感的高峰体验，这个概念一般用在描述艺术审美的效果。相比于历史主义，这个概念更专属于形式主义。形式主义把共鸣局限在没有读者和作者参与的文本之间的相互回应，而在格林布拉特的对文本意思的拓展中，它有了更大的应用范围。格氏说："共鸣指的是客体的力量超出了它的形式界限拓展到更广阔的世界，从中激起强烈而又复杂的文化动力，观众以之作为隐喻或者更简单的转喻的平台。"① 为在少有的亮出概念的确定性中，格氏把共鸣置于尽可能揭示文本当初生产和消费的历史环境和作为观众所处的历史环境之间的关系。这种交叉关系不能作为文本得以产生的不变的预设背景，而是作为充斥着相互对抗社会能量密集的网络。从被分析出的文化整体看，共鸣即成为形成联络各部分的焦点，透过这些点原则上就能辐射出文化的整体格局。在对英国文艺复兴这段文学进行阐释时，格氏用的就是这种"以点带面"的方法，他在操作中"沉降到一部分具有共鸣性的文本上。这类文本的每一篇都被看作是 16 世纪力量交汇线索的透视点"。② 为什么被选中的作家及其文本就具有代表性，这涉及批评家本人的立场及其知识积累问题，但作为一个批评进路，这种主张还是有理可循的。共鸣为批评家提供了一个世界图式，它在文本与文本找出"文本间性"，在文本与文本之外否定结构主义的"文外无物"，以社会能量作为打通各个环节的力量。

为说清楚新历史主义所定义的"共鸣"的意思，特别是拓展开一般所理解的文本含义，格氏把欣赏的场合移到画廊和博物馆，读者置换为观众（viewer），更重要的是从文化过去的文本印迹转向对幸存的可视的印迹的关注。以往对文本艺术性的理解都可以用在博物馆这些可视对象上，虽然从语言媒介到可视媒介所引起的共鸣有些不一样，面对表面上独立的单个视觉化文本，人们可以试图阐明其当初制作时的各种条件以及在被移入展馆过程的各种接触，恢复其首次出现时边界的透明性、开放性和可渗透性。实际上要真正确定各种界限是不可能的，即使给器物如一幅画作加上一个框架也不能确认其为最后的完成，相比其他的境域，博物馆给作品

① Stephen Greenblatt: *Learning to Curse*, New York: Routledge, 2007, p. 228.

② 中国社会科学院外国文学研究所《世界文论》编辑部：《文艺学与新历史主义》，社会科学文献出版社 1993 年版，第81 页。

的这种开放性带来更为丰富的契机。一件作品在博物馆显得格外的不确定，犹如浪漫主义视野下的一首脆弱而又伤感的诗。如从历史、对话、指义和比喻来阐释的话，与有语言文字作媒介的作品相比，绘画和雕塑这种可视性作品在对话、指义和比喻三方面较缺乏可拓展的空间，而在历史性方面，则有丰富的可能性。博物馆的功能，部分来自设计，部分则是出于展物本身或为了纪念某一文化、制度、机构、仪式、宗教的衰弱或显示由于战争、歧视、腐败导致的可怕的效果。很多器物留下了被搬动、窜改、甚至毁坏的迹象，博物馆本身想尽力抹掉，可对格林布拉特来说，这恰恰是文化诗学关注之所在。移植作为博物馆收集的主要手段，馆中的艺术品可能就从某一教堂或破屋搬出，或取自残垣断壁，要不就是作为战利品的收获，也可能或偷或“买”自于落后地区、没落王朝、贫困人家。人们从器物留下的各种迹象如烧痕、裂痕、刮痕以及被毁坏度更大的残品中，借助其尚存的部分以及各种相关记载即可暗示、推测、想象出完整的文化事件。有大量存在于中世纪晚期和文艺复兴绘画中的魔鬼形象被刮掉，雕塑或画中人物的生殖器被遮住，反对偶像崇拜者摧毁人或神的形象，切割或重塑形状来适合新的观念，这些细碎的迹象或与重大灾难有关，或记录了某一随意性事件，无不体现了某种共鸣。即使是生活事故，也很有意味。有一次在展览中，一个破碎的花瓶，附记说：“这是马塞尔·普鲁斯特打破的。”博物馆的这种有“伤痕”的展品，不但见证了历史中的暴力，也记录下了被使用、触摸的痕迹，进而可以感受到当初创作时的各种境遇。由于这些展品已经离开了那种永远不可再召回的即时性，那么通过展品目录、说明书、录音这些解释性文本来重现语境毕竟有其局限性，因此有时借助主要展品外的不发声的相关物件如绘画时画家用过的调色板、刷子等工具以及画中形象在现实中的实物、与画作有关系的材料，都可以增强对被认定为艺术的这一作品的理解。一些画中被作为陪衬式背景的物体如桌子、凳子、地图与主要的形象之间也不是一味的主次关系，画中的地图作为一种绘制技术它所代表的文化实践和社会能量也进入到审美形态的绘画的运动轨迹中，两者对如何表达对象的不同立场产生了共鸣。

产生共鸣不一定要抹平艺术与非艺术的界限才能产生，有时只要变换历史的或文化的眼光，分离开有部分相通性的艺术实践让它们之间产生交换、谈判、拒斥等关系，即能使似乎孤立的对象投入到各种各样的关联之中并与其他对象产生共鸣。当中可能产生各种问题，比如说“这些物件是以什么标准被认定为是可以作为展品的？当初它们是如何被使用的？生产它们的文化和物质条件是怎样的？原先那些收集、珍藏过的人对物品有什么态度？现在进了博物馆正在欣赏的人面对同样的物品产生关联的意义是什么？”带着这些疑问，格林布拉特认为去参观建在布拉格的犹太国家博物馆，最能解决当中的难题。这个博物馆不是单一的一栋建筑物，而是由散落于以前犹太人聚居地的诸多犹太教堂组成。其中最古老的一座教堂可追溯到13世纪后期，其他的大都建于文艺复兴和巴洛克时期。博物馆的文物来自于波希米亚、摩拉维亚153个犹太社区。展出的文物有银制品、纺织品、《圣经》律法卷轴、宗教仪式用具、手稿以及解释犹太传统、习俗、信念的印刷品。有个教堂收藏了著名的医生、画家卡雷尔·德莱希曼在被送入奥斯维辛前在泰瑞尔集中营的绘画。在隔壁的布拉格殡仪馆的礼仪厅展出的是被关在泰瑞尔集中营的一群儿童的画作。还有一个教堂只立了一面墙，上面记下数千个在捷克斯洛伐克被纳粹迫害致死的犹太人的名字。与欧洲其他博物馆功能不同，这些作为博物馆的犹太教堂中丰富的藏品更突出作为记忆的功用。其他如犹太教唱赞美诗的伽底什采用了世俗形式来悼念死者。整个氛围特别能使观者形成一种凝视的参与方式。通过凝视，可发觉卡雷尔·德莱希曼在战前有格罗希式讽刺意味的版画到了集中营一变为孤闭痛苦的画作，对之进行美学的品评似乎有点怪诞和不合时宜。同样地，对那些不能幸免于难的儿童创作的却能幸免于难的画作艺术优劣的评价，也会产生极为荒谬的不合情理的担忧。观看和记忆产生的这种不协调，在面对更为古老的祭祀器具时，似乎会为平适的心境所代替。可不尽然，观看西方博物馆中的宗教器物如祭坛装饰、圣骨匣，可以自然地从宗教眼光转换为审美视觉，而观看犹太教礼仪展品，却很难产生那种美感，当然也不会有一种超然的人类学观看态度，它更多显现出来的是一种怪异阴郁的印象。它们勾起的不是作为一种文物或美的对象，而是引发记忆的诱因。那些方舟帘子、律法书的王冠饰物、胸甲、指针等展品，都从某一完整对象上卸下来，让观者不再看到有偶像的模样，此时观者不要看，而是要阅读。

抑制视觉却能奇异地产生更丰富的共鸣。透过那些名字，人们会强烈地感受到其背后的声音。这些声音或发自人们在祈祷时吟唱、研读、低语转而哭泣以致最终遁入沉寂，或来自1389年在旧新犹太会馆避难时被屠杀的犹太人的惨叫，也混杂着16世纪罗乌祭师到20世纪卡夫卡这些犹太玄学家的声音。也许只有借助卡夫卡这个特定时期的人物，人们才能最终读懂整个博物馆的意义。原来博物馆中的很多器物被搬动、改造成艺术品与纳粹在“二战”中对如何处置没收来的犹太人的物品的意图有关。1941年法兰克福纳粹学院建立研究所着手考察犹太问题，此后就开始了大规模的掠夺犹太图书馆、档案馆、宗教用品以及私人财产，大量的器物被收集起来没地方放置，原来的犹太教堂被禁止礼拜，改作存放没收品之地，所以才有了博物馆由诸多犹太教堂组成的这种格局。原先犹太博物馆的专家被征用来重新整理、编排这些物品的目录，最后衣衫褴褛的专家们同样被送进集中营处死，所以这些展品还掺杂了忘我、反讽、无奈和英雄主义的声音。战后捷克幸存的几个犹太社区无力管理这么庞大的建筑群及其藏物，便把它们当作赠品捐给捷克政府。这样 ，共鸣又多了一个声部，“它们掺进了记忆的情结，文化机器也在崇敬与玷污、希望与绝望、死亡与沉默之间不停地振摆”。①

格林布拉特的另一种共鸣经验来自于参观意想不到的文明遗址，位于尤卡坦半岛上至今仍未被挖掘的后古典时期的玛雅人的聚居地，让人产生的不再是毁灭与欠缺，而是暗示出社区生活庞杂的声音和建筑技艺。特别是有一位工程师对玛雅金字塔的观感竟认为当代的可口可乐的设计与其有异曲同工之妙，给格氏一直在“扩散式”的共鸣转入“聚集式”的惊叹。

与共鸣的理解方式一样，格氏也给惊叹下了个定义，他说：“惊叹就是观众在欣赏过程中思路被对象的力量所打断，对象以其独特性紧紧捕捉住观众的注意力。”② 产生惊叹的场所转到了纽约现代艺术博物馆，面对现代艺术，人们不再倾听那种缠结在一起的声音，也没有历史记忆、不必进行人类学厚描，只须集中注意艺术品那种迷人的外观。此时整个身心被对象强烈的魅力所吸引，对象本身和周围的物体都不再重要，注意力只与对象产生的效果发生联系，参观者购买展品目录、朗读墙上题词、打开录音机诸等手段都不起什么作用。艺术品有意被置放在玻璃柜里，或者投上

① Stephen Greenblatt: *Learning to Curse*, New York: Routledge, 2007, p. 236.

② Ibid., p. 228.

一片光，使得那种迷人外观进一步超现实化，这种想法来自于时装店照明设计的启发，不一样的在于商店是想勾起顾客强烈的占有欲，而艺术博物馆除了瞬间激起观众有一种与物合一类如据为己有的惊叹外，展品不能触摸也不能带回家使得欲望趋向释然。这种心理转换与其说是经历了一个时长不如说成是一种结构关系，它形成了博物馆的规则，即“这些精心设计以激发惊叹的展品有一种让观众获得对象的满足随后又能从中超越出来”。[①] 能占有对象是生成惊叹的重要条件，特别是占有稀奇的物品，如早期人遇到化石时因无知好奇所出现的反应。除了对象能看到的部分，对那些看不见的部分如摆放展品相关的架子和容器的感受也能引发惊叹。在感受达到高峰阶段，惊叹又与某种类型的共鸣相融合，共鸣自然地唤起对极为珍奇对象以及不在场文化的关注。这些对象不一定引起美感，但它们必定能让观者产生惊奇感。它们也不一定是人工制品，虽然技艺精湛也能让人钦佩，它们可能是从自然来的鹦鹉螺壳、鸵鸟蛋、超大（或小）骨头、鳄鱼标本，观看时不用细细详察，而是瞬间即能达成惊叹。

惊奇感的产生也不都是来自视觉（vision），它也可以通过报告（report）来获得。报告新奇事物与切身观看有一种同样的力量。报告之前当然也要有观看作为基础，作报告的人接触对象主要就是通过观看，从报告中再得到惊奇的人与原初对象是一种间接关系。中世纪几乎所有为人所知的惊奇事物都来自文本记载，如著名的《马可·波罗游记》《曼德维尔旅行记》等就是以报告的方式为西方人带来那么多的奇闻逸事。偶然在这个时期一些手稿中插入的图片与正文相比也只起辅助说明的作用，并不能作为带来惊奇的主要感知途径。即使到了 16 世纪，直接的视觉作用在作为获得惊奇的经验中得到加强，人们还是习惯性地认为文本阅读是惊叹的主要来源。新柏拉图主义者弗朗西斯科·帕特里奇把诗人定义为“惊奇的制造者”，帕特里奇甚至把惊奇当作人们联络思考与感觉的心智能力。1559 年意大利著名批评家明图尔诺在《论诗人》中就指出，诗人之所以能成为诗人在于有一种激起惊奇的力量。这些论调皆源自悠久的文化传统，早在古希腊，亚里士多德就指明，作诗的目的在于得到惊奇所带来的快感，其《诗学》还讨论了悲剧家和史诗作者如何利用新奇事物制造惊

---

① Stephen Greenblatt: *Learning to Curse*, New York: Routledge, 2007, p. 238.

叹效果的技巧。

现代艺术博物馆深刻展示出了构成惊叹经验的几个要素，首先是收集者值得尊敬，其次是展品本身的极高的市场价值也是令人兴奋的原因，最重要的那种略带神秘性的强烈的视觉冲击力所唤起的天才式创造更是观众倍感震撼之所在。器物一被认定能推向展台，它与原先的拥有者、捐赠者所维系的那种归属状态就让位给了观看，它的存在已不在于是否被占有，而是为了纯粹的看。观看时产生占有对象的幻想虽然也是获得惊叹的因素，但很快被一种更为持久更有价值的因素所取代，那就是，“在审美意识形态占主流的西方，对象所激发的惊叹的力量来自于天才艺术家的创造”。①

格氏认为要说清楚惊叹中从占有的奇观到对象的神秘之间的转变，涉及极为复杂的偏向于历史的制度和经济方面的运动，但从西方文化看，这种转变起码与艺术家独特的观看经验有关。早期的观察者在谈及含有极高市场价值的奇珍异宝作为讨好国王的贡品在产生惊叹体验时就自然地指出别遗忘了当中出现的美感，而是否有美感则是衡量天才艺术家的标志。揭开权力与财富的关系被编码进艺术家的惊诧反应如果是一种误解的话，试图说明这种反应作为那些关系不经中介就能导致其出现的表达，那将是一种更大的误解。集中了占有财富、视觉惊诧、天才美感等诸多因素的观看方式是西方文化的一个主要成就，用它来理解其他文化可能会失效，它是西方人获得快感的重要途径。以此特色为衡量标准，格氏看出有些博物馆的设计有某种“去西方化”的倾向，它们试图把以惊叹为主调的观看方式的展馆变为共鸣类的殿堂。

最突出的例子是法国现代美术馆和罗浮宫的大量画作被转移到了奥塞博物馆，奥塞馆一下就出现了法国文化的奇观，但它激起的更多的是共鸣而不是惊叹。单从奥塞馆改自火车站以突出整个拱顶造型就可以看出馆内的展品特别适合联想到火车进出站时发出汽笛声所产生的那种多声部共鸣。印象派和后印象派的杰作（如凡·高、塞尚、马奈、莫奈等的作品）与风格相似但没什么名气的绘画（如让·贝劳德、纪尧姆·杜布菲、保罗·塞律西埃的创作）放在一起，加上一批相同创作思想的雕塑和装饰

---

① Stephen Greenblat: *Learning to Curse*, New York: Routledge, 2007, p. 240.

艺术确实能反映 19 世纪后半叶法国艺术家群体充满冲突和活力的创作倾向，但它给人一种杂糅式的感受完全肢解了面对杰作时那种崇高的心理期待，设计精良的信息板（各种提示卡）跟整体建筑一样重造了每部作品的艺术形象。原先放在现代美术馆的杰作完全能突出其强烈震撼效果的设计，被盖·奥兰蒂（奥塞博物馆的设计师）的巨大隔板所瓦解，再也难以形成那种聚集式的力量。惊叹被共鸣所取代，这种改造是否有必要？格氏认为把两个观念置于对立取舍的位置，这完全没必要，也不可能。实际上博物馆所有展品都可能产生惊叹和共鸣两种反应，正如瓦尔特·本杰明所谈及的故事的两种引发方式，一种是引起本能兴趣的惊叹，一种是须加以扩大解释的共鸣，但问题的意义是先从惊叹到共鸣还是先从共鸣再到惊叹，格氏主张从惊叹再引发对共鸣的追求更容易发生。"惊叹绝对是一种紧迫的、首要的、根本的激情。"① 原因是什么样呢？格氏以亲身经验很好地说明了这一问题。回到 1988 年参加史密森尼博物馆那次学术会议，他正在宣读自己论文时忽然看到了已经去世了两个月的初恋情人，25 年以来两人从没再联系，可她竟真切地就出现在面前，他当时都快发疯了，还好这种身心分离状态在短时间内就被自己的其他力量所克服，他立即想起初恋情人有一个孪生妹妹，以至可以把会议坚持下来，会后了解到他看到的这位确实是妹妹，她给他带了姐姐与格氏当年的通信，这进一步引发了格氏的共鸣。

从理论上来解释惊叹并从而可以用来判别与共鸣的先后发生顺序，以托马斯·阿奎那的老师——大阿尔伯特在《亚里士多德形而上学注疏》中的著名解释最能说明问题：

> 惊叹可以界定为人们在看到对象怪异的、巨大的、非凡的外观时心脏出现的紧缩和暂停状态，因此惊叹是心受惊吓的效果。心虽处于无法行使的状态中，尚有一种渴望知道造成这一切的原因的需求，人往往在无可适从时，就会有出现这种求知欲……这就是哲学的起源。②

---

① Stephen Greenblatt：*Marvelous Possessions*，Oxford：Clarendon，1991，p. 17.

② 转引 Stephen Greenblatt：*Learning to Curse*，New York：Routledge，2007，p. 244.

首先伴随惊叹的是人的物理和生理出离常态的现象，由于身心律动没有被完全破坏，随后出现的好奇心，为很多心理发生提供动力，如专注知识的探求，则可能形成科学研究的走向，但当中有一股潜在的推动力不是走向理智认识，而是引发情感维度的反应如愉快、欢笑、快乐、不适甚至厌倦，这一走向就导致了审美。美的发生与情感密切相关，它保持着人对世界中的物的感受关系。事实上审美关系的发生要先于求知路向，从惊奇经验中不断反思以获得知识必须经历一定的延宕过程，这样，"哲学"意义上的"惊赞""好奇"，不仅仅有"理智性"的，而且是有"情感性"的，它们之间有"裂缝"，要理解惊叹最好从这两个走向进入，否则从单方面进行都有会有某种不足。共鸣慢于惊叹发生会较好地利用了不断追求未知的那种心理动力，从新历史主义的角度看，惊叹是"追求有意义的文化共鸣的根源"[①]，当然扩散过程必须有情感作为基本保证，否则共鸣就可能变成知识的联结。哲学在惊叹中追求知识的确定性，而新历史主义的职责则是在共鸣的中心不断补充惊叹。新历史主义对惊叹与共鸣的理解更细致的改变，在于把两者置于更不稳定的关系之中，如上述在参观犹太博物馆时，惊叹主要不是产生于展品本身，而是这些器物因环境所迫被强行带入改自教堂的世俗化的展馆，共鸣本来是联络历史环境而产生，在处理犹太博物馆这一特殊场地时，它指的反而是展品被编码进了死者的声音。为了保证从惊叹到共鸣的自然过渡，起码惊奇的度不要击垮整个心理正常的阈限，格氏看到死去的恋人引起惊讶时之所以能回到常态以至于后来进入共鸣就是因为他在身心分裂有了某种救助，他的文学惊叹经验使他有了模糊地感觉到一定能寻找到出路的力量，事后他确认他的经历完全可以跟莎士比亚《冬天的故事》里宝琳娜带列昂特斯看赫美温妮的雕像一幕戏相类比。因为西西里国王列昂特斯看到了死去了16年的年轻王后变老的塑像极为震撼，剧中宝琳娜说："我喜欢你们的静默，因为它更能表达出你们的惊奇。"[②] 救助的方式每个人有各自的独特性，但最终可能与黑格尔在阐释崇高、悲剧时一样，人们能不被这种强烈的情绪压倒，都缘起于人类有一种理性的永恒正义。传统局限于文学文本的惊叹观，在新

---

① Stephen Greenblatt：*Learning to Curse*，New York：Routledge，2007，p. 244.

② 威廉·莎士比亚：《莎士比亚全集》第七卷，译林出版社 2005 年版，第 280 页。

历史主义的理解下，“为了分析更大的文化领域，那些权威艺术佳作不但与一般的小作品相连，而且与非文学作品也要发生关系。这种结合会产生一种超现实的惊叹效果，从而揭示出平常没看出来的审美维度”。[①]在面对异质文化时，自身所熟知的文化表达系统遭到了抵制，惯用的思维方式突然失效，但又没有完全能打断其表达的信心和意愿，此时惊奇感即产生了。

格林布拉特个人对异质文化的“惊奇”经验可追溯到孩提时候的阅读，那时他对《一千零一夜》及理查德·哈里伯顿《奇异之书》情有独钟。《一千零一夜》最吸引他的是讲故事的力量，以至于时隔多年以后，在摩洛哥的马拉喀什，他参加了一个故事会，虽语言不通，可通过讲故事者的调调，他感觉到讲的就是《一千零一夜》中辛巴德和大鸟的故事。如果这种契合是真的话，那么早年所习得的故事它就会以奇特的方式在以后的日子产生作用。格氏受《奇异之书》的影响更为不可理喻。理查德·哈里伯顿是美国著名的旅行家和新闻记者，他在书中表达了平凡世界中充满了各种不可思议的事，给格林布拉特这样不满20世纪50年代艾森豪威尔因循守旧的社会现实的人带来了一种尝试突破的冲动。因此，作为批评家在面对以往历史时自然地就选中大航海这一惊叹经验最为集中又典型的时期作为研究对象。

在哥伦布航海之前，西方人一直拥有一个稳定而自成一体的世界秩序，随着美洲的发现，西方人惯常思维遭遇到了巨大的冲击。没有直接参与冒险的人对异域的理解，主要就是通过这些航海者的记录来获得。格林布拉特个人学术的爱好和积累最初起于一篇写及瓦尔特·罗勒斐爵士航海到圭亚那的学位论文，即是之故，受到时任加利福尼亚大学洛杉矶分校中世纪和文艺复兴研究中心主任佛瑞德·基耶伯里的邀请参加题为“美洲的初始印象”的学术会议。这位主任极有学术眼光，早于哥伦布首航五百年纪念二十年他就着手计划翻译哥伦布现存的所有文献，关注当时的思想和文化语境，通过有关意大利、希腊、西班牙、加勒比海的风景画展来重现哥伦布的航程，最有意义的是会议以欧洲人首次接触美洲这一伟大契机为题所进行的系列活动对格氏以后的学术生涯产生了重要影响。文化诗

---

① Stephen Greenblatt: Practicing New Historicism, Chicago: The University of Chicago Press, 2000, p. 10.

学的主要研究领域之一就是西方前现代化的文化，这一时期的地理大发现为欧洲人找到了一个异己的又是真实的参照对象，格氏认为对早期接触的主要特征的把握不能停留于认识上的优势，如一直持欧洲有书写的历史而美洲大部分地区没有文字故处于劣势的论调，所有的文献记载作为表述内容而存在，其核心不是呈现为理智的认识，更多的是作为想象性的存在，不管是被当作野蛮的美洲原住民还是自认为是文明化的欧洲人，双方对第一接触的反应都是惊叹。在此基础上，对欧洲人来说，文字的自我认识功能此刻派上用途，异域的生活方式使他们产生巨大的陌生化体验，原先自以为天经地义的文化表述系统遭受了抵制。旧历史主义所理解的稳定的世界历史图式并不是一成不变的，历史充满了偶然性，惊叹感揭示了历史运动更真实的一面。文化表述系统在经历了一段时间的“哑语”以后，惊叹并没有击垮它的整体运作能力，作为撒旦的野蛮人逐渐被纳入基督教的信念系统成为可以教化的对象。这一过程完全像读者的阅读，一次成功的接受就是缘起于文本所激发的惊叹并在此基础上引发的诸多共鸣，“文化诗学的部分快乐就在于意识到这种潜在的表面不连续的甚至于相反领域的转换”。[①] 有研究者（如皮埃特斯）把格氏的这一较为鲜明的文化诗学论断称为“共鸣美学”（resonantial aesthetics）。

第四节　主体权力

社会能量作为一种力量、权力，在格氏的思想中占据核心位置。它是格氏文化批评中联络所有理论视域的中心。霍布斯在解释国家时，就曾将权力作为一种单一的同质的现象进行研究。他特别指出许多个人的权力可以由共识结合起来，形成一种前所未有的权力。艺术家作为文化中的一员，他们活动的可能性在于自觉地进入或被动地推向这一切相关性可以运作的平台。社会能量先于他们而存在，艺术家首先是被赋予能量的，作为生存个体，他们“被抛入”。只有进入这一能量不断交换、流通的领域，艺术家才能成为一个社会的角色。在这一环节，艺术家是没有主体性可言的，严格说也不是艺术家。只有在能量场中开始提供能

① Stephen Greenblatt: *Learning to Curse*, New York: Routledge, 2007, p. xiv .

量生产，才能称为艺术家，因而也才有所谓的艺术主体性。在格氏的理论著作中，权力是表述的前提，它影响着人们在意识形态方面的认识，也影响着主体的形成。在福柯那里，权力无法被“外在化”，也不是某种具体的客观物，它是一种清晰的、体系化的阐释策略。依马克·吉布森的分析，福柯的权力有五个方面的含义：第一，不把权力当成一种的实体，而是看成一种关系；第二，把权力看成一种“机制”或“技术”；第三，将权力微型化；第四，认为权力根本没有一个单一的形式；第五，反对将权力与其他现象对立起来。[①] 总之，权力分布在各种不同的领域，在对精神病院、疯狂、医学、监狱、性和“警察”的大量历史研究中，权力沿着功能、效果、和“怎样”这些问题具体展开，它与这些问题成为一个整体，它是内在于这些问题的，通过这种方式，权力与它们不可分割。这里似乎会给人产生历史由于有力量的支撑而出现连续整一的印象，但福柯的权力是借助话语来表现的，故想把权力造成的后果置于没有中断的线性连续中的企图是徒劳的。[②] 霍布斯把权力置于自然状态中让其在不同的个人之间分配，本质上是一种非政治行为。“一个什么都是的权力事实上根本就不是权力。”[③] 格林布拉特更没有历史整体观，他仅在权力的普遍性意义上与霍布斯相通，福柯所理解的权力与语言结合成的话语作为对象来立论才是他的文化批评的具体出发点。他认为，在艺术活动中，艺术家借助能量“对象化”出某种有价值指向的产品，能量也就“神秘地”贮藏在了作为文本的艺术当中，并在诸多不同的文本之间进行“谈判”（negotiation），使当中的社会能量进行“交换”（exchange）、“流通”（circulation）。

价值一般分为真、善、美，格氏的《炼狱中的哈姆莱特》就展开出这三个价值维度，艺术家表现出哪种价值观完全是随机的。权力的诉求与人们在现实中的各种价值考量有关。格林布拉特在《莎士比亚的自由》通过对莎士比亚的局限（limit）划定了权力的边界。他说：“在生命旅途中遭受各种挫折，可因为有了强烈个性理想信念的驱动，莎士比亚发现了

---

① 马克·吉布森：《文化与权力》，北京大学出版社 2012 年版，第 29 页。

② 米歇尔·福柯：《必须保卫社会》，上海人民出版社 1999 年版，第 255 页。

③ 齐泽克：《偶然性、霸权和普遍性》，江苏人民出版社 2003 年版，第 49—50 页。

卓越的美；在被他者激起的仇恨中则明了了道德力量的复杂性；正因如此，莎士比亚认识到了他的自由的界限。”① 通过格氏对莎士比亚的解读，我们可以引申出，权力的价值形态最主要就是表现为“美”和“善”，文本间所有能量交流最终都可以循着这两条途径去找到各种力量的契合点。由此看，很多学者批评新历史主义常常遗忘审美在文学中的意义的论点是一种强行附会之举。美，不一定能成为新历史批评的一个目标，文学、艺术能够引发社会力量的碰撞才是要义。美也不是艺术永恒的本质，艺术批评也不一定就要开出审美之路。当然，新历史主义也绝不拒斥批评对象呈现出的审美样态。纯审美在西方文化史上作为主题只出现在浪漫主义盛行的时代，在后现代的语境下，审美依然可以作为个体的文化体验存在于社会活动之中，但它已失去了曾有过的那种辉煌呈现的土壤。在格氏的视域下，审美的可能也仅在于是否能诱发出某种社会能量并使之产生快乐的结果之中。真善美在后现代语境中已变成是某种范畴归类的说辞，更真切的遭际最好像新历史主义这样落实到某一主体与社会能量的协商、谈判的过程当中。历史诗学对三者的关系，从历史作品的伦理环节入手，将之放在意识形态蕴含的模式中，这种模式能将审美感受知（情节化）和一种认知行为（论证出某种规律）结合起来。② 进一步探求社会能量，人们会发现它已达到了新历史主义理论的极限，格氏不想对它本身作出定义，它的呈现方式是通过各种社会文化现象的活动以及在当中形成出来的活动域之间融通得以可能来实现的。艺术家在社会历史中有意义的活动都可以抽象出并归属到社会能量的场域中来，通过这个力量场与其他话语进行会通。格氏受福柯“权力”观的影响，在他们的眼中，权力仅仅是一种功能，权力无法描述自身，但它产生的效果却是实实在在的，人们只有通过融入主要的制度结构中才能对它展开分析。在对权力阐述方式的认识上，两人的态度出现了分歧：格氏将权力理解为一种意识形态，他这样写道：“如果说讨论权力与文艺复兴文学之关系是重要的——不仅作为客体对象，而且作为使表述本身成为可能的条件——那么，抵制将所有的意象和表达都

① Stephen Greenblatt：*Shakespeare's Freedom*，The University of Chicago Press，2010，p. 6.

② 海登·怀特：《元史学：十九世纪欧洲的历史想象》，译林出版社 2004 年版，第 34 页。

整合到一个单一的主话语，这也是同等重要的。"[①] 可见，权力场之所以能形成的最主要力量发出者是意识形态，特定历史条件下的艺术家都自觉或不自觉地向意识形态发出声音。

在意识形态和权力的关系这一环节上，新历史主义与文化唯物论走得更近。两者都关注统治秩序是如何使其意识形态成功地渗入到文本中，也就是权力阶层如何将对其有利的价值观和信仰以文化为载体普遍推广到社会各个阶层的思想意识中，并得到广泛接受。当然两者在认为权力关系是解读文本的重要语境的基础上，尚有不同，新历史主义挖掘文本创造语境中的权力关系，而文化唯物论是在文本的批判语境中解读权力关系。也就是说，前者重点阐释历史的权利关系，而后者借助历史文本阐释当代社会的权利关系，这样，文本在当代权力结构中具有实质性的功能，并且直接作用于当代社会和政治形成。文化唯物论将文本作为广阔的政治文化语境一部分，在当代政治文化语境之上，再现历史与当代文化系统中权力的更迭。统治权力以文学文本为载体，利用文化渗透的形式，使其统治意识形态传之不朽，被树立为典范的文学文本及其作者又被后代统治集团用来佐证其政治和文化意识，正如辛费尔德所认为的，"文化产品总体说来就是现存社会秩序的复制品"。[②] 文学文本作为文化的一部分，是塑造人类意识形态的重要途径，对社会变革也起到至关重要的作用。文本作为权力关系的载体，既包含特定时期的文化霸权形式，又包括文化霸权的敌对颠覆力量，这样，文本就变成同时代文化霸权和反霸权的权力场，文学研究的社会价值和意义也存在于此。格氏揭示出莎士比亚写作的聚焦点其实就是意识形态的代言人——伊丽莎白女王，莎士比亚所有的戏都是献给这位他童年就深深印刻在内心的偶像——伊丽莎白女王的[③]。很多艺术家的声音不是成为传声筒，就是成为意识形态的对立面，这些声音所代表的话语是内蕴着社会能量的，这当中可以假定还有些艺术家的作品不能汇入社会能

---

① Stephen Greenblatt: *Shakespearean Negotiations* , Berkeley: Univ. of California Press, 1988, pp. 2 -3.

② John Brannigan: *New Historicism and Cultural Materialism*, London: Macmillan, 1998, pp. 38 -39.

③ 《俗世威尔》推定斯特拉福镇的男孩目睹过女王的尊容，以至终其一生莎士比亚都迷恋于王者的超凡魅力。参见《俗世威尔》，北京大学出版社 2007 年版，第 21 页。

量中，在新历史主义视野下就没有意义。其中那些能对意识形态产生颠覆作用的作品，常常被打压成喑哑一族，退缩到历史的边缘，新历史主义和文化唯物论最关注这些作品，在文化批判中侧重被文本所忽视的人群及其徘徊于文化霸权边缘的生活方式，为了揭开这些隐藏在文本之后的边缘文化状态，新历史主义和文化唯物论将目光投向女性、精神病人、贫困人群和罪犯等边缘文化群体。通过对作品中的被压抑声音的解放，使之与当时主流话语接通，再次共同形成一个较为完整的社会能量流动图式。虽然新历史主义与文化唯物论都将意识形态的文化表述作为文本批评的重点，希望通过文化活动检验社会的意识形态系统，开启一条向意识形态霸权挑战的途径。但在具体政治意图上，稍有不同，新历史主义力图通过文学文本揭露社会文化的变革和颠覆力量，其文化批判更多是描述颠覆力量和颠覆的过程，而文化唯物论认为不仅仅要描述意识形态霸权的形成，更要激发出霸权之下蕴含的颠覆力量。

能与意识形态形成对抗关系的文本中，格氏把目光集中在那种表面恭顺，实际上又具有讥讽甚至颠覆作用的地方。莎士比亚历史剧《亨利四世》《亨利五世》中围绕着哈利王子这一权力的核心，展开了几个场景，其中的小酒馆、英法战场的构思，在格氏看来，其实就是在试探权力，在剧中莎士比亚通过哈利王子周围的人的暗示语、背后唠叨或当面指责以及行动结果把这种成功的艺术表现权力的模式完整地勾勒了出来。最典型的颠覆观体现在福斯塔夫的言行中。作为亲王的下属，福斯塔夫在亲王流落民间时对他有友善和同情的一面，可又时刻警惕这个可能成为未来国王残忍的一面，所以不时用调侃的话来挑明亲王的伪善。他的话就具有了某种颠覆权力的作用，可说话又是站在替对方的着想的立场上，因此能被权力所包容，一定意义上这些话反而成了鲁迅所谓的“小骂帮大忙”。

这种强势与弱势的互生关系表明，对立的双方其存在的合法性，其利益的获得恰恰寄托在对方的长治久安之上，言下之意，似乎最能绷紧人们神经的那些冲突也仅仅是发生过程中的表面现象，实质是不管力量大小，只要能耦合在一起，即使在道德上有各种评判，双方的存在都以对立面的存在为前提，甚至对立面就是自身的产物。这就回到了黑格尔关于自身的否定之否定的著名论断上。黑格尔在《精神现象学》中以生活事件中的主奴关系为例，讨论在自我意识的独立与依赖时，认为两个环节都是主要的，“其一是独立的意识，它的本质是自为存在，另一为依赖的意识，它的本质是为对方而生活或为对方而存在。前者是主人，后者是奴隶”。[①] 主人和奴隶是在相互扬弃中互为主次，共同维系出一个整体性，用黑格尔的典型表述就是“整体的平衡不是在自身内保持不变的统一，也不是这种统一返归其自身以后的宁静。相反，整体的平衡是建立于对立物的异化上的”。[②] 当代哲学家齐泽克把拉康的精神分析引进到这种对立关系域的论述，从常识的惯性认定中诱导出人的无意识，伴随着一阵快乐的震颤给予对立双方以致命的翻转。在这种精神力量的结构中，如论及幻想，作为不在场的幽灵，会变得比现实还真实。新历史主义较少涉及无意识层面，使得权力分析的结构较为单一。

其实直接对抗权力或相反地去巴结权力都不是艺术的途径，也不能展现权力表现的常态。托马斯·摩尔看到主教大人沃尔西充满戏剧性的铺排，既糟蹋钱财又费时费力，不以基督教精神去评判，单就日常眼光看都是没必要的，但从维护权力的角度就好理解了。权力除了通过公文、命令等在上下级的传递中来表现外，统治者借助节日游行来炫耀地位并以此观察下级的反应从而得到巩固的目的也是权力一个重要的表现方式。游行类如游戏，大家欢聚一片，当权者大多会剥去威严面孔，下级也会短暂感到舒缓类的愉悦，在狂欢节中，如戴上假面具那就更好，所有人顿时没有差别，平日里的上下、尊卑、贵贱都被逾平，人格完全平等，自由意志得到了体现。巴赫金在对《十日谈》的剖析中，极为精辟地指出了这一现象。当代的阐释学家伽达默尔在《真理与方法》《美的现实性》中也极为重视游戏的这一特质。早在浪漫主义时代，康德、席勒就论及游戏与艺术的相通性，在权力戏剧般的表现中，可以看出当中就有生活审美化的一面，同时，艺术家在其中也获得了灵感。摩尔的很多焦虑主要就来自于对权力虚伪表演性的反感，他在寻求宣泄内心这类抑郁的能量时，写成了《乌托邦》，从政治家变成了艺术家，格氏把这一过程称为“自我塑造”。摩尔在作为政治家时没有主体性，他在社会能量活动中表现不突出，即使后来被当作圣徒，或者奉为道德模范亦然，他真正发挥出自己的主体就在于面

---

① 黑格尔：《精神现象学》（上册），商务印书馆 1979 年版，第 127 页。

② 同上书，第 40 页。

对权力时的这种“即时表演”。他借助艺术途径去弥补政治生活中的不足，给那一领域安排了一个虚拟的主体，而在艺术这一领域他较为充分地发挥了自己的主体意义，而且大胆地把人当作了主体努力寻找的目标，与当时的人文思潮融通。在这一过程中摩尔作为主体大致占据了两个位置，即作为政客和艺术家两种身份进入到对社会能量的调拨，犹如《乌托邦》中的叙述者又可当成作者本人，又可以看作一个虚构的人物，真真假假各种角色填平了虚构与现实的界限，同时又解释了摩尔人生遭际中的各种难题。《乌托邦》不像《理查二世》，敢直接对推翻统治者这种最敏感的故事进行表演，而且以子虚乌有的说辞事先为后来的麻烦找到一条逃避的路径。虽如此，当时英国与权力核心关系最大的问题是教权之争和是否允许亨利八世的离婚两件事，《乌托邦》多处对国王支持的新教表达了反感的主张，所以整个作品也可以纳入颠覆权力这一维度。当然在现实中摩尔的反对力度更大，以致最后惹来杀身之祸。

权力并不是只有统治者才能拥有，福柯认为“权力不仅存在于上级法院的审查中，而且深深地巧妙地渗透在整个社会网络中”[①]，权力无所不在，不是因为它包围着一切事物，而是因为它在所有的地方出现。在权力所及之处，所有人都脱离不开权力的作用。他称之为权力的力量，产生监禁、压制、包容和对边缘者的排斥，但它并不是我们必须反抗或推翻的外在于我们的东西，福柯几乎把权力推到无以复加的地步，似乎权力有彻底的解释力，实际上不可能把这个世界都涉及，它只是作为假定，起到一种看起来能包办一切的幻象的作用。在福柯之后，鲍德里亚对福柯的这种试图把权力的解释力无限扩大的做法提出了尖锐的批评，其著作《忘记福柯》（*Forgetting Foucault*）提出一个重要的看法即认为“权力是死的”，当然鲍德里亚并不是忽略完全权力存在的意义，而是以更为隐晦“诱惑”（这一主题主要表现在鲍氏的另一本小书《论诱惑》中）形态来取代福柯的“权力的科学”。格氏的论域相对较小，但他也有相同的理论姿态，这样，作为力量，权力、社会能量与物理意义上的“力”一样，都有某种神秘性。

艺术家由于社会能量的作用引发了他的主体性发挥，他也借助这种力

① 福柯：《福柯集》，上海远东出版社 1998 年版，第 39 页。

量来显示他的主体性。福柯说："在行使权力时，权力被理解为一种发布命令的重要而又普遍的主体。"① 主体性是显现的可能性条件，但并不是唯一的条件。主体对世界的构成性经验是与主体对自身的世界性存在的构成性经验相伴随的。主体不过是由话语陈述而派生出来的一种可由不同的人所占据的位置而已。艺术家作为个体如何占据主体位置，可以从三个方面考察：一是个体具有什么样的身份和角色，凭借什么样的权力进行说话；二是个体处于什么样的场所说话；三是个体相对于言说对象可以占据什么样的地位。当主体呈现出"臣服于"某种规则、规范来说话、劳动、工作和生活时，主体性由于权力的作用依然存在，福柯同样说："在谈到服从权力时，同样也存在着一种'主体化'的趋势——规定接受的时间节点，对权力说是或者不是的时间节点。"② 格氏《文艺复兴的自我塑造》中的6位作家都是以此方式来考察其自我主体性的，由此体现的主体在整个文化整体中具有非中心化的特点，虽如此，主体在某论域发生作用时依然可以当作具有主动生成的一极来对待，当然能产生作用最后都要与作为权力出现的社会能量相接。在融通所有活动领域的意义上，"社会能量"中的"社会"仅是一个标示，主要就是"能量"在起作用。能量在时间轴上打通古今的界限，所以今人能读懂古人的书，以至后人又能理解今人所写的东西；能量在空间上又联络了同时代人的各种活动领域，每个活动领域最终都以话语的形态来显现。能量背后还有什么东西不要再追问，它为所有的活动奠基，又是各种活动最后的归宿。在具体的能量流动中，它显现在人与人之间形成的有各种各样关系的共在领域时即称为社会能量。如何判定为一个相对独立的历史时代，福柯曾经以"话语"（discursive）来作出标示，指的是在某一特定的时间内以一些关键的范畴为标志，形成了一种具有与其他时代区别开来的独特的思维方式、表述途径和阐释机制。这样，历史的分期不能以外在的时间更替（如朝代变换）来作为标准。一个时代取代另一个时代的标志在于话语范式的改变，历史的变化体现在话语特别是那些关键概念的改变上。如"精神病""精神病人""同

① Foucault Michel: *Power/Knowledge—Interviews and other writings*, Brighton, Sussex: Harvester, 1980, p. 140.

② Ibid.

性恋”这些术语的出现，是特定社会历史条件下的特定话题，它们本身不是话语，但因牵涉到一系列的知识产生规则，进入到了社会整个文本生产和流通中，与其他尚未成为话语的术语共同称为话语。威廉斯的“关键词”研究对此方法也运用得极为纯熟，比如，他说：“今日围绕于‘文化’一词意义的许多问题，的确都是由‘工业’、‘民主’、‘阶级’等词的改变所代表的重大历史变迁所引起的。”[①] 格氏在阐述哥伦布占据美洲时感到那么“不可思议”（marvelous）时，也指出其背后其实也蕴含了诸多文艺复兴有关“惊奇”的审美话语，包括“对巨大困难的克服和与偶然性和目的性有着奇异联系（卡斯特尔维特罗）；突如其来非同一般的奇观（罗伯特里）；激情、反转和发现（维多里）；调解统一性和多样性（塔索）；叙述中新奇和惊诧的交织（底诺赫斯、塔楞托尼）；与宗教感有关引起敬畏和惊讶所带来的崇高和庄严（帕特里奇）”。[②] 在这个已有明确标志的时代中，它内在的各个相对独立的活动领域也有其独特的话语范式。政治、道德、艺术、法律、经济各个领域形成的话语及其主要标志性概念都不一样，但都相通于社会能量。原则上，所有话语的力量都是相当的，但在具体的社会历史条件下，形成了意识形态的那部分话语其力量占据主动位置，相比之下对于其他话语显得更有发言权。人类历史上充斥着这种由意识形态捆绑住的话语，在西方现代化之前，意识形态主要是由统治阶级控制，话语具有强烈的霸权性质。统治者可以利用其现实的地位来增加话语的力量，在语词的运作层面，即使前后矛盾、错误百出、离情悖理，但依然能够顺利得到推行。幸运的是，现代化以来，西方文化的语言表述机制产生的话语力量足够能与支撑着意识形态的那部分现实力量抗衡，甚至超过了历史上曾有过的那类政治力量，以至于社会抵抗不必成为话语分析的主要手段。

能够剔除外在于话语本身的这部分力量它本身就是一股力量，它把萦绕于话语的那种犹如鬼魅似的影响力给驱除出去，这是一个“祛魅”的过程。认清楚这个过程就在于看出力量是怎么产生的，其实话语就是力量，此外没有别的力量。附在于话语的这种外在性主要与语言出现之初的

---

① 雷蒙德·威廉斯：《文化与社会》，北京大学出版社 1991 年版，第 19 页。

② Stephen Greenblatt: *Marvelous Possessions*, Oxford: Clarendon, 1991, p. 80.

那种语境有关。语言表达即言语的主要途径是语音和文字，在人类的早期，能够掌握语音和文字的人都被视为神，因而拥有绝对的现实权力，那时“主人有赐名的权利，这意味着人们可以把语言的起源理解为统治者威权的表达：‘这是什么，那是什么’；他们用声音给每一物、每一事打下烙印，并且通过这种方法将其立即据为己有”[①]，从那时起语言就与权力捆绑在一起。之所以有如此牢固的媾和效果就在于语言起源的神秘给这种关系增加了天生的不容置疑的惯性，当初能让语言与现实权力结合也是人类的天性有追求未知的好奇心使然。漫长的历史过程如何厘清两者的关系还必须从文化本身入手。对文化，格林布拉特把它简化为一种行动认定模型，即从经验中的“认可—淘汰”[②] 机制即能反观出有文化这一人为方式。不同的文化其机制也不一样，在这种选择中文化即走出了自身独特的路，也可以说，不同的选择决定了不同的文化。文化，很多观点都认为是人化的结果，起码与人关系最大，如果从自然那部分看，全球也没必要区分出有那么多不同的文化，虽然自然在文化形成中也发挥了很大的作用。那么，切入到文化运作的力量，是否有一种能够不断探求文化本身的统一性力量呢？古希腊哲学家面对变化不定的经验现象，提出只有语言才有把握永恒的能力，也就是说文化的统一性就在语言，语言是存在之家。能够找到这一目标，就要赋予语言本身一种主体性，主体性具有把问题推向彻底的明晰和作为独立的“这一个”的特质，所以语言开出了一条通向本体的道路，这就是“逻各斯”之途。正如赫拉克利特所说：“如果不听从我而听从这个逻各斯，就会一致说万物是一，就是智慧。”[③] 与“逻各斯”共生的是不但能主动获取而且有自生成能力的“努斯”，努斯为“成为主体”提供力量。此外，“逻各斯”本身就有“逻辑”的含义，逻辑学与语言学是形成西方文化特色的两大重要学科。因为有了逻辑就能建构出知识不断延伸的框架，加上“努斯”力量的推动，西方文化呈现了在世界任何领域都试图穷尽其无限秘密的态势。

在现象与本质之间，起先西方文化只认为语言属本质一面，而经验属

① 尼采：《论道德的谱系》，生活 · 读书 · 新知三联书店 1992 年版，第 12 页。

② Michael Payne (ed.): *The Greenblatt Reader*, Blackwell, 2005, pp. 11—18.

③ 苗力田主编：《古希腊哲学》，中国人民大学出版社 1989 年版，第 38 页。

现象，语言作为本质反映经验现象，语言高于经验。后来发现经验能被感知其实也是语言使然，在这个意义上，思维等同于语言，这样，现象就是本质。语言本来还可能被当作一套言语背后的规则，言语即在语言的规范下进行表达，比语言具体，但言语还属于一种中性的阶段，在具体的社会历史中，所有的言语都携带着言语者的价值判断，拥有社会能量，所以是一种话语，真正的语言就体现为话语，抽象与具体结合最完善之处就在于话语，格林布拉特称为“表述”。文化的特色缘于语言和思维的独特性，西方文化的努斯精神赋予了语言真正的主体性地位，以语言为逻辑根据的话语必然会走出其各种各样的主体性道路。

话语作为人的生存可能达到的最真实的发生的层面，它在不同的文化中会遭遇各种遮蔽，去蔽最主要的标志就在于语言是否能达自身的同一，也就是说语言不是用来表达现象的，它自身表达自身。达到这一认识，就可以看出，语言出现之初那种现实权力的捆绑的外在性，语言本身就是一切力量之源，世俗的物质权力也是一种语言的表现。语言自身的力量的完整显现就是使得这种外在的世俗力量得到归位最佳的途径。人所有的外在力量都是本能力量，只有置身于语言的力量才是人的真正的文化力量，人也只有真正认识到语言的这一主体性，才能真正实现自身的存在，才能成为真正意义上的人。当然，另一方面，主体性驱动人去获得自身在社会中的某种角色从而成为主体，拥有了使用这一社会领域的话语权，同时也就被话语使用的一套大于语言语法的规则所限制，主体的这一困境实际上使人变成了没有生命的死人。这也是费希特早就揭示出的一种意在自我求知的主体凭借自我的参照，主体会将自身转化为客体，因此难以获得自身自发生成的主体性。

从这一语言观可以透视出人的生存的真切样态，语言和生存归一，这一目标其实它早已蕴含在文化的出现之初，凡是文化都有出自其自身的反思力量使之回归到这一原发生状态。达到了这一目标也不是一劳永逸，它在历史现实中还常常陷入到各种分裂之中，所有的二元分立皆由于语言与自身的异在所导致的。古希腊的“逻各斯”已为语言的真理设立了路标，可到了中世纪，唯名论和唯实论在解经中出现的对立就说明了语言的主体性力量及其所设立的理想世界是不可一劳永逸得到的。唯名论主张把语言、言辞、概念及其关系与经验事实区分开来，以反对唯实论用《圣经》

的字句诠释和逻辑分析扼杀人的活生生的思想。事实上，两者把语言与存在决然分开的立场是一样的。相比之下，唯实论把形式分析当作真理的全部的做法更为深刻。当然唯名论的缺点也是极为明显的，就其对形式的执着而言，它为后来形式主义的泛滥奠定了哲学基础。这种以最后一位教父——安瑟伦（Anselmus，1033—1109 年）为代表的偏激的唯实论在之后受到阿贝拉（Abelard，1079—1142 年）的修正。阿贝拉认为作为本质的共相并非主观虚构，而是以个别事物为基础，这就给语言的存在意蕴呈现出了一条可靠的途径，只是阿贝拉不认为这条路径能穷尽个别实体的全部内涵，但他这种打通恰恰是新历史主义所走出的道路。

哲学上所谓的唯物主义也是这种分裂的典型的体现。唯物主义把语言与现实分开，认为语言的所有意义都来自现实，这种看法非常符合日常经验，也是人类的历史现实的常态，而其本质恰恰就是体现为语言被一种更大的力量所捆绑。新历史主义出现之前的旧历史主义究其根本就是一种彻底的唯物主义，而与旧历史主义对立的形式主义则站在语言本身向唯物主义夺回阵营的立场上，双方力量冲突的结果即出现了新历史主义。新历史主义在一定意义上是一种倒退，形式主义的目标就已经进到了语言所构建的具有其独立主体性的世界当中，形式主义这一纯粹性目标没必要以缺少批评家所处的社会语境为由来降低，当然形式主义的主要问题是只停留在语言的统一性中，拒绝语言的行动维度，语言的最真切的发生是在话语的层面，而话语生成的历史维度是必须考虑的，只是不能把这一层次的历史现实与语言的自身统一性直接联系在一起。新历史主义后来改进为文化诗学的提法在追求理念上就比较准确，它避开历史与语言之争，直接进到“事情本身”。“社会能量”就是以语言实现自身统一性为前提，把文化、文学活动的所有领域都整合起来的一个批评概念。它的先验维度为整合作基底，而涉及经验部分则反映出整个论域的所有层面。受现象学影响发展起来的阐释学则没有在历史与语言之间徘徊，而是直接进入所涉问题本身，文化就是一个大文本，文学与其他文化现象则是当中的一个扇面，作者、作品与接受者都在阐释中联系在一起，依文化诗学的观点，其实就是“社会能量”在先验层面打通各个环节，使之分别有了语言的那种最高主体性，从而具体地塑造成各自独特的经验样貌。

中国历史在作为文化轴心时代的先秦，出现了极有思想力度的并持有各种原创主张的诸子，可在语言与现实关系上却有惊人的一致性，都主张“名”（语言）不如“实”（现实），这一传统一直影响至今。中国历史上从来没有提出过语言具有主体性的见解，语言永远是作为工具来反映现实，语言本身没有力量，而借助语言才能表达出来的那种现实经验力量它就反客为主，遍布在各种生活样态，语言变成可以玩弄心机的场所，承认文本有存在价值时那些语言印迹就有力量，文本如果得不到现实力量支持时就可以当作不存在，缘起于语言的文本不能从语言获得力量来为自身的合法性立义。这样，学科之间就没有统一的基础，也形成不了西方文化意义上的思潮、派别，因为学术研究一直处于经验形态，没有一个先验的层次来为所有出发点奠基，当然也从来没有以这一共通性作为悬设目标来努力争取过，所以如果有所谓学派的话也构成不了系谱关系，“文史哲相通”的说法与文化诗学所开出的跨学科研究有质的区别。“文史哲相通”的前提是没有语言的自主性，它是经验上表面类似的随意组合，被称为所谓的学派之间可以是跳跃的或是停滞不前的无序关系，从来也没有出现过像从历史主义到形式主义再到新历史主义这样的有理可循的学派推进过程。从文化诗学这一个案分析，也可以为我们的学术找到方向，那就是语言自身必须有主体性认识，学术团体才能有力量，每一个个体的研究才不会变成都是从头开始，从而能凝聚成一个有序的可持续发展的过程。

语言主体性认识是一个前现代问题，即有了这一目标文化才能聚集力量进入现代化，文化系统内学科的精细化以及每一学科知识增长的有序化都与这个主体性力量有关。主体的形成是主体性主动获得方面的一个标志，等到主体形成“风格”以后，主体已经死亡。但主体性是不会死的，它会继续推动已死的“主体”的“自我”去获得新的主体，问题的关键在于文化内是否已获得了语言主体性的力量。

第四章　振摆结果

文化诗学以社会能量为力量在历史和文化两个维度上进行振摆，其活动过留下的印迹就是振摆的结果。格林布拉特“文化诗学”的文学批评的首要任务就是直接契入到由多种互文关系构成的语境当中。批评家必须有明确的阐释者的身份意识，把文学当作社会文化系统中的一部分具有能指意义的符码，并通过在与其他具有共同所指的文化文本关联中进行解码。格氏惯用的引子是先从一个不起眼的奇闻、轶事、小册子、画作、手稿、小诗等入手，通过从形式或内容的各种可能的相关性再接入到所要重点阐释的文学文本，然后再引出特定时期的历史事件（或者先事件再文学文本）。在《炼狱中的哈姆莱特》一书中，格林布拉特就是从 1529 年一个叫西蒙·费什的律师写的一本名叫《替乞丐们哀求》的小册子开始的，这本小册子用匿名的方式献给亨利八世。费什描述了当时英国大众普遍的贫困状态，而社会财富却大多集中在教会手中，这种聚财的方式的秘密在哪儿呢？费什认为与“炼狱”这一观念的深入人心有关。由此格林布拉特引用了早期的一些改革者的文献来证明费什的思想并不孤单。到第二章“想象中的炼狱”才引入《哈姆莱特》作为核心文本有关“鬼魂”（ghost）的说法。其实“鬼魂”在《哈姆莱特》只出现在三幕戏中并也只被说过两次，那么它怎么有这么巨大的艺术统摄力使得格林布拉特愿意为之写一本书呢？格林布拉特在序言中也说到这是一个冒险，可是考虑到“哈姆莱特”作为文艺复兴主体意识觉醒的一个代表的重要性，以及他近期的一个学术兴趣——对“文化诗学”（这个概念，他取自于文化人类学家 Clliford Geertz）的偏好，特别是后一个因素，他认为值得冒这个险。那么“文化诗学”又是什么呢？他给出一个重要特征是“要有一定的阐释学的耐心，悬搁直接的文学分析，不要把背景知识仅当作背景知识，而应该把它看作是理解文学经典的重要因素”。① 基于此，他煞费苦心地去搜集16世纪前后欧洲特别是英格兰与“炼狱”有关的“祈祷”（prayer）、“死后生活”（afterlife）、“灵魂”（soul）以及“鬼魂”等各种文本（诗歌、碑文、史料）来充实“炼狱”这一观念在人们心目中如何从与人关系不大的死后居处到与人现世关系密切能使人摆脱痛苦获得安宁的过程。这样，就给《哈姆莱特》的这一神秘空间营造了一个新历史主义（文化诗学）所理解的真实的历史现实语境。

第一节 触摸真实

格林布拉特把“讲述故事”（Story - Telling）作为新历史主义批评实践的一个特色，在游戏于各种理论边界的同时，渐渐出现了自身的必定要使用的方法，格氏“讲故事，讲有意义的故事，使之成了批评的结构要件”②，他的作品充满了各种故事，除了别人的故事，在作品的前后他又多次述及自己的经历。一般认为形象性的叙述往往与理论特质悖离，可并不是成为理所当然的禁区。传记式的表述在阐释中具有参与语境构成的真切效果，对批评家的本身的反思也使得整个活动方式增强了哲学意蕴。对这种融入批评中的被叙述出来的事件，文化诗学有一个专门术语称之为轶闻（anecdote），乔尔·法曼（Joel Fineman，格氏在伯克利的同事，1989年去世，年仅43岁）在生命的最后阶段曾有一篇论文集中讨论了历史中的轶闻。法曼认为，轶闻作为对奇异事件的叙述，决定了历史编纂中结合事件与语境的走向，它又是文学独特的触及真实的形式或风格。轶闻有某些文学的东西也有某些超出文学的东西，在叙述的形式背后或形式表面之下存在明确的指向。文学性与外部世界的指向的结合在历史写作中的作用不是作为有开端、中间和结局这一宏大的目的论叙述过程的附属功能，而是在当中打开了一道切口，它“产生了真实的效果，作为偶然性的发生事件，轶闻存在于历史连续性语境的框架之内或之外，换言之，它成了叙述的组成部分或变相地

① Stephen Greenblatt: *Hamlet in Purgatory*, Princeton University Press, 2001, p. 5.

② Stephen Greenblatt: *Learning to Curse*, New York: Routledge, 2007, p. 6.

反映了叙述”。[①] 黑格尔的历史哲学，精神的自我反思达到了它最后的完成阶段，是历史编纂宏大叙述的最纯粹的模型。受绝对必然不可变更的目的论规则的束缚，没有什么偶然性的发生，精神达到了它本身，其发生不占据时间，没有时间性。“黑格尔就明确地尝试把流俗领会的时间同精神联系提出来”[②]，所有的开端都预示了结果，狄尔泰历史阐释学称这种在历史研究中事件和时间相继性语境的绝对必然结合是没有历史的。后黑格尔哲学虽延续着黑格尔历史哲学的大部分内容，但在精神自我反思的完备严密的体系中引进了某些缺口，给历史的暂时性留下了位置。胡塞尔在《几何学起源》、《欧洲科学的危机》中就试图在现象学还原中限制超验自我与必然性历史的联系，找出一条扎根于自然的而不是超验的先验普遍历史结构的起源之途，回到先验自我的时间发生，从而建立有实践意义的理性普遍目的论。胡塞尔晚年不同于早期没历史感的观念构造，其思想回归到了生活世界。海德格尔受胡塞尔影响极大，在《存在与时间》中提出“本真的历史性”：

> 只有这样一种存在者，它就其存在来说本质上是将来的，因而能够自由地面对死而让自己以撞碎在死上的方式反抛回其实际的此之上，亦即，作为将来的存在者就同样源始地是曾在的，只有这样一种存在者能够在把继承下来的可能性承传给自己本身之际承担起本已的被抛状态并在眼下为“它的时代”存在。只有那同时既是有终的又是本真的时间性才使命运这样的东西亦即使本真的历史性成为可能。[③]

海德格尔认为历史学如以表达规律为对象是失误的，也不是仅仅陈列一次性的、个体性的事件，一个以命运存在的存在者的存在方式是烦，“烦假定了时间性并包含了死、罪责、自由和有限性，只有其存在方式是

---

① Joel Fineman: “The History of the Anecdote: Fiction and Fiction” in *The New Historicism*, ed. H. Aram Veeser, pp. 49–76.

② 海德格尔：《存在与时间》，生活·读书·新知三联书店1987年版，第501页。

③ 同上书，第452—453页。

烦的存在者才能在其存在和生存的深处是历史的”。[①] 终止了黑格尔式的自我反思的主体通过向无尽未来之死的敞开，调拨传统和过去，因此进入到此在（dasein）的当下的生存论联系。下决心回到被抛状态，其中就有把流传下来的可能性承传给自身。时间从存在中滑落，哲学本体论在苏格拉底那里就失去了其生存论视域，哲学史也没有了历史，故必须把时间与存在结合起来，给历史的偶然性留下地盘，提倡轶闻书写，其意义就在于迎合了思想史上的这一历史性转变。

法曼所谓的轶闻历史指的是把轶闻的文学形式指向的独特性和历史上的逸闻作品的历史接受效果的结合，就文学形式这一方面来说它在无时间性的只有开端、中间和结局的历史目的论中打开了一个缺口“让历史独特地发生”，在大历史中轶闻勾勒出一个类如洞口或边缘性的东西，有了这一效果突破的可能性，轶闻作为一种新型叙述它形式上完全在本身中进行，所以可以分割出更小的单位，进而引发了更多的轶闻操作。轶闻的小型完整性必然打破大历史之流，在轶闻的边缘人们遭遇到了与一般历史叙述不一样的织体，那种打断使历史叙述之外有了某种真实的意义，因此，“轶闻展现了历史”[②]。

早在 20 世纪 60 年代，罗兰·巴尔特就曾描述了在历史和逸闻之间存在着对抗关系。他在定义近代的“历史话语”时就不断地试图抹掉叙述自身的系列（所指，the signified）与过去事件的系列（指示对象，the referent）之间的差别，但是所指与指示对象的同一所揭示的只是当一些“注释”（notation）作为轶闻不能被更大的叙述所消化，它暴露出另一种与叙述外表不一样的现实，其组成的事物不能被历史学家吸收进具有代表性和统一性的意义系统。这另一种的似乎离题的“真实效果”一下就暴露出历史叙述的不完整，按法曼的说法，注释类的轶闻与历史格格不入。

一方面，像法曼和巴尔特一样，新历史主义把逸闻与对“大历史”的打断联系在一起，他们寻求那些被历史学家忽略的而又具有强烈隐蔽特性却能使历史中断或真正进入历史门槛的逸闻。为达到这个目的，他们关

① 约瑟夫·科克尔曼斯：《海德格尔的〈存在与时间〉》，商务印书馆 1996 年版，第 334 页。

② Stephen Greenblatt: *Practicing New Historicism*, Chicago: The University Press, 2000, p. 50.

注于一些特定类型的逸闻，比如能集合各种各样的因素包括昙花一现的细节、被忽视的异常、遭压制的不合时宜的人和事，在当中地域和角色、“历史”与“文本”不断地漂移，这样使得对已成为“历史”的过去的看法产生极为反常的效果。被选中的逸闻，不像旧历史主义的所理解的必定是时代真理的缩影，恰恰相反，它是这种所谓真理的否定。轶闻打开了历史，把它放斜，让文学文本找到了新的切入点。这些文学文本甚至会放弃它们在分类上的单一特性，而把自身分析为“文学的”和“历史的”两部分，至少“历史”会被想象为意外发生的一部分，是有时间限制的物质和不可预测性的组成成分。通过这些异乎寻常的逸闻构成的斜面，历史不再是建立稳定化文本的方法，而是成为神秘存在的一部分。

另外，又不像法曼和巴尔特所描述的，轶闻只是通过等同弱化内容与加强形式的关系来实现打断的目的，而且也不是他们所认同的只是为了扰乱和诱导总是难以达到的“真实”。轶闻试图有意识地探问脱离指示对象的一般的形式系列，用巴尔特的话，它也可能超出当代历史规则的边界之外，但本质上还属于知识的范围。新历史主义的逸闻能激起新的解释，但并不等于说这种解释就是普遍、唯一和必然的。在目的性还不明确，阐释的坦途还没显现的时候，格氏认为用“反历史”（counterhistory）[①] 能较好地表达出轶闻与历史的关系。

用“反历史”（counterhistory）这个术语可以概括出人们对 20 世纪以来的“大叙述”历史攻击的范围。Amos Funkenstein 最早发现这个词来自犹太人反对福音书的辩论中，但他转而把它用在对世俗历史的研究。“反历史”（counterhistory）不仅反对占主流的叙述，而且对普遍的历史思想模式和研究方法都持否定态度，因此，某一革命性思想成功以后它就结束了它的对抗，等着它的是被另一“反历史”（counterhistory）观所颠覆。依照 Funkenstein 的看法，19 世纪的“宏大叙述”当初也是作为“反历史”（counterhistory）出现的，它对抗的是神职人员和统治者那种为自身合法性服务的官方历史。“反历史”（counterhistory）和“历史”（history）

---

① “反历史”准确说法应该是 antihistorical，是法国年鉴学派斯多伊诺维奇批评福柯的用语，克罗齐、怀特等人也曾经使用过。所谓“反历史”，就是拒绝历史知识、怀疑历史学科的必要性。

时刻都处于一种不断冲突的过程之中，双方之间不存在各自独立特性鲜明的本质对抗。

历史研究有时即使专业的史家也有一种宁愿怀疑旧的叙述和方法也不愿探索新方法的冲动，20 世纪六七十年代就是这样的时期。在那 20 年间，有太多的“反历史”（counterhistory）的主张出现，它们反对现有的正统，以致太过于自我中心而不容易被接受。虽然如此，“反历史”（counterhistory）的精神还是广泛影响了后结构主义者，他们像尼采那样轻视一般的历史认识论假定，采用一种修辞论立场来对抗主流的历史叙述话语，但结果并没有触动太多的历史知识。例如那些反叙述的结构上采用编年体的史家和以 Norbert Elias and Michel de Certeau 为主的一批提倡关注日常生活的研究者，就是这种类型。那些结构主义特色不太明显的女权主义者、反对种族歧视主义者、工人阶级和其他一些激进的修正主义历史学家、主张“历史来自底层”的实践者也都公开宣称抵制胜利者的历史。此外，有些与结构主义、后现代主义、激进政治无关的社会和经济史家也受“反历史”（counterhistory）的影响采用统计技术发展出“反事实的”（counterfactual，指在不同条件下有可能发生但违反现存事实）议题。“反事实”的主张很像极为流行一种战后小说类型——“替换历史”（alternate histories），Philip K. Dick 的小说 *The Man in the High Castle* 体现的就是这种历史观。“反事实”和“替换历史”都开始于假定进行思想实验，比如会考虑“没有铁路美国经济会怎么样”、“轴心国在‘二战’中取胜了历史会如何发展”诸如此类的问题。“替换历史”甚至还影响了主流小说家去改造爱因斯坦和后爱因斯坦的物理学术语来描述出非线性的历史和多元的宇宙观。

通过以上几种“反历史”的概述，当代历史研究中对不能实现的可能性的假定比那种线性的有确定意义的解释来得更受人欢迎。新历史主义的轶闻观可以当作是这些“反历史”观点在文学批评当中的运用，也可以说逸闻承担了一种中介的角色。但新历史主义的逸闻并不总是与“反历史”的视域相符，这也可以说是轶闻书写的一种必然诉求。他们综合了各种理论上的矛盾因素，既有尼采的怀疑又融合了对接触“真实”的需求，或者指使研究者宣称找到了受压制的非官方的真实故事又转而认为这些事是想象的它们根本就没有发生。

新历史主义与其他学派在“反历史”观方面的关系错综复杂，最能表达出新历史主义看法的是英国的激进历史学和法国的福柯主义。在20世纪六七十年代，它们似乎最有历史抱负和反叛能量，可事后一看，它们考虑的就是使用轶闻这一套路。尽管对很多作者都产生影响，但不能说他们形成了某种固定模式，只能说营造了一种没有边界的氛围。

轶闻作为英国左派历史人文主义的一个重要标记，它强调经验、社会意识和世界改造。激进的文化学者用轶闻来对抗自由历史学和持决定论的马克思主义所主张的连续的单方向的运动历史观。例如，作为一个著名的文化马克思主义者爱德华·帕尔默·汤普森（Edward Palmer Thompson），他挖掘那些底层人的“声音”，关注以前未被重视的主体，展现了历史的多样性。受汤普森影响，在美国发展了有关女权、家庭、种族、民族方面的历史，在英国则有了村庄和工厂的历史，这样，使轶闻写作更具个性化。他们重视个人经验与写作对象的关联，这样就突出作者本人的自传性质。

那些年最能体现英国文化左派的叛逆倾向的人是雷蒙德·威廉斯，他的著作中汇集了各种“反历史”的声音：专注于能抵制现代化过程的那些力量；探索不可能实现处于困境的死胡同；致力于描绘历史的一般客体（无数的关系构成“社会”）和人类学家、文学批评家眼中的“文化”之间那种不断变化相互作用的关系；他着力最多的是阐释“社会”和“文化”的含义。威廉斯广泛的学术兴趣使他比别的左派历史学家拥有更多的读者，因而，像美国这样对英国文学极为关注的国家受其影响的学者也就特别多。威廉斯使“反历史”的思想方法在文化和文学研究方面得到了推广，特别是对文学批评有明显的促进作用。威廉斯的著作有个潜在的含义，即文学本身就可以当作“反历史”来对待，但必须放弃或彻底修改左派文学批评的“意识形态标准”。威廉斯反对那种“物质生产是最终决定力量”的说法，指出社会整体各个系统是不可分的，“文化”与“物质”等其他社会活动一样，它也有经济上的意义。他把“意识”作为分析的主要对象这种文化批评思想来自卢卡奇、葛兰西和戈德曼等所发展的西方马克思主义的另一传统。阅读威廉斯的著作没有那种单调无趣的争论，他坚持理论有义务联系具体生动的经验，则不是死守意识形态的历史，这样使他超越了许多左派批评家的局限，进行更多的“反历史”的探寻，试图揭示文学文本还没被发现的那些面相。虽然这样，威廉斯并不是要把文学当作其他被遗忘的精神状态的直接表达，而是作为潜在没被意识的结构记录。“他把文学当成是没被完全说出来的那种历史。”①

威廉斯敏锐地感觉到意识形态批评的局限在于对历史意识设定了一个准确无误的前后一致的并能被清楚表达世界观的框架。与其他“反历史”的历史学家一样，他徘徊于不和谐的内在没有统一性的边界，强调现代社会充斥着难以直接表达的出现在认识和情感方面各种差异的体验。对威廉斯来说，尽管这些差异明显存在于文学作品中，而主流历史学则与这种体验格格不入。为了向占主导地位的话语表明事情并不总是像它们认为的那样，威廉斯转而把文学当作了“反历史”的形式。

一般的历史学家会把他们遭遇到的体验轻易地忽略掉，认为这些生活插曲飘忽不定，难以言明。而威廉斯则认为是否认同“体验”是“活生生”表现与那些主流立场之间的冲突之所在，意识形态批评单独无力把握体验，它们没把体验当作“情感结构”（structure of feeling）。“情感结构”是威廉斯的一个重要概念，主要指特定的、有一定特殊历史联系的社会体验和社会关系。文学艺术因为能以“语言的生活和形式的特征表现出活生生的体验”②，与其他艺术形式相比，成为了个人体验表达人类社会经验最佳的情感结构。他说：“情感结构的特别位置在于意识过程能被清楚表达和具体生动发生之间无止境的比照之中。”③ 因为并不是什么东西都能被完整表达出来，那种困扰、阻挠、引起心理紧张、产生感情挫折体验是不管在文学还是在谈话中使能指和所指关系出现变化的主要根源，所以就要假设表达清楚（the articulated）的部分和那种生动发生（the lived）之间能进行不断对照的可能性。“comparison”（比照、对照）不是严格用语，对威廉斯来说，“the articulated”（能表达清楚）和“the lived”（活生生过程）也不是完全对位的相反实体。“the lived”在威廉斯的著作中保持着一种未能具体言明的描述空间，威廉斯采用类似轶闻的形

① Stephen Greenblatt：*Practicing New Historicism*，Chicago：The University Press，2000，p. 62.

② Raymond Williams：*The Long Revolution*，New York：Columbia University Press，1961，pp. 64 –65.

③ Raymond Williams：*Politics and Letters*，Published by Verso Editions，London，Great Britain，1981，p. 168.

式把体验暗示出来。未能具体说出的东西导致了心灵的不安，转而又刺激了写作，威廉斯说："有段时间……体验和描述之间出现紧张关系时，我们就会被迫检验一下描述是否出了问题，然后试图超越出那种紧张关系重新寻找描述的方法。这是一种行动问题，而不是理论的事情。"① 威廉斯指望通过内省提供一种与一般意识形态所把持的思想方法产生逆反作用的根据，同时这种逆反过程（因与描述相对）又是不能描述的。如果"体验"和"描述"相符，它们之间的那种紧张关系也就减弱，行动问题也得到解决，那么，"the articulated"（能表达清楚）和"the lived"（活生生过程）的对立自然地也就不存在。"体验"不能被语言精确表达，所以它也就不存在于书面文件之中。如果有的话，也是以印迹或征兆出现在"articulation"（清晰化）的表层，而这些也只能被当作意识形态与个人体验对立的证据。"lived"（活生生）的材料没有一个明确的内容，它不仅出现在意识和语言遭遇困扰的初期，而且始终就是被当作纯粹的麻烦来对待的。

这样，体验就不能通过神秘的小故事来叙述，这也就解释了威廉斯为什么被当作很少使用轶闻的"反历史"的历史学家。他提及的体验总是模糊不清，似乎在强调一般所谓的"触摸真实"是不可触摸的。而他所使用的准轶闻，相比于体验的抽象暗示，反而能填补体验缺席之处。体验不能被描述有一个文学的谱系，它的来源可追溯到英国浪漫派以及把现代定义为一种缺少或压制体验的状态的传统。这些前人主张都暗含对现代性的认识要求在意识中不断地指向或想象出有不可触及的地方，所以与"反历史"的方法极为相符。威廉斯明确地将自己置身于这一传统，他自相矛盾地认为现代社会不仅在意识形态的层面不承认体验，而且在体验层次也不承认有这种体验。"社会结构有些主要特征在于阻止那种强烈的体验……它们深深地潜在于文明的整体之中，由于这种深邃之故，文明常常否认它现有的体验，甚至还变本加厉地压制这些体验。"② 所以就有了有些体验是不能体验的说法。正如在浪漫主义者华兹华斯、阿诺德、劳伦斯

① Raymond Williams: *The Long Revolution*, New York: Columbia University Press, 1961, p. 73.

② Raymond Williams: *Writing in Society*, London: Verso, 1984, pp. 162 – 163.

和利维斯那里，“强烈的体验”是一种神秘的东西，一种“被埋藏的生活”。触及意识的“困扰”不是那种被限制的“体验”，而是封锁。正因为这个原因，威廉斯分析，“情感结构”始终就是压抑的结构。例如伊丽莎白·盖斯凯尔的工业题材小说，与其说是“体现”对工人的同情，不如说是呈现了作者被封锁起来的对工人的同情。她小说的“结构”是一种同情不能被实现的结构，也是一种本来应该有的像鬼魂似的困扰着意识形态话语的同情的结构。所以，对文学的研究就是要从那些被压制的情感结构的张力中推断未被思考的和未被感受的东西。“情感结构”作为个人特异的甚至孤独的体验，其中又包含自明的“人类经验”，这样，通过个人的体验可以把握、理解整个社会和文化的结构。情感结构集中体现在文化艺术之中，通过对文学艺术的批评，就成为进入社会文化的主要途径。威廉斯以20世纪初欧洲戏剧为例，说明在情感结构中如何从感知和回应现实方式向借助象征和幻想透视人的异化的新方式的转变，揭示出了戏剧艺术由“自然主义”向“表现主义”突变的社会原因。

像很多“反历史”中有关“反事实”的设定一样，通过已被书写的历史试图超越意识形态的批评，可能是霸权的限制，威廉斯在这方面的创造也难以达到极限，它们仅仅是呈现为从不友好的现代社会中退缩出去的超历史的自然人观念。所以有人认为这种创造与阿尔都塞神秘经济学的“最后例子”一样，对历史分析是无效的。此外，当威廉斯抱怨生活的贫乏以及现代社会缺少生动全面的存在时，他似乎被文学的感性所迷惑而不能对他的危机体验的修辞进行批判性审视。由于共同关注人道主义的主体，威廉斯把最典型的文学主体形式其出现带着深刻的难以企及的生活且不断遭受挫折的孤独自我转变成一个分析性概念，毫无疑问，这让阿尔都塞信徒感到失望。阿尔都塞信徒指出短暂的“真实”自我是“意识形态工具”（ideological apparatus）的一部分，其主体须经意识形态的认可才得以确立。福柯的信徒们也同样告诫人们，对那种难以说清不可企及的东西语言洪流为人文学科创造了一个值得追求的可信的一半淹在水中的客体。

威廉斯对这些非难不以为然，因为他们都认为他有一种独断的确定性倾向，而对这种非因果的分析范式他早就予以摒弃。这种冲突发生在英国左派中的文化主义者汤普森、威廉斯和负载着过重的政治包袱的后结构主义阿尔都塞的信徒们之间，尽管争论的焦点在于主体性和中介，但涉及的问题还是更为实际的老话题，即大众是否有能力知道他们的地位还是需要一个科学的领导者（一个起先锋作用的党）来启发他们。不管对错，汤普森和威廉斯在结构主义中听到了熟悉的共产党精英的腔调，怀疑他们使斯大林主义死灰复燃，可能把历史又置于一种整体没有其他声音的描述中，以致不愿再进一步争论下去。“主体的批判”似乎是对复杂人类历史的简化，因为主体仅仅是主流意识形态结构特别说明的副产品，从来没有把它放在历史现实中得到拯救。他们也没有一种能够感受威廉斯认为很重要的那种不和谐的“体验”的能力。总之，他们缺乏所有那些能对抗文化、心理和政治使“反历史”得以可能的东西。

即使英国的文化主义者改进“人文主义”，他们的“反历史”驱动在某种程度上还是要求设想一个历史决定论的“他者”：如果不是被压制的自然人，至少也有一些可供选择的核心识别标记。而米歇尔·福柯作为一个“反历史”的历史学家在他的著作中则有意识地剔除这种略带感伤的恋旧存在，可在20世纪70年代末他还是承认那些未被权力叙述同化的偶遇能使研究充满活力。有一个很少被注意的文本可能是最能表达福柯这时期对“反历史”的重视。1979年在《权力、真理和策略》一书中写及“无耻男人的生活”时，福柯完全用不为人重视的非典型的逸闻来表达。在序言中他谈及选进作品中的事件皆出自他的个人情感爱好，或是愉快、喜悦、惊诧，或是其他感受，至于当事情发生时为什么有那么强烈的反应在事后却很难说清楚。福柯陶醉在这些短暂的引起内心深处波动的零碎小故事，进而发现这些轶闻与它们融入的历史文本有某种冲突，“它们不能进入到理性的秩序”①，所以福柯认为让它们同样作为一种类型以获得独特体验也是很好的选择。在轶闻与历史的决断中会产生震颤，偶尔历史真实的灵光一现，历史分析中捕获到了是什么造成转瞬即逝的效果，令人失望地意识到当初轶闻所带来的强烈效果就这样白白消失了，希望通过重新叙述轶闻来恢复原先的印象，这些，都是福柯在“反历史”写作中的收

---

① 转引：Stephen Greenblatt：*Practicing New Historicism*，Chicago：The University Press，2000，p. 67. English translation published in *Michel Foucault*：*Power*，*Truth*，*Strategy*，eds. Meaghan Morris and Paul Patton（Sydney：Feral Publications，1979），p. 77. The piece was originally published in *Les Cahiers du. chemin* 29（15 January 1977）：pp. 12—29.

获，它们与英国“文化主义”所表达的逸闻精神是相通的。福柯的早期著作特别想打破历史宏大叙事的连续性，倾听历史被压制的声音，逃离挥之不去的经济主义和正统马克思主义编年史家的束缚，反思过去的局限，研究话语活动的塑型力量以及挖掘那些没被说出来的东西。尽管在英国“文化主义”和更倾向尼采式怀疑主义的福柯之间在“反历史”方面有很多趋同，可阅读福柯，会感受到轶闻主义有一种特别的吸引力：当历史课题转而遏制激发它的力量时，导致历史解释出现挫折和失败，那么就有一种强烈的要求来保存能疏通轶闻与历史解释之间的能量。福柯不只是在做“反历史”之事，他似乎进入到一种强烈戏剧效果的冲突中，他认为当人们开始行动，在获得事物的活力和生机时，同时又由于受到了训练有素的凝视，必然使事物变得迟钝消极。联合了个人与受规训的反思，有一个好处在于它提供了只能在僵硬的“文化主义”（“人文主义”）和“结构主义”之间选择的更多的可能性。代替那种要么集结轶闻来描绘可替代的独立社会主体，要么排列轶闻使之成为质询主体的意识形态模块，福柯把历史档案中的轶闻表达为不守规矩的个人与惩治他们的力量之间斗争的残余。这样，对档案的理论关注使福柯聚焦了轶闻的来源，解释了被推出历史之外的事件将是最好地看出被排除时机的理由。所以轶闻也是权力作用的产物，当然另一方面也说明了权力的存在依赖抵制它的对立面。总之，轶闻联络了结构和试图冲破结构的力量，成为历史与“反历史”相互对抗又相互依存的关节。

轶闻逆向地联系到了轶闻搜集者的同情会出现一种矛盾：权力的结构保留了能理解和消除那些不安定主体的活动；相反地，带着反叛意图的历史学家当他或她掌握了轶闻时也就扼杀了轶闻的生气。“无耻男人的生活”就关注到这两种动力：它既是对外在生活的复苏的努力又是在阐明这种复苏须通过重读死亡宣判书的辉煌来获得。福柯自己要传达的就是这种“可怕和恐怖”的感觉，一方面，他要求通过社会功能的解释来使这种矛盾正常化，另一方面，又认为矛盾双方不可调和。两种冲突的力量最终都不能战胜对方：因为逸闻并不是为解释服务的，解释也不能成为重述轶闻的借口。用法曼的话就是撕裂与修补这两种行为都不能认定哪方占据主动。福柯的轶闻主要来自于所谓“古典时期”（1660—1760）的监狱档案、警察部门材料、向皇帝的请愿书以及有封印的密信，为了加强冲突的戏剧性，福柯还关注了引起相关行动的条件。

格林布拉特侧重于轶闻的偶然性发生，认为它的意义如果不是打断了惯常熟悉的连续性事件系列，至少也改变了其方向。历史上的逸闻的功能与其说是作为辅助说明，不如说是会文本解释甚至对之充耳不闻，成为阅读时引发惊叹的对立面，格氏说："我不想让历史脱离文学的影响，而是要加剧其文学效果使之触及真实，在两者加深接触的相互作用中使历史变得复杂。"① 格氏不想从阐释学上去阐发轶闻在理论和方法上的意义，作为作者他更愿意把轶闻跟自己的个性塑造过程联系起来。格林布拉特回忆最早对自我的认识是发生在小时候，那时听到妈妈或者自己在讲自己的事，当中就有代词"我"和自己的名字不断地被重复说出，不知不觉在意识中就形成了"自我"的刻痕。但是故事对自我塑造的重心不在于"我"是否不断地被公开提及，而是在于故事本身的魅力。格林布拉特的妈妈给他讲了一个很有趣的关于斯坦利的故事。斯坦利这小孩表面上很像格氏，只是内心有一股强烈冒险的冲动，他玩火，追火车，没经大人同意就跑去动物园玩等，鲜明地成了格氏的"另一个"，同时又是格氏本身的写照，格氏感到其自我的意义完全与斯坦利悲喜剧命运的训诫故事紧密联系在一起。

稍稍长大以后，格林布拉特发觉从父亲讲的故事中又延续了自我被塑造的过程。父亲耿耿于怀的事发生在父亲与小父亲几岁的表弟之间。两个人几乎有相同的背景，都是波士顿出生的从立陶宛犹太穷人移居到美国的第一代移民。格氏的父亲叫哈里·J. 格林布拉特（Harry J. Greenblatt），是个律师。等他的表弟也成了律师以后，不但把事务所搬到了与格氏父亲办公的同一栋楼，而且把名字改成了 J. 哈里·格林布拉特（J. Harry Greenblatt），以此来抢夺格氏父亲的客户。这种紧张关系随着 J. 哈里变得更为富裕而加剧，格林布拉特在成长中有很多事情就与这位堂叔有关。在街上偶遇堂叔，堂叔与父亲在身份上一些容易混淆的相似点一下就会由此联系到彼，那么见到堂叔就会自然地想到父亲，两者一交锋，最先出现在脑海中的就是父亲的劣势，双方多次勉强的和解很快又让步给了重新被唤起的积怨。数十年下来，格林布拉特认为如果不是父亲天生富有犹太人

① Stephen Greenblatt: *Learning to Curse*, New York: Routledge, 2007, p. 7.

能适应美国各种环境的幽默感且善于讲伍迪·艾伦式的故事，亲戚间的这种困扰将很难忍受。到了父亲去世前几年，事情出现了逆转。堂叔犯了贪污罪被起诉，可有趣的是这事登报时名字写的是格氏的父亲，使得很多人打电话到家里来表达同情。虽然有点尴尬，可从此更新了格氏父亲讲故事的基调。格氏认为他父亲讲故事"有一种能把失望、愤怒、敌对和危险的感觉变成喜剧的快乐，以此来重建被威胁得即将失去的自我"①。故事作为叙述模式有两个走向，它可以作为支撑自我感觉的一个方式，通过关联或听到某人在世界中的位置来把自己与世界联系起来；另外，不断重复故事确认个性的同时又不断地在否定这种已形成个性的同一性。与其说故事表达了某人自己的意志，不如说故事也是讲故事者受他人支配的产物。故事的背后一直有一个危险的他者试图来剥夺自我，通过不断地讲述来触及这层关系，似乎能控制在心理能够承受的限度内，它不仅仅是老年人絮叨式的满足，而是体现了叙述本身一种迷人的功能。格氏的写作一直就存在着一个振摆于"内部"与"外部"的边界。

格氏提出有两个形式规则在支配着叙述的生产和消费：一个是审美走向，它决定了故事是好是坏，或者是否能给人带来快乐等；另一个是精神走向，消费故事的人通过讲述自身的思想和行动来度过苦闷时期。故事的魅力产生了很多社会和审美的规则，它不仅制约着对话，而且也规定了书中、屏幕和舞台上的生产和接受。虽然没证据但可判定有强烈的心灵规则在制约着人们对经验的叙述，也就是说从中可反观出人的个性特征。到生命的最后阶段，格氏父亲讲故事时有时不再表达出这层自我与他者内在的对话关系，而是直接就端出他本身单一的故事，可能跟年龄或者是他表弟不再成为竞争对手有关。

在剑桥生活有几天或几周，格氏感到是他人生中最艰难的阶段之一，他不知道是否回美国上法律学院还是留在英国继续深造，有一个代表他自己的声音说："他正坐在椅子上，绞尽脑汁想以后怎么办？"另一个在头脑中代表异己的声音嘲笑着说："他的手支着头，皱起眉头，然后站起来打开窗户。"他早年听到故事时积淀下来的两种声音（父亲 J. Harry Greenblatt 和表叔 Harry J. Greenblatt，可怕的斯坦利和自己的斯蒂芬）此刻集中

① Stephen Greenblatt: *Learning to Curse*, New York: Routledge, 2007, p. 7.

轮番出现在他的生活中，二十多年来它们构成了他极不愉快的经验，特别是其中那个潜入到内心的“他者”一直站在对立面给他制造麻烦，如何应对这一入侵者他找到的办法还是回到父亲走过的老路，那就是不断地叙述某种故事。叙述故事使自我被置于一种陌生化的境地，以至于在文学和文化批评中他都要引入故事来疏离自我。格氏最钟情于疏远失和的故事，虽然自己生活中他忍受不了不和的事，可如果发生在他人身上，他说：“我就可以理解这种自己声音中奇异的他者，使之在出自各种陌生的经验交汇而成的所有声音中得到理性的控制。”① 这样就可以把陌生的变成熟悉的，说明我们自身没有烦恼的角色（如莎士比亚）实际上有某种别样的东西，显然并不是每个人都熟悉莎士比亚，即使你以为阅读莎士比亚的经典时已没什么意外，可故事本身所带出的“自我”与“他者”的结构关系注定了必须考虑各种不可预测性。写作的实践不仅仅是一种个人自我表达行为，它一定要表达出某种别的东西。认识到不一样的东西并不是要取消自我，而是使人们看清楚个性的形成来自于各种各样的谈判和冲突之中。当然，格氏的兴趣远远大于其父亲的叙述范围，他把这种个人现象拓展到了英国文学的文化同一性的塑型问题上。最集中体现格氏自我塑型批评方式的著作是《文艺复兴的自我塑型》，书中格氏讨论了英国文艺复兴时期6位作家通过文学创作来进行自我塑型的问题，每位作家的生存焦虑通过文学途径（叙述故事）得到了宣泄，从中形成了独特的个性。格氏对每一作家的批评皆从叙述他们的人生故事入手来探讨文学创作是如何成为他们解决自身问题的生活必备的组成部分，当然有趣的是，格氏在解释他人生存难题时通过这种叙述故事的方式也同时导入了自己的现实遭际，因而一定程度上对他来说也解决了他自身的困惑。的确，“讲故事是最强有力的人类活动，是为了懂得一系列行动中一个人自己和他人的心情、计划和信仰，还有精神状态的变化”。② 由此可见，人类能从环境的复杂性中超越而出，从相互的关照中获得一系列行为的意义和解释，叙述能力成为一种重要的社会性。别人本来是和你没有什么关系的，但是人类学家会

① Stephen Greenblatt: *Learning to Curse*, New York: Routledge, 2007, p. 11.

② 麦克尔·卡里瑟斯：《我们为什么有文化》，辽宁教育出版社，牛津大学出版社1998年版，第78页。

证明，通过故事来想象别人的能力，会产生一个统一的效果，即创造、保持和改变社会方式的力量。关于这一点，海登·怀特的认识更为高远，他认为叙事远非某种文化用来为经验赋予意义的诸多代码中的一种，它是一种元代码（meta－code），一种人类普遍性，在此基础上有关共享实在之本质的跨文化信息能够得以传递。怀特的这一认识意味深长——他用貌似形式主义的研究方法，在分析了叙事的构成要素、事件的情节编排之后却指向了文本历史性的探究（即他所谓的历史话语的深层结构），以此尝试重构历史的真实场景，确立宏大历史叙事被解构后的历史新维度——元历史哲学（Metahistory，又译作“元史学”）。

故事，可以引发批评的洞察，对阐明批评的位置有某些益处，格氏运用故事使之不再成为证论过程的附庸。格氏的这一思想受瓦尔特·本雅明的影响很大①。本雅明的理论把议论和叙述结合得极为严密，诗与思考不分彼此，在思辨中不断地引进各种体验，两者呈现出来的这种转换，常常扩大了论题本身。本雅明对早期讲故事的人极为重视，一般讲故事都从自己或他人处获得经验，然后又让听故事的人在这些经验中再经验一遍，那种声音在场，对听故事的人非常有用。他说：“每一篇真正故事的本质，或明或暗地，它都会包含某种有用的东西。这有三种情况：第一，有用性可能寓于一种伦理观念；第二，可能寓于某种实用建议；第三，可能寓于一条谚语或警句。在每一种情况，讲故事的人都向读者提出了忠告。”②《一千零一夜》的女主角讲故事的效果最为明显，它挽救了许多人的生命。之所以能成功，其中关键的一点在于故事获得了一种真实性。故事或提供信息或进行解释，本雅明对报纸叙述中老是给读者灌输某种论点不满。只提供信息的故事就很好，它一直保持着让读者不断领会出他或她自己东西的可能。依此，本雅明还区分了历史学家和编年史家在讲故事方面的不同特点，他认为历史学家专注于解释他们叙述到的史料，而编年史家只列出史实，留给读者更多的解释空间，可见编年史家更值得推崇。所以

① 《不可思议的占领》第1页格氏即引了本雅明著名论文“讲故事的人”中的论点；《文艺复兴的自我塑型》第86页以本雅明《机械复制时代的艺术作品》中的“预兆”（aura）观来说明印刷对这种社区仪式功能的破坏；此外，《文艺复兴的自我塑型》第二章的标题“在机械复制时代中作为神这个词”则明显源于本雅明的说法。

② 瓦尔特·本雅明：《本雅明文选》，中国社会科学出版社1999年版，第294页。

本雅明最为关注的是故事的可再生性，因听故事的人很在意的一件事是能否把好故事再告诉别人。记忆成为这一切发生的纽带，诗歌女神缪斯的记忆功能在此产生了作用，故事保存了社区的记忆使得已然发生的有意义的事能世代相传下去。令格氏更为感兴趣的是本雅明认为这些传播媒介也蕴含着某种社会能量，“它保留集中起自己的力量，即便在漫长的时间之后还能够释放出来”。[①] 小说作为讲故事的衰落形态虽然与讲故事已有了某些不同，但它同样蕴含着能量，而且也存在着格氏一再强调的讲故事时“自我”与“他者”、“熟悉”与“陌生”之间的转换关系，本雅明认为，“小说不是因为为我们展现了别人的命运——而且是说教式的展现——而有意义，而是因为这陌生人的命运燃烧的火焰为我们提供了我们从自身的命运从来都汲取不到的热量”。[②] 这种转换能量观“揭示了产生出故事的文化处于一种储存和再生产的动态过程，而不是仅仅表现为一个单一的实体”。[③] 格林布拉特同样看重故事给读者有用的教诲，但更强调故事所打开的那种可以重新解释的空间。奥斯陆大学新历史主义学者弗里德里克·帕勒维克（friederike pannewick）对讲故事（文学的表演）的创造性也给予极大的重视，他区分了故事的两种功效，“消极的方面是只再造出一个现实或重述现成的故事从而又成了一个社会档案；积极的方面是对同样的现实形成了某种观念”。[④]

格氏最有名的逸闻之一是记叙在《文艺复兴的自我塑型》“跋”中的一件事。他说几年前在从巴尔的摩飞向波士顿的途中，由于座位可任选，他就找了一个正在对着舷窗沉思的中年人为邻以免相互干扰，他好赶紧读完格尔兹的《文化的解释》一书。没想到事与愿违，他正看着书中谈及巴厘人斗鸡一事，那中年人竟主动跟他搭讪，说自己正要去医院看望儿子，儿子患了某种病导致不会说话，更严重的是已有轻生念头。中年人此行去波士顿就是想好好安慰一下儿子，但又不知道如何去说服，特别是弄不明白儿子说的话，他问格林布拉特能否帮他用唇语先模仿一下他最担心

① 瓦尔特·本雅明：《本雅明文选》，中国社会科学出版社 1999 年版，第 298 页。

② 同上书，第 308 页。

③ Mark Robson: *Stephen Greenblatt*, USA and Canada: Routledge, 2008, p. 38.

④ Stephen Greenblatt: *Cultural Mobility*, New York: Cambridge University Press, 2009, pp. 220 – 221.

的他儿子可能说的话，那就是“我想死”。猝不及防，格林布拉特顺从了对方的要求，在其注视下，勉强用唇语模仿出：“我想……”以下就说不下去了，这时座位上灯闪了，这位中年人走到卫生间，可能对着镜子自己也说了一遍，回来说：“不一样。”格氏回了一句“对不起！”此后两个人再也没说一句话。

格氏没照着做的部分原因是因为害怕如一旦表达了要死的意愿，那似乎有点躁狂的中年人可能立即拔出刀把他刺死，或者引爆藏在飞机上的某种装置将飞机炸个粉碎。但如果把中年人设想为妄想症是反应过度的话，即实际上这位父亲不会有过激行为，那么格氏认为他自己抵制对方要求的做法就比身体怕受到伤害的原因远为复杂。他会因模仿了这位父亲的说法进入到更为迷幻的状态，这些在宣判生死的句子会变成极为刺耳的声音。不拘泥于迷幻感的理解，学术研究也训练了他更为强烈的反应方式，他会感到自己的个性与所说的话相当吻合，以至于在说自己的时候也同时在叙说别人。也就是说，即使是为一个不相关又急需帮助的人表演违背自己意愿的台词，也是难以接受的。格林布拉特害怕他被要求说的这些句子的行动维度，害怕有关“我想死”这样的句子不像它在上述作为虚拟表演时的假定意义，而是遇到某一精神失常者会直接诉诸它的语义行为指向。这样，人们就必须考虑语言与其外部的关系，“一方面，言语可导致世界上会有某事发生（例如一旦某人要求死就会有人杀死他）；另一方面，言语的效果会影响到说话人的个性”。[①] 利用这一说话的契机，格氏还是“在于想证明那种压倒一切的幻想与自己作为个性的主要塑造者有关”[②]，也就像他在《文艺复兴的自我造型》一书选中的那6位作家所要说明的一样，生活事件在某类人（如有一定文化训练经验的知识分子）的个性形成中它所可能碰触到的心理反应。

现有的文学史的编纂范式反对轶闻这种略显琐碎的存现方式，认为它意义不大以致不能列入文学史写作中的客观的综合的规划之中。但作为讲故事的一种方式，它不建立在一个宽大的构架之上，而是自主完成的，表

---

① Mark Robson: *Stephen Greenblatt*, USA and Canada: Routledge, 2008, p. 39 .

② Stephen Greenblatt: *Renaissance Self - fashioning*, Chicago: The University of Chicago Press, 1980, p. 257.

面上看似乎作用不大，但它的真实如对本雅明来说是有意义的，与大历史的那种不一致恰恰就是它吸引人之所在。

启蒙以来主流历史潮流学家大都主张整体性一元化政治国家的“大历史”。20 世纪 60 年代以来，历史学家的兴趣从重大战争、君主序列、英雄领袖转向普通大众的婚丧嫁娶、宗教信仰、礼仪风俗等社会文化的“小历史”。就“大历史”与“小历史”而言，格氏用了一个独特的概念来表达作为“小历史”的逸闻，这个概念称为“counterhistory”，前缀“counter”有“反方向”、“对立”、“反作用”等意思，与“history”结合即可理解为与传统“大历史”在侧重点上有某种背离，这种“背离”有“超出”之义，不是一味为了与之对立而刻意为之，而是认为轶闻写作更能体现历史的真实。在各个轶闻之间有明显的断裂带，哥伦布对美洲的印象记录就呈现为非系统性的状态，批评家最好就以文本的这种存在方式作为研究历史的入口。而主流历史学家一般认为轶闻在方法论上较为琐碎，是没有价值的，只是在修辞上作为润色、说明或在分析概括时舒缓一下口气才偶尔使用轶闻。同样，在此方面，怀特大量采用后结构主义观念方法并以此对抗形式主义研究的历史虚无，但他所谓的历史真实并非仅指大写的单数“History”，而是小写的复数“histories”，历史不是线性发展的完整的历史进程，而是包含文化寓意和历史象征意味的片段式、碎片式存在。基于历史文化寓意的认识，怀特认为，对历史文本中零散的逸闻趣事、偶然事件等流于表象的“社会景观”有着被忽视的文化意味，对其历史内容的话语性阐释可以显示出文本与社会世风、意识形态的复杂纠葛，重构文本产生的“文化氛围”或“历史语境”。在这种文化氛围中，历史学的主题已经从社会的结构和历程转移到广义的日常生活的文化上面来。

新历史主义生成于后现代文化背景，正是结构主义大行其道的时候，无论德里达还是福柯，都强调了语言的非确指性、文本的多义性、意义的无限延宕性、结构的非连续性和差异性。另外一个目的是要确定当时的历史哲学家用以证明历史思维的不同理论。为了达到这些目的，将从最明显的方面看待历史著作，即是说，把历史著作看作以叙事散文话语为形式的语言结构，其目的是要成为过去各种结构和过程的一个模式或肖像，以便通过再现来说明他们究竟是什么。

格氏本人特别关注被人们忽视的小历史，“轶事”在时间维向度上可以用来表现“过去”，把它作为直接呈现历史学家话语的场所，从而体现出文化内在的多样性。他在《学会诅咒》的“导言”中写道：“历史轶事的功能不在于解释性的说明……它要求的是解释（explanation）、语境化（contextualization）与互动（interpretation）。”① 显然，他已经意识到了，轶事奇闻并不能使历史学家建立起与过去的直接联系，而我们所看到的“过去”也不再是它本来的面貌，但是在轶事奇闻中我们却能挖掘出很多能为我们所用的东西。事实上，轶事奇闻体现的是格氏写作中存在的一种叙述方式，它要叙述的就是“别的东西、一些不同的东西”，所以格氏一直秉承的态度是发现它们、解释它们和实践它们。

第二节　普洛斯帕罗的追求

在古典时期，“诗学”并不指任何领域，任何特殊情感内容，任何首尾一致性，任何分离的领域，而只是指一种语言技巧的改变，即按照比通常谈话更富艺术性，因此更具艺术性的规则来改变自我表现方式。文化诗学对各种文化现象的跨越和整合，引起了同行的某些批评和抵制。哈罗德·布鲁姆对美国新历史主义、马克思主义与女权主义的“我行我素”十分不满，他认为这些“军团”总要避开审美领域，回到古老的柏拉图道德主义和亚里士多德社会科学的话题，在《西方正典》中谈道：“这样一来就把审美体验降为了意识形态，或顶多视其为形而上学。一首诗不能仅仅被读为‘一首诗’，因为他主要是一个社会文献，或者（不多见但有可能）是为了克服哲学的影响。我与这一态度不同，力主一种顽强的抵抗，其唯一的目的是尽可能保存诗的完整和纯粹。”② 布鲁姆认为对审美的遗忘其实是一种痛苦，因为这些学者曾经的文学性训练作为记忆在重新认知时是很难被压制住的，特别是在审美的时候，由此逃避产生的焦虑太大往往是毁灭性的。布鲁姆眼看很多文学系的优秀学生纷纷转行，感到痛心疾首，他认为这都是审美殖民或被殖民惹的祸，因此他要尽力维系审美

---

① Stephen Greenblatt: *Learning to Curse*, New York : Routledge, 2007, P.7.

② 哈罗德·布鲁姆：《西方正典》，译林出版社 2005 年版，第 13 页。

领域的连续性，而最好的方法就是求助于一批经典著作，从中找到永恒及其根据。

其实，布鲁姆对新历史主义是有误读的，新历史主义只是强调和关注文学与各种社会要素的关系，并没有忽略文学艺术的审美特性，更没有把文学等同于意识形态。审美在新历史主义的视野下，成为批评的一种可能性，但不是全部的目标，也不是重点。审美快乐是欣赏过程出现的一个重要现象，但它不是新历史主义要解决的主要问题。个人愉悦很容易变成形式主义框架内的自娱自乐，社会平面化的狂欢也不是真正意义上的快乐，人类历史上除了庸俗的唯物主义外，没有哪位批评家会公开反对审美及其快感。当代艺术中美的创造在先锋派中不占主流，它只在流行文化中有一定的位置，后现代文化中人们更注重的是体验，也不是审美（起码不是传统意义上的优美），后结构主义就否认美学价值内存于文本之中，认为文本是由阐释性社会构成的。从西方现代社会的广阔视野看，审美已被泛化，故特别提美的问题有点不合时宜。沃尔夫冈·韦尔施在《重构美学》中就提出，现代社会认识论的基础建立在审美之上。他的这一判断又基于康德把先验的自由直观当作认识论的基础，而自由直观实际上就是审美。韦尔施说，自康德以来，“真理在很大程度上变成了一个美学范畴”[①]。本来以追求真理为己任的科学活动，自海森堡“测不准”原理作为基本假设以来，其出发点和归宿几乎都以审美合目的性作为范导性的原理，所以很显然，其他人类的活动方式更是受到了审美因素的渗透。

文化诗学所瞄准的审美就是放在后现代的语境来看的。它以“表述”取代了审美性很强的“艺术”这一说法，其原因就是“表述”兼顾了多方的含义。表述，字面意思就是指用语言文字来表达，所以就有一个作为符号的语言的维度，以传统二元思维方式来理解表述的内容指的是社会生活，这样，也就有了一个所谓历史的维度。作为文化诗学的一个核心范畴，“表述”既不完全陷入到语言一极成为纯审美的形式主义，又不把语言仅当作历史主义所认为的是社会生活的工具，那么它就成了一个必须与两个可能的误区划分开来又不能脱离这两个与之关系密切的领域的概念。从语言那里，“表述”获得了一种重要的主体位置的意识，从历史那里，

---

① 沃尔夫冈·韦尔施：《重构美学》，上海译文出版社2002年版，第33页。

"表述"又清楚地意识到这种主体性力量来自于现实，把整个过程统一起来"表述"就是一种有现实语境的话语。每一次"表述"都呈现为具体的活生生的过程，其涉及的范围远远大于审美意义上的艺术，它把语言用来表征和指意社会实践。当然传统所理解的优美及其快感作为一种可能性，如在社会能量的流动中被触发了，其产生也是合法的，同样会被纳入文化诗学的论域。

莎士比亚《暴风雨》的结束，普洛斯帕罗宽恕了一切陷害他的人，喊出了他余生心中的蓝图：为了快乐。以此相对，在《李尔王》中，莎士比亚对不成功的艺术进行宣判，"不能让我快乐，就不要产生"。格林布拉特谙熟莎剧，对莎士比亚提出的"艺术追求快乐"的主张也极为认同。他认为快乐是构成文学感受的一个重要部分（文学产生的另一个效果是不协调），也是他最想知道的一个内容，《暴风雨》作为莎剧带有总结性的作品，普洛斯帕罗的追求一定意义上也是莎翁的内心的真挚表白，从文化诗学的批评手法看，它也是格氏情感倾向的一个总代表。但这种类如普洛斯帕罗的追求，常常会受到那些宣称历史或意识形态功能的主张的压制，心理分析一定程度能夺回快乐原则的阵地，可它又会付出忽略历史的代价。文学可能是存在于世界上一件重要的工作，但它的每个句子并不是一种强迫劳役的结果，而是建立在让人快乐的基础之上。

快乐作为理解历史的范畴其意思却极为难以把握。对于超历史的稳固的审美快乐，歌德说："道不尽的莎士比亚。"别林斯基也说过，普希金是要在社会的自觉中继续发展下去的那些永远活着和运动着的现象之一。马克思在他著名的《政治经济学批判导言》一文中说："困难不在于理解希腊艺术和史诗同一定社会发展形式结合在一起。困难的是，它们何以仍然能够给我们以艺术享受，而且就某方面说还是一种规范和高不可及的范本。"① 这种持续性似乎很符合布罗姆的主张，但布罗姆只要其内在的连续性，它的"外溢"是要尽力避开的。可马克思的理论指向却是强烈地为任何理论设定了一个问题，那就是文学文本（包括所有的文化产品）内蕴着强烈的历史内容，也就是说，文本的意义与产生和接受它们的环境紧密相关。很少人会同意马克思的解决方法，认为是因为希腊人作为

① 《马克思恩格斯全集》第46卷（上），人民出版社1972年版，第49页。

“人类的童年”，所以就能为人们提供这种“永恒的魅力”。试图取代审美反应延续性的做法常常导致另一种极端的观点主张审美快乐即产生于文本内部，它保持着一种外在于历史的中立的沉思。

然而，格氏认为这种超历史的稳定性和持续性是一种幻觉，因为很难设想詹姆士一世时的观众看《暴风雨》所产生的快感会和我们一样。快乐显明的物质标志是一样的，但是其实际的本性，它激起和联系的客体、感受、意义和实践却完全不同。这样，整体的永恒的快乐特性发生了分离：人们可以怀疑混合着“文学”（莎士比亚时代这一范畴还不存在）或“审美”的剧场快感的合法性；可以问问那些站在剧院的观众是否与坐在包厢里的看客有相同的乐趣或者就男性和女性而言也可以提出同样的质疑；在斯特拉特福的皇家莎士比亚剧团看戏的快乐是否等同于17世纪早期的戏迷的快乐。作为研究的任务就是要揭示这种历史化的快感，指出其变动性，理解其具体的趣味。当代学者德鲁莫（Delumeau）研究恐惧，科尔宾（Corbin）研究气味，乌蒙伯格（umenberg）研究惊奇，他们给予感觉、存在的状态和感情有某种历史的永恒性，格氏发现可以从中找出一些类似的方法来重新审视剧场中的快乐。当然有些保留意见，他不认为那种持续性会导致文学自治理论或者得出审美快感是中性的结论，但它提醒人们不要夸大自身与遥远的文化之间在心理和伦理上的距离。实际上要追溯快感的历史差异是很难的，即使有些时候机构的改变会较明显地带动快乐产生方式的变化，例如英国剧场由全是男性来表演转化为由男女合作演出可能导致观众获得快感方式的不同，即使这样，这种改变的意义也极为模糊。我们可以试图在某些作品曾经有过但已不再给观众带来快乐做出理论上的推进，但仍然难以对与这些作品同期的其他作品为何还能给人以快感这一现象做出满意的解释。如果我们认为审美快感是一元和固定的，那么至少就可以相信现象和心理的解释有助于判断过去人们的经验，但是如果快感是多元的、变动的和有时间性的，那么我们就不能确保这些分析与历史研究之间会存在有意义的桥梁。

通过以上诸多问题走向的勾勒，格氏否定艺术作品快感产生及其延续性出现是由于作品本身的原因，或人们对作品的经验，以及单方面出自历史环境。基于此，格氏提出理解这个问题的关键在于每个审美快感的形式特别是戏剧的快乐存在于社会交易的中间地带，这种流动性包含了待机而发的权力，它不是那种几个世纪使审美快感都没变化的始终保持价值中立的稳固性。

格氏认为文学艺术作品是从属于产生它们的社会文化语境的，但他并不满足于只将一件艺术作品当成一个美的事物来欣赏。他认为读者在进行审美体验时在悄悄地经历一场转变，即读者正在从对一件艺术作品的关注逐渐转变为积极参与到这种“复杂的、动态的文化力量”中。这样的审美确实能带给人愉悦感，但要真正掌握它还得去了解艺术作品之外的现实世界。为此，格氏试图重新挖掘一种新的批评观，去分析艺术作品与社会文化语境之间的关系，以及艺术作品的美学价值与作品内部潜在的现实内涵之间的关系，去表现美学自律与社会文化语境之间的对立及可能的交融状态，最终能达到福柯所追求的“生存美学”，即把生活看成一件艺术品。每个人可以不考虑法律、道德的约束，在兼顾其他人快乐的情况下，实现自己的快乐。

尽管如此，格氏却并没有把对作品的审美体验当成一个系统性的客体来进行详细审查。他对美学实践的态度是矛盾的：他一方面认为美学实践是一种无法进行分析的策略；另一方面又打开了评价和欣赏艺术作品的窗口，使艺术作品可以直接面向社会现实。其实，他是在否定抽象的美学实践。所以，他对美学中还没有解决的问题，拒绝进行文本再研究的尝试。可见格氏的美学思想还局限在新历史主义文化诗学范畴内，他的研究方法让他认为所有的话语都是处于相互作用、彼此共生的语境中的。令他最想解决的问题是过去为人所熟悉的一批具有丰富历史含义的美学批评话语如象征、隐义、再现、寓言以及模仿等概念遇到他在《走向文化诗学》中所举出文化现象时已无法解释，更细微的是回到过去也不太适合。所以必须发展出一批新的术语，“用以描述诸如官方文件、私人文件、报章剪辑之类的材料如何由一种话语领域转移到另一种话语领域而成为审美财产”。① 当然，如从社会话语单向直接转为审美话语是一种错误，因为审美话语已经和社会经济活动捆绑在一起，而且这里的社会话语也已经承载着审美的能量。

与其研究审美中单方面的愉快，不如说，格氏更愿意专注于文化中的

① 张京媛主编：《新历史主义与文学批评》，北京大学出版社1993年版，第13—14页。

快乐问题的探索。2011 年出版的《大转向》，全书探讨的中心就是西方文化的快乐特质，格氏认为进入现代化以来，西方文化走向了一条追求天性自然、尊重自由生命、热爱现世情怀的道路，而这一切都缘自于一本书——《物性论》的影响。《物性论》继承了古代原子论的思想，以原子的构成和活动方式来演绎整个生活世界，否定了上帝和永生的存在，去除人生命中很多不必要的思想包袱，如为填补那种无尽的心灵空间而设想的天堂和来生，因死亡所引起的现世焦虑都在原子的显现模式中变得不再有存在的必然。单就提倡追求人的天然的合法权益而言，西方文化相对于其他文化确实有这么一种特别突出的特点，而且有稳固的理性保障基础。而能支撑其合法性的理由恰恰不是格氏所说的免受宗教精神的影响，而是相反，西方文化的宗教（包括很多其他宗教）气质表面看似乎在提倡禁欲，实际上却是为欲望的实现提供了更为合理的文化土壤。基督教反对的是纵欲，对人的一般自然需求并不反对，更不会造成人们生存的恐惧。

格氏把中世纪宗教对人身心的戕害理解为自然欲望的需求遭压制，那么，自古希腊伊壁鸠鲁开始提倡的快乐主义哲学就是解决此问题的良方。可这只是比较直观的一面，快乐哲学确实有解放人被压抑的力量，它在消除宗教的神秘空间给人造成的现世反理性的影响也有积极的作用。但也仅此而已，它并没有也不可能消除神性的空间，神性是人性的一部分，如要给人一个完整性，神性并不能从人的需求中剔除。人性的完整包括感性、理性和神性，每种特性都不能挤压其他的人性空间。古希腊的文化给人性提供了完善发生的可能，可进入中世纪以后神性被其理性化世俗形态——宗教所代替，宗教与世俗政权结合给人性空间造成了严重的畸形，特别是很多人生的现世快乐被剥夺，宗教过分地宣扬此生的罪感和死亡的恐怖使得很多人花费了大量的精力去克服灵魂的不安，似乎人活着大部分时间都要用在赎罪上，稍微有些物欲的满足就会被打入永劫不复的地步，这是必须得到纠正的。快乐属人的感性需求，神性的世俗形式——宗教对之进行压制就是神性在人性空间中挤压了感性的合法性存在，解决这不合理的关系的途径有很多，其中证明人天生有追求快乐的权利就是一个较为直接的办法，卢克莱修的《物性论》就属这样一条途径。在文艺复兴时期与宗教争话语权的主要途径就是回到古希腊，《物性论》可以看作是向古希腊伊壁鸠鲁思想的回应和传承，也是在人性解放这方面的“文艺复兴”。中世纪的思想资源主要是希伯来人的《圣经》，古希腊大多数的文本在欧洲本土已消失，大多数存放在东罗马或被译成阿拉伯语言流传于阿拉伯地区。波焦找寻出《物性论》是属于少数尚保留在本土的文本之列。如果没有东罗马的陷落导致的文明西移，西方人也无从找回完整的祖先的荣光。古希腊文化所展示的是人性全面发展的完整意蕴，其中就包括感性合法的需求。《物性论》为文艺复兴大多数人所传阅，它是顺应了整个时代变局的趋势。就解放人的欲望的自然诉求方面而言，《物性论》应该有其独特的意义，它纠正了基督教被世俗政权所捆绑的那方面内容，但就真正能给人的世俗要求奠定牢固基础的还需宗教作保证，特别是文化中要有神性的合法空间作为保障，才能认清感性的位置。神性被利用来压制感性，缘于世俗权力的没有制约，其实就是没有了神性，有世俗权力的人为了自身的快乐剥夺了大多数人的快乐，其心目中胆大妄为，控制了多数人敬畏神的心理，自身的心理其实根本不承认神的存在。那么，揭开整个骗局的关键就在于指出这些霸权话语的虚假性。《物性论》打击的就是那部分制造灵魂恐慌的虚假话语，至于能完全颠覆整个局面的还须有一个结构性的力量的形成。

结构性的力量的形成在于能维护人的完整性的话语的真正建立，哲学家一直在寻找的人的本真状态就是一个显明的目标。古希腊人已认识到逻各斯所开拓的语言之路在人之所以为人方面的重要性，语言所树立的标杆足以给文化本身带来完整结构的图式。语言的主体性把语言提升为能够把握世界本质的力量，分派了这种主体性力量的各种言语活动也会主动地去获得自身的主体，能够统一语言完整结构性的力量就是一种先验主体，它保证了历史传承的可能，而在各种现实言语中的主体都体现为经验主体。先验主体与经验主体之间不是两个不同主体之间的关系。先验主体是在它的原初构成性作用中的主体。经验的主体是同一个主体，但现在被把握和解释为世界中的一个对象，也即一个被构成的和被世俗化的实体。此处使用的先验主体不是康德意义上的作为一个抽象的观念的一般的或超越个人的主体，而是落实到了个人具体的主体性。事实上康德的《实用人类学》也思考了先验批判哲学向经验层次的转移。福柯套用康德先验（使经验或判断成为可能的条件）的含义，使之成为话语的现实性条件，在《疯狂史》进一步把这种转移推向“疯狂”类的体验形式。自然地，格氏也接受了这种现实化过程。

对经验中出现的问题的解决常常就在经验中进行，但往往都会矫枉过正，如上述对快乐正当权利的解放如一并把宗教活动从社会领域中剔除，就是解决不当的方式。把曾被压制的快乐主义重新唤起的过程当作文化的全部也是有偏颇的，解决文化问题的具体途径都是在经验中进行的，如把这种解决方式当作文化的全部特质就是僭越了问题本身该有的权限，真正能解决这些局部问题的力量最终都是来自于那种对人的完整性的认识。

《物性论》对快乐的追求的另一面就是剔除生命中的恐惧，而对人威胁最大并由此引起的恐惧就是死亡。回避文化转向的大问题探讨，此书的力量更多是依附于人生经历。对格林布拉特的个人生活，他说："《物性论》的核心思想给了我深刻的启示，治愈了我对死亡的恐惧。"[①] 据格氏回忆，他的整个童年都受到死亡意识的困扰。这个死亡的精神病毒不是自身滋生的，而是他的母亲传染的。他母亲时常强迫自己想那些死到临头时会发生的危险和惨状，她不担心死后的事，也不担心来世，而就是害怕死亡本身。平日里郁郁寡欢，不时诉说她的脆弱和不安，信誓旦旦说自己就要离开人世，如遇到与家人分别，那种强迫症则表现得更为强烈。追溯产生这种症状的原因主要是她的妹妹的早夭造成的。在格氏年幼时，完全不知道母亲的此类言行的含义，而出于对母亲的爱，担心她的死占据了格氏本应快乐无邪的童年生活。稍稍长大以后，他明白了母亲的伎俩。他认识到母亲的内心有两个声音，一个是对她妹妹的死给她造成的伤害的愤怒，一个又是对妹妹始终挥之不去的怜爱。这两种似乎冲突的愿念纠缠在一起使得母亲产生了复杂的心态，以一种奇异的方式来缅怀死去的亲人，出现了"替代现象"，即在悲剧事件中失去了妹妹，固执地迷恋上自己的孩子来替代妹妹的有意识或无意识幻想，其消极的精神感染力既毁了自己的大半生，又给自己在世的亲人带来了极大的负面影响。母亲不能理解自己的无意识，她只是起了推动作用，别人又不能弥补她失去妹妹的损失，所以这种情况一直得不到彻底改善。自从读了《物性论》以后，进一步认识到在恐惧死亡中度过一生是非常愚蠢的，格氏自己才完全从这一困境中解

① 斯蒂芬·格林布拉特：《大转向》，龙门书局 2013 年版，前言第 4 页。

脱出来。卢克莱修就提醒人们："对于我们死不算一回事。"[①] 母亲不自觉地利用了亲人之间的爱把恐惧死亡的精神病毒传染给了格氏，这是一种对自我的认知出现障碍造成的，在这个传递病毒的链条上谁先意识到其中的发生原理就能终止其传播势头。假如母亲有足够高的文化知识，通过对自己潜意识的简单分析其实是可以克服这种强迫症的。格氏对这个问题的解决就是借助书本知识来完成的，但是认清真相也会带来痛苦，因为"造成他人对死亡的焦虑是一个人控制欲和残忍的表现"。[②] 母亲以这种方式演示了与死亡共谋的无意识罪恶，这是格氏内心深处不能允许自己表达的思想。但对这种"创伤损失的代际间传播"的书写，一定程度还是能愈合代际间的这种损伤或打断其传播的链条。

另一个与格氏的生命体验息息相关的问题是他的犹太人身份。19 世纪末格林布拉特的祖父母为逃避沙皇政府的兵役从立陶宛移居到了美国，格林布拉特作为第三代移民在 1943 年 11 月 7 日生于波士顿。在一个比较宽松、幸福的环境中长大的人一般不太会关注自己的民族、种族、阶级出身和文化认同等能确定生活于世的处身性问题，要从这些规定中去寻找自己的身份都是因为遭受了某种挫折体验所致。作为地球上最特别的漂泊了两千年的民族，犹太人在世界各地为找到自身的生活位置，时刻都比其他民族有着更为强烈的身份意识方面的感受。格氏身为犹太后裔，而且是知识分子，面对着这个全民族都会遭遇的问题，也不例外。身份意识作为一个问题，它是随着个人成长的历程逐渐明朗化的。2000 年发表在《伦敦书评》上的一篇自传体文章《不可避免的大坑》（*The inevitable Pit*）格氏集中讨论了自己这方面的生活体验。文章一开头，就提出了一个复杂的身份认定，他"越来越切身地感到自己是一个东欧犹太美国人"[③]。大坑，意指整个家族移居美国，侥幸躲过了 20 世纪 30 年代纳粹在立陶宛为犹太人准备的万人坑，保住了血脉，可在美国，几代人下来，身份认同又发生了危机，已看不清自己是犹太人还是美国人，彻底掉进了另一个同化的大坑，逐渐失去本民族的文化记忆，以致必须认真对待和反思这种安身立命

---

① 卢克莱修：《物性论》，商务印书馆 1981 年版，第 173 页。

② 斯蒂芬·格林布拉特：《大转向》，龙门书局 2013 年版，"前言"第 6 页。

③ Stephen Greenblatt: "*The Inevitable Pit*", London Review of Books, 21 September 2000, p. 8.

的大问题。

一般的文化批评著作不会涉及个人的生活道路，但是文化诗学认为在选取批评对象以及具体影响批评走向方面，批评家本人的经验必须作为一个重要的因素被考虑。格氏钟情于莎士比亚，很大原因在于莎士比亚的经历在他的心中产生了共鸣。格氏的祖父是个驾着马车到处收购和贩卖旧货的穷犹太人，但从父辈开始，他的父亲（还有表叔）通过教育成为了律师，到了格氏本人则当上了大学者。三代人努力的成功与莎士比亚由斯特拉福德穷手套商的儿子成为伟大的剧作家的过程有点类似，这也使得格氏在写作《俗世威尔》时充满了感情。格氏祖父辈的移民与当时沙皇政府在立陶宛实行“排犹”的“俄罗斯化”事件有关，而历史的巧合是莎士比亚出走家乡时整个英国也在闹宗教纠纷，虽然莎士比亚不是犹太人，当时英国也已没有了犹太人，但格氏在处理整个事件的动因时他会把它当作是一回事。“俄罗斯化”的政策其中有一条规定犹太青年要服 25 年兵役，其意图在孤立和同化犹太人，即使格氏的祖父辈的移居主要与脱贫有关，可犹太人被当局歧视也是逃离的原因之一。在格氏看来，莎士比亚对犹太人的认识最集中表现在《威尼斯商人》中的夏洛克身上，而这种联系，又与莎士比亚的父亲曾放过高利贷相关。此外，伊丽莎白一世对于其犹太族医生洛佩兹的审判，医生在绞刑架下的笑声也引发了莎士比亚创作《威尼斯商人》的灵感①。

自从公元前埃及法老迫害犹太人开始，人类历史就不断出现排犹事件。到 13 世纪晚期，爱德华一世当政时以立法的形式在英国开始了史无前例的全面驱逐犹太人的运动。这次排犹没有任何先兆，且当事者双方都认为没有说明其中缘由的必要，以致史家也不屑记下官方的理由。几十年下来，犹太人在英国被当成渎神的种族，以邪术谋害基督徒的孩子，放贷谋利，是杀害基督的凶手。到了 300 年以后莎士比亚的生活时代，犹太人已成为了英国人的想象，与埃塞俄比亚人、土耳其人、巫师、驼背人一样，令人害怕又讨厌。至于莎士比亚本人并没有卷入这场旷日持久的反对异族的暴行当中，与他同期的另一位作家同样被格氏列入文艺复兴时期在

① 《俗世威尔》第九章以“绞架下的笑声”为题，集中描述了莎士比亚创作中与犹太人相关的诸多问题。

英国有着突出“自我塑造”表现的马洛也有此政治态度。莎士比亚在与别人合作的《托马斯·摩尔爵士》这部剧中，就借摩尔之口，劝驱逐异族的暴民不要“同类相残”。马洛在《马耳他岛的犹太人》中则极为夸张地写了一位反面人物犹太人巴拉巴斯如何谋划毒死基督徒，可结果是不可能出现这样的事，从而告诫世人不要对犹太人有偏见。这两位作家的态度当然也是格氏的态度。犹太人虽然一直被当作冷酷、邪恶、贪婪、不近人情的象征，可也是救世主走向所有基督徒的通道，犹太人与基督徒的命运在历史上密切交织，这也注定了犹太人不可能轻易从基督教文化中消失的原因。

20世纪40年代德国纳粹迫害犹太人成为有史以来最残酷的“排犹”事件，因此，在整个悲剧发生之前德国的犹太人处境具有典型性。20世纪初，随着资本主义兴起，德国快速工业化，各种文明问题也开始显露出来，韦伯宣判现代世界已被“祛魅”，卢卡奇继承马克思“异化”思想也断定这个世界已“物化”。在这种时代背景下，文明危机体现在社会各个角落，而以聪明和执拗著称的犹太民族成了转移社会矛盾的焦点，历史有惊人的相似，摆在犹太人面前还是那两条路，一条是被同化，另一条是被消灭。如何应对自身的处境？犹太人出现了四种主张。第一，德国社会民主党的道路，认为不应该有德国人和犹太人的区别，犹太人避免不了被同化的命运。第二，犹太复国主义，以马丁·布伯为代表，其理论核心是要追问犹太人身份的真正含义，犹太人作为上帝的选民，以犹太教为中心的传统文化完全有能力来应对现代资本主义文明的危机。这个民族必须被特别保护，应该有属于他们自己的国土。第三，犹太弥赛亚主义，布洛赫在《乌托邦的精神》附录中强调犹太人接受被“同化”与保持自己的身份不相矛盾，之前父辈没有找到犹太人的真精神，所以才会出现前面两条极端的道路。只有回到先知时代所倡导的主动去期盼“弥赛亚”的到来，才是走出整个民族困境的道路。第四，自我憎恨，即所有反犹主义都是对的，这种观点最典型表现是在屠杀犹太人的过程中竟有犹太知识分子主动请缨。

这几条道路几乎穷尽了犹太人所有选择的可能性，格氏对“犹太复国主义”明确表示反对，有一次在芝加哥的演讲中，一位学生质问他与欧洲人的关系时，他说：“在我的学术生涯中坚决批判犹太复国主义，即使我在它的影响下长大，至今还与其有着道德和政治上深深的联系……这种联系主要集中在种族灭绝所留下来的精神、历史和心理的遗产上。"[①] 当然他也不会有少数派的那种"自虐"倾向，第三条道路似乎比较容易接受，可格氏认为自己与父辈一样，都没有真正领悟犹太教的真精神，这从他在执行犹太教的仪礼中的态度就可看出。在《炼狱中的哈姆莱特》一文的"前言"里，格氏就曾描述自己的一段往事：他发现父亲在去世前把一些钱留给一个能为其死后念犹太哀悼祈祷文的组织。在格林布拉特看来，这显然是父亲不相信他或他的哥哥会真心为逝去的人念哀悼祈祷文的原因所致。而为了得到遗产却又逼着他去做这件事，这使得他爱恨交加。而最终，他这个"几乎不知道如何做祈祷"的犹太人，带着讽刺的虔诚为父亲念完了哀悼祈祷文。知识分子对宗教的仪礼一般都不以为然，而且认为这种践行本身恰恰是不信神的表现。通过犹太教来确认身份，格氏在这方面没有太多的感受，而且也没有文章表明弥赛亚主义能与现代文明的精神共存。他的"欧洲犹太的美国人"的表白，是一种更为实际的客观的选择，相比之下，"犹太弥赛亚主义"有种一厢情愿的理想情怀。同是犹太人，马克思也不认为犹太人的问题是宗教问题，他批评鲍威尔[②]"把犹太人的观念的抽象的本质，即他的宗教，看作他的全部本质"。[③] 在马克思看来，犹太人的问题产生的根源最终还是要回到世俗基础去找原因，能彻底解决犹太人也包括与之始终对立的基督徒的出路在于全世界有一种强有力的物质力量的出现即无产阶级革命的到来。格氏生活在犹太人处境比较正常的年代，没有了那么急迫的置身于生死存亡的时刻，也就不再关注人类解放的那些宏大叙述。他因犹太身份所引起的挫折经验发生在大学一年级，当时正准备申请给英文老师当助手，突然遭到负责资助教师斯波尔丁先生（Mr. Spaulding）的刁难，说他们犹太人是骗子，往往在申报学校时为方便录取常常说有能力负担学费，可一旦进校以后又哭穷来骗取助学金。在这之前，格氏只是间接地了解到犹太人被歧视的历史现实，

---

① Stephen Greenblatt: *Marvelous Possessions*, Oxford: Clarendon, 1991, p. ix.

② 19 世纪 40 年代，马克思就青年黑格尔布鲁诺·鲍威尔的两篇文章——《犹太人问题》、《现代犹太人和基督徒获得自由的能力》写下了《论犹太人的问题》和《〈黑格尔法哲学批判〉导言》集中讨论了犹太人与全人类解放的问题。

③ 《马克思恩格斯全集》第一卷，人民出版社 1956 年版，第 445 页。

对自己的犹太出身不太在意，而这一次亲历了不公正的对待，顿时有了强烈的犹太人的身份感。历史上犹太人因对环境的敏感以致产生了非凡的自我认知都是由于外来力量不断促成的，别的民族愈想摧毁犹太人，犹太人就愈发滋生那种顽强的生存能力。其实如果没有外来的打压，犹太人也不一定会对自己的身份那么执着，流浪到中国唐朝的那一支犹太人不就是因为中国人的友善而最终与当地人融为一体吗？格氏自从有了这次屈辱以后，开始正视自己的民族记忆，虽没有专门论述相关问题的著作，但他会在已形成的论域中突出与犹太人有关的材料，而最能与文化诗学批评发生联系的是在讨论“共鸣美学”时围绕犹太教堂所引发的“惊叹”经验。对世界抱有好奇心，不管是个人还是民族，都是维系着如何从世界获得生活意义的重要纽带。格氏在《不可思议的占领》的致谢词中提到犹太复国主义者曾以惊奇的话语来为梦想攻占“圆顶清真寺”（the Dome of the Rock）作遁词，而作为文化批判，就此问题，格氏的目的就是要“在一个充满迷惘、相互憎恨、物欲横流的时代，使惊奇的能力免受毒害”?①

可见，在写作时，格林布拉特已经把自己的情感和经历倾注于其中，表面上是在写文化批评，是以一个学术形象出现，可由于学科话语的特殊性，他把自己的存在感受与写作联系在一起，实则是在写自己。有的学者认为，格林布拉特在解读莎士比亚时，在对莎士比亚的分析中他的影子更是随处可见，这不能不让人怀疑他与死者的对话更像是与自己塑造的理想形象在对话。这显然是格林布拉特的写作特色，也是文化诗学批评精神的反映。如果用传统的批评理论来观照，这种写法显然有其不当之处。格林布拉特虽有大量的对莎士比亚的评述，可他无意去还原一个所谓真实的莎士比亚。他的目的是来探究莎士比亚如何成为莎士比亚。如果有真实的话，也许主动承认写作对象是批评家本人的某种创造就是一种最好的真实表达途径。格林布拉特的生存体验在作品主要流露出来的就是有关生命的快乐、面对死亡的恐惧和身份认同的创伤，他选材的标准也与此有关，通过写作这一行为，他一定程度默许了写作能提升境界、摆脱困境的功效。

---

① Stephen Greenblatt: *Marvelous Possessions*, Oxford: Clarendon, 1991, p. ix.

第三节 畅销效应

文化诗学除了专注于文艺复兴、前现代化外，还涉及后殖民、女权主义问题，这都是其社会力量在横向论域振摆的结果所致。这种拓展，只是在原有的理论方法视野下增加了论述对象，理论的体系建构和深度上的“形而上”没有更多的突破，“后格林布拉特”走出的也仅是对文化诗学某些评论题的具体化和补充，而近些年的走向，他本人反而在“形而下”方面有些进展，特别的突出表现就是格林布拉特出了两本畅销书。

2004 年，格林布拉特推出了研究莎士比亚的新作《俗世威尔：莎士比亚如何成为莎士比亚》（*Will in the World*：*How Shakespeare Became Shakespeare*），书一面世，就引起了巨大的反响，好评如潮。那塔里泽·蒙戴维斯认为，格林布拉特教授是全世界最优秀的莎士比亚戏剧阐释者之一；国际莎士比亚研究协会会长斯坦利·威尔斯评价说：此书想象力丰富，可读性极强，对莎士比亚的人生经历有着最为合情合理的探索。该书成了美国“国家图书奖”的入选作品，《纽约时报》2004 年“十佳图书”，《时代周刊》“最佳非小说类图书”，《华盛顿邮报》、《经济学家》“最佳图书”。

2011 年，格林布拉特宝刀未老，又出版了《大转向：看世界如何步入现代》（*The Swerve*：*How the World Became Modern*），立即获得当年度的美国“国家图书奖”，2012 年又荣获普利策非小说类奖项。

两本书都有一个共同倾向就是从精深的学术研究向拥有更多读者群类似通俗读物的写作方面转变，借用《大转向》书名所标明的它也代表了“文化诗学”自身的某种趣味“转向”，但并不是“大”的转向，因为它是文化诗学的振摆对专业研究者与普通读者存有沟壑的这一维度上的跨越，正如文化诗学对学科之间提倡“跨学科研究”的主张一样，它都是文化诗学在面对各种传统存在二元分立的论题时采取更切近问题本质所谓“直达事情本身”的思维方式所致。其实在这两本书之前的《炼狱中的哈姆莱特》以及《文艺复兴的自我塑型》，格氏已大量使用了这种传记与作品互诠的方法，从更宽大的视野看，都是文化诗学“文史相通”思路的自然延伸，也可以认为是“新历史主义一直都热烈地卷入到当代的各种新潮中"[1] 以获得被关注的一个补充。总之，随着文学文本边缘化，而另一方面日常生活审美化又得到发展，文化研究很快地扩张了文本领域，影视、广告、摇滚乐、体育健身房、美容院、玩具娃娃、购物中心、主题公园等和文学一样成了文化研究的对象，这一趋势拓展了受众范围，同样大大降低了有意识参与文化活动的层次，写作者自然地就会考虑到这部分新生力量的需求，从而有意识地调整自己专业术语的使用频率，更多地采用讲故事的方式来展现自己的研究成果，把古希腊由神守护的"理论"知识通过"制作"的过程运用于世俗的"实践"当中。

《俗世威尔》确实是不负盛名其得奖也实至名归，对于莎士比亚研究，几乎占尽了格林布拉特大部分学术生涯，作为莎剧专家，他对材料的使用信手拈来，在熟悉相关的学术难点、重点诸等问题的基础上，回避那种学术的表述模式，尽量使所涉对象故事化、趣味化，使得这本书一定程度上可理解为莎士比亚的传记，因为它主要写到的就是主人公从作为斯特拉福镇的普通青年到伦敦剧坛魁首的发展历程，但它又不完全等同于传记，他的主体还是一部学术批评著作。

在该书中，格林布拉特以其丰富的文艺复兴时期的文化知识为基础，分析和解读了大量的莎士比亚以及同时代其他作家的文本，而最能体现出文化诗学批评特点的就是在莎士比亚的生平与其作品之间进行相互印证。诗性特征被赋予了处理历史材料的特殊地位，被置于了表达语境的优先地位，这样就打破了历史与文学的对立，认为文学与文化、文学与历史是一种相互塑造的关系。这种方法一方面进一步印认了对莎士比亚本人很多生平事迹的真实性，比那种臆测的做法多了一层由文学文本来支撑的可靠性；一方面它又反过来加深了读者对莎士比亚作品的认识。虽然此等阐释法早已有之，很多研究者甚至一般读者都会不知不觉把作者创作的作品与作者本人生平进行比附，但这么集中而全面地对莎士比亚的这一问题进行描述，却是本书首先做到。

《俗世威尔》大量地引用莎士比亚的作品，并以此来烘托出当时的社会文化背景，展现莎士比亚的生平经历。在该书第一章"童年生活索引"中，格林布拉特对大多数人都是谜一般的时期进行了考据。他从历史文档

① 张京媛主编：《新历史主义与文学批评》，北京大学出版社 1993 年版，第 54 页。

记录的当时的一首儿歌开始，猜测大文豪儿时肯定对这种语言特别敏感。单凭这一点推测还不够，那首儿歌是这样写的：

小公鸡，小公鸡，坐在土墩上，
它只要不他往，就静坐不声张。①

而这恰恰在《李尔王》中就有疯子汤姆唱出的“小公鸡坐在土墩上”的对应句子。可见事隔多年以后，作家对童年时母亲哼唱的摇篮曲牢记心坎。而这一切所展现出来的快乐情绪格氏又进而认为这是伊丽莎白时代所能唤起的一种奖赏。转到喜剧效果，格氏又找到了莎士比亚早期剧本《爱的徒劳》一个滑稽角色在课堂上对学风的模仿。而嘲讽此类病态的文字游戏，同样在《十四行诗集》第 129 首中可找到例证。就此，人们可以看出格氏围绕着莎士比亚的童年或用历史资料或用作家作品，环环相扣，层层递进，尽力渲染出莎士比亚令人可信的童年生活。

在众多的莎剧中，最集中能与其童年生活发生关联的作品是《仲夏夜之梦》。格林布拉特认为在这部著作中，莎士比亚利用了他童年时代一些最难忘的场面，在 11 岁时经历了女王出场时喧闹的人群瞬间安静下来那种惊人的两面性，这无疑给聪颖的莎士比亚训练出了双重洞察力。在《仲夏夜之梦》提到的美人鱼之歌，对肯尼沃斯的追忆使人想起歌曲具有的力量，它既能营造安宁和秩序，也激发出了几近疯狂的专注情绪。这种自由的超越，同时也表明他和自己的故乡已经有了一大段距离。“这种看似矛盾的现象——艺术同盟时是安定祥和与深层骚动之源——是莎士比亚整个艺术生涯的关键。”② 到了 1595 年，莎士比亚以此眼光运用到他的专业性上，就已清楚地懂得用专业的伦敦娱乐业取代传统的业余表演，这成了他事业成功的基础。在此，格氏巧妙地把艺术创作规律与作家的成长过程进行比附，点出了莎士比亚最终能在剧作家群体中脱颖而出的最初根源。同时也依照文化诗学在讨论作家创作动力时必定触及到的社会能量的作用方式，指明莎士比亚作为剧作家的心理结构，既要维持必要的礼节，

① 斯蒂芬·格林布拉特：《俗世威尔》，北京大学出版社 2007 年版，第 1 页。

② 同上书，第 23 页。

又要颠覆这种秩序。

历史的真实很难碰触，人们只有通过文本才能接近历史。生活与艺术统一于话语之中，两者相互塑造。有关莎士比亚的文本特别是剧本并不能置于其生平之外来对待，而是应认定为历史所塑造的，格林布拉特说："探究莎士比亚的生平情况的全部推动力都有来自一种强烈的信念，即他的戏剧、诗歌……来源于亲身经历，来源于他的身体和灵魂。"[①] 蒙特洛斯称为"文本的历史性"；另外，莎士比亚的生平也不是处于其剧本诸等文本之外，在格氏的分析下，它是由其文本构造出来的，这又印证了蒙特洛斯所说的"历史的文本性"。有学者指出，格林布拉特在当代文学传记的语境中以此方法来写作《俗世威尔》，其目的绝非要回归到历史上曾经存在过的莎士比亚，而只是想通过解读伊丽莎白时代英国文化和莎士比亚戏剧作品，再加上其本人对人性的体验和认识，对莎士比亚做出一种全新的阐释。

而最能体现出格林布拉特这种创造性批评思想的莫过于对于莎士比亚19岁时发生的偷猎事件的评述。

这个故事最早由17世纪晚期的一个牧师——理查德·戴维斯初次记录。戴维斯写到，莎士比亚因为在偷猎鹿和野兔时陷入了极大的麻烦，因为他偷的是露西爵士的鹿和野兔，这个爵士派人多次鞭打他，还将他关押了一段时间，最终迫使他逃离故乡，直奔大好前程去了。之后，18世纪早期的传记作家尼古拉斯·罗也记载过类似故事并且还有人替这个故事作了序。经这么传承，似乎莎士比亚真有偷盗其事，可后来还是有细心的传记作家对这个故事的真实性产生了怀疑。原因有两个：一是该时期的露西爵士并没有位于查理科特的园林；二是鞭笞并非当时对偷盗行为的合法处罚。格林布拉特本人也持否定态度，但他并不止步于考证事件的真实性，而是进一步推论说："问题的关键不在确证的多少，而在这一事件可供发挥想象的余地，这件事是提供莎士比亚生平、职业情况的关键信息的重要途径。致使他被告发的具体行为本身如今已不重要，与此相关的故事也渐渐从传记中淡出。但在莎士比亚时代和进入18世纪后，偷猎鹿的观点引起了特别的反响，因而以此为有效手段，重建促使这个年轻人离开斯特拉

① 斯蒂芬·格林布拉特：《俗世威尔》，北京大学出版社2007年版，第79页。

福镇的来龙去脉是有道理的。”[①] 摆明了观点，格林布拉特进一步分析说在伊丽莎白时代的人并不把偷猎鹿归之于饥饿的绝望之举，而是种冒险行为。牛津大学的学生就因搞这种恶作剧出了名。在盗鹿时，人们要有高超的技巧和冷静的头脑，它表现出了对财产的巧妙侵犯、对社会秩序的象征性违背以及对权威的秘密挑战，是一种远远超过生存意义的艺术行为。

这样，格林布拉特就对以往传记作家关于莎士比亚偷鹿事件的“历史主义”考证创造性地转到了文化诗学所关注的文本真实的意义上来。他认为，在其剧作家生涯中，莎士比亚始终是个盗猎者，他巧妙地进入表明属于他人的领地，在里边尽取所需，然后从看守的鼻子底下带走战利品。他特别善于夺取、占有上层人士的所有物，例如他们的音乐、姿态和语言。他的大多数剧作题材几乎都不是他本人的原创，除了《仲夏夜之梦》少数几篇作品外，几乎都取自他人，可艺术水准远远超出了原著。显然，在偷猎事件中，格林布拉特利用了这事件的象征义，他看到的是一个伟大的剧作家的成功，同时又切入了他要解释出“莎士比亚如何成为莎士比亚”的原因这一主题。

大家知道，莎士比亚作为世界历史上最伟大的戏剧家，为世人留下了许多经典作品。但是，令人困惑不解的就是莎士比亚却没有留下他本人的日记、书信、同时代人的回忆录、访谈录、书籍中有启发意义的旁注、笔记和手稿等可展示作家生平的第一手资料。莎士比亚的生平历史至今大多还是个空白甚至有人认为就没有莎士比亚这个人，故要想按传统的传记写作模式还原一个真实的莎士比亚似乎是一个不可能的任务。还好经过历代学者呕心沥血的考证，人们获得了包括剧作家相当数量的财产协议文件、婚姻证书、宗教受洗记载、几份有莎士比亚名称的演员表、几张纳税单、些许法律性书面陈述文件、付费账单以及一份有趣的遗嘱。这样当代人对莎士比亚的身世就有了一个模糊的认识。但是对破解莎士比亚成为伟大作家之谜依然没有突破性材料来证明。格林布拉特不畏艰难，转而从莎士比亚的大量作品入手，并参照当时的社会历史背景开始探索。

具体写作中，格林布拉特除了采用的文本与历史的互相阐释的方法外，主要发挥了想象力，对莎士比亚生平中的某些难解之处进行了大胆推测，

---

① 斯蒂芬·格林布拉特：《俗世威尔》，北京大学出版社 2007 年版，第 105 页。

为读者提供了广阔的想象空间。正如格林布拉特在该书“前言”中所说：“如果要明白莎士比亚是如何运用其想象力将他的生活转换成艺术，那么重要的是要运用我们自己的想象力。”[①] 第一章一开头又说“我们先来想象一下少年时代的莎士比亚”[②]。显然，该书对莎士比亚的生平及其创作的评述所呈现出来的一个重要特点就是批评家想象力的介入。这里的想象力，除了指批评家的合法想象外，更重要的是要指明莎士比亚创作的秘密。格氏同意“有人要求助于威力无边的想象的魔力来解决此难题亦无不可”[③]，但他转而认为作为一个作家不可能凭空创作，作家必须使用当时已经流行的素材才能完成整个艺术过程，其中深深扎根于英国中部的民间风俗，对莎士比亚的想象力影响至深。由于对想象力的重视，小说和传记的界限已经十分模糊，以致自该书问世以来就此问题也引起了不少争议，有的指责格林布拉特在该传记中对原始的证据进行无根据的歪曲与篡改，甚至有些时候妄自下结论。如《莎士比亚通讯》编辑托马斯·彭德尔顿评论的用语就颇为苛刻，他说《俗世威尔》一书表面上看是严谨的学术成果和经过慎重思考所做出的评价，实际上几乎都是无根据的推测。

运用想象力作为批评的手段，马克·罗布森认为是格林布拉特近些年发展出来的新方法。在《格林布拉特》一书中，罗布森就以“想象力和威尔”作为标题专列一章来介绍格氏的晚近批评动向。在格氏的理解中，想象力与其他关键词（如文化、审美等）一样超出了原来狭窄含义，它不专指艺术领域的活动方式，而是拓展到整个社会各个扇面的相互作用的关系上。格氏曾说：“想象力这幢楼房有很多屋子，艺术（晚近才清晰化的一个门类）仅是当中的一间。”[④] 在艺术层面，想象力与威尔的关系当然指作家如何运用想象力来创作文学，而对读者更重要的，在格氏看来，想象力则是延伸文化批评的好手段。

想象力作为批评手段有很悠久的传统，它在不同历史不同文化有不同的含义，它一般与虚构、幻想、梦境和非现实联系在一起，也就是说它属

① 斯蒂芬·格林布拉特：《俗世威尔》，北京大学出版社 2007 年版，“前言”第 6 页。

② 同上书，第 1 页。

③ 同上书，“前言”第 5 页。

④ Stephen Greenblatt: *Practicing New Historicism*, Chicago: The University of Chicago Press, 2000, p. 12.

于一种在物质世界不可能存在仅能在观念中构思出来的精神过程。它常被誉为是一种创造性工具，是艺术家在超出日常经验上设计出一系列对象、人物、场景和理念的能力。有没有想象力是评价艺术家作品好坏的一个指标。当然这并不意味着想象的物体与日常经验无关，托马斯·摩尔的《乌托邦》虚构出一个子虚乌有的岛国，上面住着的居民与摩尔所处社会的老百姓完全不一样，但是读者能够体会到“乌托邦”的存在并且以之来跟现存的社会进行对比，这种接受心理的运动就是作者在作品中发挥出的想象力作用的结果。我们日常经验使用的很多范畴本身就是想象的产物，本尼迪克特·安德森在他的《想象社区》中指出，因为即使在一个很小的社区中，每个人之间都不可能相互认识，但他们会设想自己好像在跟所有人都在交流，爱国主义这个概念就是这样想象出来的。在此，想象就出现了它另一个带有消极作用的含义，它也成了人们担忧的原因，因为想象会跟说谎、造假、自欺（如有人会说“仅仅是想象而已”诸如此类的话）或者躲进一个不真实的幻想国度有关，在这个意义上想象其实就是指一种意识形态。两者在与世界的联系上都是以精神投射而不是“如其所是”真实反映的方式上相通在一起。

格氏最有名的想象就是试图与死者对话，早在《莎士比亚的谈判》一书中的开头就表明了这一批评指向①，可随后他立即声明这种对话是不可能实现的，他只是受到文学模仿生活的启发才有如此强烈的愿望。置身于对留存至当下的作为艺术家、作家过去创作印迹的想象，人们仿佛听到了那些印迹发出的声音，这是人们阅读文学最快乐的因素之一，它激起了读者的想象而不仅仅是展示了作者的想象力。在《炼狱中的哈姆莱特》中与死者最有关系的是题目中所标明的“炼狱”，格氏先交代了他从“炼狱”的角度阅读《哈姆莱特》所产生的那种强烈的悲剧体验，但书的开头一大部分都没涉及剧作的文学内容，而是先从产生“炼狱”这一观念的非文学文本说起。“炼狱”出现的主要语境是16世纪宗教改革，新教作家极力反对这一说法的原因有三个：第一，罗马教宗设想此等场所意在来收容那些进不了天堂也下不了地狱的人的灵魂，让其临死前交钱允许先住进这一中间位置然后再升天堂，可见这是天主教敛财的途径；第二，

---

① 《俗世威尔》第十章再次明确出现“与死者对话”的论题。

《圣经》中没有"炼狱"这一说法，格氏推测它可能是中世纪后期的产物，"炼狱"是想象出来的，它是一首诗。第三，客观世界没有与"炼狱"对应的空间，在现代化早期它被英国意识形态所利用，明显是作为想象的结构来控制人的行为，《炼狱中的哈姆莱特》的第二章就以"想象炼狱"为题集中讨论想象问题。与新教徒的关注点不同，格氏重视的是当中诗的维度，他说："我们所说的意识形态，那么，文艺复兴时的英国称为诗。"[①] 诗并不仅局限于诗人的创作，新教徒清楚地"理解了对炼狱的想象不是为少数的名诗人创造性的作品所独有，尽管这些作品在丰富这概念方面确实起了很大的作用；他们认为炼狱不管好坏其含义是多样的，是很多人参与构造的结果"。[②] 作为集体创造，炼狱激发了很多信徒的想象，特别是让他们考虑发生了什么，最重要的是死后会发生什么。炼狱如同天堂和地狱，都是信仰者不能直接进入的领域，它只能借助想象这一工具，对炼狱的构想当作诗来看，言下之意，它可以回到诗的原义有"技艺"的一面来理解，也就是炼狱作为"幻想构造"之类它还是有一定程序可循的。正如莎士比亚借《仲夏夜之梦》中的忒修斯之口对诗人的描绘："诗人的眼睛在神奇的狂放的一转中，便能从天上看到地下，从地下看到天上，想象会把不知名的事物用一种方式呈现出来，诗人的笔再使它们具有如实的形象，空虚的无物也会有了居处和名字。强烈的想象往往具有这种本领，只要一领略到一些快乐，就会相信那种快乐的背后有一个赐予的人；夜间一转到恐惧的念头，一株灌木一下子便会变成一头熊。"[③]

传统传记理论认为，真实是传记文学的生命，传记写作必须以史实为基础，不允许虚构，即使是对细节的合理想象。传记作家应该是原始证据的研究者，而不是原始证据的制造者。但考虑到格林布拉特的新历史主义的理论基础，却也是顺理成章的事了。但也有的认为该书由于想象力的发挥，给传记写作带来了新鲜的血液，增强了传记的可读性，如上文所说的威尔斯对该书的评价。那么，《俗世威尔》一书到底是真实还是虚构呢？作为一部传记作品，理所当然要求真实。作者自然也引用了大量的史料和

---

① Stephen Greenblatt: *Hamlet in Purgatory*, Princeton University Press, 2001, p. 46.

② Ibid., p. 50.

③ 威廉·莎士比亚：《莎士比亚全集》第一卷，译林出版社 2005 年版，第 356 页。

原始证据，也引用了前代传记作家的研究成果。这都说明了该传记的真实性一面。在《学会诅咒》一书的“序言”格氏以“虚构和真实”为题集中说明对这一问题的理解。

为此，格氏先大段引用了 1603—1605 年东印度公司在爪哇岛的万丹城总代理埃德蒙·斯各特的文章《关于东印度的精细、时尚、政治、宗教和仪式的确切记录》。多年来英国与荷兰在商业上竞争极为激烈，出于对火灾和盗贼的恐惧，东印度公司也对爪哇人和中国人十分仇恨。有一次，英国人抓到了一个中国金匠，怀疑他企图抢劫他们的金子，可是这个嫌犯什么都不说。斯各特写道：

> 看他绷着脸，惹恼了我们，为此，我想该给他烤一烤。起初我用烧红的铁棒烫他的大拇指甲、手指和脚趾，随即他的指甲开始脱落。可他还是面不改色，我们猜可能是他的手脚被捆久麻木了，所以就改为烧他的双臂、肩膀和脖子，也不管用。接着我们开始烧他的双手，用锉刀来撕扯他的肌肉和筋腱。然后用烙铁敲击他的胫骨，我再让他们把冷冷的螺丝刀或铁器钻进他的双臂骨头，又迅速拔出来。经这么折腾，他的手脚骨头都被钳子弄断了。然而他仍然一滴泪不流，脸也没转向一边，手脚更是纹丝不动。可当我们一讯问，他竟会咬紧牙关，用膝盖抵住下巴不吭声。我们使尽浑身解数，可结果还是无济于事。我又让他们给他牢牢戴上镣铐，让遍布当地的蚂蚁啃噬他的伤口，加大力度折磨他，看他有什么反应。爪哇王室官员劝我毙了他，我告诉他们那样的话对这种恶棍就太便宜了……可是，他们坚持说这已是最残忍最卑贱的死亡了。经他们再三纠缠，到了晚上，我们把他带到田野，紧紧捆在木桩上。第一枪打碎了他的肩胛骨，随后一枪击穿了靠近肩膀的胸部，他低下头看了一下伤口。第三次我们的人把弹头锯出三瓣，这样一开枪，他的胸膛立即被轰出个三角形窟窿，随即身子软塌塌缩成一团，与木桩一样高。之后我们中的一些人和荷兰人，在离开前几乎又把他击成碎片。①

---

① Stephen Greenblatt: *Learning to Curse*, New York : Routledge, 2007, pp. 15 - 16.

如何阅读这段文字？历史主义先考证一下事件的真实性，费了很大工夫得到的结论可能是真有其事，或纯属虚构，但这种工作有意义吗？人们想从斯各特和他的嫌犯的故事中读出什么？格氏引用了 1943 年《哈克路特学会》的序言对斯各特上述叙述的间接评论："这是一个与各种疾病和危险斗争的史诗般的故事，他们付出艰苦努力，矢志不渝，坚持战斗。斯各特本人引人注目，可他没有任何自夸和过分的自我主义，作为一个人，他完全有能力执行交付给他的任务。冷静而又审慎，他始终保持着警戒，多次挫败了针对工厂的阴谋；每一次能力和决策受到意外挑战时他都会使之迅速转化为有利的结局……他最引以为荣的是尽管英国人数不多，可赢得和保持了来自周围亚洲人的口碑，同时也维护了女王陛下的荣耀和国家的声誉。"① 格氏对此论调极为反感，他认为这种道德上愚蠢的胡说八道表现出了极端盲目爱国主义的热情，也是自 1613 年以来牧师塞缪尔·帕切斯编纂多卷本包括收录斯各特文章在内的纪念英国航海史这一项目的意图。整个长期规划不仅记录了对单一民族国家的军事侵略，而且与一个涉及广泛的制度与社会的风险和福利的分析模式有关。有人从福利的角度对斯各特远征最后得到的成果概括为"非常满意"，"投资者收回了成本，而且净赚了百分之九十五的利润"。这种状况完全符合马克思对早期资本主义和帝国主义野蛮掠夺本性的分析，但斯各特可怕的叙述实际上是与英国标榜的法律精神相违背的，这就出现了两种相互冲突的话语表述方式。就开始涉及描写行刑过程而言，如对 1560 年至 1620 年天主教刑讯叛逆者有所了解的话，斯各特对殖民地嫌犯的拷打方式也就不足为奇；在 1593 年托马斯·纳什所写的《不幸的旅行者》也详尽记载过残忍的处决过程；在艺术表现中，1606 年的莎士比亚把他的《李尔王》搬上舞台，戏中也毫不掩饰地展示了葛罗斯特伯爵遭受挖眼的酷刑。这样，只对斯各特叙述的资本主义和帝国主义的因素的分析是不够的，人们也不能因为其中的血腥场面而选择逃避或保持沉默，格林布拉特要求批评者必须严肃对待自己的阅读行为。

斯各特无疑是个施虐狂，他在记述暴力场面时虽表现出惊人的冷静，可到底难掩他那种内心的快感和想象的刺激，至此，问题是斯各特所写的

① Stephen Greenblatt: *Learning to Curse*, New York: Routledge, 2007, p. 16 - 17.

事仅仅是他个人的事吗？每个阅读了这一文本的人稍微不小心就会偏离阅读的方向，也就是没有抓住真实性。斯各特所写的残暴事件是否是杜撰的，这个问题只对历史主义有着根本意义，对他本人也有意义，但两种意义不一样，历史主义注重考据的真实，而斯各特则在意他的事业。在那个时期展示对人的拷打过程并不是个案，与整个远东“伟大而艰巨”的事业相比，斯各特的那种对同是地球人存在的无视反而成了战胜困难的表现，正如那些“爱国主义者”所标榜的论调。斯各特对折磨人细节的详尽描述为的是回伦敦可以向他的上司讨价还价，有没有做过这些事没人可证实，所以就可以瞎编，即使在道德考量上可能会遭来骂名也在所不惜。关于意义的发生，格氏最关心的是阅读了文本这个事件本身它最真实的感受应该是什么？真实性不在于文本的描述是否与现实相符，单就犯罪是否属实来说，中国金匠有没有抢劫与斯各特的酷刑相比显然后者更为重要，斯各特的文字重点也不在于查出中国人的罪证，而在于对这类异族人的用刑以及他们行刑过程的艰辛。整个刑讯过程也许也是虚构出来的，对批评家来说，它的真实只对斯各特有用，与读者的出场所表现的场域真实相比又不如后者重要。在格氏看来，去研究某一具体时间空间是否真有其事意义不大，他从历史维度要的是在特定时期内确实有此类事发生就足够了。文本在展示过程中为了感动读者使用的技巧、对叙述节奏的控制以及细节的刻画也不是关键，虽然形式主义者对此极力提倡，但究其本质，其审美的浪漫情怀略显幼稚。因此，格氏认为最关键的事实是斯各特反人道的这一文本保留下来了。阅读过文章的人可能出现的几种心理走向都令人尴尬，因为结果不是变成一个科学求知者，就是变成一个共谋犯。单纯引用都可能被认为有窥视别人惨痛的癖好，或者就是个对人类的命运无动于衷的机器。要从中得出某种历史理论，格氏也认为没必要，在不完全否认各种阅读可能性的前提下，最重要的是“要有对残忍的谴责和唤起惊奇的能力”①。后结构主义的重要贡献就在于指出了文学与非文学文本的区别，挑战了传统真实与虚构的固定边界，认为话语不是现实的透明的反映，而是巴尔特所谓的“实际效果”的创造。受后结构主义的影响，新历史主义的意义也就在于传统只当作文学文本来对待的地方，它给予了更多的有

① Stephen Greenblatt: *Learning to Curse*, New York : Routledge, 2007, p. 18.

关文本历史印迹的凝视。在这深化的过程中，结构主义模糊文本的真实性界限虽重要但是不太恰当。《不幸的旅行者》被认为是纯属虚构作品，而《关于东印度的精细、时尚、政治、宗教和仪式的确切记录》不是虚构作品；前者是否虚构不影响其存在的价值，而后者如属杜撰，则等同于谎言。“我们相信语言有能力与现实发生联系，但有时会被戏剧性地悬搁或中断，而任何取消都不是没有结果，在某些条件下有的取消是不可接受的。”① 真实世界、真实身体和真实感受是存在还是缺席，这一区分能改变人们的阅读文本的模式和伦理立场。

格氏一般不参与文化大问题的探求，比如什么是西方现代化的特色这种难题，因要认清自身的文化还涉及一定的文化比较，这样又要引进更多的知识资源，结果可能超出自己的学术兴趣。当然就文化论域的拓展方面文化诗学也只考虑到文化流动等论题，并没有进行过系统的文化比较，但就文化中的大论题，格氏最近的著作《大转向》没再回避，而是大胆地提出了独特的看法。“大转向”指的是西方文化在传承中出现了中断，并朝着与原先完全不同的道路前进，这个大转折就是走向了现代化之路，正如副标题所写明——看世界如何步入现代。一千年漫长的中世纪可能有其他的走向，可为什么偏偏出现了文艺复兴？原因应该有很多，格氏回避宏大叙述和多角度契入以取得与“大转向”相应的形式要求，他从一个鲜为人知的人对一本书的发掘说起。

这个寻书人就是波焦·布拉乔利尼，他是 15 世纪意大利的知名学者和政治家，曾担任教皇约翰二十三世的秘书，在教皇被囚之后，他对从政不再抱有信心，转而挖掘古代文献。1417 年，他在德国南部一家修道院的图书馆中发现了古罗马哲学家、诗人卢克莱修的哲学长诗《物性论》。这本书已尘封千年，一经发现，立即在欧洲引起广泛推崇，并对以后历史产生深远影响。《物性论》的立论基础是几百年以前的原子论，卢克莱修极为崇拜伊壁鸠鲁，伊壁鸠鲁的思想核心就是认为所有的事物都是由一些牢不可分的原子组成，原子在数量上无穷无尽，各原子之间相互碰撞，形成了这个丰富多彩的世界。伊壁鸠鲁并不是最早提出原子论的人，但他表述出来的原子的运动方式极有特色，不像之前的论者认为各原子之间是平

---

① Stephen Greenblatt：*Learning to Curse*，New York：Routledge，2007，P. 20.

行从上往下坠落，相互不发生关联，而是认为有一些不守规则的原子在坠落中会发生偏斜，因此才能生成这个世界。马克思从这些不老实的原子的运动中找到了革命的力量，而卢克莱修则从伊壁鸠鲁论原子的存在方式中看到了思想的力量，这种存在方式源于一个简单的事实，那就是原子必须在虚空中存在，世界最终可以还原为原子和虚空，所有的生成和毁灭不过就是在原子和虚空之间互换而已。了解了这个法则，人生将会发生重大变化。它剔除了各种强加给人的迷信，对人的生前和死后的猜测所引发的无边痛苦得到消解，人就要像原子一样自由自在地活动，人有追求快乐的权利。卢克莱修在《物性论》开篇则对维纳斯报以高度的赞美，他写道：

> 我的女神，
> 天空中的飞鸟被你的利剑刺中，深深地被你所迷；
> 野兽和家禽在草场无拘无束地奔跑着、跳跃着，
> 或在湍流河水中畅游，
> 显然它们已被你的魅力所征服，
> 它们迫切地想要追随你。
> 你把自己热情的、充满诱惑力的爱情献给了那些生活在海洋、山川、激流、巢穴的生命，所有的生命。
> 你让爱情在每个生命的心中跳动、燃烧，让它们被情欲所引诱，让生命世世代代地延续、传承。①

格氏读到这段文字极为震撼，他由此洞察到卢克莱修对人在美和快乐自然追求方面的热情鼓吹实际上开了西方文化现代化走世俗情怀的先河。受此段诗句影响的不止格氏一人，早在文艺复兴时期，波提切利就以此诗意创作了名画《维纳斯的诞生》。

“转向”（swerve）是卢克莱修《物性论》中的用语，以此来代替“趋向”（clinamen），为的是强调一切遵循自然法则，无可违背。转变的原因不是革命，没有轰轰烈烈的故事，中世纪以后的文化走的整个过程是潜移默化的。对美的追求，集中表现在文艺复兴时期的艺术，这一时期的

---

① 转引斯蒂芬·格林布拉特《大转向》，龙门书局 2013 年版，“前言”第 2 页。

艺术勃发不局限于某一种类，而是在绘画、雕塑、音乐、建筑和文学几大领域都得到了空前的发展，出现了一大批艺术巨匠，莎士比亚、阿尔伯蒂、米开朗琪罗、拉斐尔、阿里奥斯托、蒙田、塞万提斯都在这一时期为民众贡献了最强烈的愉悦盛宴；当然，对人的合情合理的追求不限于艺术领域，它影响并改变了宫廷的服饰和礼节、圣餐上的祷告词，日常物品的设计和装饰；人有了更自觉的自我意识，借助科学的途径，就敢于向神学抗争，由此，布鲁诺、笛卡儿、哥白尼、牛顿、伽利略等开启了现代物理学和天文学；以往沉迷于理论的演绎，培根开始构造他的《新工具》，为人们进入实践提供新的中介，达·芬奇对科学与技术的结合就是培根的思想的现实原型，而能破除传统划定的理论与实践之间的界限的力量就是《物性论》提供的；解放了欲望，马基雅维利在《君王论》中毫无遮拦地谈起权谋术，沃尔特·雷利大胆地描述圭亚那地区，罗伯特·伯顿对精神疾病进行百科全书式的论述……这一精神脉象一直传承到达尔文、马克思、弗洛伊德、爱因斯坦，甚至托马斯·杰弗逊人起草的美国《独立宣言》，最终缔造了现代文明。

格氏的这一论断可能值得商榷，西方整个现代化是个复杂的过程，归之于一本书的影响未免太简单。把西方的文明阐述为一种大胆追求现世享乐的特性也不能代表现代化的全部。但作为一家之言，格氏的论述尚能自圆其说。特别是他讲述了一个文艺复兴精彩的故事，试图给专家或一般读者理出一条现代化之路，使高深的理论问题得到了形象的表达，这是文化诗学惯用的手法。就本书而言，它的观点一定程度颠覆了解释现代化成因的节点的传统说法，获得了某种“震撼”效果。

文化诗学这种把学术通俗化以获得更多读者群的走向，不但能够普及文化思想，对写作者本身的经济收入也有益处，用文化诗学自身的说法就是更多地介入到社会能量的流通之中，逐渐扩大文化问题的论域，但整体又都保持在文化诗学的振摆幅度之内。无独有偶，中国当代曾出现的“文化散文”也有相似的表现，只是篇幅相对较小，也没有明显学派之间的倚靠关系作背景，但又不能解释为横空出世，它是“文化人”和“散文家”之间的某种嫁接，迎合了一批改革开放以后出现的白领小资既不想探究文化的高深问题又想获得某种文化高雅外表的需求，它阅读起来相对较轻松有趣，富有艺术的机智和灵动，也轻描淡写地涉及某些文化历史的学术问题，可算作是一种中国式的文化诗学。

第四节 新历史主义之后

国际上召开过两次与格林布拉特“新历史主义”有关的学术会议：一次是1997年4月18—19日在比利时根特大学举行的会议；一次是1998年3月13—14日在伦敦召开的会议。比利时根特大学会议内容围绕着“直面历史——关于文学与历史关系研究的当前进展”展开讨论，主要阐述的是“历史—文学”领域中出现的新的理论与实践问题。但是，此后的伦敦会议却认为，应当将当前与格氏文化诗学相关的理论研究称之为“新历史主义之后”（After the New Historicism）。而首先提出这一说法的是1990年发表在《新文学史》中卡罗琳·波特（Carolyn Porter）以《历史和文学：新历史主义之后》为题的这篇论文，1996年史蒂文·穆兰尼（Steven Mullaney）则发表了直接以《新历史主义之后》命名的文章。此处的“之后”类似于绘画领域中的“荷尔拜因之后”或“伦布兰特之后”的意思，不是指终结，而是指有一批评论家模仿了格林布拉特的作品，起码在风格上跟他相似，“After”这个词在英语中既有时间上的“之后”的含义，还可以用来表示相似。这样看，“新历史主义之后”一定意义上可能集中指“格林布拉特之后”。马克·罗布森（Mark Robson）在《斯蒂芬·格林布拉特》一书中专列一章即题为“格林布拉特之后”（After Greenblatt）。对新历史主义的意义，罗布森评论道：“毫不夸张地说，最后二十年新历史主义在文学研究中成为了最有影响的运动。”① 这二十年应该指的是20世纪最后20年。其中有一个原因在于格氏主编的文集如《诺顿英国文学选集》、《诺顿莎士比亚》，这些文集依照新历史主义的主张来选编，被许多研究单位和教学机构所采纳，产生了很大影响。

在《诺顿莎士比亚》篇幅较长的“序言”中，格氏首先让读者认识到莎士比亚作品跨时代的普遍意义，可在结尾却又来了个逆转：

> 一种艺术实际上没有结局和限制，但存在明确有限的历史根源：

---

① Mark Robson: *Stephen Greenblatt*, USA and Canada: Routledge, 2008, p. 120.

> 莎士比亚的成就否定了超越性和时间界限的表面对立。对莎士比亚没有必要在作为某一文化的继承人和其作品的创造力能够突破民族和时代的局限的天才之间作出判断。相反，理解他能超越作品所由出的时空的旺盛的创造力的线索还是要回到当初艺术产生的那块土壤。①

书中收集了超过70页有关莎士比亚在现代化早期创作所处的俗世和条件，格林布拉特选用的观念主要聚焦在如何通过“推倒边界”来理解天才产生的土壤。至于《诺顿英国文学选集》的“序言”则没有明确表达这一选编意图，但开头有“英国文学流露着溢出各种边界的意图……”，过了几段又有“文学和所谓的非文学之间的界限不断受到挑战和重塑”。② 无可争议，不管是否来自格林布拉特，这是新历史主义很重要的一个实践观。格氏系列的文学选集的观念对学生影响很大，可由于新历史主义批评没有系统的方法论因而评价其对评论家的影响的度较难把握。当格林布拉特与伽勒尔编《实践新历史主义》时就透露过这一尴尬的处境：“很多年以前我们就注意到现代语言协会每年的工作表上列着英国有个部门在招聘一位新历史主义的专家，我们的反应是很诧异。什么时候不存在的东西，只有一些概念指向新的批评实践，就成了一个‘领域’了？什么时候发生的我们怎么没注意到？如果有这样一个领域，怎么样才能称为这方面的专门知识以及这些专门知识是如何存在的？确实我们所有人都了解点历史也知道新历史主义的一些批评方法，但我们首先明确的是新历史主义抵制系统化。”③

任何跟随格林布拉特走的人都会遇到此类困境。格氏的著作有来自各种各样学科的思想资源，他自己不愿推出一些核心概念来表明批评特色，以致有些人从他那儿借用某些相似术语也不知道是否能判定就是格氏的专用概念。不像有些思想家的用语，如人们一看到增补/删减（supplement）、混同/区别（hymen）、时间/空间（spacing）、完整/切开（incision）这些吓人的“既不能包括在哲学二元对立又存在于二元对立面中”

---

① General Editor: *The Norton Shakespeare*, New York: Norton, 1997, p. 2.

② 转引 Mark Robson *Stephen Greenblatt*, USA and Canada: Routledge, 2008, p. 120.

③ Stephen Greenblatt: *Practicing New Historicism*, Chicago: The University of Press, 2000, pp. 1–2.

的概念时，立即就会想到德里达。相比之下，格氏除了“社会能量”、“自我塑造”、“文化诗学”这些术语较为突出外，其他方面很难一目了然看出专属他的概念。抛开术语话题，格氏为人所认可的批评方法是他在文学和非文学的材料之间作了某种沟通，并使用轶闻来参与论证，以及对文化生产中的带有主导地位的因素主张为了重塑这个文化时期的叙述不能联合成一个系统或构造出一个世界图式。虽然在批评活动中主要还是看整个展开过程的丰富和全面，但如能提升为最为简约明了的概念，毕竟也表明了对所涉及论域达到了较高的把握，从中也显示了批评个性。

由于格林布拉特依然健在，“格林布拉特之后”作为一个历史过程就有某种未定性。但有一种可以确信的未定性就是在未来格氏的著作的意义是不可预估的，正如莎士比亚在不同的语境会焕发出不同的面貌，2000年，大卫·斯科特·卡斯坦（David Scott Kastan）在《理论之后的莎士比亚》（*Shakespeare After Theory*）一书中宣称“新历史主义的时代已经过去了”，这种论断是过于草率的，对格氏作品的命运，任何人包括他本人都难以给出一个明确的答案。但有一个方向可以确定的是针对格氏集中在莎士比亚和前现代的研究，有些后起的研究者不管是认同还是反对都绕不开格氏的工作，对其中体现出来的文化诗学的方法，因它在学术谱系中占有一席之地，如以此为出发点，任何研究走向都与文化诗学脱离不开联系。依照罗布森的概括，大概在“格林布拉特之后”出现了几个与格氏有关的学术方向：

第一，新唯物主义（new materialism）。新历史主义在实践中一个最大特色就是回归档案。文学的范畴在外延上包括非文学和逸闻材料。对档案文件的关注跟对文学正典的重视一样都能使被研究的相关文本增值。这种把文学生产当作物质实践意义上的生产的观念就称为“新唯物主义”，在此基础上发展出来的批评模式即称为“新—新历史主义”。大卫·卡斯坦在2001年出版的《莎士比亚及其著作》一书中的“序言”有一个很简明的解释：

> 同一首诗在手稿上与印在诗人作品全集中被阅读效果是不一样的，同样地，放在诺顿选集甚至出现在互联网上都必须看作有不同的接受走向。不仅所谓的文本的偶然发生有变化（也有可能出现本

质意义上的改变)，而且成为诗的意义即如何理解和提供价值的结构的表现方式也会出现差异。[①]

上述引言并不是说文本在不同的物理形式中会有不同的意义，卡斯坦提到的“偶然变化”指的是字体、印刷等方面的错误，这些情形并不直接表明意义的不同，真正的有意义的区别在于是出自手稿还是来自出版物此类能引发对文本所由来的途径的关注。正如有些学者所指出的，阅读现代化早期的材料不但要“着眼”于这些文本，而且要“看透”它们。卡斯坦本人对这种唯物论的方法——分析现代化早期文化的客体而不是主体，即关注那些一点也不令人兴奋的档案材料，戏称为“新无聊”。“新唯物主义”强调的是文本的流通不在于观念形式上的作者意图之间的传达，而是体现在那些可以当作商品看待的物质材料的属性当中。正如格林布拉特作品所表达的，书本可以被看作是一种“技术设备”，它在特定的时空中与其他文化生产的流程联系在一起。卡斯坦转向书的物质生产的思路就来自格林布拉特“历史性”地阅读莎士比亚的启发，也就是“重建莎士比亚作品艺术性最初出现的条件”，即“重建艺术作品写作时特有的充满想象力的物质环境”。强调产生和接受莎士比亚作品的条件，卡斯坦清楚地把自身置于那种对现代化早期文化理论式阅读的对立面，看到了批评家在这个世界中有其独特的境遇，这一点很像格林布拉特，在具体的论述中能够与其他新历史主义者明确区别开来。新唯物主义也与文化唯物主义没有太多的共同点，因为作为马克思主义谈及客体和客观对象的一个重要概念——物质性的含义被新唯物主义局限在这些客体的日常生活中来使用，不再用于对这些客体以及生产、消费和交换这些客体的社会组织之间关系的理论解释。

第二，现在主义（presentism)。很多新历史主义批评家极少关注批评家本人所处的时机，这就出现了所谓的注重以批评家的生活时代为衡量标准的“现在主义”。这个时间点与“新唯物主义”正好相反，在卡斯坦那里批评的中心是作品出现的时机。立足于与批评家同时的“现在”，表达正在发生的政治和文化，与新历史主义相比，现在主义更接近文化唯物主

① 转引 Mark Robson *Stephen Greenblatt*, USA and Canada: Routledge, 2008, p. 124.

义，与实用主义者一样，保留着现代的时间观念，他们将对过去的研究视作帮助今天的人们适应环境以创造新的未来的工具。而事实上它提出的更直接动机是针对大卫·斯科特·卡斯坦在《理论之后的莎士比亚》一书所提出要回到“真正历史”中的莎士比亚的怀疑。这个主张的倡导者有特伦斯·霍克斯（Terence Hawkes）、休·格拉迪（Hugh Grady）、琳达·查尼斯（Linda Charnes）和伊万·费尔尼（Ewan Fernie）。2002 年特伦斯·霍克斯出版了论文集《莎士比亚在当下》（*Shakespeare in the Present*），设定了当下的人对莎士比亚可靠的重建的不可能，特伦斯·霍克斯提出当中一个重要原因就在于过去的事实和文本它们本身不会说话。批评家总是依照自己的意图来选择文本和事实，这样就没有一个直接的途径能到达过去，结果是每个人都从自身的出发点看出了不同的过去。基于此，霍克斯认为比较好的办法是集中来探讨批评家是如何来进行批评的过程本身，这样出现的批评重心的转移就与格林布拉特有了某种距离。针对当下的批评话语对过去的影响，霍克斯曾巧妙地把格氏著名的“与死人对话”的口号改为“不要期盼能与死人交谈，最后的目的还是要与活人说话”。对霍克斯来说，新历史主义还是不够“新”。格拉迪早在 1991 年就出版了《现代主义的莎士比亚》（*Modernist Shakespeare*），对“当下”的时间向度就表达了认可的立场，2006 年又与霍克斯主编了《现在主义的莎士比亚》（*Presentist Shakespeare*）明确提出“现在主义”。其实，“回归过去”还是“偏重现在”这两个时间向度都在经验层面有事实上的存在，对其真实性的把握也都有合理性，关键就落实在各自的理论阐述的精准点上，至于比两个时间向度的高低是没有意义的。进一步追究“现在主义”，可回溯到尼采的“真实历史”（wirklicl Historie）或伽达默尔的“效应历史”（wirkugs geschichte），即现代仍在起作用的那部分历史。福柯也宣称过“效应历史证实知识就是死角”，可以看作一种极端的现在主义。

第三，新美学主义（new aestheticism）。由于格林布拉特总是清楚表达出了对文学的热爱，在文学批评时强调文学与权力的绝对关系，结果有些批评家担心这样可能会忽视文学作为审美的这一维度。确实，分析艺术与政治、意识形态、社会、主体性等的关系时常常会丢失艺术作为艺术本身这件事。特别是出自哲学的原因，不把艺术当作简单的文化时，更想为艺术腾出一块地盘。涉及早期现代性和其他论题的批评家常常就以此来反思新历史主义的某些设定，发起哲学在这方面的争论，主要体现在 J. M. 伯恩斯坦（J. M. Bernstein）和安德鲁·鲍伊（Andrew Bowie）的著作。而在约翰·朱夫林（John Joughlin）和西蒙·马尔帕斯（Simon Malpas）编辑的论文集《新美学主义》的“序言”中，两位编者提出：“恰当地思考现代性要求有审美的探寻，同样地，讨论艺术和文学对当代文化的影响需要有一个把现代政治和哲学的历史与文化相联系的方法。”① 显然，批评家要从早期现代化得出某些结论，其重要的前提是先要有一个现代性的定义。有趣的是，格林布拉特在 2005 年出席美国莎士比亚协会全体大会时提交的一篇论文就叫《美的标志》，这似乎透露出格氏向美学思考的转移。

在上述列举的几种新历史主义的新走向外，还有所谓的“新形式主义”（new formalism）和“薄描”（thin description）。新形式主义从名称上就有某种向形式主义致敬的含义，它的标志性事件是 2000 年由苏珊·J. 沃尔夫森主编的《现代语言季刊》出了一期形式主义专刊，特意为被扭曲的形式主义平反。此后更有玛杰瑞·列文森以《什么是新形式主义》（*What is New Formalism?*）为题进一步澄清“新”的意义。薄描相对应于“厚描”（thick description），它的倡导者是道格拉斯·布拉斯特尔（Douglas Bruster）。厚描是新历史主义从人类学那里借用来的意在突出细节的批评方法，薄描则进一步突出数量上广泛涉猎材料的重要性。

① 转引 *Mark Robson Stephen Greenblatt*, USA and Canada: Routledge, 2008, p. 127.

参考文献

1. Stephen Greenblatt：*Renaissance Self－fashioning*，Chicago：The University of Chicago Press，1980.

2. Stephen Greenblatt：*Shakespearean Negotiations*，Oxford：Clarendon，1990.

3. Stephen Greenblatt：*Marvelous Possessions*，Oxford：Clarendon，1991.

4. Greenblatt and Giles Gunn（ed.）：*Redrawing the Boundaries*，New York，1992.

5. John Brannigan：*New Historicism and Cultural Materialism*，Macmillan Press Ltd，1998.

6. Stephen Greenblatt ：*Practicing New Historicism*，Chicago：The University of Press，2000.

7. Stephen Greenblatt：*Hamlet in Purgatory*，Princeton University Press，2001.

8. Stephen Greenblatt：*Learning to Curse*，New York ：Routledge，2007.

9. Mark Robson：*Stephen Greenblatt*，USA and Canada：Routledge，2008.

10. Stephen Greenblatt：*Cultural Mobility*，New York：Cambridge University Press，2009.

11. 斯蒂芬·格林布拉特：《俗世威尔》，北京大学出版社 2007 年版。

12. 斯蒂芬·格林布拉特：《大转向》，龙门书局 2013 年版。

13. 海登·怀特：《后现代历史叙述学》，中国社会科学出版社 2003 年版。

14. 海登·怀特：《元史学：十九世纪欧洲的历史想象》，译林出版社

2004 年版。

15. 索绪尔：《普通语言学教程》，商务印书馆 1980 年版。

16. 雷蒙德·威廉斯：《文化与社会》，北京大学出版社 1991 年版。

17. 中国社会科学院外国文学研究所《世界文论》编辑委员会：《文艺学和新历史主义》，社会科学文献出版社 1993 年版。

18. 张京媛主编：《新历史主义与文学批评》，北京大学出版社 1993 年版。

19. 弗雷德里克·詹姆逊：《语言的牢笼》，百花洲文艺出版社 1997 年版。

20. 弗雷德里克·詹姆逊：《政治无意识》，中国社会科学出版社 1999 年版。

21. 王岳川：《后殖民主义与新历史主义文论》，山东教育出版社 1999 年版。

22. 约翰·斯特罗克编：《结构主义以来——从列维·斯特劳斯到德里达》，辽宁教育出版社、牛津大学出版社 1998 年版。

23. 汪民安等编：《福柯的面孔》，文化艺术出版社 2001 年版。

24. 格尔兹：《文化的解释》，译林出版社 2006 年版。

25. 萝娜·伯格编：《走向古典诗学之路》，华夏出版社 2007 年版。

26. 张进：《新历史主义与历史诗学》，中国社会科学出版社 2004 年版。

27. 王进：《新历史主义文化诗学》，暨南大学出版社 2012 年版。

28. 傅洁琳：《格林布拉特文化思想研究》，中国社会科学出版社 2015 年版。

29. 朱静：《格林布拉特新历史主义研究》，人民出版社 2015 年版。